RICHARD ROPER arbeitet als Sachbuchlektor für einen großen Londoner Verlag. Niemals hätte er sich träumen lassen, dass sein Debütroman bereits vor Erscheinen für Furore sorgen würde: Die nationalen und internationalen Verlage rissen sich förmlich um die Veröffentlichungsrechte, mit dem Ergebnis, dass «Das Beste kommt noch» in 19 Ländern erscheint. Der überglückliche Autor lebt in London und schreibt an seinem nächsten Roman.

KATHARINA NAUMANN ist Lektorin und Übersetzerin. Sie lebt mit ihrer Familie in Hamburg.

RICHARD ROPER

Das Beste kommt noch

ROMAN

Aus dem Englischen von
Katharina Naumann

Rowohlt Taschenbuch Verlag

Die englische Originalausgabe erschien 2019 unter dem Titel
«Something to Live For» bei Orion Books, UK.

Veröffentlicht im Rowohlt Taschenbuch Verlag,
Hamburg, August 2022
Copyright © 2020 by Rowohlt Verlag GmbH, Hamburg
«Something to Live For» Copyright © 2019 by Richard Roper
Covergestaltung und -abbildung Hafen Werbeagentur, Hamburg
Satz aus der Palatino
bei Pinkuin Satz und Datentechnik, Berlin
Druck und Bindung GGP Media GmbH, Pößneck, Germany
ISBN 978-3-499-27642-2

Die Rowohlt Verlage haben sich zu einer nachhaltigen Buch-
produktion verpflichtet. Gemeinsam mit unseren Partnern
und Lieferanten setzen wir uns für eine klimaneutrale Buch-
produktion ein, die den Erwerb von Klimazertifikaten zur
Kompensation des CO_2-Ausstoßes einschließt.
www.klimaneutralerverlag.de

Für Mum und Dad

Gesundheitswesen (Seuchenbekämpfung) Verordnung 1984, Abschnitt 46

(1) Es ist die Pflicht jeder Ortsbehörde, dafür zu sorgen, dass die sterblichen Überreste eines jeden Menschen begraben oder eingeäschert werden, der innerhalb ihrer Grenzen gestorben ist oder tot aufgefunden wurde. Dies gilt für jeden Fall, in dem es der Behörde erscheint, dass anderweitig keinerlei angemessene Vorkehrungen für die Beseitigung der sterblichen Überreste getroffen worden sind.

KAPITEL
EINS

*A*ndrew Smith betrachtete den Sarg und versuchte sich daran zu erinnern, wer darin lag. Ein Mann, da war er sich sicher, aber erschreckenderweise fiel ihm der Name nicht ein. Er glaubte, die Auswahl auf John oder James eingrenzen zu können, wobei Jake ebenfalls im Bereich des Möglichen lag.

Na toll, dachte Andrew, das hatte ja so kommen müssen. Schließlich hatte er schon an so vielen Beerdigungen teilgenommen, dass es irgendwann unausweichlich passieren musste. Trotzdem hinderte ihn dieser Gedanke nicht daran, einen Stich Selbsthass zu verspüren.

Wenn ihm der Name doch nur einfiele, bevor der Pfarrer ihn nannte! Andrew überlegte. Vielleicht konnte er einen heimlichen Blick auf sein Diensthandy werfen. Wäre das Mogeln? Wahrscheinlich. Außerdem war es bereits knifflig genug, unbemerkt aufs Handy zu sehen, wenn man umzingelt von Trauergästen war. Beinahe unmöglich schien es, wenn der einzige andere Mensch in der Kirche außer ihm selbst der Pfarrer war. Normalerweise nahm auch der Bestattungsunternehmer teil, doch der hatte sich krankgemeldet.

Irritierenderweise hatte der Pfarrer, der nur ein paar Meter entfernt von Andrew stand, kaum den Blick von ihm abgewandt, seit er mit dem Trauergottesdienst begonnen hatte. Andrew hatte zum ersten Mal mit ihm zu tun. Er wirkte wie ein Teenager und sprach mit einem nervösen Zittern in der Stimme, das vom Hall in der Kirche erbarmungslos verstärkt wurde. Ob es an seinen Nerven lag? Andrew probierte es mit einem beruhigenden Lächeln, aber das schien nicht zu helfen. War es unangemessen, ihm ein Daumenhoch zu zeigen? Er entschied sich vorsichtshalber dagegen.

Er blickte erneut zum Sarg. Vielleicht war es *doch* ein Jake. Andererseits war der Mann bei seinem Tod achtundsiebzig gewesen, und es gab nicht viele Jakes in den Siebzigern. Jetzt zumindest noch nicht. In ungefähr fünfzig Jahren würde es in allen Altersheimen nur so wimmeln vor Jakes und Waynes, Tinkerbells und Scarletts mit Arschgeweihen und anderen verblassten Tattoos. Von den Piercing-Löchern mal ganz zu schweigen ...

Herrgott, jetzt konzentrier dich endlich, ermahnte Andrew sich selbst. Der Grund, aus dem er hier war, war doch, respektvoll zu bezeugen, wie die arme Seele auf ihre letzte Reise ging, und ihr Gesellschaft zu leisten anstelle von Familie und Freunden. Mit Achtung und Würde – das war Andrews Maxime.

Unglücklicherweise war diesem Verstorbenen im Tod nicht gerade viel Würde zuteilgeworden. Laut dem Bericht des Gerichtsmediziners war John oder James oder Jake auf der Toilette gestorben, als er gerade in einem Buch über Bussarde las. Um dem Ganzen die Krone aufzusetzen, nicht einmal ein besonders gutes Buch über Bussarde, wie Andrew selbst festgestellt hatte, nachdem er es neben der Toilette des Verstorbenen gefunden und einen Blick riskiert hatte. Zugegebenermaßen war er kein Vogelexperte, aber musste der Autor wirklich eine ganze

Seite allein der Beschimpfung von Turmfalken widmen? Der Verstorbene hatte ein Eselsohr in diese spezielle Seite gefaltet, vielleicht stimmte er dem Autor inhaltlich zu. Als Andrew sich die Latexhandschuhe ausgezogen hatte, hatte er sich vorgenommen, bei der nächsten Gelegenheit einen Turmfalken zu beleidigen, praktisch als eine Art letzte Ehrung.

Abgesehen von ein paar weiteren Vogelbüchern war im Haus kein weiterer Hinweis auf die Persönlichkeit des Verstorbenen zu finden gewesen. Keine Schallplatten, keine Filme, keine Bilder an der Wand oder Fotos auf den Fensterbänken. Die einzige Eigenart stellte die verblüffend große Anzahl an Müslischachteln mit Extraballaststoffen in den Küchenschränken dar. Abgesehen also davon, dass der Verschiedene ein begeisterter Ornithologe mit einem spitzenmäßigen Verdauungstrakt gewesen war, konnte man unmöglich erraten, zu welcher Sorte John oder James oder Jake er gehört hatte.

Wie immer war Andrew bei der Nachlassinspektion so gewissenhaft wie möglich vorgegangen. Er hatte das Haus durchsucht (einen merkwürdigen Bungalow im Pseudo-Tudor-Stil, der trotzig und völlig unpassend aus den Reihenhäusern in der Straße herausstach), bis er sich sicher sein konnte, nichts übersehen zu haben, was auf Angehörige hinwies. Er hatte an die Türen der Nachbarn geklopft, aber denen schienen der Mann und die Tatsache, dass er tot war, völlig egal zu sein – oder sie hatten gar nichts von ihm gewusst.

Andrew seufzte innerlich. Der Pfarrer leitete nun stotternd zu einer Passage mit Jesus über, und Andrew wusste aus Erfahrung, dass sich der Gottesdienst damit dem Ende zuneigte.

Er musste sich *unbedingt* an den Namen dieses Mannes erinnern, schon aus Prinzip!

Er gab sich wirklich alle Mühe, ein vorbildlicher Trauergast und so respektvoll zu sein, als wären Hunderte von am Boden zerstörten Familienmitgliedern anwesend und nicht nur er, ein völlig Fremder. Er nahm seit neuestem sogar seine Armbanduhr ab, bevor er die Kirche betrat, weil er fand, dass die letzte Reise des Verstorbenen nicht vom gleichgültigen Ticken eines Zeigers begleitet werden sollte.

Der Pfarrer befand sich unterdessen eindeutig auf der Zielgeraden. Andrew musste eine Entscheidung treffen.

John, beschloss er. Der Verstorbene war eindeutig ein John.

«Und trotz des Wissens, dass John ...»

Volltreffer!

«... in seinen letzten Jahren einige Prüfungen ertragen musste und diese Welt leider ohne Familie und Freunde an seiner Seite verließ, so können wir doch Trost darin finden, dass Gott mit offenen Armen auf ihn wartet, voller Liebe und Freundlichkeit, und diese Reise die letzte ist, die er allein unternehmen muss.»

×

Andrew neigte nicht dazu, nach den Beerdigungen noch länger zu bleiben. Bei den wenigen Gelegenheiten, zu denen er das dennoch getan hatte, hatte er mit dem Bestattungsunternehmer oder zufälligen Gaffern zähe Konversation betreiben müssen. Es war doch immer wieder erstaunlich, wie viele Leute kamen und vor der Kirche herumhingen, um anlässlich von Beerdigungen dümmliche Plattitüden abzusondern. Andrew war inzwischen recht geschickt darin, sich heimlich davonzumachen, um solche Begegnungen zu vermeiden. Heute allerdings war er kurz von einem Poster am Schwarzen Brett der Kirche abgelenkt gewesen, auf dem beunruhigend fröhlich eine «Hochsommer-Wahnsinn-Party!» angekündigt wurde, als ihm jemand mit der Hartnäckigkeit eines ungeduldigen Spechts auf die Schulter tippte. Es war der Pfarrer. Aus der Nähe sah er sogar noch jünger aus mit seinen hellblauen Augen und den blonden Haarvorhängen, die ihm bestimmt seine Mutter gescheitelt hatte.

«Hey, Sie heißen Andrew, nicht wahr? Und kommen von der Bezirksverwaltung, oder?»

«Stimmt. Beides», antwortete Andrew.

«Dann hatten Sie also kein Glück bei Ihrer Suche nach Familienangehörigen?»

Andrew schüttelte den Kopf.

«Schade. Wirklich schade.»

Der Pfarrer wirkte ein wenig aufgeregt, fand Andrew. Als hätte er ein Geheimnis, das er verzweifelt teilen wollte.

«Darf ich Sie etwas fragen, Andrew?», platzte es nach einer kurzen Pause aus ihm heraus.

«Ja», antwortete Andrew, dem Böses schwante und dessen Gedanken sich bereits überschlugen auf der Suche nach einer Ausrede für den Hochsommer-Wahnsinn.

«Wie fanden Sie es?», fragte der Pfarrer.

«Sie meinen ... die Beerdigung?» Andrew wich dem Blick des Pfarrers aus und zupfte an einem losen Faden an seinem Mantel.

«Ja. Na ja, also vor allem meinen Part darin. Weil es, um mit offenen Karten zu spielen, meine erste Beerdigung war. Ich war ziemlich froh, mit dieser anfangen zu dürfen, um ehrlich zu sein, weil ja niemand da war. Eine gute Gelegenheit zum Üben. Hoffentlich bin ich jetzt gut vorbereitet, wenn es eine richtige Beerdigung gibt und die ganze Kirche voller Familie und Freunde ist und nicht nur ein Mann von der Bezirksverwaltung kommt. Nichts für ungut», fügte er hastig hinzu und legte die Hand auf Andrews Arm.

Andrew gab sich Mühe, den Arm nicht wegzuziehen. Er hasste es, wenn die Leute das taten. Er wünschte sich dann immer, einen Verteidigungsmechanismus wie ein Tintenfisch zu besitzen und ihnen eine Wolke schwarze Flüssigkeit in die Augen schießen zu können.

«Jedenfalls ...», fuhr der Pfarrer fort und blickte Andrew erwartungsvoll an, «... wie fanden Sie mich?»

Was soll ich dir darauf antworten?, dachte Andrew. *Weder hast du den Sarg aus Versehen umgekippt noch den Verstorbenen Herrn Hitler genannt, also würde ich sagen: volle Punktzahl.*

«Sie haben das sehr gut gemacht», sagte er.

«Ah, toll, danke, Kumpel», sagte der Pfarrer und sah ihn erneut eindringlich an. «Das weiß ich sehr zu schätzen.»

Er streckte die Hand aus. Andrew schüttelte sie und wandte sich zum Gehen, aber der Pfarrer ließ seine Hand einfach nicht los.

«Also, ich gehe dann wohl mal lieber», sagte Andrew.

«Ja, ja, natürlich.» Endlich gab der Pfarrer seine Hand frei.

Andrew schritt eilig den Weg zur Straße hinunter und seufzte vor Erleichterung, einer weiteren Befragung entkommen zu sein.

«Bis bald hoffentlich!», rief ihm der Pfarrer hinterher.

KAPITEL
ZWEI

*M*an hatte den Beerdigungen im Laufe der Jahre immer wieder neue Namen gegeben – «Beerdigung im Sinne des Gesundheitswesens», «Beerdigung im öffentlichen Auftrag», «Sozialhilfe-Beerdigung», «46er-Beerdigung» –, aber keine der Neubenennungen konnte die ursprüngliche Bezeichnung wirklich ersetzen. Als Andrew auf das Wort «Armenbegräbnis» gestoßen war, hatte er es ziemlich stimmungsvoll gefunden; sogar irgendwie romantisch, im Sinne von Charles Dickens. Er musste bei diesem Wort immer an ein abgelegenes Dorf von vor ungefähr hundertfünfzig Jahren denken – mit gackernden Hühnern und viel Schlamm –, in dem ein Bewohner im fortgeschrittenen Alter von siebenundzwanzig einem besonders aufsehenerregenden Fall von Gicht erlag und fröhlich in eine Grube gepackt wurde, damit seine sterblichen Überreste fürderhin das Land düngten.

In Wirklichkeit war der Vorgang deprimierend klinisch. Die Bezirkskommunen im Vereinigten Königreich hatten die jetzt gesetzlich festgeschriebene Pflicht, diejenigen zu beerdigen, die durch die Maschen der Gesellschaft gefallen waren und deren Tod vielleicht überhaupt nur deshalb bemerkt worden war, weil ihre sterblichen Überreste bereits verwesen oder sie ihre Rechnungen nicht bezahlten. In einigen Fällen hatte der Verstorbene noch so viel Geld auf dem Konto gehabt, dass die Betriebskosten anstandslos noch monatelang nach dem Tod abgebucht werden konnten, was bedeutete, dass es im Haus warm genug war, um die Verwesung der Leiche noch zu beschleunigen. Nach dem fünften erschütternden Fall dieser Art hatte Andrew überlegt, dieses Problem in der Spalte «Sonstige Bemerkungen» auf dem Formular seiner jährlichen Befragung zur Arbeitszufriedenheit zu vermerken. Aber dann hatte er dort lediglich die Bitte um einen zweiten Wasserkocher für die Büroküche notiert.

Gewöhnt hatte er sich auch an die sogenannte «Neun-Uhr-Abfertigung». Sein Chef Cameron hatte ihm die Bedeutung des Ausdrucks erklärt, während er heftig mit der Gabel auf die Folie einer Portion Fertig-Curry für die Mikrowelle einstach. «Wenn man allein stirbt» – piks, piks, piks – «wird man aller Wahrscheinlichkeit nach auch allein beerdigt» – piks, piks, piks – «weswegen die Kirche die Beerdigung schon um neun Uhr morgens anberaumen kann, weil klar ist, dass jeder Zug ausfallen» – piks – «und jede Autobahn verstopft sein kann» – piks – «und es völlig egal ist.» Ein letzter Pikser. «Weil ohnehin niemand kommt.»

Im Jahr zuvor hatte Andrew fünfundzwanzig von diesen Beerdigungen organisiert (seine höchste Gesamtjahresbilanz bisher). Er hatte auch an allen teilgenommen, obwohl er das eigentlich nicht musste. Es war, so sagte er sich, eine kleine, aber bedeutsame Geste, dass jemand da war, ohne gesetzlich dazu verpflichtet zu sein. Aber immer öfter, wenn er wieder einmal dabei zusah, wie ein schlichter, unlackierter Sarg in einem speziell dafür vorgesehenen, namenlosen Loch versenkt wurde, das man sicher drei oder vier weitere Male wieder aufbuddeln würde, um noch andere Särge hineinzulegen wie in einer Art makabrem Tetris-Spiel – immer öfter ertappte Andrew sich dann bei dem Gedanken, dass seine Anwesenheit eigentlich völlig überflüssig war.

x

Als Andrew im Bus zum Büro saß, inspizierte er seine Krawatte und die Schuhe. Beide hatten schon bessere Zeiten gesehen. Auf seiner Krawatte leuchtete ein hartnäckiger Fleck unbekannter Herkunft, der einfach nicht verschwinden wollte. Seine Schuhe waren gut poliert, sahen aber langsam abgetragen aus. Zu viele Kratzer vom Friedhofsschotter, zu viele Male, in denen das Leder gedehnt worden war, weil sich ihm die Zehennägel bei den holprigen Predigten der Pfarrer aufgerollt hatten. Er musste beides wirklich dringend ersetzen, sobald das nächste Gehalt kam.

Jetzt, da die Beerdigung vorbei war, nahm er sich einen Augenblick Zeit, um John gedanklich zu den Akten zu legen (Nachname Sturrock, wie er sich jetzt erinnerte, als er sein Handy einschaltete). Wie immer war die Versuchung groß, darüber nachzugrübeln, wie John in eine solch verzweifelte Situation geraten konnte. Gab es da wirklich nicht mal eine Nichte oder wenigstens einen Patensohn, mit dem er zumindest eine Weihnachtskartenbeziehung pflegte? Oder einen alten Schulfreund, der ihn zum Geburtstag anrief? Aber das war gefährliches Terrain. Andrew musste so objektiv wie möglich bleiben, zu seinem eigenen Wohl, um mental stark genug zu sein, sich mit dem nächsten armen Menschen zu beschäftigen, der auf diese Weise das Zeitliche segnete.

Der Bus hielt ruckelnd an der Ampel. Als sie grün wurde, hatte Andrew John sein letztes Lebewohl gesagt.

Im Büro angekommen, erwiderte er das begeisterte Winken seines Chefs Cameron mit einem eher gedämpften Kopfnicken, bevor er sich auf seinen durchgesessenen Stuhl fallen ließ, der sich im Laufe der Jahre seinen Formen genau angepasst hatte. Dabei stieß er einen inzwischen leider vertrauten Grunzlaut aus, wie er bedauernd feststellte.

Andrew atmete tief ein und aus. Er hatte geglaubt, mit gerade erst zweiundvierzig noch ein paar Jahre vor sich zu haben, bis er jede noch so kleine körperliche Anstrengungen mit merkwürdigen Geräuschen begleiten musste. Aber das Universum schien ihm schon jetzt vorsichtig klarmachen zu wollen, dass er offiziell auf ein mittleres Alter zusteuerte. Es würde bestimmt nicht mehr lange dauern, bis er sich schon frühmorgens darüber beklagte, wie leicht heutzutage Schulabschlüsse zu bekommen waren, und er beigefarbene Leinenhosen in großen Mengen auf Vorrat kaufte ...

Andrew wartete, bis sein Computer hochgefahren war, und sah aus dem Augenwinkel, wie sein Kollege Keith ein Riesenstück Schokokuchen verdrückte und danach methodisch den Guss von seinen kleinen Stummelfingern leckte.

«War es eine gute?», fragte Keith, ohne den Blick vom Bildschirm zu wenden, auf dem, wie Andrew wusste, vermutlich wahlweise eine Galerie von Schauspielerinnen zu sehen war, die die Frechheit besessen hatten zu altern, oder etwas Kleines, Pelziges auf einem Skateboard.

«Sie war in Ordnung», erwiderte Andrew.

«Irgendwelche Gaffer?», meldete sich eine Stimme hinter ihm.

Andrew zuckte zusammen. Er hatte gar nicht gesehen,

dass sich Meredith auf ihren Platz am Schreibtisch hinter ihm gesetzt hatte.

«Nein», antwortete er, ohne sich die Mühe zu machen, sich umzudrehen. «Nur ich und der Pfarrer. Offenbar war es seine allererste Beerdigung.»

«Mein lieber Schwan, was für eine Art, seine Jungfräulichkeit zu verlieren», bemerkte Meredith.

«Immer noch besser als eine Kirche voller Heulsusen, seien wir mal ehrlich», sagte Keith, der noch ein letztes Mal an seinem kleinen Finger saugte. «Da würde man sich vor Schiss in die Hosen machen, oder?»

Das Bürotelefon klingelte, keiner von ihnen ging ran. Andrew war schon kurz davor, einzuknicken, aber Keith verlor als Erster die Nerven.

«Hallo, Abteilung für Todesfälle. Ja. Klar. Ja. Richtig.»

Andrew griff nach seinem Handy und seinen Kopfhörern und stellte seine Ella-Fitzgerald-Playlist ein. Er hatte erst vor kurzem Spotify entdeckt, sehr zu Keiths Freude, der ihn danach einen ganzen Monat nur noch «Opi» genannt hatte. Ihm war danach, mit einem Klassiker zu beginnen – etwas Beruhigendem. Er entschied sich für «Summertime». Er war erst ein paar Sekunden weit gekommen, als er eine Bewegung spürte, aufblickte und Keith vor seinem Schreibtisch stehen sah beziehungsweise dessen Wampe, die durch die Ritze zwischen den Hemdknöpfen hindurchquoll.

«Hallohooo. Ist da jemand?»

Andrew zog seine Kopfhörer heraus.

«Das war der Gerichtsmediziner. Wir haben einen Frischen. Na ja, natürlich keine frische Leiche – sie nehmen an, dass er schon ein paar Wochen tot ist. Keine Verwandten, und die Nachbarn haben nie ein Wort mit ihm gewechselt.

Die Leiche ist schon abtransportiert, deshalb wollen sie so schnell wie möglich eine Nachlassinspektion.»

«Klar.»

Keith kratzte an einer schorfigen Stelle an seinem Ellenbogen, offenbar irritiert von Andrews knapper Antwort. «Passt dir morgen?»

Andrew tat unbeeindruckt und schaute in seinen Terminkalender. «Ich kann es morgen früh als Erstes erledigen.»

«Verdammt, bist du eifrig», stellte Keith fest, verzog den Mund und watschelte zurück zu seinem Schreibtisch.

Und du bist eine Speckschwarte, die zu lange in der Sonne gelegen hat, dachte Andrew. Er wollte gerade seine Kopfhörer zurück in die Ohren stecken, als Cameron aus seinem Büro trat und in die Hände klatschte, um die Aufmerksamkeit auf sich zu ziehen.

«Team-Meeting, Leute», verkündete er. «Und ja, keine Sorge, die derzeitige Mrs. Cameron hat natürlich einen Kuchen gebacken. Sollen wir in die Lounge gehen?»

Die Angesprochenen reagierten mit der Begeisterung eines Huhns, das man mit einem Schinken-Bikini bekleidet in eine Fuchshöhle jagt. Die «Lounge» bestand aus einem kniehohen Tischchen vor zwei Sofas, die unerklärlicherweise nach Schwefel stanken. Cameron hatte mit der Idee gespielt, ein paar Sitzsäcke anzuschaffen, aber niemand hatte darauf reagiert, ebenso wenig wie auf die Schreibtischtausch-Dienstage, die Negativitätsbüchse («Das ist wie eine Fluchbüchse, in die man jedes Mal, wenn man flucht, ein Pfund hineinwerfen muss, nur für Negativität!») und den Team-Lauf durch den Park. «Ich habe da zu tun», hatte Keith gegähnt. «Aber ich habe doch noch gar nicht gesagt, an welchem Tag der Lauf stattfinden soll», hatte Cameron entgegnet, wobei sein Lächeln sich verflüchtigte wie eine Flamme im Luftzug. Unbeirrt von ihrem Mangel an Begeisterung, hatte Cameron erst neulich eine Ideenbox vorgeschlagen. Auch darauf hatte niemand reagiert.

Sie setzten sich auf die Sofas. Cameron verteilte Kuchen und Tee und versuchte, sie mit Smalltalk zu unterhalten. Keith und Meredith hatten sich auf das kleinere der beiden Sofas gequetscht. Meredith lachte über etwas, was Keith ihr gerade zugeflüstert hatte. So wie Eltern in der Lage sind, die verschiedenen Schreie ihrer Neugeborenen auseinanderzuhalten, verstand Andrew mittlerweile, was Merediths Lachen jeweils bedeutete. In diesem speziellen Fall bedeutete das schrille Kichern, dass gerade ein grausamer Scherz auf Kosten von jemand anders gemacht worden war. Da sie beide sehr offensichtlich und wenig heimlich zu ihm herüberschauten, war das vermutlich er.

«Also, liebe Leute», begann Cameron. «Das Wichtigste zuerst: Nicht vergessen, dass wir ab morgen zu fünft sind und Peggy Green bei uns willkommen heißen. Ich weiß, dass wir ganz schön kämpfen, seit John und Bethany gehen mussten, deshalb ist es echt cool, wieder Zuwachs zu bekommen.»

«Solange sie nicht immer so ‹gestresst› ist wie Bethany», bemerkte Meredith, rückte sich den entschieden zu tiefen Ausschnitt zurecht und fuhr sich durch die blond gesträhnten Haare.

«Oder sich als Arsch mit Ohren herausstellt wie John», murmelte Keith.

«*Jedenfalls*», fuhr Cameron mit einem Räuspern fort, «worüber ich eigentlich heute mit euch reden wollte, ist meine ... hup! Hup!» – er drückte auf eine unsichtbare Hupe – «... irre lustige Idee der Woche! Denkt dran, Leute, ihr könnt alle mitmachen. Egal, wie verrückt eure Idee ist. Die einzige Regel lautet: Sie muss lustig sein.»

Andrew spürte, wie ihm ein kalter Schauer über den Rücken lief.

«Also», erklärte Cameron. «Meine lustige Idee der Woche ist ... Trommelwirbel bitte ..., dass wir uns jeden Monat einmal bei einem von uns zu Hause zum Abendessen treffen. Eine Art *Perfektes Dinner*, aber ohne Bewertung. Wir essen etwas, vielleicht trinken wir sogar ein bisschen Vino. Das gibt uns die Chance, auch außerhalb des Büros eine Beziehung zueinander aufzubauen und uns und unsere Familien ein bisschen besser kennenzulernen. Ich bin megagern bereit, anzufangen. Wie findet ihr das?»

Andrew hatte nach «unsere Familien ein bisschen besser kennenlernen» abgeschaltet und kein Wort mehr verstanden.

«Können wir nicht etwas anderes machen?», fragte er nach einer kurzen Pause und versuchte, seine Stimme fest klingen zu lassen.

«Oh», sagte Cameron ernüchtert und ließ die Schultern hängen. «Ich dachte, das wäre eigentlich eine meiner besseren Ideen gewesen.»

«Nein, nein, das ist sie ja auch!», beeilte sich Andrew zu sagen. «Es ist nur ... könnten wir nicht lieber in ein Restaurant gehen?»

«Vieeeel zu teuer», schaltete sich Keith ein und versprühte dabei Kuchenkrümel.

Andrew spürte, wie er anfing zu schwitzen. «Wie wäre denn etwas anderes. Ich weiß auch nicht – LaserTag oder so. Ist das immer noch modern?»

«Ich habe allein aufgrund der Tatsache etwas gegen LaserTag, dass ich kein 12-jähriger Junge bin», bemerkte

Meredith spitz. «Mir gefällt die Dinnerpartyidee. Ich bin sogar ein heimlicher Jamie Oliver in der Küche, wenn ihr's genau wissen wollt.» Sie wandte sich an Keith. «Wetten, du bist verrückt nach meiner Lammkeule?»

Andrew glaubte, sich übergeben zu müssen.

«Na komm schon, Andrew», sagte Cameron, der durch Merediths Zustimmung wieder an Selbstvertrauen gewonnen hatte. Er versuchte einen kumpelhaften Schlag auf den Arm, in dessen Folge Andrew den Tee auf seinem Bein verschüttete. «Das wird ein Riesenspaß! Es gibt keinen Druck, etwas Großartiges zu kochen. Und ich würde natürlich unheimlich gern Diane und die Kinder kennenlernen. Also, was sagst du? Machst du mit, Kumpel?»

Andrew überlegte fieberhaft. Es musste doch etwas geben, was er vorschlagen konnte? Aktzeichnen. Dachsjagd. *Irgendwas.*

Die anderen sahen ihn erwartungsvoll an. Er musste jetzt etwas sagen.

«Verdammt noch mal, Andrew. Du siehst ja aus, als hättest du ein Gespenst gesehen», sagte Meredith und zog die sorgfältig aufgemalten Brauen hoch. «So schlecht kochst du doch bestimmt nicht. Außerdem bin ich mir sicher, dass Diane eine großartige Köchin ist, neben all ihren anderen Talenten. Sie kann dir ja helfen.»

«Hmmm», machte Andrew und wischte sich einen Krümel vom Oberschenkel.

«Ist sie nicht Rechtsanwältin?», fragte Keith.

Andrew nickte und hätte am liebsten die Augen geschlossen. Vielleicht würde in den nächsten Tagen irgendeine Katastrophe über die Welt hereinbrechen, ein netter kleiner Atomkrieg vielleicht, damit sie alle diese idiotische Idee vergaßen.

«Und wohnst du nicht in einem wunderschönen alten Stadthaus irgendwo in Richtung Dulwich?», fragte Meredith, die nun geradezu anzüglich grinste. «Fünf Schlafzimmer, oder?»

«Vier», korrigierte Andrew. Er hasste es, wenn Meredith und Keith so waren. Sich im Team über ihn lustig machten.

«Vier oder fünf, wer zählt schon mit», sagte Meredith spitz. «Ein prächtiges Vierzimmerheim, vermutlich hochintelligente Kinder und deine begabte Frau Diane, die das Geld verdient – Andrew, Andrew, was bist du doch für ein stilles Wasser.»

×

Später, als Andrew gerade das Büro verlassen wollte, weil er ohnehin zu abgelenkt war, um noch irgendetwas Nützliches zu erledigen, tauchte Cameron neben seinem Schreibtisch auf, wo er in die Knie ging, um mit dem sitzenden Andrew auf Augenhöhe zu sein. Es sah stark danach aus, als hätte er das in irgendeinem Führungsseminar gelernt.

«Hör mal», sagte er leise. «Ich weiß, dass du keine Lust auf die Dinnerpartygeschichte hast, aber lass uns doch einfach abmachen, dass du noch mal darüber nachdenkst, okay, Kumpel?»

Andrew rückte unnötigerweise ein paar Papiere auf seinem Schreibtisch zurecht. «Oh, ich meine ... ich will die Sache ja nicht verderben, es ist nur ... okay, ich denke noch mal darüber nach. Aber wenn nichts daraus wird, dann fällt uns ganz sicher eine andere, du weißt schon, *irre lustige* Idee ein.»

«Das ist die richtige Einstellung», sagte Cameron, richtete sich wieder auf und wendete sich an alle. «Das gilt für uns alle, hoffe ich. Na los, Team – lasst uns mit unserer teambildenden Maßnahme möglichst schnell starten. Einverstanden?»

×

Andrew hatte sich erst neulich Kopfhörer mit Geräuschabschirmung für seine Fahrt von und zum Büro gegönnt. Wenn er einen Mann hässlich niesen oder ein Kleinkind schreien sah, weil es sich über die unsägliche Ungerechtigkeit aufregte, nicht nur einen, sondern sogar zwei Schuhe angezogen zu bekommen, dann war das für ihn wie ein Stummfilm, der, wenig passend, mit einem Soundtrack von Ella Fitzgeralds beruhigender Stimme unterlegt war.

Jetzt, auf der Fahrt nach Hause, dauerte es nicht lange, bis sich die Unterhaltung aus dem Büro in seinem Kopf auf Dauerschleife stellte und gegen Ella um seine Aufmerksamkeit kämpfte.

Deine Frau Diane, die das Geld verdient ... hochintelligente Kinder ... wunderschönes altes Stadthaus ... Keiths Grinsen ... Merediths anzüglicher Blick ... Die Unterhaltung spukte ihm bis zu seiner Haltestelle im Kopf herum und auch noch, als er sich etwas zum Abendessen kaufen wollte. Plötzlich fand er sich im Laden an der Ecke vor dem Regal mit Sparpackungen voller neuartiger Chips wieder und versuchte, nicht zu schreien. Nach zehn Minuten, in denen er immer wieder dieselben vier Fertiggerichte aus der Tiefkühltruhe genommen und wieder hineingelegt hatte, weil er sich für keines entscheiden konnte, verließ er den Laden, trat in den Regen und ging mit knurrendem Magen nach Hause.

Er stand vor der Haustür und zitterte. Erst als die Kälte unerträglich wurde, holte er seine Schlüssel hervor. Normalerweise stand er einmal pro Woche so vor seiner Haustür, den Schlüssel schon ins Schloss gesteckt, und hielt den Atem an.

Vielleicht diesmal.

Vielleicht war diesmal tatsächlich das wunderschöne alte Stadthaus hinter dieser Tür und Diane darin, die das Abendessen kochte. Der Duft nach Knoblauch und Rotwein. Der Lärm der Kinder, die sich zankten oder Fragen zu ihren Hausaufgaben stellten. Dann die begeisterten Jubelrufe, wenn er die Tür öffnete, weil Dad zu Hause war. *Dad ist zu Hause!*

Als Andrew in den Flur trat, schlug ihm der klamme Geruch noch stärker entgegen als sonst. Und da waren sie schon, die vertrauten Schrammen an den Flurwänden und das flackernde, milchige Gelb der defekten Neonröhre an der Decke. Andrew trottete die Stufen hinauf, wobei seine feuchten Sohlen bei jedem Schritt quietschten, und suchte den zweiten Schlüssel an seinem Bund heraus. Er streckte die Hand aus, um die schiefe Nummer 2 über seiner Tür zu richten, und ging hinein – wo ihn, wie immer in den letzten zwanzig Jahren, nichts als Stille empfing.

KAPITEL DREI

Fünf Jahre zuvor

An diesem Morgen kam Andrew Smith zu spät. Das wäre vielleicht gar keine Katastrophe gewesen, wenn er in seinen Bewerbungsunterlagen nicht eigens betont hätte, wie «extrem pünktlich» er war. Nicht nur pünktlich: *extrem* pünktlich. Ging das überhaupt? Konnte man Pünktlichkeit steigern? Und wie sollte man das überhaupt messen?

Außerdem war es auch noch Andrews eigene Schuld. Er hatte gerade die Straße überquert, als ihn ein merkwürdiges Hupen ablenkte und er aufsah. Eine Gans flog direkt über ihn hinweg, ihr weißer Bauch ganz orange gefärbt vom Licht der Morgensonne. Die merkwürdigen Schreie und die unregelmäßigen Bewegungen ließen sie aussehen wie ein angeschossenes Kampfflugzeug, das verzweifelt versucht, zurück zu seiner Basis zu fliegen. Gerade als der Vogel sich wieder fing und auf seinem Kurs weiterflog, rutschte Andrew auf einer vereisten Pfütze aus. Für den Bruchteil einer Sekunde ruderte er mit den Armen, und seine Füße fanden keinen Halt – wie eine Comicfigur, die über den Rand eines Abhangs rennt, einen kurzen Moment in der Luft weiterläuft und dann mit einem hässlichen dumpfen Knall auf dem Boden landet.

«Alles okay mit Ihnen?»

Andrew keuchte nur wortlos, statt der Frau zu antworten, die ihm wieder auf die Beine half. Er fühlte sich, als hätte ihm jemand mit dem Vorschlaghammer aufs Kreuz geschlagen. Aber das war es nicht, was ihm die Sprache verschlug. Irgendetwas an der Art, wie sie ihn ansah – mit einem halben Lächeln, wie sie sich die Haare hinter die Ohren strich –, war so erschreckend vertraut, dass ihm der Atem stockte. Sie schien ihn forschend anzusehen, als verspürte auch sie dieses Gefühl des Wiedererkennens – und des Schmerzes. Erst als sie sagte: «Also dann auf Wiedersehen», und fortging, begriff Andrew, dass sie eigentlich darauf gewartet hatte, dass er sich bei ihr bedankte. Er überlegte, ihr hinterherzulaufen und sein Versäumnis nachzuholen. Aber genau in diesem Moment begann ein Lied in seinem Kopf zu erklingen. *Blue moon, you saw me standing alone.* Er musste all seine Konzentration aufbringen, um es verstummen zu lassen, er musste die Augen zusammenkneifen und sich die Schläfen massieren. Als er sie wieder öffnete, war die Frau fort.

Er klopfte sich den Schmutz aus der Kleidung und begriff plötzlich, dass auf der belebten Straße viele Menschen beobachtet haben mussten, wie er hinfiel, und sich jetzt womöglich über ihn lustig machten. Er vermied es, sich umzusehen, und ging mit gesenktem Kopf weiter, die Hände in den Manteltaschen vergraben. Seine Scham machte langsam einem anderen Gefühl Platz. Denn besonders nach Missgeschicken wie diesem spürte er, wie sich tief in ihm die Einsamkeit regte und sich ausbreitete, dick und kalt, sodass es sich anfühlte, als liefe er durch Treibsand. Es gab niemanden, mit dem er diese Geschichte hätte teilen können. Niemanden, der ihm dabei half, sie wegzulachen. Die Einsamkeit lauerte stets auf ihn, klatschte jedes Mal Beifall, wenn er stolperte.

Obwohl er nach seinem Ausrutscher noch ein wenig durcheinander war, hatte er sich, abgesehen von einem kleinen Kratzer an der Hand, nichts getan. Jetzt, da er auf die vierzig zuging, war er sich nur allzu sehr dessen bewusst, dass am Horizont bereits ein winziger, aber dennoch sichtbarer Zeitpunkt auftauchte, an dem ein normaler Ausrutscher wie dieser schon «ein kleiner Sturz» wäre. (Heimlich gefiel ihm die Vorstellung, wie mitfühlende Fremde ihre Mäntel über ihn legten und mit ihm auf den Krankenwagen warteten, ihm den Kopf stützten und die Hand hielten.) Aber obwohl er sich selbst keine Verletzungen zugezogen hatte, konnte man über sein einst sauberes weißes Hemd leider nicht dasselbe sagen. Denn es war jetzt mit Schmutzwasser bespritzt.

Kurz überlegte er, aus seinem Missgeschick und dem Kratzer einen Aufhänger für sein Vorstellungsgespräch zu fabrizieren: «Was, das hier? Oh, auf dem Weg hierher musste ich kurz vor einen Bus / eine Pistolenkugel / einen Tiger springen, um ein Kleinkind / einen Welpen / einen Pastor zu retten. Habe ich übrigens erwähnt, dass ich ein Macher bin und ebenso gut allein wie als Teil eines Teams arbeite?»

Er entschied sich für die vernünftigere Option und eilte in das nächste Kaufhaus, um sich ein neues Hemd zu kaufen. Nach dem Umweg war er verschwitzt und außer Atem, und in diesem Zustand meldete er sich am Empfang des riesigen Betongebäudes, in dem sich die Bezirksverwaltung befand.

Andrew befolgte gern die Einladung, Platz zu nehmen, und atmete ein paarmal tief ein und aus. Er brauchte diesen Job. Unbedingt. Seit er Anfang zwanzig gewesen war, hatte er in unterschiedlicher Funktion für die Verwaltung eines benachbarten Bezirks gearbeitet. Irgendwann hatte er endlich eine Position gefunden, in der er bleiben konnte, und acht Jahre lang darin gearbeitet, bis er ohne viel Federlesens wegrationalisiert wurde. Andrews Chefin Jill, einer freundlichen Dame aus Lancaster mit rosigen Wangen und der Lebenseinstellung ‹erst mal umarmen, dann fragen›, war es so schwergefallen, ihn gehen zu lassen, dass sie offenbar in jedem Verwaltungsbüro in London nach etwaigen freien Stellen gefragt hatte. Das Vorstellungsgespräch heute war das einzige, das bei ihren exzessiven Rundrufen herausgekommen war. Die Jobbeschreibung, die Jill ihm per E-Mail geschickt hatte, hatte frustrierend vage geklungen, und Andrew nahm an, dass die Arbeit seiner vorherigen ähnlich sein musste: hauptsächlich Verwaltungsarbeit, obwohl sie offenbar auch etwas mit der Inspektion von Eigentum zu tun hatte. Aber was viel wichtiger war: Er würde exakt dasselbe verdienen wie in seinem letzten Job und gleich im nächsten Monat anfangen können. Vor zehn Jahren hätte er vielleicht darüber nachgedacht, völlig neu zu beginnen. Vielleicht zu reisen oder mutig eine ganz neue Karriere zu starten. Aber inzwischen befiel ihn schon jedes Mal, wenn er nur sein Haus verließ, dieses dumpfe Angstgefühl, daher kamen eine Wanderung nach Machu Picchu oder eine Umschulung zum Löwenbändiger eigentlich nicht wirklich in Frage.

×

Andrew riss sich mit den Zähnen einen Hautfetzen vom Finger und wackelte mit den Knien, in dem Bemühen, sich einigermaßen zu entspannen. Als Cameron Yates endlich erschien, hatte Andrew sofort das Gefühl, ihn bereits zu kennen. Er wollte ihn gerade danach fragen – vielleicht konnte er so bei ihm punkten –, aber dann merkte er, dass er Cameron nur deshalb wiederzuerkennen geglaubt hatte, weil er haargenau so aussah wie eine jüngere Ausgabe von Wallace aus *Wallace und Gromit*. Er hatte Glubschaugen, die zu nah beieinanderstanden, und riesige Vorderzähne, die wie Stalaktiten nach unten ragten. Die einzigen Unterschiede waren sein dickes, wuscheliges schwarzes Haar und der Akzent des Londoner Umlands.

Sie plauderten ein wenig befangen im sargartigen Aufzug: über den Kälteeinbruch, Pläne für die Osterfeiertage, die allgemeine Empörung über die Affären eines Politikers – und Andrew konnte die ganze Zeit über den Blick nicht von den Stalaktitenzähnen wenden.

Hör endlich auf, diese verdammten Zähne anzuglotzen, ermahnte er sich, während er diese verdammten Zähne anglotzte.

Sie warteten, bis ihnen jemand zwei blaue Plastikfingerhüte mit lauwarmem Wasser brachte, um dann ernsthaft mit dem Bewerbungsgespräch zu beginnen. Cameron ratterte die Jobbeschreibung herunter und holte kaum Luft, während er erläuterte, dass Andrew, wenn er den Job bekäme, mit allen Toden zu tun haben würde, die unter das Gesetz für das Gesundheitswesen fielen.

«Das bedeutet, dass Sie mit den Bestattungsunternehmern in Kontakt treten, um die Beerdigungen zu organisieren, dass Sie Todesanzeigen schreiben und sie in den Lokalzeitungen veröffentlichen lassen, dass Sie die Tode registrieren lassen, etwaige Familienangehörige aufspüren und die Beerdigungskosten vom Nachlass des Verschiedenen abziehen. Es bedeutet eine furchtbare Menge an Papierkram, wie Sie sich vorstellen können!»

Andrew gab sich alle Mühe, in regelmäßigen Abständen zu nicken und alles zu verstehen, wobei er Jill innerlich verfluchte, dass sie die Sache mit dem Tod verschwiegen hatte.

Dann, plötzlich, war er an der Reihe.

Zu Andrews wachsender Irritation wechselte Cameron immer wieder zwischen einfachen, freundlichen und verwirrenden Fragen hin und her, wobei er Letztere in strengerem Tonfall stellte – als spielte er ganz für sich allein *Guter Bulle – Böser Bulle*. Im Großen und Ganzen wirkte er noch nervöser als Andrew, was dessen Nerven hätte beruhigen und ihm das Gefühl geben können, eigentlich derjenige zu sein, der alles im Griff hatte. Doch Camerons Ängstlichkeit war ansteckend.

Andrew merkte, dass er über seine Worte stolperte, und wenn er es endlich doch geschafft hatte, einen sinnvollen Satz zu bilden, wirkte seine Begeisterung wie Verzweiflung, und jeder Versuch, einen Scherz zu machen, schien Cameron nur noch mehr zu verunsichern. Immer wieder erwischte Andrew ihn dabei, wie er über die Schulter blickte, weil jemand durch den Flur ging. Schließlich war Andrew so verzweifelt, dass er ernsthaft überlegte, einfach aufzugeben und das Gespräch zu beenden.

Zu allem Überfluss lenkten ihn immer noch Camerons Zähne ab, die, so überlegte er fieberhaft, vielleicht gar keine Stalaktiten, sondern Stalak*miten* waren. Gab es da nicht eine Eselsbrücke mit hängenden Titten und steigenden Mieten? Genau in diesem Moment begriff er, dass Cameron ihn etwas gefragt hatte und auf eine Antwort wartete.

Andrew hatte nicht den blassesten Schimmer, wie die Frage gelautet haben könnte. Panisch beugte er sich vor. «Ähmmm», machte er in einem Tonfall, von dem er hoffte, dass er vermittelte, wie sehr er eine derart aufmerksame Frage schätzte und wie gründlich er daher darüber nachdenken musste. Aber das war eindeutig ein Fehler, nach Camerons immer tiefer werdenden Stirnfalten zu urteilen. Offenbar hatte er ihn etwas ganz Einfaches gefragt.

«Ja», platzte er heraus, um die Antwort möglichst kurz zu halten. Erleichterung überkam ihn, als Camerons verschwundenes Wallace-Lächeln wieder erschien.

«Wunderbar. Und wie viele?», fragte er.

Das war jetzt schon kniffliger, wobei Andrew eine gewisse Leichtigkeit in Camerons Tonfall registrierte. Also entschied er sich für eine eher allgemein gehaltene, lässige Antwort.

«Na ja, ich fürchte, ich verliere da manchmal den Überblick», sagte er und versuchte es mit einem betrübten Lächeln.

Cameron reagierte mit einem Lachen, das irgendwie falsch klang. Vermutlich wusste er nicht recht, ob Andrew scherzte oder nicht. Andrew beschloss, den Spieß umzudrehen, in der Hoffnung, so zu mehr Informationen zu gelangen.

«Darf ich Ihnen dieselbe Frage stellen, Cameron?»

«Natürlich. Ich habe eins», antwortete Cameron begeistert. Er griff in seine Hosentasche und begann, darin herumzuwühlen.

Kurz kam Andrew der Gedanke, dass dieser Mann, der hier mit ihm das Bewerbungsgespräch führte, womöglich gerade dabei war, ihm einen einzelnen Hoden zu präsentieren, weil er jedem Mann dieselbe Frage stellte, in der verzweifelten Hoffnung, endlich noch jemanden zu finden, der unter Eineiigkeit litt.

Stattdessen zog Cameron seine Brieftasche hervor. Erst

als er ein Bild von einem dick in Winterkleidung eingemummelten Kind mit Skiern an den Füßen enthüllte, verstand Andrew endlich die Frage.

Blitzschnell rekapitulierte er das Gespräch aus Camerons Perspektive.

«Haben Sie Kinder?»

«Ähmmm ... ja.»

«Wunderbar, und wie viele?»

«Na ja, ich fürchte, ich verliere da manchmal den Überblick.»

Herrje, hatte er seinem potenziellen neuen Chef da gerade den Eindruck vermittelt, eine Art superfruchtbarer Schürzenjäger zu sein, der seine Zeit damit verbrachte, sich durch die Stadt zu vögeln, reihenweise Frauen zu schwängern und sie dann sitzenzulassen?

Er betrachtete noch immer das Foto von Camerons Kind. *Sag endlich etwas!*

«Reizend», sagte Andrew. «Reizender ... Junge.»

Na toll, jetzt klingst du wie ein Kinderfänger. Das kommt bestimmt richtig gut an. Beginnen Sie doch gleich am Montag, Mr. Pädophiler!

Andrew griff nach seinem Plastikbecher, der längst leer war, und spürte, wie er in seiner Hand knackte. Das hier war eine verdammte Katastrophe. Wie hatte er es nur geschafft, jetzt schon alles zu vermasseln? Camerons Gesichtsausdruck nach zu urteilen, steckte der Karren bereits tief im Dreck. Was er sagen würde, wenn Andrew jetzt zugab, dass er auf die Frage nach Kindern gelogen hatte, war nicht ganz sicher, aber auf keinen Fall würde es die Sache retten.

Andrew beschloss, dass seine einzige Chance darin lag, das Bewerbungsgespräch hinter sich zu bringen und dabei so gut wie möglich den Rest seines Gesichts zu wahren –

so wie man bei der Fahrprüfung immer noch in den Rückspiegel schaut, den Blinker setzt, über die Schulter blickt und erst dann abbiegt, nachdem man gerade die Schülerlotsin überfahren hat.

Als er den Plastikbecher wieder abstellte, bemerkte er den Kratzer auf seiner Handfläche und musste an die Frau denken, die ihm an diesem Morgen geholfen hatte. Das lockige braune Haar, das unergründliche Lächeln. Er spürte, wie das Blut in seinen Ohren pulsierte. Wie es wohl wäre, wenn er so täte, als ob? Wenn er nur für einen winzigen Augenblick vorgab, jemand anderes zu sein? Wie sich das wohl anfühlen würde?

Andrew räusperte sich.

Würde er es wirklich tun?

«Wie alt ist er denn?», fragte er und gab Cameron das Foto zurück.

«Er ist gerade zehn geworden», erwiderte Cameron. «Und Ihre?»

Tat er das gerade wirklich?

«Steph ist acht, und David ist sechs», antwortete er.

Offenbar ja.

«Ah, das ist das Alter, in dem man langsam ahnt, wie sie wohl als Erwachsene sein werden», sagte Cameron und sprühte vor Freude. «Wobei meine Clara angeblich schon wusste, welche Persönlichkeit Chris hatte, bevor er auch nur auf der Welt war.»

Andrew lächelte. «Meine Frau Diane behauptet genau dasselbe», sagte er.

Und damit hatte er eine Familie, einfach so.

×

Sie sprachen noch eine Weile über ihre Frauen und Kinder, aber leider brachte Cameron das Gespräch bald wieder auf das ursprüngliche Thema, und Andrew spürte, dass sein schöner Traum verschwand wie die Wärme, wenn sich die Sonne hinter einer Wolke versteckt.

Bald war ihre Gesprächszeit vorüber. Zu Andrews Irritation fragte Cameron, ob Andrew noch ein paar «letzte Worte» zu sagen hätte – als würde man ihn gleich hier und jetzt abholen und aufknüpfen. Er brachte ein vages Geschwafel darüber zustande, wie interessant die Position für ihn wäre und wie sehr er es genießen würde, in einem solch dynamischen Team wie Camerons zu arbeiten.

«Wir bleiben in Kontakt», sagte Cameron schließlich mit der Aufrichtigkeit eines Politikers, der bei einem Radio-Interview so tut, als wäre er Fan einer Indie-Band. Andrew zwang sich zu einem Lächeln, erinnerte sich gerade noch rechtzeitig daran, Blickkontakt herzustellen, und schüttelte Camerons Hand, die übrigens so kalt und feucht war, dass es sich anfühlte wie eine Forelle. «Vielen Dank, dass Sie mir heute diese Chance gegeben haben», sagte Andrew.

×

Andrew steuerte ein Café mit freiem WLAN an, um sich Stellenanzeigen anzusehen, war aber zu zerstreut, um konzentriert lesen zu können. Als er Cameron für die «Chance, mich vorzustellen», gedankt hatte, hatte er eigentlich gar nicht den Job gemeint, sondern den kurzen, schönen Traum von einer Familie. Wie merkwürdig aufregend und gleichzeitig beängstigend es gewesen war, sich so normal zu fühlen. Er versuchte, dieses Gefühl zu vergessen, um wieder klar denken zu können.

Wenn er keinen Job bei der Verwaltung bekam, würde er seine Suche ausweiten müssen. Allein die Vorstellung war schon unglaublich einschüchternd, und Andrew fand einfach nichts, wofür er qualifiziert zu sein schien. Hoffnungslos starrte er den enormen Muffin an, den er bestellt, aber nicht gegessen hatte. Stattdessen pickte er an ihm herum, bis er wie ein Maulwurfshügel aussah. Vielleicht konnte er ja noch andere Tierhöhlen aus Essen gestalten und den Turner-Preis für Nachwuchskünstler gewinnen.

Er verbrachte den Rest des Nachmittags in dem Café und sah dabei zu, wie wichtige Business-Leute wichtige Business-Meetings abhielten und Touristen begeistert durch ihre Reiseführer blätterten. Er blieb noch lange, nachdem sie alle schon gegangen waren, drückte sich an die Heizung und versuchte, dem jungen italienischen Kellner möglichst nicht aufzufallen, der schon die Stühle auf die Tische stellte und den Boden fegte. Schließlich fragte ihn der Kellner, ob es ihm etwas ausmachen würde, zu gehen. Dabei entschuldigte er sich so ernsthaft, dass Andrew für einen kurzen Moment befürchtete, in Tränen ausbrechen zu müssen.

Sein Handy klingelte genau in dem Moment, in dem er nach draußen trat. Eine unbekannte Nummer.

«Andrew?», fragte die Stimme am anderen Ende der Verbindung. «Können Sie mich hören?»

«Ja», antwortete Andrew, obwohl er bei dem Lärm des stürmischen Windes und des Krankenwagens, der mit heulenden Sirenen an ihm vorbeiraste, kaum ein Wort verstand.

«Andrew, hier ist Cameron Yates. Ich wollte Sie nur anrufen, um Ihnen zu sagen, dass es schön war, Sie heute kennenzulernen, und, na ja, langer Rede kurzer Sinn: Ich würde mich sehr freuen, Sie an Bord begrüßen zu dürfen.»

«Entschuldigung?», fragte Andrew und stopfte sich den Finger in das freie Ohr.

«Wir bieten Ihnen den Job an!», rief Cameron. «Natürlich müssen wir dafür noch ein paar Formalitäten erledigen, aber da sehe ich keine Probleme.»

Andrew stand vom Wind umtost regungslos da.

«Andrew? Haben Sie das verstanden?»

«Wahnsinn ... Ja, das habe ich. Wow. Ich bin ... ich bin hocherfreut!»

Und das war er tatsächlich. So hocherfreut, dass er dem Kellner durchs Fenster zuwinkte und ihn anstrahlte. Der Kellner lächelte ein verwirrtes Lächeln zurück.

«Andrew, hören Sie, ich muss jetzt gleich in ein Meeting, daher bitte ich jemand anderes, Ihnen eine Mail mit den Einzelheiten zu schicken. Jedenfalls lasse ich Sie jetzt in Ruhe, damit sie Diane und den Kindern die gute Nachricht überbringen können.»

KAPITEL
VIER

*A*ndrew fiel es schwer zu glauben, dass er erst vor fünf Jahren in dieser windigen Straße gestanden und zu begreifen versucht hatte, was Cameron ihm sagen wollte. Es kam ihm vor, als wäre es in einem anderen Leben passiert.

Lustlos rührte er in den Baked Beans herum, die in dem Reisekochtopf auf dem Herd blubberten, um sie dann auf einer dicken Scheibe Vollkornbrot zu verteilen. Der Griff des Brotmessers, mit dem er dem Brot zuvor zu Laibe gerückt war, war ganz verbrannt und verzogen (Andrew hatte es irgendwann einmal zu lange auf dem Herd liegen lassen).

Er starrte auf das Quadrat zersprungener Kacheln hinter dem Herd, als wäre es eine Kamera. Im selbstsicheren Ton eines Fernsehkochs, der gerade der Welt sein Geheimrezept offenbart, sagte er: «Ich habe hier also die Bohnen mit dem Brot kombiniert, und jetzt füge ich noch einen Schuss Ketchup hinzu – ich nehme immer Captain Tomato, aber jede andere Marke tut es auch – und bereite ein leckeres Trio daraus zu. Man kann die Reste leider nicht einfrieren, aber zum Glück werden Sie sowieso alles in höchstens neun Sekunden heruntergeschlungen haben, und dann werden Sie viel zu viel damit zu tun haben, sich selbst zu hassen, um sich darüber noch Gedanken zu machen.»

Er hörte, wie seine Nachbarin unten summte. Sie wohnte noch nicht lange im Haus. Die vorherigen Mieter waren erst vor ein, zwei Monaten ausgezogen, ein Pärchen – beide Anfang zwanzig, beide erschreckend attraktiv, mit hohen Wangenknochen und trainierten Armen, also die Art Äußeres, die bedeutete, dass sie sich niemals für irgendetwas in ihrem Leben würden entschuldigen müssen. Andrew hatte sich jedes Mal gezwungen, sie direkt anzusehen und fröhlich zu grüßen, wenn sie ihm im Flur über den Weg liefen, aber sie machten sich nicht einmal die Mühe, zurückzugrüßen. Er hatte erst gemerkt, dass jemand Neues eingezogen war, als er das Summen hörte. Bisher hatte er seine neue Nachbarin noch gar nicht gesehen, sie aber merkwürdigerweise gerochen. Beziehungsweise ihr Parfüm, das so stark war, dass es ewig im Flur hing. Er fragte sich, wie sie wohl aussah. Vielleicht war sie ja näher an seiner Altersgruppe als das Pärchen. Das Parfüm ließ keinerlei Rückschlüsse zu. Das Summen übrigens auch nicht, und immer wenn Andrew versuchte, sie sich vorzustellen, war da nur ein verschwommenes Oval, wo ihr Gesicht hätte sein sollen.

In diesem Moment leuchtete das Display seines Handys auf der Küchenarbeitsplatte auf. Er las den Namen seiner Schwester, und seine Stimmung sank. Das Datum auf seinem Display zeigte den 31. März. Er hätte es wissen müssen. Er stellte sich vor, wie Sally den roten Ring um den 31. März sah und leise vor sich hin fluchte, weil es wieder an der Zeit für ihren vierteljährlichen Anruf war.

Er trank einen stärkenden Schluck Wasser und nahm das Gespräch an.

«Hallo», sagte er.

«Hey», sagte Sally.

Eine Pause.

«Tja, wie geht's dir, Brüderchen? Alles cool?»

Herrje, warum musste sie immer noch so sprechen wie in der Pubertät?

«Ach, weißt du, das Übliche. Und bei dir?»

«Kann mich nicht beschweren. Carl und ich gehen am Wochenende zu einem Yoga-Retreat, weil er doch Trainer werden will und so.»

Carl. Sallys Ehemann. Andrew und er hatten wenig Gemeinsamkeiten. Vor allem deshalb, weil Carl sich hauptsächlich damit beschäftigte, Proteine zu schlucken und freiwillig schwere Gegenstände zu heben.

«Das klingt ... nett», sagte Andrew. Dann, nach der kurzen Pause, die bedeutete, dass man jetzt zu den wirklich wichtigen Themen übergehen musste: «Und wie läuft es mit den ganzen Tests und so?»

Sally seufzte.

«Hatte letzten Monat eine ganze Menge. Die Ergebnisse sind alle nicht eindeutig, was natürlich klar war, weil sie von Tuten und Blasen keine Ahnung haben. Trotzdem fühle ich mich viel besser. Und sie glauben, dass es vermutlich doch kein Problem mit dem Herzen ist. Unwahrscheinlich, dass ich es Dad nachmache und ohne Vorwarnung abkratze. Aber natürlich erzählen sie mir die ganze Zeit den üblichen Schwachsinn, du weißt ja, wie das ist. Mehr Sport, weniger trinken, blablabla.»

«Nun ja, gut, dass sie sich nicht über Gebühr Sorgen machen», sagte Andrew und dachte bei sich, dass Sally vielleicht nicht wie ein Mädchen in der Pubertät reden sollte, er aber auch nicht unbedingt wie ein verklemmter Oxford-Professor. Nach all den Jahren hakten sie wie Fremde immer dieselbe Liste ab: Arbeit. Gesundheit. Familie (na ja, Carl, der der Einzige war, der dem Begriff Familie immerhin entfernt nahekam). Aber diesmal sorgte Sally für eine Überraschung.

«Und da habe ich gedacht ... vielleicht könnten wir uns bald mal treffen. Es ist jetzt immerhin fast fünf Jahre her.»

Sieben, dachte Andrew. *Das letzte Mal haben wir uns bei Onkel Daves Beerdigung in einem Krematorium gegenüber von einem SnappySnap-Fotoschnellservice in Banbury getroffen. Und du warst bekifft.* Andererseits hatte er Sally seitdem auch nicht gerade mit Einladungen überhäuft.

«Das ... das wäre gut», sagte er. «Sofern du die Zeit dafür aufbringen kannst, natürlich. Vielleicht könnten wir uns auf halber Strecke treffen oder so.»

«Ja, alles cool, Brüderchen. Wobei – hab ich dir das gar nicht erzählt? Wir wohnen jetzt in Newquay. Carl will hier Yoga am Strand unterrichten. Auf halbem Weg ist deshalb jetzt woanders als früher. Aber ich bin im Mai in London, eine Freundin besuchen. Wollen wir dann vielleicht abhängen?»

«Ja. Gut. Sag nur Bescheid, wann du kommst.»

Andrew schaute sich im Zimmer um und biss sich auf die Unterlippe. In den zwanzig Jahren, die er hier wohnte, hatte sich kaum etwas verändert. In der Folge sah seine Bleibe weniger verwohnt als vielmehr völlig hinüber aus. Ein schwarzer Fleck prangte dort, wo die Wand in den Bereich überging, der sich als Küche ausgab; dann waren da das durchgesessene graue Sofa, der abgewetzte Teppich und die vergilbte gelbbraune Tapete, deren Farbe herbstlich wirken sollte, stattdessen aber eher an Vollkornkekse erinnerte. Im selben Maße, in dem die Farben der Tapete verblichen, schwanden auch Andrews Möglichkeiten, etwas dagegen zu tun. Seine Scham über den Zustand der

Wohnung wurde nur durch die quälende Vorstellung übertroffen, etwas dagegen tun zu müssen oder, noch schlimmer: woanders hinzuziehen. Einen Vorteil gab es immerhin, dass er ganz allein hier wohnte und nie Besuch hatte: Niemand konnte ihn danach beurteilen, wie er lebte.

Andrew beschloss, das Thema zu wechseln, weil ihm etwas einfiel, das Sally ihm das letzte Mal erzählt hatte.

«Wie läuft es denn mit deiner ... Frau da?»

Er hörte, wie ein Feuerzeug schnappte, und dann das leise Geräusch, als Sally den Rauch ausblies.

«Meine Frau?»

«Na, die Frau, zu der du gehen wolltest. Um über alles zu reden.»

«Du meinst meine Therapeutin?»

«Genau.»

«Habe sie nicht mehr, weil wir umgezogen sind. Um ehrlich zu sein, Brüderchen, war ich ganz froh über die Ausrede. Sie hat mich ständig versucht zu hypnotisieren, und das hat nie geklappt. Ich habe ihr gesagt, dass ich immun dagegen bin, aber sie wollte mir nicht zuhören. Hab hier in Newquay jemand anders gefunden. Die ist eher eine spirituelle Heilerin. Ich habe sie kennengelernt, weil sie einen Werbezettel direkt neben den für Carls Yogastunden gehängt hat. Was für ein Zufall!»

Na ja ..., dachte Andrew.

«Du», sagte Sally. «Ich wollte noch über etwas anderes mit dir sprechen.»

«Gut», sagte Andrew, der sofort misstrauisch wurde. Erst ein Treffen ausmachen und dann dies. Oh Gott, was, wenn sie ihn zwingen wollte, Zeit mit Carl zu verbringen?

«Also – und normalerweise würde ich das nicht tun,

weil ich ja weiß, dass … na ja, eigentlich sprechen wir ja nicht über solche Dinge. Aber egal, du kennst doch meinen alten Kumpel Sparky?»

«Nein.»

«Klar tust du das, Brüderchen. Das ist doch der, der Bongs in Brighton Lanes verkauft.»

Natürlich.

«Okay …»

«Er hat da diese Freundin, Julia. Sie wohnt in London. In der Nähe vom Crystal Palace sogar, also nicht weit von dir entfernt. Sie ist fünfunddreißig. Und vor zwei Jahren musste sie eine ziemlich beschissene Scheidung durchmachen.»

Andrew hielt das Telefon weit von seinem Ohr weg. *Wenn das jetzt das wird, was ich glaube …*

«Aber jetzt geht es ihr wieder gut, und Sparky sagt, dass sie wieder voll auf der Höhe ist. Deshalb habe ich nur gedacht, dass, sozusagen, du vielleicht …»

«Nein», erwiderte Andrew. «Absolut nicht. Vergiss es.»

«Aber Andrew, soweit ich weiß, ist sie supernett – und auch hübsch, ich habe ein paar Fotos gesehen. Ich glaube, du würdest sie echt mögen.»

«Das ist völlig egal», sagte Andrew und versuchte, nicht allzu genervt zu klingen. «Weil ich … weil ich das nämlich nicht will. Das ist nichts für mich.»

Sally ächzte. «‹*Das ist nichts für mich.*› Herrje, Mann, wir reden hier über Liebe, nicht über Thunfisch auf der Pizza. Das kannst du nicht einfach so von dir wegschieben.»

«Warum nicht? Warum kann ich das nicht? Ich tue niemandem weh, oder? Immerhin ist so garantiert, dass niemand verletzt wird.»

«Aber so kann man sein Leben doch nicht leben, Mann!

Du bist zweiundvierzig, also immer noch in deinen besten Jahren. Wenn du dich der Welt nicht zeigst, versagst du dir quasi aktiv dein mögliches Glück. Ich weiß, dass es nicht leicht ist, aber du musst doch auch an die Zukunft denken.»

Andrew spürte, wie sein Herz ein kleines bisschen schneller schlug. Er hatte das schlimme Gefühl, dass seine Schwester gerade den Mut fasste, ihn etwas zu fragen, worüber sie nie gesprochen hatten. Das hier war nicht mehr der heiße Brei, um den sie sonst herumredeten, sondern ein ganzer Lavasee. Er beschloss, die Sache im Keim zu ersticken.

«Ich bin dir für deine Anteilnahme sehr dankbar, aber es gibt keinerlei Veranlassung dafür. Ehrlich. Mir geht es gut so, wie es ist.»

«Verstehe, aber im Ernst, eines Tages müssen wir doch reden über ... du weißt schon. Die Sache.»

«Nein, müssen wir nicht», versetzte Andrew, der sich darüber ärgerte, dass er die letzte Antwort geflüstert hatte. Sobald er irgendwelche Gefühle zeigte, würde Sally das bestimmt als Einladung verstehen, weiter nachzubohren, als ob er heimlich doch über «die Sache» sprechen wollte, was er absolut und überhaupt nicht wollte.

«Aber Brüderchen, irgendwann müssen wir es tun. Das ist sonst ungesund!»

«Tja, ungesund ist es auch, sein ganzes Leben lang Gras zu rauchen, deshalb bist du wohl kaum in der Position, darüber zu urteilen, nicht wahr?»

Andrew zuckte bei seinen eigenen Worten zusammen. Er hörte, wie Sally Rauch ausblies.

«Tut mir leid, Sally. Das war überflüssig.»

«Ich will ja nur sagen», sagte Sally, und es klang jetzt

sehr überlegt, «dass es für dich gut wäre, wenn du mal über alles reden würdest.»

«Und *ich* will nur sagen, dass das etwas ist, was ich wirklich nicht will. Mein Liebesleben, oder seine Abwesenheit, ist nichts, was ich mir gern näher ansehen würde. Und was ‹die Sache› angeht: Es gibt da nicht wirklich etwas zu sagen. Das liegt alles in der Vergangenheit.»

Eine Pause.

«Tja, gut, Mann. Ist wohl deine Entscheidung, nehme ich an. Ich meine, Carl sagt mir auch immer, ich soll aufhören, dich damit zu belästigen, aber das ist nicht so leicht, weißt du? Du bist schließlich mein Bruder, Brüderchen!»

Andrew spürte wieder den vertrauten Selbsthass. Endlich hatte ihm seine Schwester die Hand gereicht, und er hatte ihr im Grunde gesagt, dass sie sich schleunigst verziehen sollte. Er wollte sich richtig bei ihr entschuldigen, ihr sagen, dass es ihm natürlich eine Menge bedeutete, dass sie sich solche Sorgen machte, aber die Worte blieben ihm im Hals stecken.

«Hör mal», sagte Sally. «Wir essen jetzt. Also … dann bis bald?»

«Ja», erwiderte Andrew und kniff frustriert die Augen zu. «Auf jeden Fall. Und danke! Für den Anruf und alles.»

«Klar. Kein Problem, Brüderchen. Also, pass auf dich auf.»

«Ja. Tu ich. Auf jeden Fall. Du auch.»

×

Als Andrew die kurze Strecke zwischen der Küchenzeile zu seinem Computer zurücklegte, wäre er beinahe in den Flying Scotsman gerannt, der völlig gleichgültig vor sich hin schnaufte. Von all seinen Lokomotiven schien der Scotsman am unbekümmertsten zu sein (verglichen mit dem Railroad BR Intercity zum Beispiel, der schon verdrießlich wirkte, wenn er losfahren sollte). Der Flying Scotsman war außerdem seine allererste Modelllokomotive und der Grundstein seiner ganzen Sammlung. Er hatte ihn als Teenager geschenkt bekommen und sich sofort verliebt. Vielleicht hatte es daran gelegen, dass das Geschenk so unerwartet gekommen war.

Andrew hatte Jahre gebraucht, bis er sich eine zweite Lok hatte leisten können. Und noch eine. Und dann eine dritte. Und dann Gleise und Abstellgleise und Bahnsteige – bis der gesamte Fußboden in seiner Wohnung von einem komplexen System ineinander verschlungener Gleise mit passenden Landschaften bedeckt war: Tunnel, die aussahen, als seien sie in den Fels gehauen worden, Kühe, die an Bächen grasten, ganze Weizenfelder, Kleingärten, in denen reihenweise winzige Kohlköpfe und Tomaten wuchsen, die von Männchen mit Schlapphüten gepflegt wurden. Bald hatte er genug Landschaftselemente, um alle Jahreszeiten abzubilden. Es war für ihn immer eine Freude, wenn er spürte, wie das Wetter umschlug. Einmal, als er auf einer Beerdigung war, an der außer ihm nur die Saufkumpanen des Verstorbenen teilnahmen, hatte der Pfarrer in seiner Grabrede eine Anspielung darauf gemacht, dass die Uhren jetzt wieder zurückgestellt werden mussten, und Andrew hätte beinahe vor Freude die Faust in die Höhe gereckt, weil ihm ein ganzes Wochenende bevorstand, an dem er die im Moment noch üppig grüne Landschaft in eine herbstliche verwandeln konnte.

Es machte süchtig, diese Welten zu bauen. Teuer war es leider auch. Andrews magere Ersparnisse waren schon längst für seine Sammlung draufgegangen, und abgesehen von der Miete gab er sein gesamtes Gehalt fast ausschließlich für ihren Ausbau und Erhalt aus. Er dachte gar nicht mehr über all die Stunden oder auch ganzen Tage nach, die er damit verbracht hatte, im Internet nach Möglichkeiten zu suchen, wie er seine Sammlung optimieren konnte.

Er erinnerte sich auch nicht mehr daran, wann er das ModellBahnFreaks-Forum entdeckt und ihm beigetreten war, aber seitdem war er dort jeden Tag aktiv gewesen. Die meisten, die darin etwas posteten, ließen sein Interesse geradezu amateurhaft wirken, und Andrew liebte jeden Einzelnen von ihnen. Jeder – absolut jeder –, der sich um 2.38 Uhr morgens in ein Messageboard einloggte und die Nachricht «BITTE HELFT EINEM FRISCHLING: LMS-Klasse 2-6-4T Fahrgestell KAPUTT. HILFE??» postete, war für ihn ebenso ein Held wie die dreiunddreißig Leute, die innerhalb von Minuten mit Tipps, Lösungen und tröstenden Worten antworteten. In Wahrheit verstand Andrew nur etwa zehn Prozent dessen, worüber die Forenmitglieder in ihren eher technischen Unterhaltungen sprachen, aber er las jeden einzelnen Beitrag und verspürte echte Freude, wenn Probleme, die manchmal monatelang unbeantwortet geblieben waren, endlich eine Lösung fanden.

Es hatte lange gedauert, bis er sich überwunden und hin und wieder selbst einen Beitrag im Hauptforum gepostet hatte. Alles änderte sich jedoch, als er regelmäßig mit drei anderen Usern zu chatten begann und schließlich eingeladen wurde – selbstverständlich mit einer privaten Nachricht! –, sich einem exklusiven Unterforum anzuschließen. Der Administrator dieses kleinen Zufluchtsortes im Web war BamBam67, eines der Mitglieder, die schon am längsten dabei waren. Er hatte erst seit kurzem Moderatorenrechte. Die beiden anderen, die zur kleinen Gemeinde gehörten, waren BastlerAl, allem Anschein nach ein junger und leidenschaftlicher Modellbahnfreak, und der erfahrenere BreitSpurJim, der früher einmal das Foto eines Miniaturaquädukts gepostet hatte, das sich über einen Fluss spannte und so schön war, dass sich Andrew nach seinem Anblick hatte hinlegen müssen.

Das Unterforum war von BamBam67 eingerichtet worden, um seine neuen Moderatorenprivilegien zu zeigen – BamBam gab hin und wieder gern an, indem er seine Posts mit Fotos seiner Modellbahnaufbauten illustrierte, die eigentlich mehr dazu geeignet waren, die Größe seines wirklich sehr schönen Zuhauses zu zeigen. Ziemlich bald kam heraus, dass sie alle in London lebten, außer Breit-Spur (das engagierte, onkelhafte Mitglied der Gruppe), der schon über dreißig Jahre lang «sich selbst treu und in Leatherhead geblieben» war, aber die Idee, sich irgendwann einmal auch im echten Leben zu treffen, war niemals zur Sprache gekommen. Das passte Andrew, der hier unter dem Namen Tracker firmierte, ganz gut in den Kram. Zum Teil weil er auf diese Weise seine Onlinepersönlichkeit dazu nutzen konnte, seine Unzulänglichkeiten im wahren Leben zu verstecken – das war, wie er sehr bald begriff, Sinn und Zweck des gesamten Internets –, aber auch weil dies hier seine einzigen und daher auch besten Freunde waren. Sie im wahren Leben kennenzulernen und womöglich herausfinden zu müssen, dass sie richtige Arschlöcher waren, wäre wirklich ziemlich traurig.

Es gab einen profunden Unterschied zwischen dem, was im Hauptforum, und dem, was im Unterforum geschah. Im Ersteren herrschte ein fein austariertes Ökosystem. Die Unterhaltungen mussten streng auf das Thema bezogen sein, und jeder User, der sich über die Regeln hinwegsetzte, wurde ordnungsgemäß bestraft. Das berüchtigtste Beispiel dafür war TunnelBelästiger6, der ständig etwas über Sockelleisten in einem Getriebe-Thread gepostet hatte und schließlich vom Moderator als «Spammer» gebrandmarkt wurde. Schaurigerweise postete TB6 nie wieder etwas. Aber im Unterforum, versteckt vor dem neugierigen Blick des Hauptforum-Moderators, veränderte sich das langsam. Bald wurde es ein Ort, an dem persönliche Themen beinahe so oft besprochen wurden wie Eisenbahnen. Zunächst war das ein wenig beängstigend. Es war ein bisschen so, als wären sie eine Widerstandsbewegung, die in einem staubigen Keller unter einer nackten Glühbirne über Landkarten gebeugt saß, während in der Bar über ihnen feindliche Soldaten tranken. BreitSpurJim war es gewesen, der als Erster ein eindeutig nicht Modelleisenbahn-bezogenes Thema aufbrachte.

Hört mal, Leute, hatte er geschrieben, *normalerweise würde ich euch ja nicht mit so etwas belästigen, aber um ganz ehrlich zu sein, weiß ich nicht, wen ich sonst fragen soll. Meine Tochter Emily ist dabei erwischt worden, wie sie jemanden von der Schule im Internet gemobbt hat. Fiese Nachrichten. Gephotoshoppte Bilder. Gemeines Zeug, was ich da gesehen habe. Sie sagt, sie sei nicht die Anführerin gewesen, und fühlt sich jetzt echt schlecht (das glaube ich ihr), aber ich habe trotzdem das Gefühl, dass ich ihr ein für alle Mal klarmachen muss, dass sie so etwas nie wieder machen kann, selbst wenn es bedeutet, dass sie ihre Freunde verliert. Hatte nur gedacht, dass ihr vielleicht einen Rat habt für einen alten Trottel wie mich!! Kein Problem, wenn nicht!!!!!*

Andrew war wie erstarrt gewesen. Was würde passieren? Es war BastlerAl, der als Erster antwortete, und sein Rat war schlicht, vernünftig und doch von Herzen kommend. So sehr sogar, dass Andrew kurz ein wenig überwältigt war. Er versuchte, selbst eine Antwort zu verfassen, aber es fiel ihm einfach nichts Besseres ein. Stattdessen schloss er sich Bastlers Vorschlag mit ein paar Zeilen an und beschloss (vielleicht ein kleines bisschen selbstsüchtig), nächstes Mal derjenige zu sein, der als Erster half.

×

Andrew rückte den Bildschirm des Computers zurecht. Er loggte sich ein, hörte das beruhigende Geräusch des Scotsman hinter sich und wartete voll gespannter Erwartung auf den kleinen Luftzug, den er immer spürte, wenn die Lok vorbeifuhr. Er hatte sich den Computer als Geschenk zu seinem zweiunddreißigsten Geburtstag gekauft. Damals hatte er wie eine schnittige und starke Maschine gewirkt, aber jetzt, ein Jahrzehnt später, war er unglaublich sperrig und langsam, verglichen mit den neuesten Modellen. Dennoch hegte Andrew eine gewisse Zuneigung zu dem klobigen alten Vieh, was bedeutete, dass er an ihm festhalten würde, solange es noch stotternd und prustend zum Leben erwachte.

Hallo allerseits, schrieb er. *Jemand online zur Nachtschicht?*

Andrew wusste, dass er maximal zehn Minuten warten müsste, bis jemand antwortete. Währenddessen stieg er vorsichtig über das dichte Netz der Gleise zu seinem Plattenspieler und sah seine LPs durch. Er hatte sie zu einem windschiefen Turm aufgestapelt, statt sie in Reihen im Regal aufzubewahren – das schmälerte nämlich den Spaß. Bei dieser wackeligen Ordnung konnte er sich hin und wieder selbst überraschen. Er hatte Platten von verschiedenen Künstlern in seinem Turm – Miles Davis, Dave

Brubeck, Dizzy Gillespie –, aber Ella Fitzgeralds Alben waren den anderen zahlenmäßig weit überlegen.

Er ließ *The Best Is Yet To Come* aus der Hülle gleiten, überlegte es sich dann anders und schob die Platte wieder hinein. Der Umbau seiner Modelleisenbahn-Landschaften spiegelte die Veränderungen der Jahreszeiten, aber die Wahl der jeweiligen Ella-Platte folgte keiner nachvollziehbaren Logik. Andrew zog immer nur die heraus, die sich gerade richtig anfühlte. Es gab nur eine Ausnahme: Ellas Version von «Blue Moon». Er hatte diesen speziellen Song zwanzig Jahre nicht mehr aufgelegt, obwohl das nicht verhindern konnte, dass er ihn hin und wieder im Kopf hörte. Sobald nur die ersten Noten erklangen, schmerzten seine Schläfen, seine Sicht trübte sich, und er hörte das durchdringende Kreischen einer Rückkopplung sowie Geschrei, das sich mit der Musik vermischte. Darauf folgte das unheimliche Gefühl von Händen, die seine Schulter packten. Und dann, einfach so, war alles wieder vorbei, und vor ihm stand ein verwirrter Apotheker, oder er hatte die Bushaltestelle verpasst. Einmal, vor ein paar Jahren, war er in einem Plattenladen in Soho gewesen, als der Song gespielt wurde. Er hatte den Laden so überhastet verlassen wollen, dass er mit dem Ladenbesitzer und einem Polizisten in Zivil aneinandergeriet.

Neulich hatte er zwischen den Fernsehsendern hin und her gezappt und war an einem Fußball-Match hängengeblieben. Nur Minuten später suchte er verzweifelt nach der Fernbedienung, denn die Manchester-City-Fans sangen offenbar ausgesprochen gern «Blue Moon». Den echten Song zu hören, war schon schlimm genug, aber fünfzigtausend Leute, die ihn ins Stadion grölten – das war eine ganz andere Dimension der Qual. Er versuchte sich zu sagen, dass seine Empfindlichkeit eine ganz normale Eigenheit war, die er einfach tolerieren musste, wie eine Allergie auf Sonnenlicht oder Albträume, aber dennoch kam ihm immer wieder der Gedanke, dass er womöglich irgendwann doch mit jemandem darüber reden müsste.

Er fuhr mit dem Finger den Plattenturm entlang. Heute zog *Hello Love* seinen Blick auf sich. Er senkte die Nadel vorsichtig auf die Platte und ging zurück zu seinem Computer. BamBam67 hatte als Erster geantwortet.

'n Abend an alle. Auch für mich heute Nachtschicht. Hab das Haus zum Glück für mich allein. Habt ihr gesehen, dass sie auf BBC diese Sendung von letztem Jahr wiederholen? James May, der in seinem Schuppen sitzt und eine Graham Farish 372-311-N-Dampflok nachbaut. Offenbar haben sie das ungeschnitten aufgenommen. Aber braucht ihr gar nicht anzugucken. Es ist furchtbar.

Andrew lächelte und aktualisierte den Bildschirm. BastlerAl meldete sich sofort:

HAHA! Wusste ich's doch, dass das nichts für dich ist! Ich fand es toll, muss ich gestehen.

Aktualisieren. Da kam auch schon BreitBandJim:

Ich bin auch bei der Nachtschicht dabei, Männer. Ich habe das May-Dings schon beim ersten Mal geguckt. Als er sagte, eine Gleisbettung aus Kork sei einer aus Schotter vorzuziehen, konnte ich ihn leider nicht mehr ernst nehmen.

Andrew bewegte den Kopf im Kreis, um den Nacken zu lockern, und lehnte sich dann auf seinem Stuhl zurück. Jetzt, da alle vier etwas gepostet hatte, jetzt, da Ella sanft im Hintergrund sang und ein Zug durch das Zimmer ratterte und es nicht mehr so still war, konnte er sich entspannen.

In diesen Momenten passte alles.

In diesen Momenten war alles gut.

KAPITEL FÜNF

*A*ndrew gab sich immer besondere Mühe mit seinen Lunchpaketen, so auch diesmal: «Schinken *und* Käse», prahlte er in die Küchen-Kamera. «Einen Klecks Mayonnaise in die Mitte, und dann verstreichen wir sie in alle Ecken. Ich stelle mir gern vor, dass es sich dabei um die Leiche eines Verräters handelt, deren Teile in alle vier Ecken Englands verschickt werden, aber denken Sie sich ruhig einen anderen Vergleich aus, wenn Sie wollen. Warten Sie, ist das etwa ein Blatt Eisbergsalat? Darauf können Sie wetten. Also, was passt dazu? Eine Tüte Salt-&-Vinegar-Chips? Auf jeden Fall. Und wie wär's mit einer Mandarine aus dem großen roten Netz? Na klar. Aber sehen Sie lieber noch einmal nach, dass es nicht eine von diesen hinterhältigen ist, die so tun, als wären sie schön, obwohl sie unten schon schimmeln. Ich stelle mir dabei immer einen aufgeblasenen jungen Soldaten vor, der auf Patrouille gehen will, obwohl er sich das Wadenbein gebrochen hat, aber auch hier gilt: Denken Sie sich ruhig Ihren eigenen Vergleich aus.»

Als Andrew zur Arbeit fuhr – nicht mit dem Bus, sondern mit der Bahn –, musste er an seinen allerersten Tag im Büro denken. Nach dem kurzen Moment der Begeisterung, dass er den Job bekommen hatte, hatte er die nächsten Tage verzweifelt darüber nachgegrübelt, wie er die Sache mit seiner ausgedachten Familie bei Cameron aus der Welt schaffen konnte. Er fand, am besten wäre es, wenn er sehr, sehr schnell sehr, sehr gut mit Cameron auskäme und sich gegen all seine Instinkte aktiv mit ihm befreundete. Ein paar Plaudereien im Flur, bei denen sie über andere Leute herzogen, ein Pint Bier an einem Freitagabend – so machten es die Leute doch, oder? Und dann würde er beichten – *Hey, das war doch nur ein kleiner Aussetzer zwischen dir und mir, Kumpel* –, und sie würden die Sache zu den Akten legen, als harmlose Lüge, die jeder in Bewerbungsgesprächen erzählte.

Unglücklicherweise sollte es anders kommen.

×

Gemäß britischem Gesetz hatte Andrew kurz hallo zu seinen neuen Kollegen gesagt, um sich dann aus Versehen aus seinem neuen E-Mail-Konto auszuloggen und nicht mehr hineinzukommen. *Was für ein Anfängerfehler!* Eine Stunde lang saß er mucksmäuschenstill da, zu beschämt, als dass er es gewagt hätte, um Hilfe zu bitten. Dann sah er, wie Cameron auftauchte. Es war Andrews erste Gelegenheit, ein freundschaftliches Verhältnis zu ihm aufzubauen. Er wollte gerade eine geistreiche Eröffnungsbemerkung zu seiner momentanen Computerkrise machen, als Cameron ihn unterbrach, um ihm einen guten ersten Tag zu wünschen. Dann schwafelte er ununterbrochen über Leistungskennzahlen, ohne Andrew auch nur die geringste Chance zu geben, zu Wort zu kommen. Als Andrew erneut ansetzen wollte, schloss Cameron seinen Wortschwall laut und für alle vernehmlich mit der Frage: «Und wie geht's der Familie? Alles in Ordnung mit den Kindern, Steph und David, richtig?»

Andrew war so perplex, dass ihm nichts Besseres einfiel als ein: «Es scheint allen gut zu gehen, danke.»

Er spürte, wie ihm die Hitze ins Gesicht stieg. *Wechsle bloß das Thema*, mahnte er sich selbst. Stattdessen bemerkte er zu seinem eigenen Entsetzen, dass sein Mund etwas von «sehr vielen Hausaufgaben» plapperte.

«Das ist so in dem Alter», sagte Cameron, als Andrew sein Gefasel beendet hatte. «Aber bald sind ja Osterferien. Haben Sie und Diane etwas Schönes geplant?»

«Ähm ... Frankreich», antwortete Andrew.

«Oh, wie wunderbar», sagte Cameron, und sein Gesicht hellte sich auf. «Wohin denn genau?»

Andrew überlegte.

«Süden», sagte er. «Südfrankreich.»

Und damit war Andrews Schicksal besiegelt.

×

In den ersten Tagen seines neuen Jobs musste er immer ganz schnell und entschlossen reagieren, wenn das Gespräch auf Familie kam. Aber Andrew lernte bald, dass es verschiedene Möglichkeiten gab, um sich Zeit zum Antworten zu verschaffen. Er konnte zum Beispiel so tun, als wäre er von etwas auf seinem Bildschirm abgelenkt, oder er bat denjenigen, der die Frage gestellt hatte, die Frage doch zu wiederholen, da er sie nicht ganz verstanden hätte.

Eigentlich aber war Andrew klar, dass er eine langfristigere Strategie brauchte. In seiner zweiten Woche im Büro gab es ein paar Tage, an denen das Thema nicht ein einziges Mal aufkam, und er hoffte schon, aus dem Schneider zu sein.

Wie unglaublich naiv dieser Gedanke gewesen war! Es ging schließlich um *Familie*! Darüber sprachen normale Menschen eben.

Es half außerdem nicht, dass sich seine Kollegin Meredith praktisch von Neugier und Klatsch ernährte und Andrew ständig nach privaten Dingen ausquetschte. Mit Grauen erinnerte Andrew sich an eine Situation, als Meredith, Keith und eine nervöse Hochschulabsolventin namens Bethany über Hochzeiten gesprochen hatten.

«Oh, das war ja so quälend», hatte Meredith seufzend hervorgestoßen. Am Wochenende zuvor war sie auf der Hochzeit einer Freundin gewesen. «Sie standen da am Altar und bekamen den Ring einfach nicht an seinen großen, fetten Finger.»

«Mein Dad findet es ein bisschen verweichlicht, wenn Männer Eheringe tragen», warf Bethany mit ihrer zittrigen Stimme ein, die sie klingen ließ, als führe sie ständig über Kopfsteinpflaster.

«Seeeht ihr?», rief Keith und breitete die Arme aus, um seine Meinung zu unterstreichen, wobei er die riesigen Schweißflecken unter seinen Armen freilegte. «Das sage ich auch immer.»

«Ach, ich weiß nicht», sagte Meredith. «Wenn mein Graham keinen trüge, würden sich ihm ständig irgendwelche Schlampen an den Hals werfen.»

Sie reckte den Hals, um einen Blick auf Andrews Bildschirm zu werfen.

«Trägst du einen, Andrew?»

Dummerweise schaute er tatsächlich erst auf seinen Finger, bevor er verneinte.

«Aus einem bestimmten Grund? Oder …?»

Mist.

«Nein, nein», sagte er. «Ich habe bloß ... ich mochte das Gefühl nicht.»

Niemand stellte das in Frage, aber Andrews Wangen brannten trotzdem vor Scham.

In diesem Moment hatte er begriffen, dass es nicht reichte, nur die allgemeinen Fakten und das große Bild zu kennen. Er musste den groben Pinselstrichen feinere hinzufügen. Und daher hatte er später an diesem Abend, mit Ella im Hintergrund, begonnen seine Familiengeschichte zu schreiben. Er schrieb so viele «Fakten» in eine Tabelle wie möglich: zweite Namen, Alter, Haarfarbe, Größe. In den folgenden Wochen fügte er subtilere Details hinzu – aus den Unterhaltungen von Fremden, die er aufschnappte, oder dadurch, dass er sich fragte, wie diese oder jene Neuigkeit wohl von seiner eigenen Familie aufgenommen worden wäre. Bald konnte man ihn so gut wie alles fragen, und er hatte darauf eine Antwort.

Ein Blick auf die Tabelle zeigte, dass David Touch-Rugby mochte, sich aber neulich erst das Fußgelenk verstaucht hatte. Er war schüchtern und spielte lieber allein als mit Freunden. Er hatte monatelang um ein Paar Turnschuhe gebettelt, deren Sohlen beim Gehen leuchteten, und Andrew hatte irgendwann nachgegeben.

Steph hatte als Baby schreckliche Koliken gehabt, aber abgesehen von einer gelegentlichen Bindehautentzündung mussten sie inzwischen nur noch sehr selten mit ihr zum Arzt. Steph stellte in der Öffentlichkeit erschreckend kluge Fragen, die ihre Eltern oft ratlos machten. Sie hatte beim Krippenspiel einmal einen Hirten gespielt, mit gemischten Reaktionen ihrer Mitspieler, aber sie waren natürlich niemals stolzer auf ihr Mädchen gewesen.

Es war der «sie»-Teil – er und Diane –, den er schwieriger fand. Als er sich seiner kleinen Phantasie während des Bewerbungsgesprächs hingegeben hatte, war es noch in Ordnung gewesen, aber das hier war eine ganz andere Ebene. Trotzdem, die Details hatte er alle parat: Diane war zur Partnerin in der Kanzlei befördert worden (ihr Spezialgebiet waren Menschenrechte), und obwohl sie immer sehr lange arbeitete, hatte sie seit neuestem damit aufgehört, ihr gefürchtetes Blackberry auch an den Wochenenden zu benutzen. Ihr Hochzeitstag war der vierte September, aber sie feierten auch den 15. November, den Jahrestag ihres ersten Kusses, als sie nach einer Spontanparty eines Freundes im Studentenwohnheim im Schnee gestanden hatten. Bei ihrem ersten richtigen Date hatten sie zusammen *Pulp Fiction* im Kino geschaut. Zu Weihnachten fuhren sie zu ihren Eltern, in den Sommerferien mit den Kindern meistens nach Frankreich und in den Herbstferien in CenterParcs. Sie waren zu ihrem zehnten Hochzeitstag nach Rom gereist. Wenn sie einen Babysitter engagieren konnten, gingen sie ins Theater – aber nichts, was zu modern war, weil sie beschlossen hatten, dass sie keine Zeit und kein Geld auf etwas verschwenden wollten, in dem nicht zumindest eine der Hauptrollen so angezogen war wie in einer Sonntagabend-Historienschmonzette. Diane spielte sonntags morgens Tennis mit ihrer Freundin Sue und war im Elternausschuss in Stephs Schule. Sie hatte früher eine Brille mit knallorangefarbenem Rahmen getragen, bis sie sich zur Laseroperation durchrang. Sie hatte eine kleine Narbe über der Braue, wohin ihr ein Junge namens James Bond in der Schule einen Holzapfel geworfen hatte ...

Eine Familie zu erfinden hatte so viel Aufmerksamkeit erfordert, dass Andrew kaum Zeit gehabt hatte, sich auf seinen neuen Job zu konzentrieren, geschweige denn, sich groß Gedanken darüber zu machen. Er war bereits auf zwei Beerdigungen gewesen und hatte ein paar schwierige Telefongespräche mit Verwandten geführt – in einem hatte er einem Mann erklären müssen, dass er den teuren Laptop des Verstorbenen an die Bezirksverwaltung zurückgeben musste, wenn sie die Beerdigungskosten übernehmen sollte. Sogar an einer Nachlassinspektion hatte er schon teilgenommen – Keith hatte sie durchgeführt – und das Zimmer gesehen, in dem eine Frau gestorben war. Aber all das kam ihm vor wie ein Spaziergang, verglichen mit der Mühe, die es ihn kostete, seine Lüge aufrechtzuerhalten. Er war ständig nervös und wartete nur auf den Moment, in dem er sich in seinem Lügengeflecht verhedderte oder sich widersprach.

Doch dann verging ein Monat und dann ein weiterer, und langsam entspannte sich Andrew. Seine harte Arbeit zahlte sich aus.

×

Der Augenblick, der beinahe alles verändert hätte, kam an einem Freitag in der Mittagspause.

Andrew hatte einen fruchtlosen Morgen damit verbracht, in einem Schuhkarton voller Papiere aus einer Nachlassinspektion nach Hinweisen auf Verwandte zu suchen. Jetzt schaute er abwesend dabei zu, wie sich ein Teller Fertig-Käsemakkaroni in der Mikrowelle der kleinen Büroküche drehte, und plauderte mit Cameron, als das Thema Allergien aufkam.

«Schwieriges Thema», sagte Cameron. «Man muss immer auf der Hut sein, weißt du. Besonders, was Nüsse angeht. Bei Chris müssen wir höllisch aufpassen.»

«Mmm», machte Andrew, zog die Alufolie ab und schob die Pasta mit der Gabel herum. «Ich weiß, was du meinst. Steph reagiert allergisch auf Bienenstiche.»

Erst als er schon wieder an seinem Schreibtisch saß und seine Pasta schon halb aufgegessen hatte, dachte er noch einmal über das kurze Gespräch nach. Er hatte weder in seiner Tabelle nachsehen noch verzweifelt etwas improvisieren müssen, sondern stattdessen ganz ruhig und freiwillig die Information über Steph geliefert, ohne auch nur darüber nachzudenken – als wäre sie aus seinem Unterbewussten gekommen. Die Tatsache, dass ihm dieses angebliche Detail über sein angebliches Kind so leicht über die Lippen gekommen war, beunruhigte ihn zutiefst. Zum ersten Mal hatte er aus den Augen verloren, warum er sich überhaupt ständig etwas ausdenken musste.

Es machte ihm Angst, dass er der kleinen Phantasie erlaubt hatte, sich derart breitzumachen. Es machte ihm sogar so viel Angst, dass er an diesem Abend zu Hause nicht seine Tabelle aktualisierte, sondern stattdessen nach einem anderen Job Ausschau hielt.

Eine Woche später – er war gerade aus der Kirche gekommen, wo er an der Beerdigung eines fünfundsiebzigjährigen ehemaligen Fahrlehrers teilgenommen hatte, der in der Badewanne ertrunken war – hatte er auf seiner Voicemail eine Nachricht von einem Personalverantwortlichen, der ihn zu einem Vorstellungsgespräch einlud. Normalerweise hätte das bei ihm eine Panik ausgelöst, aber er fühlte sich nach Beerdigungen immer ein wenig wie betäubt. Als er sich die Nachricht anhörte, war er daher ruhig genug, um sofort zurückzurufen und einen Termin auszumachen. Das war seine Chance zur Flucht, seine Chance, endlich mit den Lügen aufzuhören.

Noch eine Woche später stieg er gerade die Stufen zum Büro empor und fühlte sich schrecklich außer Atem, wobei er sich davon zu überzeugen versuchte, dass das sicher an einer – vermutlich tödlichen – Krankheit lag und nicht etwa daran, dass er zwei Jahrzehnte lang keinerlei Sport getrieben hatte, als sein Handy erneut klingelte. Ein paar Sekunden später keuchte er: Ja, er würde sehr gern zu einem zweiten Gespräch kommen. Den Rest des Nachmittags verbrachte er damit, an seinem Schreibtisch zu sitzen und sich vorzustellen, wie es sich anfühlen würde, Cameron seine Kündigung mitzuteilen.

«Haben Sie mit Ihrer Familie an diesem Wochenende etwas Nettes vor, Andrew?», fragte Bethany.

«Grillen am Samstag, wenn das Wetter gut bleibt», sagte Andrew. «Steph hat beschlossen, Vegetarierin zu sein, daher weiß ich nicht genau, was sie essen wird.»

«Oh, ich bin auch Vegetarierin! Legen Sie einfach Halloumi-Käse und ein paar Linda-McCartney-Würstchen auf den Grill. Sie wird es lieben.»

Sie sprachen immer noch über ihre Pläne fürs Wochenende, als Andrew eine Mail von Adrian bekam, dem Mann, der ihn wegen der neuen Stelle angerufen hatte und ihn darum bat, ihm mögliche Termine für das zweite Bewerbungsgespräch zu nennen. Andrew entschuldigte sich und floh in eine leere Toilettenkabine. Er gestand sich nur ungern ein, wie wohl und getröstet er sich mittlerweile nach Unterhaltungen wie dieser mit Bethany fühlte, nach Unterhaltungen, in denen es um Familienthemen ging. Wieder kam ihm der Gedanke: Wem schadete das, was er da tat? Er brachte niemandem Unglück. Viele Menschen hatten *echte* Familien, denen sie *echt* böse Dinge antaten, indem sie ihre Liebsten auf jede erdenklich schlimme Weise verletzten. Das, was er tat, war damit überhaupt nicht zu vergleichen.

Als er wieder an seinem Schreibtisch saß, hatte er sich entschieden.

Hallo, Adrian, schrieb Andrew, *ich freue mich sehr darüber, Jackie kennenlernen zu dürfen, aber ich bin unterdessen in mich gegangen und habe beschlossen, in meinem derzeitigen Job zu bleiben. Danke für Ihre Mühe.*

Von diesem Zeitpunkt an wurde es einfacher. Er konnte ohne jedes schlechte Gewissen an den Familiengesprächen teilnehmen, und zum ersten Mal seit sehr langer Zeit fühlte er sich öfter glücklich als einsam.

KAPITEL
SECHS

Andrew trat aus dem Bahnhof und – Murphys Gesetz – fand sich ausgerechnet hinter Cameron wieder, der unmittelbar vor ihm ging. Er ließ sich ein wenig zurückfallen und tat so, als sei er mit seinem Handy beschäftigt. Zu seiner Überraschung hatte er tatsächlich eine neue Nachricht. Zu seiner Enttäuschung war sie von Cameron.

Er las sie und fluchte leise. Er wollte Cameron mögen, das wollte er wirklich, weil er wusste, dass er das Herz am rechten Fleck hatte. Aber es war so schwierig, mit jemandem warm zu werden, der a) mit einem dieser Roller zur Arbeit fuhr, die plötzlich auch für Menschen über fünf Jahren akzeptabel waren, und b) unabsichtlich versuchte, sein Leben zu ruinieren, indem er nach nicht einmal zwölf Stunden schon nachgefragt hatte, ob er schon über den Dinnerpartyvorschlag nachgedacht hätte.

Den Gedanken, seine Familie zu verlieren, konnte Andrew nicht ertragen. Natürlich, es gab immer noch hin und wieder einen kniffligen Moment, der ihn kurzzeitig aus der Bahn warf, aber das war es wert. Diane, Steph und David *waren* jetzt seine Familie. Sie waren sein Glück und seine Stärke und das, was ihn weitermachen ließ. Waren sie damit nicht so real wie jede andere Familie?

×

Er machte sich eine Tasse Tee, hängte seinen Mantel an den üblichen Haken, drehte sich um und sah, dass eine Frau auf seinem Stuhl saß.

Er konnte ihr Gesicht nicht sehen, weil es von seinem Computer verdeckt war, aber er sah ihre Beine unter seinem Schreibtisch, an denen sie dunkelgrüne Strumpfhosen trug. Einen ihrer schwarzen Pumps ließ sie von ihren Zehenspitzen baumeln. Irgendetwas an der Art, wie sie ihn vor- und zurückschwenkte, erinnerte Andrew an eine Katze, die mit einer Maus spielte. Er stand da mit seinem Teebecher in der Hand und wusste nicht recht, was er tun sollte. Die Frau drehte sich auf seinem Stuhl und tippte mit einem Stift – *seinem* Stift – gegen ihre Schneidezähne.

«Hallo», sagte er und merkte, wie seine Wangen bereits gerötet waren, als die Frau ihn anlächelte und sein Hallo fröhlich erwiderte.

«Entschuldigen Sie, aber Sie, ähm, sitzen auf ... das ist eigentlich mein Platz.»

«Oh Gott, das tut mir ja so leid», rief die Frau und sprang auf.

«Schon in Ordnung», erwiderte Andrew und fügte ziemlich sinnlos noch ein «Entschuldigen Sie» hinzu.

Die Frau hatte dunkelrotes Haar, das sie sich hoch auf dem Kopf aufgetürmt hatte, befestigt mit etwas, was aussah wie ein Bleistift. Wahrscheinlich würde ihr Haar wie bei Rapunzel wasserfallartig herunterfallen, wenn man ihn herauszog. Andrew nahm an, dass sie ein paar Jahre jünger war als er, vielleicht Ende dreißig.

«Na, da habe ich ja einen tollen ersten Eindruck gemacht», sagte sie und lächelte. Dann, als sie Andrews Verwirrung bemerkte, fügte sie hinzu: «Ich heiße Peggy. Heute ist mein erster Tag.»

Genau in diesem Moment tauchte Cameron auf und hüpfte herbei wie der Quizshow-Moderator eines inzwischen nicht mehr bestehenden Digitalsenders.

«Hervorragend, hervorragend – ihr beide habt euch also schon kennengelernt.»

«Und ich habe ihm schon den Stuhl geklaut», fügte Peggy hinzu.

«Ha, *seinen Stuhl geklaut*», lachte Cameron. «Also. Pegs – hast du etwas dagegen, wenn ich dich Pegs nenne?»

«Ähm ... nein?»

«Also, Pegs, Pegger – am Pegsten!» – Cameron schien seine Begeisterung kaum zügeln zu können, wie Andrew mit wachsendem Entsetzen bemerkte – «Pegs, du läufst eine Weile mit Andrew mit, damit du auf den aktuellen Stand kommst. Ich fürchte, du wirst ein wenig ins kalte Wasser geworfen, weil Andrew heute Morgen schon eine Nachlassinspektion hat, wenn ich richtig informiert bin. Aber na ja, je früher man loslegt, desto besser, nicht wahr?»

Er reckte Peggy jäh seine beiden Daumen vors Gesicht, worauf sie unwillkürlich zurückzuckte, als hätte er gerade ein Messer gezogen. «Super», sagte Cameron, dessen Enthusiasmus ungebrochen war, «ich überlasse dich dann Andrews fähiger Obhut.»

×

Andrew hatte ganz vergessen, dass heute jemand Neues anfing, und fühlte sich nicht ganz wohl bei dem Gedanken, dass ihn jemand bei der Arbeit begleitete. Das Haus eines Verstorbenen zu betreten, war immer noch ein merkwürdiges und ein wenig beunruhigendes Gefühl, und das Letzte, was er wollte, war, dass er sich dabei noch um jemand anders kümmern musste. Er hatte seine eigenen Methoden, seine eigene Art, wie er die Dinge anging, und wollte nicht immer wieder alles erklären müssen.

Zu Beginn hatte Keith ihn mit dem Prozedere der Nachlassinspektion vertraut gemacht. Erst hatte es so gewirkt, als nähme Keith alles einigermaßen ernst. Doch bald hatte er sich ein ruhiges Plätzchen gesucht, das Handy hervorgekramt und darauf gespielt, nur um hin und wieder ziemlich grobe Scherze auf Kosten des Verstorbenen zu machen. Andrew hatte nichts gegen ein wenig Galgenhumor, auch wenn der nicht seinem Stil entsprach, aber Keith schien kein einziges Fünkchen Mitgefühl zu besitzen. Nach der dritten Inspektion der Art war Andrew in der Büroküche auf ihn zugetreten und hatte vorgeschlagen, die Inspektionen allein zu übernehmen. Keith hatte seine Zustimmung gemurmelt, ohne überhaupt zu verstehen, was Andrew gerade gesagt hatte, denn seine ganze Aufmerksamkeit galt der Aufgabe, seinen wurstigen Zeigefinger aus der Coladose herauszubekommen.

Von da an blieb Keith mit Meredith im Büro, registrierte Todesfälle und organisierte Beerdigungen. Andrew war froh, die Inspektionen jetzt allein durchführen zu können. Das einzige Problem bei einer Soloinspektion bestand in den «Geiern», die regelmäßig auftauchten. Es sprach sich immer schnell herum, wenn jemand gestorben war. Deshalb kam es häufig vor, dass Andrew während der Inspektion auf Legionen von Trauernden und lieben, *lieben* Freunden traf, die plötzlich vor der Tür standen und gekommen waren – *natürlich* –, um dem Verstorbenen die letzte Ehre zu erweisen, aber auch um einfach mal zu schauen, ob diese Armbanduhr, die ihnen der Verstorbene nach seinem Tod versprochen hatte, oder die fünf Pfund, die er ihnen schuldete, zufällig irgendwo herumlagen. Diese zum Teil aggressiven Leute wegscheuchen zu müssen, war das Schlimmste an der gesamten Inspektion und zu zweit einfacher als allein.

Nun ja, dachte Andrew, mit der Neuen im Schlepptau hatte er immerhin ein bisschen Verstärkung dabei.

«Was ich übrigens sagen wollte», unterbrach Peggy Andrews Gedanken. «Bevor wir gegangen sind, hat mich Cameron beiseitegezogen und mir gesagt, ich solle doch versuchen, Sie davon zu überzeugen, bei den vertrauensbildenden Dinnerpartys mitzumachen. Er sagte, ich solle das Thema subtil anschneiden, aber na ja, das ist jetzt wirklich nicht mein Fachgebiet, wenn ich ehrlich bin.»

«Ach so, das», sagte Andrew. «Na ja, danke für die Information. Ich denke, ich werde das vorerst einfach weiter ignorieren.» Er hoffte, das Thema damit im Keim erstickt zu haben.

«Prima», sagte Peggy. «Das ist vermutlich am besten so, jedenfalls, was mich betrifft. Kochen gehört nämlich gar nicht zu meinen Stärken. Ich habe es tatsächlich geschafft, achtunddreißig zu werden, bis ich endlich gemerkt habe, dass ich *Brus-ketta* immer falsch ausgesprochen habe. Offenbar heißt es gar nicht *Bru-schetta*, wie mein Nachbar behauptet. Andererseits trägt er einen rosafarbenen Pulli um die Schultern, als lebte er auf einer Yacht, selbst im Hochsommer, deshalb fällt es mir schwer, seinen Rat anzunehmen.»

«Aha», machte Andrew, der ein wenig abgelenkt war, weil er bemerkt hatte, dass einige wichtige Utensilien für die Nachlassinspektion ausgegangen waren.

«Das ist vermutlich so eine teambildende Maßnahme, oder?», fragte Peggy. «Um ehrlich zu sein, ist es ja immer noch besser als Tontaubenschießen oder das Zeug, was die Manager in der mittleren Führungsebene immer machen.»

«Ja», brummte Andrew knapp und durchsuchte seinen Rucksack noch einmal genauer, um nichts zu übersehen.

«Und jetzt schauen wir uns, ähm, also wirklich ein Haus an, in dem gerade ein Typ gestorben ist?»

«Ja, ganz genau.» Mist, sie brauchten wirklich Nachschub. Sie würden einen Umweg machen müssen. Er blickte sich gerade noch rechtzeitig um, um zu beobachten, wie Peggy die Backen aufblies. Da merkte er, wie unfreundlich er auf seine neue Kollegin wirken musste. Er spürte den vertrauten Selbsthass, aber es fielen ihm nicht die richtigen Worte ein, um die Situation zu erklären. Also gingen sie schweigend weiter, bis sie zu einem Supermarkt kamen.

«Wir müssten nur einmal schnell hier rein», sagte Andrew.

«Zweites Frühstück?», fragte Peggy.

«Leider nicht. Jedenfalls nicht für mich. Aber Sie können sich natürlich gern etwas kaufen. Ich meine, nicht dass Sie dafür meine Erlaubnis bräuchten. Natürlich nicht.»

«Nein, nein, alles gut. Ich bin sowieso gerade auf Diät. So eine, bei der man einen ganzen Brie isst und danach weinen muss. Kennen Sie das?»

Andrew dachte gerade noch rechtzeitig daran, zu lächeln.

«Ich bin gleich wieder da», sagte er und schlurfte los.

Als er kurz darauf mit seinen Utensilien Richtung Kasse ging, entdeckte er Peggy im Gang mit den Büchern und DVDs.

«Jetzt sehen Sie mal dieses Mädchen an», sagte sie und zeigte ihm ein Buch, auf dessen Cover eine Frau in die Kamera lächelte, die offenbar gerade dabei war, einen

Salat zuzubereiten. «Niemand sollte so entzückt aussehen, wenn er eine Avocado in der Hand hält.» Sie stellte das Buch zurück ins Regal und entdeckte den Lufterfrischer und das Aftershave in Andrews Einkaufskorb.

«Irgendwie beschleicht mich das Gefühl, dass ich noch keine Ahnung habe, worauf ich mich da eingelassen habe», sagte sie und zog die Brauen hoch.

«Ich erkläre Ihnen ein bisschen mehr, wenn wir dort sind», erwiderte Andrew. Er ging zur Kasse und beobachtete Peggy, wie sie auf den Ausgang zu schlenderte. Sie hatte einen merkwürdigen Gang, die Arme gerade an den Körper gedrückt und dabei die Fäuste geballt und zur Seite ausgestellt, sodass sie ein wenig so aussah, als hätte sie zwei Notenschlüssel an den Seiten.

Andrew tippte seine PIN in den Kartenleser, und dabei kam ihm die Melodie von Ellas und Louis Armstrongs Version von *Would You Like to Take a Walk?* in den Sinn.

×

Sie standen an einer Kreuzung, und Andrew schaute auf seinem Handy nach, ob sie in die richtige Richtung gingen. Peggy füllte das Schweigen mit der Zusammenfassung einer besonders berührenden Fernsehsendung, die sie am Abend zuvor geschaut hatte – «Zugegeben, ich kann mich weder an den Namen der Sendung, an die Hauptfigur noch an den Spielort erinnern – aber wenn Sie es trotzdem finden, kann ich nur sagen: brillant.»

Zum Glück waren sie auf dem richtigen Weg, und Andrew wollte gerade zeigen, wo es weiterging, als es hinter ihnen plötzlich ohrenbetäubend krachte. Er fuhr herum, um nachzusehen, woher der Krach kam, und sah einen

Bauarbeiter, der sich über ein Gerüst lehnte, um Bauschutt in einen Container zu werfen.

«Alles in Ordnung?», fragte Peggy.

Aber Andrew stand nur wie angewurzelt da und konnte den Blick nicht von dem Arbeiter nehmen, der jetzt Ziegelsteine herunterwarf, was noch lauter krachte. Der Arbeiter klopfte sich den Staub von den Händen, sah, dass Andrew ihn anstarrte, und hielt inne.

«Hast du ein Problem, Kumpel?», rief er und beugte sich noch weiter über das Gerüst.

Andrew schluckte hart. Er spürte, wie sich Schmerz an seinen Schläfen aufbaute und sein Verstand langsam den Sinn der barschen Ansprache begriff. Und unter diesem Rauschen hörte er plötzlich die leisen Klänge von «Blue Moon». Nur unter großer Anstrengung schaffte er es, seine Beine in Bewegung zu setzen, und zu seiner Erleichterung ließen Schmerz und Lärm nach, als er die Straße überquert hatte. Er schaute sich verlegen nach Peggy um und überlegte, wie er ihr sein merkwürdiges Verhalten erklären sollte, aber sie stand noch immer am Container und unterhielt sich mit dem Bauarbeiter. Es sah fast so aus, als versuchte Peggy einem unfassbar dummen Hund einen Trick beizubringen. Dann machte sie auf dem Absatz kehrt und kam zu ihm herüber.

«Alles okay mit Ihnen?», frage sie, als sie ihn erreicht hatte.

Andrew räusperte sich. «Ja, alles gut», antwortete er. «Ich dachte, dass ich eine Migräne bekomme, aber zum Glück doch nicht.» Er nickte in Richtung Gerüst. «Worüber haben Sie, äh, denn mit ihm gesprochen?»

«Oh», sagte Peggy, die immer noch von ihrer Sorge um ihn abgelenkt schien, «er hat sich unaufgefordert zu meinem Aussehen geäußert, da habe ich mir die Zeit genommen, ihm zu erklären, dass ich eine tiefe, untröstliche Traurigkeit in seinem Blick sehe. Aber geht es Ihnen denn wirklich wieder gut?»

«Ja, gut», sagte Andrew und merkte zu spät, dass er die Arme wie ein Spielzeugsoldat steif an die Seiten gepresst hatte.

Sie gingen weiter, und obwohl er sich darauf eingestellt hatte, zuckte er jedes Mal wieder zusammen, wenn in der Ferne das Krachen von Schotter zu hören war.

×

Die Wohnung des Verstorbenen gehörte zur Siedlung Acorn Gardens. Der Name stand weiß auf einem grünen Schild. Die einzelnen Häuserblocks hießen Heidelbeerhaus, Lavendelhaus, Rosenblütenhaus. Unter das Schild hatte jemand die Worte «Scheiß auf die Bullen» gesprüht und sie mit einem Penis samt Hoden illustriert.

«Donnerwetter», sagte Peggy.

«Schon in Ordnung. Ich war schon einmal hier. Und da hat mich auch niemand belästigt», sagte Andrew, der sich damit auch selbst beruhigen wollte.

«Oh nein, ich bin mir sicher, dass alles gut ist. Ich meinte nur das da.» Peggy zeigte auf den gezeichneten Penis. «Beeindruckend genau.»

«Ah, ja. Stimmt.»

Auf ihrem Weg durch die Siedlung bemerkte Andrew, dass die Leute ihre Fenster schlossen und die Eltern ihre Kinder hereinriefen – wie in einem Western, als wäre er ein Gesetzloser auf der Suche nach Ärger. Er hoffte nur, dass sein bemüht freundliches Lächeln den Leuten klarmachte, dass er nur eine Regenjacke, Aftershave und eine Flasche Febreze in der Tasche hatte und keine Waffe.

Die Wohnung lag im ersten Stock des Heidelbeerhauses. Andrew blieb unten an den Betonstufen stehen und wandte sich zu Peggy um.

«Wie viel hat Ihnen Cameron denn über die Nachlassinspektionen erzählt?», fragte er.

«Nicht viel», sagte Peggy, «Es wäre gut, wenn Sie mich ins Bild setzen könnten. Denn wenn ich ganz offen und ehrlich bin, Andrew, dann bin ich doch etwas verängstigt, um nicht zu sagen *ziemlich* verängstigt.» Sie lachte nervös. Andrew senkte den Blick. Ein Teil von ihm wollte mitlachen, um sie zu beruhigen, aber gleichzeitig wusste er, dass das nicht sehr professionell wirken würde, wenn Nachbarn oder Freunde des Verstorbenen sie beobachteten. Er hockte sich hin und griff in seine Tasche.

«Bitte sehr», sagte er und gab Peggy ein Paar Gummihandschuhe und eine OP-Maske. «Also, der Name des Verstorbenen ist Eric White. Er wurde zweiundsechzig. Der Gerichtsmediziner hat uns diesen Fall übertragen, weil die Polizei keinen Hinweis auf irgendwelche Verwandte gefunden hat. Daher haben wir heute zwei Ziele: Zuerst müssen wir so viel Information wie möglich über Eric zusammentragen und nach lebenden Verwandten suchen, und zweitens müssen wir herausfinden, ob er genügend Geld für die Beerdigung hinterlassen hat.»

«Wow, gut», sagte Peggy. «Und was kostet eine Beerdigung heutzutage so?»

«Kommt drauf an. Durchschnittlich etwa viertausend. Aber wenn der Verstorbene keinen Besitz hat und keine Verwandten oder sonst jemand bezahlen will, dann ist die Kommune gesetzlich verpflichtet, ihn zu begraben. Das passiert völlig schnörkellos, also ohne Grabstein, Blumen, privates Grab und so weiter, und kostet ungefähr einen Tausender.»

«Herrje», sagte Peggy und zog sich einen Handschuh an. «Kommt es oft vor, dass die Kommune das übernehmen muss?»

«Immer öfter», antwortete Andrew. «In den letzten fünf Jahren mussten wir einen Anstieg dieser Beerdigungen in Höhe von zwölf Prozent verzeichnen. Immer mehr Leute scheiden einsam dahin, daher haben wir immer gut zu tun.»

Peggy schüttelte sich.

«Tut mir leid, ich weiß, dass das ein bisschen trostlos klingt», sagte Andrew.

«Nein, es ist nur der Ausdruck – ‹dahinscheiden›. Ich weiß, dass er den Schock ein wenig abmildern soll, aber er klingt ein bisschen wie aus einem Film.»

«Das stimmt eigentlich», sagte Andrew. «Normalerweise benutze ich ihn auch nicht. Aber manchmal finden die Menschen es besser, wenn ich die Sache so umschreibe.»

Peggy knackte mit ihren Fingergelenken. «Ach, das ist schon in Ordnung, Andrew. Mich kann so leicht nichts schocken.» Sie verzog das Gesicht. «Ha – ich renne bestimmt schon in fünf Minuten wieder raus.»

Dem Geruch nach zu urteilen, der durch die Türritzen drang, schien Andrew das durchaus wahrscheinlich. Kurz fragte er sich, was wohl in einer solchen Situation von ihm erwartet wurde. Würde er ihr hinterherlaufen müssen?

«Also, was hatte der Gerichtsmediziner noch über diesen armen Kerl zu sagen?», unterbrach Peggy seine Überlegungen.

«Na ja, den Nachbarn fiel irgendwann auf, dass sie ihn

schon eine ganze Weile nicht gesehen hatten, und riefen die Polizei, die sich gewaltsam Einlass verschaffen musste und seine Leiche fand. Sie lag im Wohnzimmer, und zwar schon eine ganze Weile, sodass sie bereits ziemlich schlimm verwest war.»

Peggy griff nach einem ihrer Ohrringe und spielte daran herum.

«Bedeutet das, dass es in der Wohnung noch ...» Sie tippte gegen ihre Nase.

«Ich fürchte, ja», erwiderte Andrew. «Der Geruch ist sicher schon etwas verflogen, aber ... es ist schwer zu erklären. Es ist eben ein ganz spezieller Geruch. Und sehr hartnäckig.»

Peggy war plötzlich ein wenig blass um die Nase.

«Aber an dieser Stelle kommt das hier ins Spiel», sagte Andrew schnell und hielt das Aftershave in die Höhe, wobei er unabsichtlich klang wie in einem Werbespot. Er schüttelte das Fläschchen und sprühte ein wenig davon in seine OP-Maske, dann in Peggys Maske, die sie sich sofort über Nase und Mund zog.

«Ich bin nicht ganz sicher, ob Paco Rabanne an diese Verwendungsmöglichkeit gedacht hat, als er den Duft kreierte», hörte er ihre gedämpfte Stimme. Diesmal lächelte Andrew ehrlich, und obwohl Peggys Mund verdeckt war, sah er an ihren Augen, dass sie ihn ebenfalls anlächelte.

«Ich habe im Laufe der Jahre schon alles Mögliche ausprobiert – aber leider hilft nur das wirklich teure Zeug.»

Er holte die Schlüssel aus einem Umschlag in seiner Tasche.

«Ich gehe als Erster rein und schaue mich schnell um, in Ordnung?»

«Nach Ihnen», sagte Peggy und nickte ihm zu.

Andrew steckte den Schlüssel ins Schloss. Dies war normalerweise der Augenblick, in dem er innehielt, um sich noch einmal zu vergegenwärtigen, was der Grund seines Besuchs hier war, dass er diesen Ort so respektvoll wie möglich behandeln musste, egal, wie schlimm es darin aussah. Er war überhaupt kein spiritueller Mensch, aber er versuchte diese Arbeit so zu tun, als ob der Verstorbene ihm dabei zusähe. Diesmal allerdings wollte er Peggy nicht noch mehr zumuten, also ging er gleich hinein, schloss die Tür sanft hinter sich und schaltete sein Handy stumm.

Als Peggy ihn nach «dem Geruch» gefragt hatte, hatte er sich glücklicherweise noch zurückhalten können. Denn in Wahrheit würde das, was sie gleich erleben würde, sie für immer verändern. Denn Andrew wusste, dass der Geruch des Todes einen niemals verließ, wenn man ihn einmal gerochen hatte. Einmal, nicht lange nach seiner ersten Nachlassinspektion überhaupt, war er durch eine Unterführung gegangen und hatte denselben Verwesungsgeruch wie im Haus wahrgenommen. Er hatte sich umgeschaut und zwischen den Blättern und Müll auf dem Boden ein kleines Stück Polizeiabsperrband gesehen. Er schauderte immer noch, wenn er daran dachte, wie sehr er auf die Wahrnehmung des Todes geeicht war.

Im kleinen Flur konnte man noch nicht recht sagen, in welchem Zustand die Wohnung war. Andrews Erfahrung nach konnte man die Wohnungen der Toten in zwei Kategorien einteilen. Entweder waren sie makellos sauber – kein Staub, keine Spinnweben, alles an seinem Platz –, oder sie waren rettungslos verwahrlost. Ersteres fand Andrew weit verstörender, weil es ihm schwerfiel, sich vorzustellen, dass der Verstorbene einfach ein reinlicher Mensch war. Stattdessen kam es ihm wahrscheinlicher vor, dass der Tote gewusst hatte, dass er sterben und von einem Fremden gefunden werden würde und deshalb alles ordentlich hinterlassen wollte – praktisch die auf die Spitze getriebene Version der Leute, die den ganzen Morgen lang aufräumen, um die Wohnung auf die Putzfrau vorzubereiten. Natürlich lag auch eine gewisse Würde darin, aber es brach Andrew fast das Herz, dass manche Leute sich mehr Sorgen um die Momente machten, die auf ihren Tod folgten, als Gedanken um ihre letzte Zeit auf Erden.

Chaos auf der anderen Seite – Gerümpel und Schmutz und Verfall – war längst nicht so erschütternd. Vielleicht hatte der Verstorbene in seinen letzten Tagen nicht mehr so gut für sich sorgen können, aber Andrew gefiel die Vorstellung besser, dass er einfach allen Konventionen den Stinkefinger gezeigt hatte. Niemand hatte sich die Mühe gemacht, sich um sie zu kümmern, warum sollten sie sich also noch weiter um Ordnung und Sauberkeit scheren? Man geht viel gelassener in die gute Nacht, wenn man sich darüber kaputtlacht, wie der Trottel von der Verwaltung auf Scheiße auf dem Badezimmerboden ausrutscht.

Die Tatsache, dass Andrew die Tür zum kleinen Wohnzimmer mit der Schulter aufstoßen musste, legte nahe, dass er es hier mit dem zweiten der beiden Szenarien zu tun hatte. Sofort schlug ihm der Geruch mit überwältigender Intensität entgegen und drang gierig in seine Nasenlöcher. Wenn möglich verzichtete er gern auf Lufterfrischer, aber wenn er hier Zeit verbringen sollte, würde er ihn benutzen müssen. Er sprühte ihn großzügig in jede Ecke und watete vorsichtig durch den Dreck. In der Mitte des Zimmers versprühte er den größten Teil der Flasche. Er hätte ja das schmierige Fenster geöffnet, aber der Schlüssel dazu lag vermutlich irgendwo ganz unten im Gerümpel. Der Fußboden war ein wahrer Ozean aus blauen Plastiktüten aus dem Laden an der Ecke, voll mit leeren Chipstüten und Limonadendosen. In einer Ecke lag ein Haufen Kleidung, in einer anderen Zeitungen und Post, größtenteils ungeöffnet. Mitten im Zimmer stand ein grüner Campingstuhl gegenüber vom Fernseher, der wiederum auf einem Stapel alter Telefonbücher thronte, sodass er stark Schlagseite hatte. Zwei Dosen Cherry Coke steckten in den beiden Getränkehaltern an den Armlehnen. Andrew überlegte, ob Eric wohl unter einem steifen Nacken gelitten hatte, weil er ständig den Kopf zur Seite geneigt halten musste. Vor dem Stuhl lag ein umgekipptes Fertigessen in einem Haufen gelbem Reis auf dem Boden. Vermutlich war es dort passiert. In diesem Stuhl.

Andrew wollte sich gerade daranmachen, den Poststapel zu untersuchen, als ihm Peggy wieder einfiel.

«Wie ist es denn drinnen?», fragte sie, als er wieder nach draußen trat.

«Es ist ziemlich unordentlich, und der Geruch ist jetzt nicht gerade ... ideal. Sie können natürlich gern draußen warten, wenn Sie das lieber möchten.»

«Nein», entgegnete Peggy und ballte und öffnete die Fäuste. «Wenn ich es nicht sofort tue, tue ich es nie.»

Sie folgte ihm ins Wohnzimmer, und abgesehen von der Tatsache, dass sie sich die OP-Maske so fest ans Gesicht drückte, dass ihre Knöchel ganz weiß wurden, wirkte sie nicht allzu erschüttert. Sie untersuchten das Wohnzimmer gemeinsam.

«Wow», murmelte Peggy schließlich durch ihre Maske hindurch. «Das wirkt hier alles so, ich weiß auch nicht, *statisch.* Als wäre diese Wohnung mit ihm gestorben.»

Andrew hatte das noch nie so gesehen. Aber tatsächlich lag eine gespenstische Stille über der Wohnung. Einen Moment lang schwiegen sie nachdenklich. Wenn Andrew irgendwelche tiefgründigen Zitate zum Thema Tod gekannt hätte, wäre dies der richtige Augenblick gewesen, eines davon zum Besten zu geben.

Genau in diesem Moment kam jedoch ein Eiswagen vorbei und ließ die Titelmelodie der Fußballsendung *Match Of the Day* aus seinen Lautsprechern dudeln.

×

Unter Andrews Anleitung sortierten sie die Papiere.

«Wonach suche ich eigentlich?», fragte Peggy.

«Nach Fotos, Briefen, Weihnachts- oder Geburtstagskarten. Nach allem, was auf einen Verwandten hinweist, auf seine Telefonnummer oder die Absenderadresse. Oh, und nach allen Kontoauszügen, damit wir einen Eindruck von seinen Finanzen bekommen können.»

«Vermutlich auch nach einem Testament?», fragte Peggy, und ihre grünen Augen blitzten interessiert.

«Ja, danach auch. Aber meistens hängt das davon ab, ob er Verwandte hat. Die meisten Leute ohne Familie haben auch kein Testament.»

Peggy seufzte. «Das ergibt Sinn, nehme ich an. Hoffentlich hattest du ein bisschen Bares, Eric, alter Junge.»

Sie arbeiteten sich methodisch durch die Papierstapel. Peggy folgte Andrews Anweisungen und räumte so gut wie möglich eine Lücke auf dem Fußboden frei, auf der sie zwei unterschiedliche Haufen anlegte: einen für nützliche Papiere, einen für wertloses Zeug. Es gab Betriebskostenabrechnungen und eine Mahnung zur Zahlung der Fernsehgebühren, einen Katalog des offiziellen Fulham

Football Clubs, Speisekarten von Lieferdiensten, ein Garantieheftchen für einen Teekessel und einen Aufruf der Obdachlosen-Hilfsorganisation Shelter.

«Ich glaube, ich habe da etwas», sagte Peggy nach zwanzig Minuten fruchtloser Suche. Es war eine Weihnachtskarte, auf der lachende Äffchen mit Weihnachtsmützen zu sehen waren. Darüber stand: «Wir wünschen dir affengeile Weihnachten!» In einer Handschrift, die so klein war, dass es fast wirkte, als wollte der Schreibende anonym bleiben, stand da:

Für Onkel Eric
Frohe Weihnachten
Alles Liebe von Karen

«Dann hat er wohl eine Nichte», stellte Peggy fest.

«Sieht ganz so aus. Sonst noch irgendwelche Karten?»

Peggy wühlte in den Papieren herum und gab sich alle Mühe, nicht zurückzuzucken, als sie eine verschlafene Schmeißfliege aufstörte, die direkt an ihrem Gesicht vorbeibrummte.

«Andrew, hier ist noch eine. Eine Geburtstagskarte. Mal sehen. Ja, sie ist wieder von Karen. Warten Sie, da steht noch etwas: *«Wenn du mich anrufen willst, hier ist meine Nummer.»*

«Na bitte», sagte Andrew.

Normalerweise hätte er die Nummer gleich an Ort und Stelle gewählt, aber er war mit Peggy neben sich ein wenig befangen, daher wollte er lieber bis nach der Inspektion warten.

«War es das dann?», fragte Peggy und machte wenig subtile Bewegungen in Richtung Tür.

«Wir müssen uns immer noch einen Überblick über seine Finanzen verschaffen», erklärte Andrew. «Wir wissen, dass er eine kleine Summe auf seinem Girokonto hatte, aber vielleicht gibt es irgendwo noch etwas.»

«Bargeld?», fragte Peggy und schaute sich im Chaos um.

«Jepp. Normalerweise ist es schlau, im Schlafzimmer zu beginnen.»

Peggy sah von der Tür aus zu, wie Andrew auf das schmale Bett zuging und sich hinkniete. Das Licht, das durch das Fenster fiel, machte die Staubpartikel in der Luft sichtbar. Bei jeder seiner Bewegungen hob sich eine neue Staubwolke und legte sich über die vorhergehende. Er versuchte, nicht das Gesicht zu verziehen. Diesen Teil fand er immer am schwierigsten: In jemandes Schlafzimmer herumzuwühlen, kam ihm furchtbar übergriffig vor.

Er achtete darauf, die Ärmel in seine Gummihandschuhe zu stecken, bevor er am unteren Ende unter die Matratze griff und langsam seine Hand darunter entlanggleiten ließ.

«Mal angenommen, er hätte zehntausend in bar irgendwo versteckt», sagte Peggy, «aber keine Verwandten. Wohin geht dann das Geld?»

«Na ja», antwortete Andrew und verlagerte das Gewicht von einem Knie aufs andere, «Bargeld oder anderes Vermögen werden zuerst dafür verwendet, die Beerdigung zu bezahlen. Was dann noch übrig bleibt, wird im Safe im Büro aufbewahrt. Wenn wir niemanden aufstöbern können, der ein Recht auf das Geld hat – erweiterte Familie oder so –, dann geht es ans Krongut.»

«Was, damit die alte Betty Windsor es in ihre Finger kriegt?», fragte Peggy.

«Ähm, sozusagen», erwiderte Andrew und musste niesen, weil Staub in seine Nase geraten war. Bisher hatte er nichts gefunden. Dann riss er sich zusammen und griff noch tiefer unter die Matratze, um schließlich auf etwas Weiches und Klumpiges zu stoßen. Er zog es hervor. Es war eine Socke mit dem Aufdruck des FC Fulham – und darin befand sich ein Bündel mit Banknoten, hauptsächlich Zwanzig-Pfund-Noten, zusammengehalten von einem Gummiband. Aus unerfindlichem Grund war das Gummiband fast vollständig mit einem blauen Kuli angemalt worden. Ob das jetzt etwas extrem Wichtiges bedeutete oder nur aus Langeweile entstanden war, konnte Andrew nicht sagen. Über derlei Kleinigkeiten musste er meist lange nachdenken: merkwürdige kleine Einzelheiten aus einem vergessenen Leben, für die es anscheinend keinen Grund gab, die in ihm aber ein unterschwelliges Gefühl von ungelöster Spannung entstehen ließen – wie wenn man eine Frage ohne Fragezeichen liest.

Das Geld würde ausreichen, um Erics Beerdigung zu bezahlen. Es lag nun an seiner Nichte, ob sie noch etwas dazu beitragen wollte.

«War es das jetzt?», fragte Peggy und verschränkte die Arme vor der Brust. Andrew merkte, dass sie nur allzu gern wieder hinausgegangen wäre, um frische Luft zu schnappen. Er erinnerte sich noch gut an sein erstes Mal – dieser erste tiefe Atemzug verschmutzter Londoner Luft hatte sich angefühlt wie eine Wiedergeburt.

«Ja, wir sind hier fertig.»

Er verschloss das Schlafzimmerfenster und sah sich noch ein letztes Mal um, für den Fall, dass sie etwas übersehen hatten. Sie wollten gerade gehen, als sie etwas an der Eingangstür hörten.

Der Mann im Flur war eindeutig überrascht, dass jemand hier war. Er wirkte überrumpelt und machte sofort zwei Schritte zurück zur Tür, als er sie sah. Ein gedrungener Typ mit Schweißproblem und Bierbauch, der drohte, aus seinem Poloshirt zu platzen.

Andrew machte sich auf eine Konfrontation gefasst. Mein Gott, wie sehr er diese zynischen, völlig mitleidlosen Gelegenheitsdiebe hasste.

«Sind Sie von der Polizei?», fragte der Mann und beäugte ihre Schutzhandschuhe.

«Nein», antwortete Andrew und zwang sich dazu, dem Mann direkt in die Augen zu sehen. «Wir sind von der Bezirksverwaltung.»

Die Tatsache, dass sich der Mann bei dieser Antwort sichtlich entspannte – sogar einen Schritt nach vorn tat –, reichte Andrew, um zu wissen, warum er hier war.

«Kannten Sie den Verstorbenen?», fragte Andrew, zog den Bauch ein und versuchte sich so groß wie möglich zu machen, in der schwachen Hoffnung, der Mann würde ihn für einen pensionierten Faustkämpfer halten statt für jemanden, der schon leicht außer Atem war, wenn er nur bei einem Snooker-Spiel zuschaute.

«Ja, genau. Eric.»

Stille.

Der Mann räusperte sich. «Echt schade, wissen Sie, dass er das Zeitliche gesegnet hat und so.»

«Sind Sie ein Freund oder Verwandter?», fragte Peggy.

Der Mann musterte sie von oben bis unten und kratzte sich das Kinn, als versuchte er, den Wert eines Gebrauchtwagens einzuschätzen.

«Freund. Wir waren enge Freunde. Richtig eng. Schon ewig.»

Der Mann glättete die kläglichen Überreste seines fettigen Haars, und Andrew bemerkte, dass seine Hand dabei zitterte.

«Über welchen Zeitraum sprechen wir da?», fragte Peggy.

Andrew war froh, dass Peggy die Sache in die Hand nahm. Ihre Art zu sprechen, ihr stählerner Tonfall klang viel autoritärer.

«Oh, verdammt, das is ja mal 'ne Frage. Eine echt lange Zeit», sagte der Mann. «Man zählt bei so was ja nicht mit, nicht wahr?»

Offenbar war er zu dem Schluss gekommen, dass Peggy und Andrew keine Gefahr darstellten, und versuchte jetzt, an ihnen vorbei ins Wohnzimmer zu spähen. Er machte noch einen Schritt vorwärts.

«Wir wollten gerade abschließen», sagte Andrew und zeigte den Schlüssel in seiner Hand. Der Mann beäugte ihn mit kaum verhohlenem Elsterblick.

«Gut, ja», sagte der Mann. «Ich bin nur vorbeigekommen, um, ähm, ihm die letzte Ehre zu erweisen und so weiter. Ich sag ja, wir waren gute Kumpel. Ich weiß nicht, ob Sie ein Testament oder so gefunden haben ...»

Jetzt geht's los, dachte Andrew.

«... aber er hat mir gesagt, dass er mir gern ein paar Dinge hinterlassen würde, für den Fall, dass er plötzlich und unerwartet verstirbt.»

Andrew wollte gerade so ruhig wie möglich erklären, dass alles, was zu Erics Besitz gehörte, unangetastet bleiben musste, bis alles geklärt war, aber Peggy kam ihm zuvor.

«Was wollte Ihnen Mr. Thompson denn genau hinterlassen?», fragte sie.

Der Mann trat von einem Bein auf das andere und räusperte sich. «Na ja, da war sein Fernseher, und um ehrlich zu sein, schuldete er mir noch Bares.» Er lächelte sie mit gelben Zähnen an. «Für all die Drinks, die ich ihm im Laufe der Jahre ausgegeben habe, wissen Sie?»

«Ach komisch», sagte Peggy. «Er hieß nämlich gar nicht Eric Thompson. Sondern Eric White.»

Das Lächeln des Mannes verschwand.

«Was? Ja, das weiß ich doch. White. Was ...»

Er sah Andrew an und sprach aus dem Mundwinkel zu ihm, als könnte ihn Peggy so nicht hören. «Warum tut sie das, mich so reinzulegen, obwohl gerade ein Mensch gestorben ist?»

«Ich glaube, Sie wissen vermutlich, warum», erwiderte Andrew leise.

Den Mann überkam plötzlich ein Hustenanfall.

«Scheiße auch, ihr habt ja keine Ahnung», prustete er. «Keine Ahnung», wiederholte er und riss die Tür auf.

Andrew und Peggy warteten einen Augenblick, bevor sie selbst hinaustraten. Der Mann war die Stufen hinuntergetrampelt und jetzt schon auf halbem Weg vom Grundstück, wobei er die Hände in seine Jackentaschen gesteckt hatte. Er drehte sich noch einmal kurz um und ging dabei rückwärts, wobei er ihnen beide Mittelfinger zeigte. Andrew nahm seine Maske und die Handschuhe ab. Peggy tat es ihm nach und wischte sich den Schweiß von der Stirn.

«Also, wie fanden Sie Ihre erste Nachlassinspektion?», fragte Andrew und schaute dem Mann hinterher, der mit einem letzten Stinkefinger um die Ecke verschwand.

«Ich glaube», antwortete Peggy, «dass ich einen verdammt starken Drink vertragen könnte.»

KAPITEL
SIEBEN

*A*ndrew hatte angenommen, dass Peggy einen Witz gemacht hatte, aber sie stiefelte mit ihm im Schlepptau in den ersten Pub um die Ecke der Siedlung, bestellte ein Pint Guinness und fragte ihn, was er trinken wollte. Er schaute auf seine Armbanduhr. Es war gerade erst ein Uhr.

«Oh, wirklich? Also, eigentlich sollte ich nicht ... ich bin nicht ... ähm ... na, okay. Ein Helles dann wohl, bitte.»

«Pint?», fragte der Mann an der Bar.

«Ein halbes», erwiderte Andrew. Plötzlich fühlte er sich wieder wie ein Teenager. Früher hatte er sich praktisch immer hinter Sally versteckt, wenn sie voller Selbstbewusstsein für sie beide Bier in der Kneipe bestellte.

Peggy trommelte ungeduldig mit den Fingern auf dem Tresen herum, während der Barmann darauf wartete, dass sich ihr Guinness setzte. Sie wirkte, als wollte sie jeden Moment über den Tresen springen und direkt aus dem Zapfhahn trinken.

Abgesehen von ein paar Stammgästen, die so knorrig aussahen, als ob sie praktisch zur Gebäudestruktur gehörten, waren sie die Einzigen im Pub. Andrew war noch damit beschäftigt, seinen Mantel über die Stuhllehne zu hängen, als Peggy mit seinem Glas anstieß, das schon auf dem Tisch stand, und drei tiefe Schlucke nahm.

«Oh Mann, jetzt geht's mir gleich besser», sagte sie.

«Keine Sorge, ich bin kein Alki», fügte sie hastig hinzu. «Das hier ist mein erster Drink seit ungefähr einem Monat. Es war nur ziemlich hart für den ersten Morgen im neuen Job. Normalerweise bekommt man da nur gezeigt, wo die Toiletten sind, und vergisst die Namen derjenigen, denen man gerade vorgestellt wurde.» Sie lächelte. «Trotzdem ist es besser, gleich richtig anzufangen, gleich ins kalte Wasser geworfen zu werden. Ich bin in den Ferien schon zu oft sehr langsam ins Meer gestiegen, als könnte ich meinen Körper irgendwie überlisten, sodass er nicht kapiert, was ich vorhabe, als dass ich nicht wüsste, dass es besser ist, einfach hineinzuspringen.»

Andrew nahm einen vorsichtigen Schluck von seinem Bier. Er konnte sich gar nicht mehr daran erinnern, wann er das letzte Mal Alkohol getrunken hatte, aber er war sich ziemlich sicher, dass es weder zu Mittag noch an einem Mittwoch gewesen war.

«Wie oft tauchen denn eigentlich solche Typen auf, die versuchen, mit dem Tod fremder Leute Gewinn zu machen?», fragte Peggy.

«Das passiert eigentlich ziemlich oft», sagte Andrew. «Die Geschichten, mit denen diese Leute um die Ecke kommen, sind immer ähnlich, wobei einige von ihnen besser vorbereitet sind und damit glaubwürdiger wirken.»

Peggy wischte sich Schaum von der Lippe.

«Da weiß ich ja gar nicht, was ich schlimmer finde. Vielleicht sind die Leute, die sich auch noch eine richtige Geschichte ausdenken, die echten Scheißkerle. Die sind eigentlich noch schlimmer als der bekloppte Typ von eben.»

«Ja, da haben Sie recht», sagte Andrew. «Aber immerhin haben wir bei Eric offenbar eine Verwandte gefunden. Wenn Familienmitglieder auftauchen, beruhigt das die Sache normalerweise und hindert die Menschen daran, alles Mögliche zu riskieren, um sich zu bereichern.»

Einer der Stammgäste in der Bar hatte einen beeindruckenden Niesanfall. Die anderen, die um ihn herumsaßen, blieben davon vollkommen ungerührt. Als er sich endlich wieder einigermaßen gefangen hatte, betrachtete er das, was er ins Taschentuch ausgeniest hatte, mit einer Mischung aus Überraschung und einem gewissen Stolz, um es dann wieder zurück in seinen Ärmel zu stopfen.

«Sind es normalerweise Männer, die so enden?», fragte Peggy und musterte den Niesenden, als wäre er ihr nächster Fall.

«Fast immer, ja. Ich hatte erst eine Frau» – Andrew wurde ganz rot – «Sie wissen schon, eine tote.» *Oh Gott!* «Ich meine ...»

Peggy musste sich alle Mühe geben, nicht zu lächeln. «Schon in Ordnung, ich weiß, was Sie meinen. Sie haben erst eine Nachlassinspektion bei einer Frau gemacht», sagte sie, wobei sie ihre Worte sorgsam wählte.

«Ganz genau», bestätigte Andrew. «Das war übrigens meine allererste Inspektion.»

Die Tür des Pubs öffnete sich, und ein älteres Paar trat ein, offenbar ebenfalls Stammgäste, denn der Barmann nickte ihnen nur zu und begann, ein Pint und ein halbes Bitter zu zapfen.

«Wie war das denn damals? Ihre erste?», fragte Peggy.

Andrew konnte sich noch sehr gut an jenen Tag erinnern. Die Frau hatte Grace geheißen und war mit neunzig Jahren gestorben. Ihr Haus war so makellos sauber gewesen, als wäre sie an den Folgen einer besonders gründlichen Putzaktion gestorben. Andrew erinnerte sich an seine unglaubliche Erleichterung, als Keith und er das

Haus betreten hatten. Vielleicht würde es immer so sein: nette alte Damen, die nach einem ausgefüllten Leben im Schlaf verschieden, Ersparnisse in einer geblümten Porzellan-Sparbüchse, *Das Haus am Eaton Place* auf Video; eine nette Nachbarin, die einmal pro Woche einkaufte und die Glühbirnen auswechselte, wenn sie durchbrannten.

Dann fand er den Zettel unter Graces Kissen.

Im Falle meines Todes: Bitte sorgen Sie dafür, dass die böse alte Hexe von nebenan nichts bekommt. Sie ist scharf auf meinen Ehering – merken Sie sich meine Worte!

Er bemerkte, dass ihn Peggy erwartungsvoll anschaute.

«Das war im Grunde ganz in Ordnung», sagte er, weil er fand, dass es wohl nicht sehr hilfreich wäre, noch eine finstere Geschichte zum Besten zu geben.

Sie tranken ihr Bier, und Andrew kam in den Sinn, dass er Peggy jetzt wohl ein paar persönliche Fragen stellen sollte. Aber ihm fiel überhaupt nichts ein. Das war das Problem, wenn man sein gesamtes Erwachsenenleben lang Smalltalk wie tödliches Kryptonit behandelt hatte.

Zum Glück besaß Peggy das seltene Talent, ihr Schweigen nicht unangenehm wirken zu lassen. Nach einer Weile sagte sie: «Nimmt denn dann niemand an den Beerdigungen teil, wenn wir keine Angehörigen finden können?»

«Na ja, es gehört strenggenommen nicht zum Job, aber wenn ich den Verdacht habe, dass niemand kommt – keine Nachbarn oder Ex-Kollegen oder so –, dann gehe ich selbst.»

Peggy nickte anerkennend. «Das ist aber nett von Ihnen. Weit über die Pflicht hinaus.»

«Ach nein. Eigentlich nicht», sagte Andrew schnell, dem das Lob peinlich war. «Das ist in unserem Job ganz normal, bestimmt bin ich da nicht der Einzige.»

«Aber leichte Kost ist das nicht, oder?», fragte Peggy. «Sind die Beerdigungen denn normalerweise in Ordnung – so wie sie eben in Ordnung sein können? Noch nichts wirklich Schlimmes passiert?»

«Nichts Schlimmes», antwortete Andrew. «Aber es gibt schon ungewöhnliche Momente.»

«Was denn so?», fragte Peggy und beugte sich leicht vor.

Andrew dachte sofort an den Sesselmann.

«Einmal tauchte ein Mann mit einem blauen Armsessel auf. Ich hatte keine Freunde oder Verwandte ausfindig machen können, daher hatte ich niemanden auf der Beerdigung erwartet. Es stellte sich heraus, dass dieser Mann mit dem Sessel – Phillip – im Urlaub gewesen war, als sein Freund starb. Phillip war der Einzige, der den Verstorbenen zu Hause besuchen durfte. Der Verstorbene war immer darauf bedacht gewesen, einen bestimmten Sessel bloß nicht zu beschädigen, obwohl die Farbe des Bezugs sowieso schon ganz ausgeblichen war. Phillip wusste nicht genau, warum ihm der Sessel so viel bedeutete, aber er nahm an, dass er der verstorbenen Ehefrau gehört hatte. Phillip schaffte es schließlich, den Mann zu überreden, den Sessel neu beziehen zu lassen, aber als er den neu bezogenen Sessel nach seinen Ferien abholte, war sein Freund gestorben. Phillip hatte die Todesanzeige in der Zeitung gesehen und war sofort zur Beerdigung gefahren. Er brachte den Sessel sogar mit in die Kirche, sodass er während des Gottesdienstes neben uns stand.»

«Wow», sagte Peggy. «Das ist ja herzzerreißend.»

«Das war es wirklich, ja», stimmte Andrew zu. «Aber ...» Er hielt abrupt inne, weil er sich plötzlich nicht ganz sicher war, ob das, was er sagen wollte, nicht vielleicht doch zu merkwürdig klang.

«Was?», fragte Peggy.

Andrew räusperte sich.

«Na ja, es hat mich eigentlich darin bestärkt, weiterhin zu den Beerdigungen zu gehen.»

«Wieso das?»

«Ach, ich weiß nicht genau. Ich hatte nur irgendwie das Gefühl, es müsste sein.»

In Wahrheit – aber er glaubte nicht, dass es Peggy guttat, davon an ihrem ersten Arbeitstag zu hören – hatte er durch Phillip und den blauen Sessel begriffen, dass jeder, der allein starb, seine eigene Version dieses Sessels hatte. Irgendeine Tragödie, egal wie langweilig das Leben dieser Menschen auch sonst erschienen sein mochte. Und die Vorstellung, dass am Ende niemand bei diesen Verstorbenen war, der bezeugte, dass sie Menschen gewesen waren, die gelitten und geliebt hatten – diese Vorstellung konnte Andrew einfach nicht ertragen.

Andrew merkte, dass er die ganze Zeit sein Glas auf dem Tisch herumgedreht hatte. Er zog die Hände weg, und die Flüssigkeit schwappte einen Moment weiter hin und her. Er schaute zu Peggy hoch. Sie betrachtete ihn sehr aufmerksam, als dächte sie intensiv über etwas nach.

«Na, das war ja vielleicht ein erster Arbeitstag», sagte sie und lächelte.

Andrew nahm einen tiefen Schluck aus dem Glas und freute sich, dass ihn die Tatsache, dass er sich Bier in den Schlund goss, zumindest kurzzeitig davor schützte, etwas sagen zu müssen.

«Jedenfalls», begann Peggy, die sein Unbehagen zu spüren schien, «sollten wir vielleicht lieber über etwas Heitereres sprechen. Zum Beispiel: Wen im Büro werde ich bald hassen?»

Andrew entspannte sich etwas. Das schien ein sichereres Thema zu sein. Er überlegte. Wenn er professionell war, würde er sich der Parteilinie unterordnen und sagen, dass es natürlich gewisse Herausforderungen gab, was bedeutete, dass die unterschiedlichen Persönlichkeiten auch hin und wieder aneinandergerieten, aber dass das Team insgesamt zusammenhielt. Andererseits hatte er gerade an einem Mittwoch um ein Uhr ein halbes Pint Helles getrunken, also scheiß drauf.

«Keith.»

«Keith?»

«Keith.»

«Ich glaube, ich erinnere mich an ihn. Er war bei meinem Bewerbungsgespräch dabei, zusammen mit Cameron. Er hat sich immer wieder den Finger in unterschiedliche Körperöffnungen gesteckt und dann gegessen, was dabei herauskam, wenn er dachte, dass ich nicht hinsehe.»

Andrew zuckte zusammen. «Ja, aber das ist sozusagen nur die Spitze des Eisbergs, was seine persönliche Hygiene angeht.»

So verwegen, wie er sich plötzlich fühlte, teilte Andrew seinen Verdacht, dass zwischen Keith und Meredith etwas lief. Peggy schauderte.

«Leider erinnert mich Keith ein bisschen an diesen Jungen, mit dem ich während der Pubertät mal was hatte. Er roch wie ein schmutziger Turnbeutel und hatte langes, fettiges Haar, aber ich war völlig hin und weg. Und ich wünschte, ich könnte sagen, dass das an seinem unglaublichen Charme und seiner Herzlichkeit lag, aber er war leider nur ein kompletter Trottel. Allerdings war er auch der Gitarrist in unserer Dorfband. Ich habe daraufhin bei ihnen die Rumbakugeln gespielt.»

Andrew erinnerte sich sofort an seinen Heimatort und daran, wie er als Teenager dem ersten – und letzten – Auftritt von Sallys und Spikes Band «Treibholz» beigewohnt hatte, bei dem sie vor Andrew und zwanzig leeren Stühlen ziemlich nervös ein paar Joni-Mitchell-Nummern heruntergeschrammelt hatten. Sally hatte dabei ungewöhnlich verletzlich gewirkt, wie sich Andrew erinnerte, den plötzlich eine Welle der Zuneigung für seine Schwester überkam.

«Wie hieß Ihre Band denn?», fragte er Peggy. Sie sah ihn mit einem verschmitzten Glitzern in den grünen Augen an.

«Bestell noch eine Runde, dann sag ich's dir.»

×

Wenn man sehr lange keinen Drink mehr gehabt hat, haben zwei halbe Pints mit je vier Prozent Alkohol eine durchschlagende Wirkung. Andrew war gar nicht wirklich betrunken, fühlte sich aber benommen und warm und hätte ohne Zögern einem Teenager dessen Tüte Chips geklaut, zumindest knurrte ihm der Magen bei der Vorstellung.

Wie versprochen, verriet Peggy ihm den Namen der Band, in der sie aufgetreten war (Magic Merv's Death Banana), und sie unterhielten sich über ihre vorherigen Jobs. Peggy war ebenfalls aus ihrem früheren Job wegrationalisiert und kaltgestellt worden. «Ich war Business-Supporter für das ‹Zugangs-, Inklusions- und Teilhabe-Team›, sagte sie. «Was genauso lustig war, wie es klingt.»

Andrew hatte schon die ganze Zeit versucht, ihren Akzent zuzuordnen. Er dachte, dass sie vermutlich aus dem Nordosten kam. War es unhöflich, sie danach zu fragen? Er rieb sich die Augen. Meine Güte, das war wirklich alles ziemlich daneben. Sie hätten sofort zurück ins Büro fahren sollen. Nicht dass er dazu auch nur im Mindesten Lust gehabt hätte. Aber zwei Biere! *Zwei!* Zur Mittags- und während der Arbeitszeit! Was würde als Nächstes kommen? Fernseher aus dem Fenster werfen? Mit dem Motorrad in den Pool fahren?

Genau in diesem Moment wurde die Ruhe durch eine Gruppe Frauen gestört, die lärmend hereinkamen. Ihre Ausgelassenheit passte überhaupt nicht zu der gedrückten Atmosphäre im Pub, aber es machte ihnen offenbar nicht das Geringste aus, alle anderen aufzuschrecken. Es schien, als sei ihr Auftauchen hier mitten in der Woche eine feste Einrichtung: wie sie auf einen bestimmten Tisch zusteuerten, die Tatsache, dass eine von ihnen direkt zum Tresen ging, um die Getränke zu bestellen. *Warum finden wir feste Rituale so tröstlich?*, überlegte Andrew und unterdrückte einen Rülpser. Er sah Peggy an, und die Vorstellung, ihr diese unglaublich tiefsinnige Frage zu stellen, haute ihn fast um. Natürlich klang sie nicht ganz so smart, als er sie aussprach.

«Hmm», machte Peggy ziemlich ungerührt, was Andrew erleichterte. «Ich nehme an, dass man dadurch einen kurzen Augenblick hat, in dem man genau weiß, was als Nächstes passiert. Keine unangenehmen Überraschungen ... ich weiß auch nicht, vielleicht ist das eine etwas pessimistische Sicht auf die Dinge.»

«Nein, ich weiß genau, was du meinst», sagte Andrew, der in seinem Rausch jetzt ebenfalls zum Du übergegangen war. Er stellte sich vor, wie seine Schwester Sally auf den Kalender schaute und sah, dass es an der Zeit für ihren vierteljährlichen Anruf war. Vielleicht lag doch ein gewisser Trost in der Regelmäßigkeit ihrer Kommunikation.

«Vermutlich geht es um eine Art Balance», sagte er. «Man muss immer wieder neue Traditionen etablieren, sonst fängt man irgendwann an, die alten zu hassen.»

Peggy hob ihr Glas. «Ich glaube, darauf muss ich einen Toast aussprechen. Auf neue Traditionen!»

Andrew sah sie einen Augenblick verständnislos an, packte dann aber hastig sein Glas und stieß es gegen ihres. Es klirrte hässlich.

Die Frauen in der Ecke machten «Oh» und «Ah». Peggy schaute über Andrews Schulter zu ihnen hinüber. Dann beugte sie sich vor und sah ihn verschwörerisch an. «Dreh dich jetzt nicht um», sagte sie. «Aber findest du es nicht auch spannend, dir die Reaktionen der Leute anzuschauen, wenn jemand erzählt, dass er sich verlobt hat?»

Andrew wirbelte herum.

Peggy legte die Hand auf seinen Arm. «Hey, hey, hey – ich sagte, dreh dich jetzt nicht um!»

«Tut mir leid.» Andrew starrte auf Peggys Hand, deren Wärme durch seinen Ärmel strömte.

Dann drehte er sich halb in seinem Stuhl um, ganz langsam, und tat so, als müsste er die gerahmte Karikatur eines betrunkenen Kricketspielers an der Wand genauer betrachten. So beiläufig wie möglich warf er einen Blick auf die Frauengruppe, bevor er sich wieder Peggy zuwandte. «Gab es da etwas Besonderes, was ich hätte bemerken sollen?», fragte er.

«Sieh dir ihr Lächeln an. Sie sehen alle ganz beseelt aus.»

Andrew war verwirrt.

«Die meisten freuen sich ehrlich mit ihr, aber darunter gibt es auch ein paar, die das für keine gute Idee halten», erklärte Peggy. Sie nahm einen Schluck Bier. «Meine

Freundin Agatha und ich hatten ewig dieses Spiel. Immer wenn wir erfuhren, dass ein Paar heiraten wollte, und wir fanden, dass die beiden gar nicht zueinanderpassten, stellten wir Vermutungen an, worüber sie sich nach der Verlobung zum ersten Mal streiten würden.»

«Das ... das ist ein bisschen ...»

«Gemein? Furchtbar? Auf jeden Fall.» Peggy seufzte und fuhr sich durch die roten Haare. «Ich habe meine Lektion gelernt, als ich mich mit meinem Typen verlobt habe, mit Steve. Danach ließ ich Agatha zum Spaß raten, worüber Steve und ich uns zum ersten Mal gestritten hatten. Das ist unglücklicherweise schwerst nach hinten losgegangen.»

«Wie das?»

«Agatha tippte, dass es darum ging, dass er kalte Füße bekommen hätte und das Ganze abblasen wollte.»

«Oh, das ist ... nicht so nett.» Andrews Neugierde war geweckt. «Und worüber habt ihr euch wirklich das erste Mal gestritten?»

«Um einen schlecht abgewaschenen Pfannenheber.»

«Oh.»

«Genau. So habe ich herausgefunden, dass sie Steve schon immer ziemlich blöd fand. Aber dann haben wir uns zum Glück wieder vertragen. Sie schenkte uns sogar einen Pfannenheber zu unserem zehnten Hochzeitstag. Lustigerweise habe ich ihm genau den über die Rübe gezogen, als er neulich von einem zweitägigen Besäufnis nach Hause kam, obwohl er nur ‹schnell einen mit den Jungs heben› wollte. Gott, das Leben ist schon manchmal merkwürdig.» Peggy lachte merkwürdig, und Andrew fiel unsicher in das Gelächter ein. Peggy nahm einen tiefen Schluck von ihrem Guinness und knallte das Glas dann auf den Tisch.

«Ich meine», fuhr sie fort, «ausgehen, sich betrinken, das haben wir doch alle schon mal gemacht, oder?»

Zum Glück begriff Andrew, dass das eine rhetorische Frage war, und schwieg.

«Aber den anderen *anlügen*?» Peggy schüttelte den Kopf.

«Absolut», sagte Andrew. «Lügen geht wirklich gar nicht.»

Peggy seufzte und lehnte sich zurück.

«Tut mir leid, das ist furchtbar unprofessionell von mir, hier die ganze Zeit von meinen Eheproblemen zu reden.»

«Überhaupt nicht, ist schon in Ordnung», sagte Andrew. Er begriff plötzlich, was gleich passieren würde. Er roch die Frage praktisch schon aus meilenweiter Entfernung.

«Also, bist du verheiratet?»

«Mhmm.»

Peggy lächelte. «Na, dann kann ich dich ja nicht *nicht* fragen: Worüber habt ihr euch zum ersten Mal nach der Verlobung gestritten?»

Andrew dachte einen Moment nach. Worüber könnten sie sich gestritten haben? Er hatte das Gefühl, dass es etwas ähnlich Triviales sein musste wie Peggys Streit mit ihrem Mann.

«Ich glaube, es ging darum, wer mit dem Müllrausbringen dran war», sagte er.

«Ein Klassiker. Wenn es doch nur immer nur um Haushaltsdinge ginge, was?» Peggy straffte sich und sah sich um. «Jedenfalls … ich geh mal kurz auf die Toilette.»

Eine schreckliche Sekunde lang wäre Andrew beinahe aus Höflichkeit mit aufgestanden. *Beruhige dich, Mr. Knightley*, dachte er und sah, wie Peggy auf der Suche nach den

Toiletten um eine Ecke bog. Er schaute sich um und fing zufällig den Blick eines Mannes auf, der an der Bar saß und ihm kaum merklich zunickte. *Da sind wir nun*, schien der Blick zu bedeuten, *allein. Wie immer. Tja, aber ich diesmal nicht*, dachte Andrew und spürte Trotz in sich aufsteigen. Als Peggy zurückkam, warf er dem Mann einen weiteren, ziemlich selbstgefälligen Blick zu.

Am anderen Tisch kreischten die Frauen vor Lachen. Egal wie unehrlich ihre Freundinnen auch waren – die Braut leuchtete vor Glück.

«Verdammt», sagte Peggy. «Das letzte Mal, dass ich so gestrahlt habe, war, als ich einen Zwanzig-Pfund-Schein in meinem Bademantel gefunden habe. Ich habe so laut gekreischt, dass mein Hund furzen musste.»

Andrew lachte. Und vielleicht war es nur das Bier auf leeren Magen oder die Tatsache, dass er nicht gleich wieder zurück ins Büro gegangen und einen weiteren Nachmittag mit Keith und den anderen ertragen hatte, aber er fühlte sich plötzlich ziemlich glücklich und entspannt. Er versuchte, sich zu merken, wie es sich anfühlte, wenn er die Schultern nicht vor Anspannung so hochzog, dass sie beinahe seine Ohren berührten.

«Noch mal Entschuldigung dafür, dass ich dich in den Pub geschleppt habe», sagte Peggy.

«Nein, nein, schon gut. Eigentlich macht es mir Spaß», antwortete Andrew und wünschte, nicht ganz so überrascht zu klingen. Wenn Peggy fand, dass es merkwürdig war, so etwas zu sagen, dann zeigte sie es zum Glück nicht.

«Übrigens, wie gut bist du beim Kneipenquiz?», fragte sie, halb abgelenkt von einem Mann, der versuchte, mit seinem elektrischen Rollstuhl durch die Tür zu navigieren, wobei ihm der Barmann half.

«Kneipenquiz? Ich ... das weiß ich eigentlich gar nicht», antwortete Andrew. «Normal, nehme ich an?»

«Einige von uns organisieren sich einen Babysitter und machen mit beim Kneipenquiz im *Rising Sun* an der South Bank, jeweils am dritten Dienstag des Monats. Wir kommen immer zuletzt, und Steve zankt sich am Ende normalerweise mit dem Quizmaster, aber es ist immer sehr lustig. Du solltest auch mitkommen.»

Ohne nachzudenken, antwortete Andrew: «Das würde ich sehr gern.»

«Prima», gähnte Peggy und bewegte den Kopf von rechts nach links, um ihren Nacken zu entspannen. «Ich sage es höchst ungern, aber es ist fast zwei – vermutlich gehen wir jetzt lieber zurück?»

Andrew warf einen Blick auf seine Armbanduhr, in der Hoffnung, dass die Zeit aus Versehen ein Stück zurückgelaufen war, damit er noch ein paar Stunden hier sitzen konnte. Leider war es nicht so.

×

Andrew grinste, als sie auf das Gebäude der Bezirksverwaltung zu- und die regenglatten Stufen hochgingen. Hoffentlich rutschte er nicht aus. Aber was für ein unerwartet angenehmes Ende dieser Morgen doch genommen hatte!

«Warte mal eine Sekunde», sagte Peggy, als sie aus dem Aufzug traten. «Hilf mir mal auf die Sprünge. Es gibt Keith, Cameron und ... Melinda?»

«Meredith», korrigierte Andrew. «Die, von der ich beschlossen habe, dass sie auf Keith steht.»

«Ach ja. Wie konnte ich das nur vergessen? Vielleicht eine Spätsommerhochzeit?»

«Hmm, wohl eher Frühling, glaube ich», erwiderte Andrew, und in diesem Moment kam es ihm vollkommen natürlich vor, eine theatralische Verbeugung zu vollführen, als er Peggy die Tür aufhielt.

Cameron, Keith und Meredith saßen auf einem der Sofas in der Lounge und standen sofort auf, als Andrew und Peggy eintraten. Camerons Gesicht war aschfahl.

Ach du Scheiße, dachte Andrew. *Wir kriegen Ärger. Sie wissen vom Pub.* Vielleicht war ja Peggy nur eine Spionin, die man engagiert hatte, um unangemessenes Verhalten im Job aufzudecken. Der Pubbesuch war nur eine verdammte Falle gewesen, und es geschah ihm ganz recht, dass er jetzt aufflog, als Strafe dafür, dass er es im Ernst gewagt hatte, ein wenig glücklich zu sein. Aber ein schneller Blick auf Peggy bewies ihm, dass sie ebenso verblüfft war wie er.

«Andrew», begann Cameron, «wir haben versucht, dich zu erreichen. Aber dein Handy war aus.»

Andrew holte das Handy aus der Tasche. Er hatte vergessen, es wieder anzuschalten, als sie Eric Whites Wohnung verlassen hatten.

«Oh. Ist denn etwas passiert?», fragte Andrew.

Keith und Meredith sahen einander betreten an.

«Es hat jemand hier angerufen», sagte Cameron.

«Ja ... und?»

«Es geht um deine Schwester.»

KAPITEL
ACHT

*A*ndrew war drei und Sally acht gewesen, als ihr Vater an einem Herzinfarkt gestorben war. Doch sein Tod schweißte die Geschwister nicht etwa zusammen – im Gegenteil. Andrew konnte sich gut an die unzähligen Male erinnern, die Sally ihm die Tür vor der Nase zugeschlagen hatte, und daran, wie oft sie ihn angeschrien hatte, er solle sie in Ruhe lassen – und an ihre heftigen Wutausbrüche, wenn er doch einmal den Mut aufgebracht hatte, sich gegen sie zu wehren. Manchmal fragte Andrew sich, ob ihre Beziehung wohl anders gewesen wäre, hätte ihr Dad noch bei ihnen gelebt. Hätten sie dann eine engere Bindung zueinander gehabt, oder hätte ihr Dad ständig eingreifen müssen, um sie am Zanken zu hindern? Wäre er dann vielleicht selbst wütend geworden, weil sie sich unablässig stritten, oder hätte er die Konflikte sanfter gelöst – indem er ihnen zum Beispiel leise erklärt hätte, dass sie damit ihre Mutter aufregten?

Was ihre Mutter anging, so war sie niemals zur Stelle gewesen, wenn sie sich gestritten hatten. «Sie ist ans Bett gefesselt», lautete der seltsame Ausdruck eines Nachbarn, der keine Ahnung hatte, dass Andrew unter einem Strauch neben dem Gartentor lag, wo er sich mal wieder von Sallys Prügel erholte. Zu jener Zeit verstand Andrew nicht, dass seine Mutter praktisch vor Gram gelähmt war. Das hatte ihm niemand erklärt. Er wusste nur, dass es ein guter Tag war, wenn sie die Jalousien in ihrem Schlafzimmer hochzog – und an guten Tagen bekam er Würstchen und Kartoffelbrei zum Abendessen. Manchmal durfte er zu ihr ins Bett klettern. Sie lag dann von ihm abgewandt, die Knie zur Brust gezogen, summte Lieder, und Andrew drückte die Nasenspitze gegen ihren Rücken, sodass er das Vibrieren ihrer Stimme spürte.

Als Sally dreizehn war, war sie bereits gute fünfzehn Zentimeter größer als der größte Junge in der Schule. Ihre Schultern wurden breit, ihre Beine fleischig. Von außen gesehen wirkte es so, als akzeptierte sie ihr Anderssein, und sie schritt herrisch durch die Flure, immer auf der Suche nach jemandem, den sie in Angst und Schrecken versetzen konnte. Rückblickend begriff Andrew, dass dies vielleicht ein Abwehrmechanismus gewesen war, Sallys Methode, sich schon im Vorfeld gegen Mobber zur Wehr zu setzen und gleichzeitig ein Ventil für ihre Traurigkeit zu haben. Vielleicht hätte er mehr Verständnis für sie aufgebracht, wenn er nicht ständig als Prügelknabe für sie hätte herhalten müssen.

Als schließlich die Jungen aus ihrer Klasse über die Sommerferien einen Wachstumsschub durchgemacht hatten, wagten es die Mutigsten unter ihnen, Sally zu ärgern, sie so lange zu provozieren, bis sie mit einem manischen Glitzern in den Augen quer über den Schulhof hinter ihnen herlief und auf denjenigen eindrosch, den sie erwischte.

Eines Tages, kurz nachdem Andrew elf geworden war, hatte er gewartet, bis Sally nach unten gegangen war. Dann war er in ihr Zimmer geschlichen und hatte dort gestanden, den Geruch seiner Schwester eingesogen und verzweifelt versucht, eine Art Zauber auf sie zu werfen, der sie veränderte, der dafür sorgte, dass ihr etwas an ihm lag. Er hatte die Augen geschlossen, unter seinen Lidern hatten sich Tränen gesammelt. Da hörte er plötzlich, wie Sally die Stufen hinaufrannte. Vielleicht hatte sein Zauber ja gewirkt? Vielleicht verspürte Sally plötzlich das dringende Bedürfnis, ihn zu suchen und ihm zu sagen, dass alles wieder gut werden würde. Aber es verging nur der Bruchteil einer Sekunde, bis Andrew begriff, dass Sallys Annäherung in Form eines Boxhiebs in den Magen und nicht in Form eines freundschaftlichen Arms um die Schultern endete. Ein paar Stunden später entschuldigte sie sich widerstrebend, allerdings wusste er nicht recht, ob Sally wirklich ein schlechtes Gewissen hatte oder seine Mutter zufällig doch einmal eingeschritten war. Jedenfalls waren Andrew nur ein paar Tage Verschnaufpause vergönnt, bis die nächste Abreibung folgte.

Aber dann tauchte wie aus dem Nichts Sam «Spike» Morris auf, und alles wurde anders. Spike war erst in der sechsten Klasse auf die Schule gekommen, aber er besaß ein stilles Selbstvertrauen, das ihm schnell Freunde verschaffte. Er war groß, trug sein schwarzes Haar schulterlang und besaß, zum großen Neid seiner flaumig-fusseligen Altersgenossen, einen echten Folk-Singer-Bart. Beinahe sofort ging das Gerücht um, Spike habe sich irgendwie Sallys Zorn zugezogen und würde sofort verprügelt werden, sobald er ihr über den Weg liefe.

Andrew erkannte die Vorboten einer Prügelei immer: Viele Kinder rannten aufgeregt – wie von einem angeborenen Instinkt geleitet, wie Tiere, die sich vor einem drohenden Tsunami auf höhergelegenes Gelände retten – zu einer bestimmten Ecke des Schulhofs. So auch an jenem Tag.

Andrew kam gerade noch rechtzeitig am Ort des Geschehens an, um zu sehen, wie sich Spike und seine Schwester voreinander aufbauten und vorsichtig umeinander herumstrichen. Andrew bemerkte, dass Spike einen Anstecker mit dem Peace-Zeichen darauf trug.

«Sally», sagte Spike mit unerwartet weicher Stimme, «ich habe keine Ahnung, was du gegen mich hast, aber ich werde nicht gegen dich kämpfen, okay? Wie ich schon sagte, ich bin Pazifist.» Sally hatte ihn schon zu Boden geworfen, bevor er auch nur das «-ist» hatte aussprechen können. In diesem Moment wurde Andrew selbst in dem Gedränge umgeworfen und lag auf dem Boden, deshalb konnte er nichts mehr sehen, sondern nur noch das Johlen und die Anfeuerungsrufe hören. Aber dann verwandelte sich das Geschrei in Spott und bewundernde Pfiffe. Als Andrew sich endlich wieder aufgerappelt hatte, sah er Sally und Spike, wie sie sich leidenschaftlich umarmten und beinahe brutal küssten. Sie lösten sich kurz voneinander, und Spike grinste. Sally lächelte zurück und trat ihm böse in die Eier. Sie marschierte davon, die Faust in Siegerpose gehoben. Aber als sie sich umdrehte und sah, wie sich Spike auf dem Boden wand, meinte Andrew echte Sorge in ihrem Blick zu erkennen.

Wie sich herausstellte, empfand Sally eindeutig etwas Stärkeres als nur Sorge um Spike Morris' Wohlergehen, und die beiden wurden wider Erwarten ein Paar. Wenn Andrew das schon überraschte, dann traf ihn die Veränderung, die daraufhin in Sally vorging, völlig unvorbereitet. Es war, als hätte Spike an ihrem Druckventil gedreht, und all ihre Wut wäre entwichen. In der Schule waren sie unzertrennlich, liefen ständig Hand in Hand herum, ließen ihr langes Haar im Wind wehen, kifften und lächelten den anderen Kindern friedlich zu, die sie allesamt wie gutmütige, von den Bergen herabgestiegene Riesen überragten. Sallys Stimme veränderte sich, sie sprach jetzt langsam, gedehnt und monoton. Zu Hause redete sie plötzlich nicht nur mit Andrew, sondern lud ihn sogar ein, abends mit ihr und Spike abzuhängen. Über ihre frühere Schreckensherrschaft verlor sie kein Wort, aber sie schien es wiedergutmachen zu wollen, indem sie ihn Zeit mit ihnen verbringen, Filme schauen und Platten hören ließ.

Zuerst glaubte Andrew – wie übrigens auch die anderen Kinder in der Schule –, dass dies wieder eins dieser Psychospielchen war, diesmal auf längere Zeit angelegt; dass Sally ihn nur deshalb in Pubs einschmuggelte und dazu einlud, Horrorfilme auf grobkörnigen Videotapes zu schauen, um die unausweichliche Prügel danach unerwartet und deshalb umso brutaler wirken zu lassen. Aber nein. Spike, so schien es, hatte sie mit seiner Liebe aufgeweicht. Mit seiner Liebe und dem Gras. Hin und wieder flammte ihr Zorn wieder auf, meist gegen ihre Mutter gerichtet, deren Starre Sally für Faulheit hielt. Aber dann folgte jedes Mal eine Entschuldigung, und zwar freiwillig.

Am überraschendsten war es, dass Sally sich kurz nach Andrews dreizehntem Geburtstag alle Mühe gab, ihm eine Freundin zu besorgen. Er hatte sich um seine eigenen Angelegenheiten gekümmert, hatte den *Herrn der Ringe* an seinem üblichen Platz im hintersten Winkel des Schulhofs gelesen, als Sally plötzlich auf der anderen Seite des Schulhofs mit zwei Mädchen aufgetaucht war. Diese Mädchen hatte Andrew noch nie gesehen, eine war in Sallys Alter, die andere eher in seinem. Sally kam zu ihm herüber und ließ die beiden anderen Mädchen stehen.

«He, Gandalf», sagte sie.

«Hallo ... Sally.»

«Siehst du das Mädchen dadrüben? Cathie Adams?»

Oh ja, jetzt erkannte er sie wieder. Sie ging in die Klasse unter ihm.

«Ja.»

«Sie steht auf dich.»

«*Was?*»

«Ich meine, sie will mit dir gehen. Willst du mit ihr gehen?»

«Ich weiß nicht recht. Vielleicht?»

Sally seufzte genervt. «Natürlich willst du. Also, jetzt musst du mit ihrer Schwester Mary sprechen. Sie will dich erst kennenlernen. Keine Sorge, ich rede mit Cathie.» Und damit gab sie Mary ein Zeichen, indem sie beide Daumen reckte, und schubste Andrew grob in den Rücken. Er stolperte vorwärts, genau in dem Augenblick, in dem Mary Cathie in seine Richtung schubste. Sie trafen sich in der Mitte des Schulhofs und lächelten sich nervös an, wie enttarnte Spione verfeindeter Länder, die auf neutralem Territorium ausgetauscht werden.

Mary fragte ihn kurz aus, wobei sie sich zu ihm beugte und prüfend an ihm schnüffelte. Offenbar war das Ergebnis zufriedenstellend, denn sie drehte ihn an den Schultern herum und schob ihn wieder zurück. Ein ähnlicher Prozess hatte offenbar zwischen Sally und Cathie stattgefunden, und das Resultat war, dass er in den nächsten Wochen brav Cathies Hand hielt und sie ihn in den Pausen über den Schulhof führte, den Kopf gegen all die Pfiffe und anzüglichen Bemerkungen hoch erhoben. Andrew fragte sich langsam, was eigentlich Sinn und Zweck der ganzen Aktion war, bis Cathie ihn nach einer Schulaufführung und anderthalb Flaschen Woodpecker Cider gegen die Wand drückte und küsste, woraufhin er sich übergeben musste.

Es war der beste Abend seines ganzen bisherigen Lebens.

Aber das Schicksal kann grausam sein. Nur zwei Tage später bat Sally ihn, sich zu ihr zu setzen, und überbrachte ihm die schreckliche Nachricht: Cathie hatte nämlich beschlossen, der Sache ein Ende zu setzen. Bevor Andrew auch nur die Chance hatte, das Gesagte zu begreifen, umarmte ihn Sally auch schon heftig und erklärte, dass alles aus einem Grund passiere und die Zeit alle Wunden heile. Andrew hatte noch gar keine Ahnung, wie er zu Cathie Adams' Entscheidung stand, aber als er seinen Kopf an Sallys Schulter lehnte und den Schmerz genoss, den ihm ihre heftige Umarmung zufügte, fand er, dass es das alles vermutlich wert war.

Am Samstag darauf, als Andrew mit frischem Popcorn die Treppe zu Sallys Zimmer hochstieg, sah er durch die angelehnte Tür, wie Sally und Spike, Stirn an Stirn, einander gegenüberknieten. Sie flüsterten leise. Sally öffnete die Augen und küsste Spike sanft auf die Stirn. Andrew hatte nicht gewusst, dass seine Schwester in der Lage war, so zärtlich zu sein. Er hätte Spike am liebsten selbst geküsst dafür, dass er dieses Wunder vollbracht hatte. Endlich hatte Andrew eine große Schwester. Damals wusste er noch nicht, dass er sie danach viele Jahre nicht mehr sehen würde.

Er hatte keine Ahnung, wie es Sally und Spike gelungen war, aus ihren Elternhäusern zu schleichen und es zum Flughafen zu schaffen, mal ganz abgesehen davon, wie sie sich die Flüge nach San Francisco hatten leisten können. Später kam heraus, dass Spike mit achtzehn eine große

Summe Geld von seinen Großeltern geerbt hatte. Andrew fand einen Zettel in der Sockenschublade, auf den Sally geschrieben hatte, dass sie für eine Weile in die Staaten gehen würden. «Will aber kein Drama draus machen, Brüderchen. Könntest du unserem lieben alten Mütterchen alles erklären, aber erst morgen?»

Andrew tat, wie man es ihm gesagt hatte. Seine Mum reagierte auf die Nachricht, die sie im Bett erreichte, mit einer Art gekünstelter Panik. Sie sagte: «Ach du meine Güte. Du meine, meine Güte. Wirklich, das ist ja unglaublich. Ich kann es gar nicht glauben.»

Dann folgte ein etwas surreales Treffen mit Spikes Eltern, die in einem VW-Wohnmobil und einer Wolke Marihuana ankamen. Andrews Mum hatte den gesamten Vormittag damit verbracht, zu überlegen, welche Kekse sie anbieten sollte, und Andrew, der befürchtete, dass sie jetzt womöglich völlig verrückt geworden war, kratzte so sehr an den Pickeln auf seiner Wange, dass sie zu bluten begannen.

Er lauschte der Unterhaltung vom Treppenabsatz aus und spähte durch das Geländer. Spikes Vater Rick und seine Mutter Shona waren eine einzige verfilzte Matte aus langem braunem Haar. Beide hatten dicke Bäuche. Offenbar alterten Hippies nicht besonders vorteilhaft.

«Die Sache ist die, Cassandra», sagte Rick, «wir haben das Gefühl, dass wir die beiden nicht daran hindern können, ihrem Herzen zu folgen, zumal sie erwachsen und freiwillig zusammen sind. Außerdem sind wir selbst in dem Alter in die Staaten gegangen, und das hat uns auch nicht geschadet.»

Shona klammerte sich an Rick fest, als säßen sie auf einem Karussell, was Andrew an Ricks Behauptung leise zweifeln ließ. Rick war Amerikaner, und die Art, wie er das Wort «erwachsen» betonte, kam Andrew so unglaublich exotisch vor, dass er sich fragte, ob er nicht auch einfach seine Sachen packen und über den großen Teich fliegen sollte. Aber dann dachte er an ihre Mutter. Sally hatte womöglich kein Gewissen, aber er schon.

Zunächst kam nicht das kleinste Lebenszeichen von Sally. Aber nach einem Monat schickte sie eine Postkarte, abgestempelt in New Orleans, auf der ein Jazztrompeter in rauchigen Sepiatönen abgebildet war.

«The Big Easy! Hoffe, alles cool bei dir, Alter!»

Andrew warf die Karte wütend auf den Boden. Aber am nächsten Tag konnte er nicht widerstehen und betrachtete sie erneut, und dann klebte er sie an die Wand über seinem Bett. Später klebte er Oklahoma City, Santa Fe, den Grand Canyon, Las Vegas und Hollywood daneben. Andrew kaufte von seinem Taschengeld eine Landkarte der USA, um mit einem Filzstift die Reise seiner Schwester zu verfolgen und zu raten, woher sie wohl ihre nächste Postkarte schicken würde.

Inzwischen schwankte seine Mutter zwischen Wutanfällen darüber, dass Sally einfach so abgehauen war, und tränenreichen Klagen, dass sie jetzt nur noch Andrew hatte – wobei sie sich in ihrem Bett aufrichtete, sein Gesicht in beide Hände nahm und ihn mehrfach schwören ließ, dass er sie niemals verlassen würde.

×

Es war die bittere Ironie des Schicksals, dass Andrew fünf Jahre später an genau jenem Bett saß, das seine Mutter inzwischen ihr Totenbett nannte, ohne sich im Geringsten darum zu kümmern, wie sehr ihn das erschütterte. Der Krebs war aggressiv, und der Arzt gab ihr nur noch ein paar Wochen zu leben. Andrew hatte eigentlich zur Universität gehen sollen – zur Bristol Polytechnic –, um ab September Philosophie zu studieren, aber er verschob es, um sich um sie kümmern zu können. Er hatte ihr gar nicht gesagt, dass er den Studienplatz bekommen hatte. Es war einfacher so. Das Problem war nur, dass er Sally nicht hatte erreichen können, um ihr zu sagen, dass ihre Mutter im Sterben lag. Die Postkarten waren immer seltener gekommen, die letzte war im Jahr zuvor in Toronto abgestempelt worden. Darauf hatte gestanden: «*Hey, Kumpel, arschkalt hier. Alles Liebe von uns beiden!*» Aber vor nicht allzu langer Zeit hatte sie angerufen. Andrew war mit dem Mund voller Fischstäbchen rangegangen und hatte sich fast verschluckt, als Sallys Stimme durch den Hörer hallte. Die Leitung war furchtbar, und sie brachten kaum eine Unterhaltung zustande, aber Andrew verstand doch, dass sie ihm sagte, sie wolle am 20. August wieder anrufen, wenn sie in New York sein würden.

Als der Tag kam, wartete er neben dem Telefon und hoffte halb, der Anruf möge bald kommen, und halb, das Telefon würde still bleiben. Als es schließlich klingelte, brachte er erst nach einigen Minuten den Mut auf, abzunehmen.

«Heyyyy Mann! Ich bin's, Sally. Wie ist die Verbindung? Kannst du mich hören?»

«Ja. Hör mal, Mum ist ... krank. Also echt krank.»

«Was heißt das, *krank*? Wie schlimm ist es denn?»

«Sehr schlimm ... nie-mehr-gesund-werden-schlimm. Du musst sofort herfliegen, sonst ist es vielleicht zu spät. Die Ärzte geben ihr weniger als einen Monat.»

«Heilige Scheiße. Verdammt. Meinst du das ernst?»

«Natürlich meine ich das ernst. Bitte komm, so schnell du kannst.»

«Herrje, Brüderchen. Das ist ... das ist verrückt.»

×

Sally kehrte so heimlich zurück, wie sie gegangen war. Andrew kam wie immer zum Frühstücken herunter, als er hörte, dass der Wasserhahn in der Küche lief. Seine Mum war seit Wochen nicht mehr aufgestanden und schon gar nicht nach unten gegangen, aber dennoch blitzte Hoffnung in ihm auf: Vielleicht lagen die Ärzte mit ihren Prognosen doch falsch. Aber es war Sally, die an der Spüle stand. Sie hatte einen Pferdeschwanz, der ihr fast zum Po reichte und in allen Farben des Regenbogens schillerte. Sie trug etwas, das wie ein Morgenmantel aussah.

«Bruder, verdammt!», sagte sie und umarmte Andrew fest. Sie roch nach etwas Muffigem und Blumigem. «Wie zum Teufel geht es dir?»

«Ganz gut», antwortete Andrew.

«Herrje, du bist ja mindestens sechs Meter gewachsen.»

«Ja.»

«Wie läuft es in der Schule?»

«Ganz gut.»

«Hast du gute Zensuren?»

«Ja.»

«Was ist mit den Mädchen? Hast du eine neue Freundin? Nee, du hast bestimmt zu viel damit zu tun, dich so richtig umzusehen, was? Hey. Wie findest du meinen Pulli? Ist cool. Ich kann dir auch so einen besorgen.»

«Wo ist Spike?», fragte Andrew.

«Er ist in den Staaten geblieben. Ich muss wieder zurück zu ihm, wenn das alles, du weißt schon ... vorbei ist.»

«Okay», sagte Andrew. «Willst du rauf und Mum sehen?»

«Ähm, ja, okay. Solange sie auf ist und so. Will sie nicht stören.»

«Sie steht nicht mehr auf.» Andrew ging zur Treppe. Einen Augenblick lang dachte er, dass Sally ihm vielleicht nicht folgen würde, aber dann sah er, dass sie nur ihre Schuhe auszog.

«Macht der Gewohnheit», sagte sie und lächelte verlegen.

Oben klopfte Andrew einmal an die Tür. Zweimal. Nichts. Sally und er sahen sich an.

Als hätte sie es geplant, genau in dem Moment zu sterben, als sie wieder zu dritt waren, nur um alles noch schmerzhafter zu machen.

«Typisch für Mum», sagte Sally später im Pub, wobei sie es «Mom» aussprach und Andrew große Lust verspürte, ihr sein Pint über den Kopf zu gießen. Plötzlich kam ihm der Akzent gar nicht mehr so toll vor.

An der Beerdigung ihrer Mutter nahmen zwei Großtanten und ein paar zurückhaltende Ex-Kollegen teil. Andrew konnte in jener Nacht überhaupt nicht schlafen. Er saß auf seinem Bett und las Nietzsches Auslassungen zum Leiden, ohne sie zu verstehen, als unten die Tür ins Schloss fiel. Plötzlich hörte er das Krächzen der Stare im Nest auf der Veranda, die das Sicherheitslicht fälschlicherweise für die Morgendämmerung hielten. Er spähte durch die Vorhänge und sah seine Schwester, wie sie fortging, vornübergebeugt unter dem Gewicht eines Rucksacks, und fragte sich, ob sie diesmal wohl für immer gegangen war.

Aber nur drei Wochen später – Andrew hatte den Großteil der Zeit in eine Decke aus Mums Bett gehüllt auf dem Sofa verbracht und ferngesehen – ging er wieder die Treppe hinunter und sah Sally erneut an der Spüle stehen. Sie war wiedergekommen. Endlich war doch etwas durch ihren Dickschädel gedrungen. Als Sally sich umdrehte, bemerkte Andrew, dass ihre Augen ganz rot und geschwollen waren, und diesmal ging er auf sie zu und umarmte sie. Sally sagte etwas, aber ihre Stimme erstickte an seiner Schulter.

«Was ist los?», fragte Andrew.

«Er hat mich verlassen», antwortete Sally und schniefte heftig.

«Wer?»

«Spike natürlich! Er hat nur einen Zettel in der Wohnung hinterlassen. Er ist mit irgend so einem blöden Mädchen durchgebrannt, ganz bestimmt. Jetzt ist alles kaputt.»

Andrew schüttelte Sally ab und trat einen Schritt zurück.

«Was?», sagte Sally und wischte sich die Nase am Ärmel ab. Dann sagte sie dasselbe noch einmal, lauter, weil Andrew schwieg. Da war er wieder, der alte Zorn, der in ihrem Blick aufglomm. Aber diesmal hatte Andrew keine Angst mehr. Er war einfach zu wütend.

«Was denkst du dir denn eigentlich?», schleuderte er ihr entgegen. Und dann kam Sally auf ihn zu und drückte ihn gegen den Kühlschrank, den Unterarm quer über seinen Hals gelegt.

«Was, freust du dich etwa? Weil er mich verlassen hat?»

«Er könnte mir nicht egaler sein», keuchte Andrew. «Aber was ist mit Mum?» Er musste sich anstrengen, Sallys Arm von seinem Hals zu schieben.

«Was soll mit ihr sein?», fragte Sally durch die zusammengebissenen Zähne. «Sie ist tot, oder? Mausetot. Wie kannst du dich da so aufregen? Diese Frau hatte keine einzige mütterliche Faser im Leib. Als Dad starb, war für sie das Leben zu Ende. Sie hat sich einfach gehenlassen. Hätte sie das getan, wenn wir ihr wichtig gewesen wären?»

«Sie war krank! Und angesichts dessen, wie dreckig es dir geht, weil er dich verlassen hat, finde ich nicht, dass du in der Position bist, jemanden zu verurteilen, der sich gehenlässt.»

In Sallys Gesicht spiegelte sich neuer Ärger, und sie schaffte es, ihren Arm aus seinem Griff zu befreien und ihm einen Faustschlag ins Gesicht zu versetzen. Andrew stolperte zur Seite, die Hände schützend über die Augen gelegt. Er wappnete sich für einen weiteren Schlag, aber Sally nahm ihn sanft in die Arme und sagte immer wieder «Es tut mir so leid». Schließlich ließen sich beide auf den Boden sinken, wo sie still nebeneinandersaßen. Nach einer Weile öffnete Sally den Gefrierschrank und gab Andrew einen Beutel mit Tiefkühlerbsen, und die Schlichtheit dieser Geste trieb ihm die Tränen ins unversehrte Auge, obwohl sie die Verursacherin seiner Schmerzen war.

Die nächsten Wochen liefen nach demselben Muster ab. Andrew kam von seiner Arbeit in der Apotheke an der Hauptstraße wieder und kochte Pasta mit Tomatensoße oder Würstchen mit Kartoffelpüree, und Sally nahm Drogen und schaute Zeichentrickfilme. Andrew beobachtete sie dabei, wie sie Spaghetti hochsaugte und die Soße von ihrem Kinn tropfte, und fragte sich, was für ein Mensch sie wohl am Ende werden würde. Die jähzornige Schlägerin und der friedfertige Hippie wohnten beide immer noch in ihr wie Jekyll und Hyde. Und wie lange würde es wohl dauern, bis sie wieder ging? Er musste nicht allzu lange warten, wie sich herausstellte, aber diesmal erwischte er sie noch im Flur.

«Bitte sag mir, dass du nicht Spike suchen willst?», sagte er und zitterte in der Kälte des Morgengrauens.

Sally lächelte traurig und schüttelte den Kopf.

«Nee. Mein Kumpel Beansie hat mir einen Job besorgt. Zumindest glaubt er das. In der Nähe von Manchester.»

«Gut.»

«Ich muss nur wieder in die Spur kommen. Wird Zeit, erwachsen zu werden. Hier schaffe ich das nicht. Es ist einfach zu hart. Erst Dad, jetzt Mum. Ich war ... ich wollte zu dir kommen und mich verabschieden. Tschüs sagen und so. Aber ich wollte dich nicht wecken.»

«Aha», machte Andrew. Er schaute weg und kratzte sich am Nacken. Als er sie wieder ansah, bemerkte er, dass Sally gerade dasselbe getan hatte. Ein Spiegelbild der Betretenheit. Immerhin mussten sie beide lächeln. «Na ja. Lass mich wissen, wohin es dich verschlägt», sagte Andrew.

«Ja», sagte Sally. «Klaro.» Sie machte die Haustür auf, trat hinaus und wollte die Tür hinter sich schließen, hielt aber inne und drehte sich noch einmal um. «Weißt du, ich bin echt stolz auf dich, Mann.»

Es klang, als hätte sie diesen Satz eingeübt. Vielleicht hatte sie ihn heute morgen tatsächlich noch sehen wollen. Er wusste nicht recht, wie er sich fühlen sollte.

«Ich rufe an, sobald ich weiß, wo ich wohne, versprochen», sagte sie.

Natürlich tat sie es nicht. Der Anruf kam erst Monate später, als Andrew seinen Studienplatz in der Bristol Polytechnic längst angetreten hatte, und da hatte er schon das Gefühl, dass sich zwischen ihnen ein unüberbrückbarer Abgrund aufgetan hatte.

Sie verbrachten dennoch ein Weihnachten zusammen. Andrew schlief auf dem Sofa in der kleinen Wohnung, die Sally mit Beansie teilte (der in Wirklichkeit Tristan hieß), und sie tranken zu dritt Beansies selbstgebrautes Bier, das so stark war, dass Andrew kurzzeitig zu erblinden glaubte. Sally war mit jemandem namens Carl zusammen, einem schlanken, lässigen Mann, der besessen davon war, zu trainieren und seine Energiespeicher hinterher wieder aufzufüllen. Immer wenn Andrew hinsah, schien er irgendetwas zu essen: eine ganze Staude Bananen oder einen Eimer Hühnerschenkel. Er saß da in seinen Sportklamotten und leckte sich das Fett von den Fingern wie ein in Adidas gewandeter Heinrich der Achte, bevor er dick geworden war. Irgendwann zog Sally bei ihm ein, und seitdem sah Andrew Sally gar nicht mehr. Das System mit den regelmäßigen Anrufen war keine ausgesprochene Vereinbarung, es passierte einfach so. Alle drei Monate, die ganzen letzten zwanzig Jahre lang, rief Sally ihn an. Zuerst sprachen sie über ihre Mutter – es war inzwischen genug Zeit vergangen, dass sie einige ihrer verschrobenen Eigenschaften durch eine rosafarbene Brille sehen konnten. Aber im Laufe der Jahre wurden ihre Gespräche gezwungener und schließlich zu einem verzweifelten Versuch, eine Beziehung aufrechtzuerhalten, die jedes Mal ein wenig schwächer wurde. Inzwischen waren die Telefonate wirklich mühsam, und manchmal fragte sich Andrew, warum Sally überhaupt noch anrief. Aber dann gab es wieder diese Momente – oft in den Pausen, wenn sie einander atmen hörten –, in denen Andrew immer noch ihre Bindung zueinander spürte. Und er war sich sicher, dass Sally genau das Gleiche fühlte.

KAPITEL
NEUN

*B*etäubt, wie in Watte gepackt – so fühlte sich Andrew, als er das Büro verließ. Camerons und Peggys Angebote, ihn nach Hause zu begleiten, schlug er aus. Er brauchte frische Luft, wollte allein sein. Er musste all seine Kraft aufbringen, um zum Telefon zu greifen und Carl anzurufen. Aber Sallys Ehemann – Sallys *Witwer* – war es nicht, der ranging. Stattdessen meldete sich jemand, der sich selbst als «Rachel, Carls beste Freundin» vorstellte – eine ziemlich merkwürdige Art für eine Erwachsene, sich zu beschreiben, ganz besonders unter diesen Umständen.

«Hier ist Andrew. Sallys Bruder», sagte er.

«Natürlich. Andrew. Wie geht es dir denn?» Und bevor Andrew überhaupt antworten konnte, fuhr sie fort: «Carl sagt, dass er leider keinen Platz für dich im Haus hat. Deshalb musst du wohl in der kleinen Pension die Straße runter absteigen. Sie liegt ganz in der Nähe der Kirche ... für die Beerdigung und alles.»

«Oh. Gut. Ist das denn alles schon organisiert?», fragte Andrew.

Eine Pause trat ein.

«Du kennst doch unseren Carl. Er ist eben sehr organisiert. Er will dich bestimmt nicht mit all den Einzelheiten belasten.»

Das klang überhaupt nicht nach dem Carl, den er kannte.

Später, als der Zug London in Richtung Newquay verließ und sanfte baumbewachsene Hügel den Beton ablösten, fühlte Andrew weder Kummer noch Trauer. Nur Gewissensbisse. Gewissensbisse, dass er noch nicht geweint hatte. Gewissensbisse, dass er sich vor der Beerdigung fürchtete, dass er ernsthaft erwogen hatte, nicht hinzugehen. Als der Schaffner auftauchte, konnte Andrew seine Fahrkarte nicht finden. Als er sie endlich in seiner Innentasche aufgespürt hatte, entschuldigte er sich so ausgiebig dafür, die Zeit des Schaffners verschwendet zu haben, dass der Mann sich bemüßigt fühlte, ihm die Hand auf die Schulter zu legen und ihm zu versichern, dass er sich deshalb keine Vorwürfe machen müsse.

×

Er verbrachte eine Woche in der feuchten Pension, hörte dem Kreischen der wütenden Möwen draußen zu und musste ständig den Drang unterdrücken, einfach wegzugehen und den nächsten Zug nach London zu nehmen. Als der Morgen der Beerdigung kam, aß er allein eine Schüssel staubiger Frühstücksflocken im «Restaurant» der Unterkunft, wobei ihn der Besitzer mit vor der Brust verschränkten Armen beobachtete wie ein Aufseher im Todestrakt, der dem zum Tode Verurteilten beim Verzehr seiner Henkersmahlzeit zuschaut.

Er trug den Sarg auf der Schulter ins Krematorium und war sich der Tatsache unangenehm bewusst, dass er keine Ahnung hatte, wer die Männer waren, die mit ihm den Sarg trugen; es war ihm unhöflich vorgekommen, danach zu fragen.

Carl – der mit seinen über fünfzig Jahren geradezu

abstoßend gesund und modisch gekleidet war, mit grau meliertem Haar und einer Armbanduhr im Wert eines Kleinwagens – hörte dem Gottesdienst mit stoisch erhobenem Kopf zu, während ihm die Tränen über das Gesicht liefen. Andrew stand betreten neben ihm, die Hände zu Fäusten geballt. In dem Moment, als der Sarg durch den Vorhang glitt, stieß Carl ein tiefes Heulen aus, ohne die Hemmungen, mit denen Andrew kämpfte.

×

Hinterher, bei der Totenwache, umgeben von Leuten, die er noch nie gesehen, geschweige denn kennengelernt hatte, fühlte er sich einsamer denn je. Sie waren in Carls Haus und standen in dem Zimmer herum, das er seinem aufblühenden Yoga-Business gewidmet hatte – *Cynergy*. Man hatte für diesen Anlass die Matten und Medizinbälle weggeräumt, sodass genug Platz für die Tapeziertische war, die sich unter dem Leichenschmaus bogen. Das erinnerte Andrew an eine der seltenen Gelegenheiten, zu denen er seine Mutter lachen gesehen hatte. Sie hatte sich an die typisch britische Reaktion der Komikerin Victoria Wood auf eine Todesnachricht erinnert und deren Stimme perfekt imitiert: «Zweiundsiebzig weiche Brötchen, Connie. Du schneidest, ich schmiere.» Dann hatte sie Andrew über den Kopf gestrichen und ihn losgeschickt, damit er den Wasserkessel aufsetzte.

Er kaute auf einem feuchten Blätterteigröllchen mit Wurstfüllung herum und hatte plötzlich das Gefühl, beobachtet zu werden. Und tatsächlich, Carl starrte ihn vom anderen Ende des Raums an. Er hatte seinen Anzug gegen ein lockeres weißes Hemd und beigefarbene Leinenhosen getauscht und war barfuß. Andrew bemerkte, dass er seine teure Uhr immer noch trug. Carl wirkte, als wollte er gleich herüberkommen, also stellte Andrew schnell seinen Pappteller ab und ging so schnell wie möglich die Treppe hinauf und in die zum Glück freie Toilette. Er wusch sich die Hände. Dabei fiel sein Blick auf einen Rasierpinsel auf einem verzierten weißen Tellerchen auf dem Fensterbrett. Er griff danach und fuhr mit den Fingerspitzen über die weichen Borsten, wobei ein wenig Puder in die Luft stob. Er roch daran und nahm den vertrauten reichen, cremigen Duft wahr. Dieser Pinsel hatte seinem Vater gehört. Auch wenn Andrew sich nicht daran erinnern konnte, je mit Sally darüber gesprochen zu haben, musste sie eine besondere emotionale Verbindung zu diesem Gegenstand gehabt haben, sonst hätte sie ihn nicht behalten.

Genau in diesem Moment klopfte jemand an die Tür, und Andrew ließ den Pinsel hastig in seine Hosentasche gleiten.

«Eine Sekunde», sagte er. Er hielt kurz inne, um sich zu sammeln und ein entschuldigendes Lächeln aufzusetzen. Als er heraustrat, stand dort Carl mit verschränkten Armen. Sein Bizeps beulte die Hemdsärmel aus. Aus der Nähe sah Andrew, dass Carls Augen vom Weinen gerötet waren. Sein Aftershave war intensiv und überwältigend.

«Tut mir leid», sagte Andrew.

«Kein Problem», sagte Carl, rührte sich aber nicht, um Andrew vorbeizulassen.

«Ich dachte, ich gehe wohl besser bald», sagte Andrew. «Es liegt ja noch ein weiter Weg vor mir», fügte er defensiver als beabsichtigt hinzu.

«Natürlich tust du das», sagte Carl.

Andrew überhörte den Kommentar. «Dann also bis

bald», sagte er stattdessen, ging um Carl herum und auf die Treppe zu.

«Immerhin», sagte Carl, «ist es ja viel leichter für dich, jetzt, wo Sally tot ist.»

Andrew blieb auf der obersten Stufe stehen und drehte sich um. Carl sah ihn unverwandt an.

«Was?», stieß er hervor. «Bist du da etwa anderer Meinung? Na komm schon, Andrew, es ist ja nicht so, als wärst du je wirklich für sie da gewesen, obwohl sie das sehr verletzt hat.»

Das stimmt nicht, wollte Andrew sagen. *Sie hat mich verlassen.*

«Es war alles ziemlich kompliziert.»

«Oh ich habe alles darüber gehört, glaub mir», sagte Carl. «Tatsächlich ist keine einzige Woche vergangen, in der Sally nicht davon geredet hat – sie hat immer und immer wieder darüber nachgedacht, wie sie zu dir durchdringen kann, wie sie dich dazu bringen kann, dass du sie magst oder sie zumindest nicht mehr hasst.»

«Hassen? Ich habe sie nicht gehasst – das ist doch lächerlich.»

«Ach, ist es das?» Wieder blitzte Wut in Carls Blick auf, und er bewegte sich auf Andrew zu, der ein paar Stufen zurückwich. «Also hattest du keinen Groll gegen sie, weil sie dich angeblich ‹verlassen› hat, indem sie nach Amerika ging? Und zwar einen solchen Groll, dass du sie nie mehr sehen wolltest?»

«Also, nein, das ist nicht ...»

«Und obwohl sie Wochen – eigentlich sogar Monate – damit verbracht hat, dir zu helfen, dein Leben wieder in Ordnung zu bringen, warst du so verdammt beschissen stur, dass du dich ihr nicht geöffnet hast, obwohl du genau wusstest, wie sehr sie das verletzte.» Carl drückte die Faust gegen den Mund und räusperte sich.

Oh bitte, lieber Gott, nicht weinen, dachte Andrew.

«Carl, es ... es war kom...»

«*Wag* es verdammt noch mal nicht, noch einmal zu sagen, dass es kompliziert war», zischte Carl. «Weil es nämlich eigentlich ganz einfach war. Sally war nie richtig glücklich, Andrew. Nicht wirklich. Deinetwegen.»

Andrew trat noch eine Stufe herunter und wäre beinahe gestolpert. Um sich aufzufangen, wirbelte er herum und nutzte den Schwung, einfach weiterzugehen. Er musste diese Sache so weit wie möglich hinter sich lassen. *Er hat nicht die leiseste Ahnung, wovon er spricht*, dachte Andrew, als er die Haustür hinter sich zuschlug. Aber der Zweifel begann an ihm zu nagen und wurde während der Zugfahrt nach Hause immer stärker. Lag Wahrheit in dem, was Carl gesagt hatte? War Sally tatsächlich so traurig über die schlechte Beziehung zu ihrem Bruder gewesen, dass dieser Schmerz zu ihrem Tod beigetragen hatte?

Andrew schloss die Augen.

Der Gedanke war einfach unerträglich.

×

Weil es im Zimmer sonst stockdunkel war, blendete das Licht des Bildschirms Andrew ein wenig. BastlerAls Forum-Avatar (eine tanzende, lachende Tomate), sonst ein erheiternder Anblick, wirkte heute Abend irgendwie bösartig auf ihn.

Andrew zwang sich, die Worte anzusehen, die er so oft getippt und wieder gelöscht und erneut getippt hatte, dass er gar nicht mehr mitgezählt hatte.

Ich habe heute meine Schwester zu Grabe getragen.

Der Cursor blinkte erwartungsvoll vor sich hin. Er bewegte die Maus, bis sie über dem «Senden»-Feld schwebte, zog dann aber die Hand weg und griff nach dem Plastikbecher mit schaumigem Bier. Er trank es im Versuch, die tröstliche Wärme wiederherzustellen, die er mit Peggy im Pub gespürt hatte, bevor Cameron die Bombe hatte platzen lassen, aber jetzt bekam er davon nur dieses dumpfe Pochen hinter den Augen.

Er setzte sich gerade hin und spürte die Borsten des Rasierpinsels in seiner Hosentasche. Es war drei Uhr morgens. Carls Worte gingen ihm noch immer im Kopf herum, die Konfrontation war ihm noch schrecklich lebhaft im Gedächtnis. Was hätte er jetzt nur um ein paar liebe Menschen um sich herum gegeben. Freundliche Worte. Tassen mit Tee. Einen Moment, in dem eine Familie mehr war als die Summe ihrer Teile.

Er schaute erneut auf den Bildschirm. BamBam, BastlerAl und Jim hatten sicher Hunderte von Nachrichten ausgetauscht. Irgendetwas mit Lokomotiven aus einer limitierten Auflage und einer Fußgängerbrücke, die es irgendwo billiger gab. Diese Menschen waren noch am ehesten seine Freunde, und doch konnte er es nicht über sich bringen, sich ihnen anzuvertrauen. Es war einfach zu schwer.

Er bewegte seinen Finger zur Löschen-Taste.
Ich habe heute meine Schwester zu Grabe getragen
Ich habe heute meine
Ich habe
Ich

KAPITEL ZEHN

Obwohl Cameron beteuerte, er könne sich so viel Zeit nehmen, wie er brauchte, kam Andrew schon zwei Tage nach der Beerdigung zurück zur Arbeit. Er hatte kaum geschlafen, aber es war schon schlimm genug gewesen, den ganzen Tag ohne jede Ablenkung herumzusitzen – lieber kümmerte er sich um tote Menschen, die er nicht kannte. Er wappnete sich gegen die Welle des Mitgefühls. Die zur Seite geneigten Köpfe. Das traurige Lächeln. Gegen die Menschen, die sich nicht einmal im Entferntesten *vorstellen* konnten, wie schwer es für ihn war. Er würde nicken und danke sagen müssen, und währenddessen würde er sie dafür hassen, dass sie diese Dinge sagten, und sich selbst, weil er ihr Mitgefühl nicht verdiente. Zu seiner beträchtlichen Verblüffung musste er jedoch feststellen, dass Peggy den größten Teil der ersten Arbeitsstunde an diesem Morgen mit ihm ausschließlich über Moorhühner sprach.

«Vollkommen unterschätzte Vögel, wenn man mich fragt. Ich habe mal ein einbeiniges im Slimbridge Wetland-Centre gesehen. Es schwamm in einem ziemlich kleinen Teich die ganze Zeit im Kreis herum, traurige Ehrenrunden sozusagen. Meine Tochter Maisie wollte es retten, damit sie ihm «ein neues Bein erfinden» konnte. Ziemlich ehrgeizig, was?»

«Mmm», machte Andrew und schlug nach einer Schmeißfliege, die sich auf sein Gesicht setzen wollte. Angesichts der Tatsache, dass es erst Peggys zweite Nachlassinspektion war, schien sie sich bemerkenswert schnell eingewöhnt zu haben, besonders da Jim Mitchells Zuhause in noch schlimmerem Zustand war als das von Eric White.

Jim war in seinem Bett gestorben, allein, im Alter von sechzig Jahren. Er war an seinem eigenen Erbrochenen erstickt. Die Küche, das Schlafzimmer und das Wohnzimmer gingen ineinander über. Es gab noch eine abgetrennte Dusche, die dicht mit Schimmel bewachsen war und deren Fußboden eine beeindruckende Anzahl an Flecken aufwies, deren Herkunft Andrew lieber nicht ergründen wollte.

«Das ist die Art von Zimmer, das mein Immobilienmakler als ‹kompaktes, schickes Badezimmer› bezeichnen würde», sagte Peggy und zog einen verschimmelten Vorhang beiseite.

«Was zum Teufel», schrie sie auf und trat zurück. Andrew eilte zu ihr. Das gesamte Badezimmerfenster war mit kleinen roten Käfern bedeckt. Auf den ersten Blick sah es aus, als wäre Blut aus einer Schusswunde daraufgespritzt. Erst als einer der Käfer seine winzigen Flügelchen ausbreitete, begriff Andrew, dass es Marienkäfer waren. Die Tiere waren allerdings auch das Bunteste, was in der gesamten Wohnung zu finden war. Andrew beschloss, das Fenster geöffnet zu lassen und auf einen Käfer-Exodus zu hoffen.

Diesmal hatten sie sich ihre Schutzanzüge angezogen. Peggy hatte schon draußen darum gebeten, weil sie gern so tun wollte, als sei sie eine Laborassistentin in einem James-Bond-Film – sie hatte am Vorabend *Man lebt nur zweimal* geschaut. «Mein Steve hatte ein bisschen was von

Sean Connery, als wir uns kennenlernten. Das war, bevor er Schweinefleischpasteten und Aufschieberitis für sich entdeckte.» Sie musterte Andrew von Kopf bis Fuß.

«Ich glaube, du könntest als – wer war noch mal der Bösewicht in *GoldenEye*?»

«Sean Bean?», fragte Andrew und ging zur Kochnische herüber.

«Ja, genau. Ich finde, du hast etwas von diesem Sean an dir.»

Andrews Blick fiel auf sein Spiegelbild in der schmutzigen Ofentür – die immer höher werdende Stirn, das schlecht rasierte Kinn, die dunklen Ringe unter den Augen – er vermutete, dass Sean Bean in diesem Moment sicher eine Menge tat, aber ganz sicher kroch er nicht mit einer «Mr. Chicken!»-Speisekarte am Knie auf dem Küchenboden eines möblierten Zimmers in Südlondon herum.

Nach zwanzig Minuten intensiver Suche gingen sie hinaus, um frische Luft zu schnappen. Andrew war so müde, dass er sich beinahe schwerelos fühlte. Ein Polizeihubschrauber flog über sie hinweg, und sie reckten beide die Hälse, um zu schauen, wie er eindrehte und in die Richtung zurückflog, aus der er gekommen war.

«Puh, dann sind sie nicht hinter mir her», sagte Peggy.

«Mmm», murmelte Andrew.

«Weißt du, ich hatte noch nie mit der Polizei zu tun. Irgendwie habe ich das Gefühl, etwas verpasst zu haben, versteht du das? Ich würde gern ein kleines Vergehen melden oder als Zeugin gerufen werden – das ist mein Traum. Hast du so was schon mal gemacht?»

Andrew hatte gar nicht zugehört.

«Entschuldige, was hast du gesagt?»

«Hattest du schon mal Kontakt zu den Cops? Zu den Bullen. Den ... Buletten, hab ich das richtig gesagt?»

Andrew schoss der Plattenladen in Soho durch den Kopf, und er fühlte sich zurückversetzt. Die plötzliche Erkenntnis, dass der Song, der aus den Lautsprechern kam, «Blue Moon» war. Das Blut, das aus seinem Gesicht wich. Wie er auf den Ausgang zurannte und die Tür aufriss. Der unterdrückte Schrei des Ladenbesitzers. «Scheiße! Haltet ihn auf, er hat etwas geklaut!» Wie er direkt in den Mann draußen gerannt, von ihm abgeprallt und auf den Boden gefallen war, um dort erschöpft liegen zu bleiben. Der Mann, der über ihm gestanden hatte. «Ich bin Polizist außer Dienst.» Das wütende Gesicht des Ladenbesitzers, das sich in sein Blickfeld schob. Seine Arme, die festgehalten wurden. «Was hast du mitgehen lassen?» Der Atem des Ladenbesitzers roch nach Nikotinkaugummi.

«Nichts, *nichts*», hatte Andrew beteuert. «Ehrlich, Sie können mich durchsuchen.»

«Warum zum Teufel bist du dann weggerannt?»

Was hätte er sagen sollen? Dass er sich bei diesem Lied vor Schmerz krümmte? Dass er, noch auf dem Boden liegend, die leisen Takte des Liedes im Kopf hören konnte und dass er sich dabei am liebsten wie ein Fötus zusammengerollt hätte?

«Hey, Mr. Sean Bean», lachte Peggy jetzt. «Du siehst ja aus, als hättest du einen Geist gesehen!»

«Tut mir leid, ich ...», sagte Andrew, seine Stimme brach, und nur die Hälfte des Satzes kam heraus.

«Sag's nicht – du bist erwischt worden, weil du bei Woolworth Bonbons aus der Mixtüte geklaut hast?»

Andrews Lid zuckte unkontrolliert. Er versuchte verzweifelt, den Ohrwurm in seinem Kopf loszuwerden.

«Oder hast du frecherweise im absoluten Halteverbot geparkt?»

Blue moon, you saw me standing alone.

«Ach du meine Güte, du hast Abfall auf die Straße geworfen, was?»

Sie tippte ihn an, und Andrew spürte, wie seine Stimme ganz tief aus ihm herauskam, scharf und unaufhaltsam. «Lass mich in Ruhe, okay?»

Peggy sah ihn erschrocken an, als sie merkte, dass er keinen Scherz machte.

Andrew schämte sich plötzlich. «Tut mir leid. Ich wollte dich nicht so anfahren. Ich habe nur ein paar merkwürdige Tage hinter mir.»

Lange standen sie schweigend da, beide eindeutig zu peinlich berührt, um etwas zu sagen. Andrew konnte praktisch hören, wie Peggy versuchte, sich ein neues Gesprächsthema auszudenken, wie die Zahnräder in ihrem Kopf ratterten. Diesmal würde er bereit und aufmerksam sein.

«Meine Tochter hat doch dieses Spiel erfunden.»

«Ein Spiel?»

«Genau. Und ich weiß nicht so recht, ob ich mir um sie Sorgen machen muss oder nicht, denn es heißt Apokalypse.»

«Aha.»

«Und es geht so: Eine riesige Bombe ist explodiert, und alle Menschen auf der Welt sind dabei gestorben. Du bist der Einzige im Land, der überlebt hat. Was tust du?»

«Ich weiß nicht genau, ob ich das verstehe», sagte Andrew.

«Na ja, wo gehst du dann hin? Was machst du? Suchst du dir ein Auto und rast die M1 entlang, um nach Leuten

Ausschau zu halten? Oder gehst du direkt in deinen Lieblingspub und trinkst die Bar leer? Wie lange brauchst du, bis du den Ärmelkanal überquerst oder sogar nach Amerika reist? Wenn keiner mehr da ist, kannst du ja auch ins Weiße Haus einbrechen.»

«Und das ist das Spiel?», fragte Andrew.

«So ziemlich», sagte Peggy. Dann, nach einer kurzen Pause: «Ich verrate dir, was ich tun würde, okay? Ich würde zum Silverstone-Ring fahren und im Fiesta die Rennbahn entlangrasen. Dann würde ich Golfbälle von den Dächern der Houses of Parliament schlagen oder mir im Savoy etwas zusammenbrutzeln. Irgendwann würde ich vermutlich nach Europa reisen und mir alles anschauen – wobei ich vermutlich am Ende Teil irgendeines ‹Widerstands› sein würde und Menschen über die Grenze schleusen müsste. Und ich bin mir nicht ganz sicher, ob mein Charakter ehrenwert genug ist, bei so etwas mitzumachen, wenn zu Hause keine Facebook-Freunde mehr sind, die meine Posts darüber lesen können.»

«Verständlich», sagte Andrew. Er dachte fieberhaft darüber nach, was er täte, aber ihm fiel absolut nichts ein. «Ich fürchte, mir fällt absolut nichts ein», sagte er. «Tut mir leid.»

«Ach na ja. Das ist ja auch nicht für jeden etwas. Ziemlich morbide Vorstellung.» Peggy zögerte. «Übrigens, wenn du lieber früh gehen willst, komme ich bestimmt auch allein klar.»

«Nein, mir geht es gut», sagte Andrew. «Zu zweit geht es auf jeden Fall schneller.»

«Da hast du recht. Oh, das hätte ich ja fast vergessen: Ich habe heute eine Thermosflasche mit Kaffee mitgebracht. Sag Bescheid, wenn du einen Becher willst. Und ich habe immerhin *versucht*, Haferkekse zu backen.»

«Nein, danke.» Seit Tagen spürte Andrew weder Hunger noch Durst.

«Na ja, sag Bescheid, wenn du deine Meinung änderst», sagte Peggy achselzuckend und ging zurück ins Haus. Andrew taperte hinter ihr her. Ein Schwall stinkender Luft schlug ihm entgegen, bevor er auch nur die Schwelle übertreten hatte. Zum Glück fand Peggy bald etwas Nützliches.

«Einer dieser Weihnachtsrundbriefe», sagte sie mit nasaler Stimme, weil sie durch den Mund atmen musste. Sie gab Andrew ihr Fundstück. Das Papier fühlte sich brüchig an, als wäre es unzählige Male zerknüllt und wieder glatt gestrichen worden. Zwischen den gefalteten Seiten, auf denen ereignislose Ferien und langweilige Schulsporttage beschrieben wurden, lag das Foto einer Familie. Ihre Gesichter waren an den Stellen, an denen das Papier zerknickt worden war, kaum noch zu erkennen.

«Wie oft er dieses Papier wohl wegwerfen wollte, es aber nicht über sich bringen konnte.» Peggy klang nachdenklich. «Warte, sieh mal, da ist eine Telefonnummer auf der Rückseite.»

«Gut bemerkt. Dann rufe ich da an», sagte Andrew, griff nach seinem Handy und schaltete es ein.

«Bist du sicher, dass du dazu bereit bist?», fragte Peggy sanft.

«Mir geht es gut, aber danke sehr.» Er wählte die Nummer und wartete, bis sich die Verbindung aufbaute. «Noch mal Entschuldigung für meine barsche Reaktion eben», sagte er.

«Sei nicht albern.» Peggy machte eine wegwerfende Handbewegung. «Ich gehe mal für eine Sekunde raus.»

«Klar», sagte Andrew. «Bis gleich.»

Jemand nahm ab.

«Tut mir leid, Brian, wir sind wohl unterbrochen worden», sagte der Mann in der Leitung. «Wie ich schon sagte, das müssen wir dann wohl unter Erfahrung verbuchen.»

«Entschuldigung», sagte Andrew, «hier ist eigentlich ...»

«Nein, nein, Brian, die Zeit für Entschuldigungen ist endgültig vorbei. Lass uns das hier abhaken, okay?»

«Ich bin nicht ...»

«Ich bin nicht, ich bin nicht – Brian, das kannst du doch besser, oder? Ich lege jetzt auf. Wir sehen uns dann morgen im Büro. Und ich will nichts mehr davon hören, okay? Also gut. Bis bald.»

Die Verbindung war tot. Andrew seufzte. Das hier würde kniffliger werden als gedacht. Er drückte auf Wahlwiederholung und ging zum Wohnzimmerfenster. Zuerst dachte er, dass Peggy dadraußen irgendwelche Übungen machte – sie hockte auf dem Boden und wippte leicht auf den Fersen, als wollte sie zu einem Strecksprung ansetzen. Aber dann sah er ihr Gesicht. Sie war ganz blass, hatte Tränen in den Augen und rang nach Luft. In dem Moment begriff Andrew, dass sie sich natürlich noch lange nicht daran gewöhnt hatte, sich in Häusern dieses Zustands aufzuhalten. Und dann der Kaffee und die Haferkekse und die Spiele und das Gerede – alles nur, um ihn aufzuheitern, kein bisschen von oben herab und ohne mitfühlend den Kopf zur Seite zu neigen. Die ganze Zeit hatte sie sich schrecklich gefühlt und so getan, als ginge es ihr gut, und er hatte nichts gemerkt. Peggys Freundlichkeit und ihre Selbstlosigkeit überwältigten ihn derart, dass er eine Sekunde lang glaubte, in Tränen ausbrechen zu müssen.

Der Mann am anderen Ende der Leitung ließ es jetzt klingeln – vermutlich um den armen Brian in seinem eigenen Saft schmoren zu lassen. Andrew beobachtete Peggy dabei, wie sie aufstand und tief durchatmete, bevor sie zurück zur Haustür ging. Er unterbrach die Verbindung und räusperte sich, um den Kloß in seinem Hals loszuwerden.

«Nicht gut?», fragte Peggy mit Blick auf das Handy in seiner Hand.

«Er dachte, ich wäre jemand, mit dem er zusammen arbeitet. Die Verbindung wurde unterbrochen. Er hat mich gar nicht ausreden lassen.»

«Oh.»

«Und er hat den Ausdruck ‹abhaken› benutzt.»

«So ein Blödmann.»

«Genau das habe ich auch gedacht. Ich versuche es später noch mal bei ihm.»

Sie standen eine Weile schweigend da und schauten sich im Chaos um. Andrew kratzte sich den Hinterkopf.

«Ich, ähm, wollte mich nur bedanken», sagte er, «dafür, dass du hier bist und mit mir redest und für die Haferkekse und so. Das weiß ich wirklich zu schätzen.»

Die Farbe kehrte in Peggys Wangen zurück, und sie lächelte.

«Kein Problem, Kumpel. Also, gehen wir jetzt zurück ins Büro?»

«Du solltest zurückgehen», sagte Andrew, der nicht wollte, dass Peggy auch nur eine Sekunde länger hierbleiben musste als unbedingt nötig. Er holte eine Rolle Mülltüten aus seinem Rucksack.

«Gibt es hier denn nichts mehr zu tun?», fragte Peggy mit Blick auf die Mülltüten.

«Nein, es ist nur … wenn es so schlimm ist wie hier, räume ich immer gern ein wenig auf. Es fühlt sich irgendwie nicht richtig an, die Wohnung so zu hinterlassen. Wie gesagt, du kannst aber gern zurückgehen.»

Andrew war sich nicht ganz sicher, was der Blick, den Peggy ihm zuwarf, bedeutete, aber er hatte den Eindruck, dass er wohl etwas Peinliches gesagt haben musste.

«Ich glaube, ich bleibe lieber», sagte Peggy und streckte die Hand aus. «Gib mir mal eine Mülltüte.»

Sie räumten zusammen auf. Andrew zwang seine Phantasie in Gang, bis ihm endlich etwas einfiel.

«Ich würde übrigens nach Edinburgh fahren», sagte er.

«Edinburgh?», fragte Peggy verwirrt.

«Nach der Apokalypse. Ich, ähm, würde versuchen, selbst einen Zug dorthin zu fahren. Dann würde ich ins Schloss einbrechen. Oder auf Arthur's Seat klettern. Auf den Berg.»

«Aha, gar keine schlechte Idee», bemerkte Peggy und tippte sich nachdenklich ans Kinn. «Ich muss aber sagen, dass ich mit meinem Savoy-Gebrutzelten und dem Golfspielen auf den Dächern der Houses of Parliament immer noch vorne liege.»

«Ich wusste gar nicht, dass es bei diesem Spiel Gewinner gibt», sagte Andrew und faltete eine mit fettigem Mozzarella bedeckte Pizzaschachtel zusammen.

«Ich fürchte doch. Und da ich jedes Mal gegen meine Kinder verliere, hättest du da etwas dagegen, wenn ich dieses Mal gewinne, nur um ein bisschen von meinem Stolz wiederzubekommen?»

«Geht in Ordnung. Ich würde dir ja die Hand schütteln, um dir zu gratulieren, aber ich fürchte, an meiner klebt ganz schön viel schimmliger Käse.»

Peggy sah seine Hand für einen kurzen Moment erschrocken an, und Andrew glaubte schon, etwas ganz besonders Schräges gesagt zu haben, aber dann lachte Peggy tief aus dem Bauch heraus und sagte: «Herrje, was ist das bloß für ein Job?», und Andrew fühlte sich zum ersten Mal an diesem Tag ganz wach.

×

Sie hatten sich durch den größten Teil des Mülls gearbeitet, als Peggy sagte: «Ich wollte nur sagen, dass es mir leidtut, du weißt schon, mit deiner Schwester. Ich wusste nur nicht, wann der richtige Zeitpunkt war, dir mein Beileid auszusprechen.»

«Schon in Ordnung», antwortete Andrew. «Ich bin ... es ist ... ich weiß auch nicht recht ...» Er verstummte, gefangen zwischen dem, was er wirklich fühlte, und dem, was er glaubte sagen zu müssen.

«Ich habe vor neun Jahren meinen Dad verloren», unterbrach Peggy seine Überlegungen.

Andrew hatte das Gefühl, als hätte jemand die Pause-Taste gedrückt. «Das tut mir leid», brachte er nach einer gefühlten Ewigkeit heraus.

«Danke, mein Lieber», sagte Peggy. «Es ist schon einige Jahre her, ich weiß, aber ... ich erinnere mich noch, dass es danach Tage gab – besonders bei der Arbeit –, an denen ich mich am liebsten versteckt hätte, aber dann gab es auch wieder andere, an denen ich gern darüber gesprochen hätte. Damals habe ich bemerkt, dass die Leute mich meiden und absichtlich meinem Blick ausweichen. Natürlich weiß ich jetzt, dass sie nur nicht wussten, was sie sagen sollten, aber zu der Zeit glaubte ich, mich schämen zu müssen, dass ich irgendetwas falsch gemacht hätte und allen nur lästig wäre. Dass meine Gefühle sowieso schon völlig durcheinander waren, hat es nur noch schwieriger gemacht.» Peggy sah Andrew an, als wollte sie fragen, ob sie weiterreden sollte.

«Wie meinst du das?», fragte er.

Peggy kaute auf ihrer Unterlippe. «Sagen wir, Freundlichkeit lag meinem Dad nicht gerade im Blut. Die deutlichste Erinnerung, die ich an meine Kindheit habe, ist, wie ich im Wohnzimmer sitze und den Atem anhalte, weil ich seine Schritte in der Auffahrt höre. Ich konnte schon am Geräusch seine Stimmung erkennen. Er hat uns nie weh getan oder so, aber er hatte diese Launen, in denen nichts gut genug war, was meine Schwester oder meine Mum oder ich taten. Dabei wussten wir aber nie, wie genau wir ihn wieder enttäuscht hatten. Eines Tages ist er einfach abgehauen. Ist mit einer Frau von der Arbeit durchgebrannt, das hat meine Schwester später herausgefunden. Mum hat das nie akzeptieren können. Das war das Schlimmste daran. Sie sprach über ihn, als wäre er das Geschenk Gottes an die Menschheit, ein Kriegsheld, der auf einem Floß aufs Meer hinausgetrieben und nie wieder gesehen wurde, obwohl er nur vier Straßen weiter mit dieser Frau in wilder Ehe lebte.»

«Das muss hart gewesen sein», bemerkte Andrew.

Peggy zuckte die Achseln. «Es ist kompliziert. Ich habe ihn trotzdem noch geliebt, obwohl ich ihn kaum gesehen habe, nachdem er gegangen war. Die Leute glauben immer, dass ein Verlust sich für jeden gleich anfühlt, aber tatsächlich ist er jedes Mal anders.»

Andrew schnürte eine große Mülltüte zu. «Das stimmt. Mit meiner Schwester ist es ... na ja, war es auch kompliziert, wie bei dir und deinem Dad. Und die Vorstellung, dass mich die Leute alle so mitleidig anschauen ...» Er verstummte.

Peggy half ihm jetzt, den letzten Müll mit einer Müllzange einzusammeln. «Ja, das kenne ich», sagte sie. «Sie meinen es schon gut, kein Zweifel, aber wenn man das nicht selbst erlebt hat, kann man es nicht verstehen. Dazu muss man erst Mitglied ‹im Club› sein oder so.»

«‹Im Club›», murmelte Andrew. Er spürte Adrenalin in seinen Adern. Es war ein merkwürdiges Gefühl. Peggy sah ihn an und lächelte. Und Andrew, der sich an seine gescheiterten Versuche im Pub erinnerte, ihr ordentlich zuzuprosten, hob plötzlich seine Müllzange, mit der er eine leere Tüte Kartoffelringlis aufgenommen hatte, und sagte: «Auf den ‹Club›!» Peggy sah ihn überrascht an, und Andrews Hand zitterte ein wenig, aber dann hob sie ihre Müllzange ebenfalls. «Auf den ‹Club›!»

Nach einer etwas peinlichen Pause senkten sie ihre Zangen und räumten weiter auf.

«Also, Andrew», fing Peggy nach einer Weile an, «jetzt zurück zu wichtigeren Themen.»

Andrew zog die Augenbrauen hoch.

«Geht es dabei zufällig wieder um die Apokalypse?»

×

Eine Stunde später waren sie fast fertig mit Aufräumen. Andrew hatte überraschend viel Spaß beim Müllsammeln und beim Weltuntergang-Spielen gehabt. Da sagte Peggy: «Wenn du Lust auf ein etwas besser strukturiertes Spiel hast, gibt es da immer noch dieses Kneipenquiz, von dem ich dir erzählt habe. Sag Bescheid, wenn du Lust dazu hast.»

Vielleicht hatte Andrew *wirklich* Lust dazu. Immerhin würde er sich so ablenken und es gleichzeitig wiedergutmachen können, dass er Peggy so angefahren hatte. Womöglich würde er nicht mit seinem grauenhaften Allgemeinwissen punkten, aber zumindest ein paar Pints Guinness trinken können.

«Ja, warum nicht», sagte er und versuchte so zu klingen, als ob er derlei Dinge ständig täte.

«Tipptopp», sagte Peggy, und das Lächeln, das sie ihm schenkte, war so warm und ehrlich, dass er wegschauen musste. «Und bring Diane mit! Ich würde sie gern kennenlernen.»

Ach ja. Das.

×

Vielleicht würde Diane ja wie von Zauberhand im Badezimmerspiegel auftauchen und ein schöneres Hemd als diese orangefarbene Monstrosität für ihn heraussuchen. Er hatte das Ding in einem Anfall von Panik auf dem Weg von der Arbeit nach Hause gekauft, weil ihm plötzlich einfiel, dass die Menschen sich noch um den Millennium-Bug Sorgen machten, als er zum letzten Mal Klamotten zum Weggehen gekauft hatte. Er hatte überhaupt keine Ahnung, was heutzutage in Mode war. Manchmal überlegte er, einige seiner besonders alten Kleidungsstücke zu ersetzen, aber dann sah er auf der Straße einen jungen und ganz offenbar trendigen Menschen, der ein Hemd trug, das haargenau so aussah wie eines, das bei ihm seit den frühen Neunzigern im Kleiderschrank hing, wozu dann also? Es war eben Glück, dass sein Eigensinn und seine Abneigung gegen das Klamottenkaufen so gut zur zyklischen Natur der Mode passten.

Er trat näher an den Spiegel heran. Vielleicht sollte er

eine Creme gegen die dunklen Ringe unter seinen Augen kaufen. Andererseits spürte er eine gewisse Zuneigung zu ihnen, vielleicht weil sie das Einzige waren, was ihn gewissermaßen unverwechselbar machte. Alles andere an ihm war so ... normal. Ein Teil von ihm sehnte sich danach, etwas Außergewöhnliches an sich zu haben – wie diese Männer, die ihre geringe Körpergröße durch stundenlanges Training im Fitnesscenter kompensieren, weshalb sie zwar unglaublich muskulös sind, aber trotzdem schneller gehen müssen als ihre Freunde, um mit ihnen Schritt zu halten. Vielleicht würde er auch eine große Nase wählen oder Segelohren – irgendein herausragendes Merkmal, das die Presse bei einem Prominenten als «unkonventionell, aber attraktiv» beschreiben würde. «Durchschnittlich» aussehende Frauen wurden als «graue Mäuse» abgestempelt, für Männer gab es dafür offenbar keine Entsprechung. Andererseits – vielleicht sollte er aus seiner Not einfach eine Tugend machen. «Standard-Andrew»? «Standy-Andy»? *Der* Maßstab für Männer mit hellbraunem Haar und unauffällig geraden Zähnen. Auf diese Weise würde vielleicht etwas von ihm bleiben, wenn er einmal nicht mehr war.

Er trat einen Schritt zurück und strich eine Falte auf seinem Hemdsärmel glatt. «Weißt du, wie du aussiehst? Wie ein Erdnussflip, dem man ein Gesicht aufgemalt hat», sagte er zu seinem Spiegelbild. Er blies die Backen auf. Warum in Gottes Namen hatte er sich nur auf die Sache eingelassen?

Die Sentinel 4wDH-Lok fuhr in angenehmem Tempo über die Schienen, ihre Fahrt über die Gleis-Acht wirkte beinahe hypnotisch auf ihn. Er hatte absichtlich Ellas «But Not For Me» ausgewählt – sanft und träge und wunderschön –, weil es so beruhigend wirkte, aber jetzt half es kaum. Allein beim Gedanken an fremde Leute zog sich sein Magen zusammen – das war genau der Grund, weshalb er so ungern ausging. Die Vorstellung, einfach zu Hause zu bleiben und mit den Leuten im Forum zu chatten, war ungeheuer verführerisch. Aber schließlich zwang er sich doch dazu, das Haus zu verlassen. Diane, hatte er entschieden, musste noch länger im Büro bleiben, aber er hatte im letzten Augenblick noch einen Babysitter finden können.

Er hatte den Pub gegoogelt, bevor er ging, und sorgte sich ein wenig, dass er vielleicht zu cool sein würde. Im Netz hatte er Fotos von Kreidetafeln mit aggressiven Sprüchen darauf gefunden, die – mit immerhin fünfzigprozentigem Wahrheitsgehalt – «Bier und viel Spaß» versprachen, aber als er dort ankam, fand er den Pub zu seiner Erleichterung ziemlich normal, zumindest von außen. Dennoch ging er dreimal an der Tür vorbei und tat so, als müsste er dringend telefonieren. Falls Peggy und ihre Freunde ihn von innen sahen, konnte er so tun, als hätte er gerade eben einen Anruf beendet, bevor er eintrat. Das Timing seiner Ankunft war ungeheuer wichtig. Wenn er zu früh da war, würde er gezwungen sein, sich mit den anderen zu unterhalten. Kam er zu spät, würde er sich wie ein Eindringling fühlen. Im Idealfall kam er ganz kurz vor Beginn des Quiz an, sodass er gerade eben noch *Hallo* sagen konnte – dann würden sich alle auf die Fragen konzentrieren, und niemand müsste sich bemühen, ihn in die Gespräche einzubeziehen.

Als er das nächste Mal am Pub vorbeiging, warf er einen Blick durchs Fenster und sah ganz hinten im Raum eine Gruppe in der Ecke sitzen. Das waren sie. Peggy saß neben einem Mann, der zu seinen langen Haaren und dem Ziegenbart eine dunkle Lederjacke trug. Steve, vermutlich. Er schien gerade eine Anekdote zum Besten zu geben. Seine Gesten wurden immer raumgreifender; offenbar kam er gerade zur Pointe. Dann schlug er mit der Faust auf den Tisch, und die anderen lachten. Andrew sah ein paar Leute, die an der Bar standen und sich nach der Quelle des Lärms umsahen. Peggy, wie Andrew bemerkte, lachte nur halbherzig mit.

Er hob die Hand, um die Tür zu öffnen, erstarrte dann aber.

Das hier war er nicht. So etwas tat er nicht. Was, wenn er buchstäblich keine einzige richtige Antwort in diesem Quiz wusste oder sich in einer hitzigen Debatte auf eine Seite schlagen musste? Was, wenn sie kurz vorm Gewinnen waren und er alles ruinierte? Und selbst wenn nicht: Dieses Quiz lief ja nicht ununterbrochen – es würde Pausen geben, in denen die anderen ihn über sein Leben ausfragen würden. Er wusste, wie er mit seinen Kollegen umgehen musste, wenn sie ihm Fragen nach seiner Familie stellten. Er wusste im Voraus, was sie wissen wollten, und hatte sich einige Kniffe angeeignet, sich aus Unterhaltungen auszuklinken, wenn diese in eine für ihn unangenehme Richtung gingen. Aber das hier war unbekanntes Terrain, und er konnte nur allzu schnell in ein Fettnäpfchen tappen.

Ein Auto blieb hinter Andrew stehen. Er hörte, wie jemand ausstieg und das vertraute «Schönen Abend noch» sagte – Worte, die nur eins bedeuten konnten. Er wandte sich um und sah tatsächlich das gelbe Licht des Taxis leuchten, ein willkommener Leuchtturm in der Dunkelheit, der Zuflucht versprach. Er rannte beinahe zu dem Auto, riss die Tür auf, warf sich hinein und ratterte dem

Fahrer seine Adresse herunter. Dann ließ er sich tief in die Polster sinken. Sein Herz raste, als säße er im Fluchtauto nach einem Banküberfall. Eine Viertelstunde später war er wieder zu Hause, sein Abend war vorbei, er hatte zwanzig Pfund ausgegeben und nicht einmal etwas getrunken.

Im Flur des Hauses lag ein Umschlag auf der Fußmatte. Er hob ihn auf in der Annahme, dass es sich um eine Werbesendung handelte, aber als er ihn umdrehte, sah er seinen Namen und die Adresse in Blockbuchstaben darauf stehen. Er stopfte den Umschlag schnell in seine Tasche und hastete die Stufen hinauf. In seiner Wohnung verspürte er noch mehr als sonst den unbezwingbaren Drang, die Musik anzuschalten und eine Eisenbahn in Bewegung zu setzen.

Er ließ die Nadel grob auf die Schallplatte fallen und drehte den Lautstärkeregler hoch, dann kniete er sich hin und riss an den Schienen, um die Acht auseinanderzunehmen und zu einem einzigen Kreis zusammenzusetzen. Er ließ den Zug losfahren und blieb mitten im Kreis sitzen, die Knie zur Brust gezogen. Hier war er ganz ruhig. Hier hatte er die Kontrolle über alles. Trompeten jaulten, und die Becken schepperten, sein Zug zischte über die Gleise, immer wieder um ihn herum, er passte auf ihn auf und gab ihm Sicherheit.

Nach einer Weile erinnerte er sich wieder an den Umschlag in seiner Tasche. Er holte ihn hervor und öffnete ihn. Sofort strömte eine Wolke süßlichen Aftershaves heraus.

Weil du so früh abgehauen bist, warst du nicht mehr da, als Sallys Testament verlesen wurde. Du kleiner Drecksack! Wusstest du davon? Denn ich hatte keine Ahnung. Fünfundzwanzigtausend

*auf dem Sparkonto – man hätte doch gedacht,
dass sie das mir gegenüber mal erwähnt, oder?
Immerhin wollten wir mit dem Geschäft expandieren – das war der Traum. Daher kannst du
dir sicher vorstellen, wie schockiert ich bin, dass
sie beschlossen hat, dir das Geld zu hinterlassen
und nicht mir.*
*Vielleicht begreifst du jetzt endlich, wie krank sie
die Schuldgefühle gemacht haben. Und das alles
nur, weil du ihr nie vergeben hast, egal wie sehr
sie sich auch bemühte, dir zu helfen. Du warst
wie ein Klotz an ihren Beinen, der sie heruntergezogen hat. Tja, ich hoffe, du bist jetzt glücklich,
Andrew. War es das wert?*

Andrew las Carls Brief mehrmals durch, aber er begriff ihn einfach nicht. Es war doch bestimmt irgendein Verwaltungsfehler, dass Sally ihm das Geld hinterlassen hatte. Vielleicht hatte jemand einen Haken an der falschen Stelle gemacht? Denn die andere mögliche Erklärung – dass es ihr letzter Versuch auf dem Totenbett war, die Dinge richtigzustellen, sich von der Schuld zu entlasten, mit der sie gelebt hatte und von der Andrew sie hätte erlösen können und sollen –, diese Erklärung war einfach viel zu traurig, als dass er sie ernsthaft in Betracht ziehen konnte.

KAPITEL ELF

Wenn Andrew in den nächsten drei Monaten nach Hause kam, fürchtete er sich jedes Mal vor den Umschlägen mit Carls krakeliger Schrift darauf.

Die Briefe trudelten in unregelmäßigen Abständen ein. Manchmal kamen zwei oder drei in der Woche – voller Tränenflecken und verschmierter Tinte –, dann wieder mehrere Wochen gar nichts. Aber Carls Wut ließ nicht nach – vielmehr schien er immer wütender darüber zu werden, dass Andrew Sally ihr Geld «abgeluchst» hatte. *Du bist jämmerlich und feige und wertlos, und du verdienst Sallys Vergebung nicht*, so hatte der letzte Brief geendet. Womit Carl vermutlich nicht rechnete, war, dass Andrew ihm größtenteils zustimmte.

Immer wenn er wieder einen Brief im Hausflur fand, trottete er die Stufen hinauf und setzte sich auf die Bettkante. Er ermahnte sich jedes Mal, ihn einfach nicht zu öffnen. Je mehr er las, desto größer wurden seine Schuldgefühle, desto mehr glaubte er Carls Wut verdient zu haben. Carl beschuldigte ihn vehement, zu Sallys Krankheit beigetragen zu haben, weil er sich nie um Kontakt zu ihr bemüht hatte. Und je mehr Andrew darüber nachdachte, desto mehr glaubte er, dass das stimmte.

×

Nach einigen Monaten war Sallys Tod lange genug her, dass die Menschen ihn wieder normal behandelten. Cameron hatte Gott sei Dank die Phase hinter sich, in der er ihm ständig die Hand auf die Schulter legte, dabei die Brauen sorgenvoll zusammenzog und den Kopf zur Seite neigte. Noch mehr erleichterte Andrew die Tatsache, dass Keith, der sich kurzzeitig mit seinen Sticheleien zurückgehalten hatte, wieder ganz er selbst – sprich ein komplettes Arschloch – war.

Nach einigen abgebrochenen Versuchen hatte Andrew sich schließlich ein Herz gefasst und dem Unterforum von Sallys Tod berichtet.

Hallo, Leute. Tut mir leid, dass ich in letzter Zeit ein bisschen still war. Meine Schwester ist gestorben. Um ehrlich zu sein, bin ich deswegen immer noch ziemlich traurig.

Kaum dass er auf «senden» geklickt hatte, überlegte er schon, ob es vielleicht ein Fehler gewesen war. Doch die anderen User antworteten ausnahmslos mitfühlend, und als rührende Geste der Solidarität änderten sie sogar ihre Avatars von tanzenden Tomaten und einem dicken Schaffner zu schlichten, himmelblauen Quadraten, genau wie Andrews Avatar.

Aber obwohl sich die Dinge im Großen und Ganzen wieder einigermaßen normalisiert hatten, gab es da noch etwas, was Andrew nur schwer ignorieren konnte – eine Erkenntnis. Er hatte seine Familienlüge immer als harmlose Flunkerei gerechtfertigt. Unterschwellig jedoch hatte die Tatsache, dass es Sally gab, dazu beigetragen, dass er überhaupt so lügen konnte. Denn tief im Inneren wusste er, dass er sich letztlich auf Sally verlassen konnte, egal wie angespannt ihr Verhältnis auch gewesen sein mochte. Aber jetzt, da seine Schwester tot und er wahrhaftig allein war, fühlte er sich immer unwohler mit dem Phantasiegebilde um Diane, Steph und David. Die angenehme Aufregung, wenn er im Gespräch mit Cameron, Keith und Meredith irgendein alltägliches Detail erfand, wie es zum Beispiel bei den Kindern in der Schule lief oder was sie für das Wochenende geplant hatten, war komplett verschwunden.

Noch schlimmer – *weit* schlimmer – sah die Sache mit Peggy aus. Am Tag nachdem Andrew vor dem Kneipenquiz gekniffen hatte, hatte er extreme Gewissensbisse gehabt und sich viel öfter entschuldigt als nötig, sehr zu Peggys Belustigung und Erstaunen. Nach ein paar weiteren Wochen in ihrer Gesellschaft begriff Andrew, dass sie kein Mensch war, der sich über derartige Kleinigkeiten aufregte. Sie lief weiter mit ihm mit, sodass sie fast die ganze Arbeitszeit gemeinsam verbrachten: etliche Nachlassinspektionen, außerdem Routinearbeiten wie die Registrierung von Todesfällen und das Sammeln von Einzelheiten über unbeanspruchte Nachlässe, die ans Krongut überwiesen werden mussten.

Und dann passierte das mit der Beerdigung.

Andrew war morgens an Peggys Schreibtisch vorbeigeschlurft und hatte dabei beiläufig erwähnt, dass er auf die Beerdigung von Ian Bailey gehen würde, die an diesem Vormittag stattfand, weil er weder Freunde noch Verwandte hatte ausfindig machen können. Er hätte nie damit gerechnet, dass Peggy anbieten würde mitzukommen.

«Das musst du nicht», wiegelte er ab. «Es ist nicht verpflichtend – es gehört eigentlich noch nicht einmal zum Job.»

«Ich weiß, ich würde aber trotzdem gern mitgehen», erwiderte Peggy. «Ich folge nur deinem Beispiel. Wenn wir die Toten nicht allein ins Jenseits verabschieden wollen, dann ist es doch gut, wenn wir doppelt so zahlreich auftreten, oder?»

Andrew musste zugeben, dass das ein gutes Argument war.

«Das soll jetzt nicht belehrend klingen», sagte er, «aber vielleicht solltest du dich ein wenig darauf vorbereiten. Wie gesagt, das können ziemlich triste Veranstaltungen sein.»

«Keine Sorge.» Peggy grinste. «Ich dachte, ich könnte ein bisschen Karaoke singen, um die trübe Stimmung aufzuheitern. ‹Africa› von Toto, das wär doch was.»

Andrew starrte sie ausdruckslos an, und ihr Lächeln verschwand. *Mist*, dachte er, *warum kann ich nicht ein einziges Mal normal reagieren?* Er musste die Sache wieder geradebiegen.

«Ich bin mir nicht sicher, ob das passend wäre», sagte er. Und bevor Peggy etwas erwidern konnte, fuhr er fort: «Ich glaube, ‹The Final Countdown› wäre treffender.»

Peggys Miene hellte sich auf, und sie kicherte. Andrew senkte den Blick, zerrissen zwischen Selbstvorwürfen, weil er die Beerdigung so banal dargestellt hatte, und Stolz, dass er einem echten Menschen gegenüber einen echten Witz gemacht hatte, der auch noch funktioniert hatte.

Zwei Stunden später standen sie in der Kirche und warteten auf Ian Baileys Ankunft.

Andrew räusperte sich. «Es ist nett – na ja, nicht wirklich *nett*, aber gut, dass wir heut zu zweit sind.» Er spürte ein unangenehmes Ziehen im Bauch, weil er sich schon wieder so ungeschickt ausgedrückt hatte.

«Eigentlich sind wir ja zu dritt», sagte Peggy und zeigte hinauf zu den Dachsparren, wo ein Spatz von einem Balken zum nächsten hüpfte. Sie schwiegen einen Augenblick und beobachteten den Vogel, bis er aus ihrem Sichtfeld verschwand.

«Hast du dir je vorgestellt, wie deine eigene Beerdigung aussehen soll?», fragte Peggy.

Andrew wandte den Blick nicht von den Dachbalken. «Eigentlich nicht. Du?»

«Oh ja. Ganz oft. Als ich ungefähr vierzehn war, war ich geradezu besessen davon. Damals habe ich meine Beerdigung minutiös durchgeplant, bis hin zu den Predigten und zur Musik. Ich glaube, ich wollte damals, dass alle in Weiß gekleidet kommen sollten, einfach damit es anders ist als sonst, und Madonna sollte ‹Like a Prayer› a cappella singen.» Sie schnaufte. «Ist das nicht schräg? Ich meine, dass ich das so genau geplant habe, nicht der Teil mit Madonna – ‹Like a Prayer› *ist* unumstritten schräg.»

Der Spatz tauchte wieder auf und hüpfte weiter. «Ich weiß nicht», antwortete Andrew. «Vermutlich ist das gar nicht so dumm. Wir werden alle mal beerdigt werden, warum sollte man dann nicht rechtzeitig darüber nachdenken, wie das ablaufen soll?»

«Die meisten Menschen wollen gar nicht darüber nachdenken. Das ist wohl ganz verständlich. Andere dagegen haben es immer irgendwie im Hinterkopf. Ich glaube, das ist die einzige Erklärung, warum manche Menschen spontan bescheuerte Dinge tun.»

«Was denn zum Beispiel?», fragte Andrew, dessen Nacken zu schmerzen begann. Er sah Peggy an.

«Zum Beispiel Geld aus der Firma veruntreuen, obwohl man *natürlich* auffliegt. Oder hast du von dieser Frau gehört, die neulich in den Nachrichten war, weil sie eine Katze in die Mülltonne gesteckt hat? Das ist schon ein bisschen so, als wollte man dem Tod den Stinkefinger zeigen.

Du kommst mich holen, das weiß ich – aber nimm erst dies! Der Drang zu leben bricht sich bei diesen Leuten Bahn.»

Andrew runzelte die Stirn. «Du hältst es für den Drang zu leben, wenn jemand eine Katze in die Mülltonne steckt?»

Peggy musste die Hand auf den Mund legen, um nicht laut loszulachen, und einen schrecklichen Moment lang fürchtete Andrew, sie würden jetzt beide haltlos loskichern, wie unartige Schulkinder. In diesem Moment kam die Erinnerung aus heiterem Himmel, wie Sally und er in einem Fish-and-Chips-Laden die Pommes angezündet hatten, während ihre Mutter mit einer Freundin am Tresen plauderte.

×

Sosehr Andrew sich auch bemühte, während des Gottesdienstes musste er die ganze Zeit an Sally denken. Es musste doch noch andere derartige Momente gegeben haben? Oder war ihre Reise nach Amerika für ihn ein derart allumfassender Verrat gewesen, dass er sämtliche guten Erinnerungen an sie ausgelöscht hatte? Ihm war plötzlich schwindelig. Immerhin gab es da die eine spezielle Erinnerung, die er die letzten zwanzig Jahre zu vergessen versucht hatte. Sally *hatte* alles versucht, ihm zu helfen, und er hatte es nicht zugelassen. Er sah sich selbst wie angewurzelt in seiner Wohnung stehen, wie er das Telefon endlos klingeln ließ, unfähig, ranzugehen. Als er es schließlich doch tat, hörte er ihre Stimme, die ihn anflehte, mit ihm zu sprechen, ihm helfen zu dürfen. Er hatte den Hörer fallen lassen. Er hatte am nächsten Tag ans Telefon gehen wollen und dann am Tag danach und immer so weiter, einen Monat lang, aber er tat es nie.

Andrews Mund war plötzlich sehr, sehr trocken. Er hörte die Stimme des Pastors kaum noch. Bei Sallys Beerdigung war er völlig betäubt und neben Carl furchtbar befangen gewesen. Aber jetzt konnte er nur noch daran denken, wie er Sallys Anrufe damals ignoriert hatte.

Sein Atem ging ganz flach. Der Pastor hatte die Predigt beendet und gab dem Organisten ein Zeichen, worauf die Orgel zu dröhnen begann. Peggy beugte sich zu Andrew. «Alles okay mit dir?», flüsterte sie.

«Ja, mir geht's gut», sagte er. Aber als er mit geneigtem Kopf dastand und die Musik immer lauter wurde, begann der Boden vor ihm zu verschwimmen, und er musste sich mit beiden Händen an der Kirchenbank vor ihm festhalten, um nicht umzukippen. Seine Atemzüge kamen flach und zittrig, und während die Musik durch das Kirchenschiff hallte, begriff er, dass er nun endlich um seine Schwester trauern konnte. Er spürte kaum, dass Peggy ihm sanft über den Rücken strich.

Erst nach dem Gottesdienst, auf dem Weg zurück zum Büro, schaffte es Andrew, sich zusammenzureißen und Peggy seinen Zustand zu erklären.

«Da eben war ich ein bisschen ... durcheinander, weil ich plötzlich an meine Schwester denken musste. Nicht an diesen Ian.» Andrew zögerte. «Also nicht dass ich *nicht* an ihn gedacht hätte, aber ...»

«Ist schon in Ordnung, ich verstehe», sagte Peggy.

Sie gingen schweigend weiter. Andrew spürte, wie sich die Enge in seinem Hals löste, wie die Anspannung von seinen Schultern fiel. Er merkte, dass Peggy offenbar darauf wartete, dass er etwas sagte, aber es fiel ihm einfach nichts ein. Stattdessen summte er leise Ellas «Something To Live For» vor sich hin. Er hatte es am Abend zuvor gehört – die Version aus *Ella At Duke's Place*. Zu diesem Song hatte er schon immer ein merkwürdiges Verhältnis gehabt. Er liebte ihn irgendwie, aber es gab da diese Stelle, von der er immer einen nagenden Schmerz in der Magengrube bekam.

«Es gibt da diesen Song», sagte er. «Der ist eigentlich einer meiner Lieblingssongs. Aber da ist dieser Takt, ganz am Schluss, der so schrill und laut und erschreckend ist. Wenn ich diesen Song höre, und ich mag ihn wirklich gern, ist der Genuss immer etwas getrübt, weil ich weiß, dass gleich dieses schreckliche Ende kommt.» Andrew machte eine kurze Pause. «Ich finde, das lässt sich ein bisschen vergleichen mit dem, was du da vorhin gesagt hast über die Menschen, die ganz zufrieden in dem Bewusstsein leben, dass sie sterben werden: Wenn ich nur dieses unvermeidliche Ende akzeptieren könnte, könnte ich mich viel besser darauf konzentrieren, den Rest des Liedes, also alles, was davor kommt, zu genießen.»

Andrew warf Peggy einen Blick zu. Sie schien ein Lächeln unterdrücken zu müssen.

«Kaum zu glauben», sagte sie und klang amüsiert, «dass du eine solche Weisheit aus dem Ärmel schüttelst, während ich dir lediglich Katzen und Mülltonnen bieten konnte.»

Er spürte, wie sich bei Peggys Worten ein warmes Gefühl in ihm ausbreitete, genau an der Stelle, wo es Stunden zuvor noch unangenehm gezogen hatte.

×

Von nun an begleitete Peggy ihn zu jeder Beerdigung. Ohne groß darüber nachzudenken, registrierte Andrew, dass er sich in ihrer Gegenwart entspannte und er sich darüber freute, sie in der Nähe zu haben. Es war merkwürdig, aber es fühlte sich ebenso normal an, mit ihr den Sinn des Lebens zu diskutieren, wie darüber zu spekulieren, ob der Pastor eine Perücke trug oder nicht. Er hielt sich inzwischen sogar einigermaßen wacker, wenn sie wieder irgendwelche Spiele spielen mussten, die Peggy und ihre Kinder erfunden hatten. Besonders stolz war er, als er ein eigenes Spiel erfand, in dem man willkürliche Paare miteinander vergleichen musste: die Farbe Rot mit dem Tennisspieler Tim Henman zum Beispiel. Manchmal, wenn Andrew abends allein auf seinem grauen Sofa saß, dachte er darüber nach, was Peggy wohl gerade machte.

Wenn es die Zeit zuließ, aßen sie freitags immer im Pub zu Mittag, ließen die Woche Revue passieren, gaben den Nachlassinspektionen Noten von eins bis zehn auf der «Entsetzlichkeitsskala» und lästerten über Keiths neueste Hygienekatastrophe oder Merediths bissige Kommentare.

Als er wieder einmal auf dem Weg zu einem dieser Mittagessen war und nach tagelangem grauem Himmel die warme Sonne auf dem Rücken genoss, überkam Andrew plötzlich eine Erkenntnis, und er blieb so abrupt stehen, dass ihm der Passant hinter ihm nur knapp ausweichen konnte. Konnte das wirklich wahr sein? Er vermutete, dass es wahr sein musste. Nein, da gab es keinen Zweifel: Er war gefährlich kurz davor, eine Freundin zu gewinnen. Bei dem Gedanken musste er laut auflachen. Wie um alles in der Welt hatte das nur geschehen können? Das war ja beinahe, als wäre es hinter seinem eigenen Rücken passiert. Als er weiterging, war sein Schritt beschwingt und stolz, und zwar so sehr, dass er den Mann sogar überholte, der beinahe in ihn hineingelaufen wäre. Als er sich zu Peggy an den Tisch setzte, unfähig, sein idiotisches Grinsen abzustellen, zog sie die Brauen hoch und spekulierte scherzhaft, ob er kurz in Dianes Büro vorbeigeschaut hätte, «auf eine schnelle Nummer oder so».

Und genau da lag das Problem: Je näher er und Peggy sich kamen, desto schlimmer wurde es, zu lügen. Sein Lügengebilde kam ihm wie eine tickende Zeitbombe vor – es war nur eine Frage der Zeit, bis Peggy die Wahrheit herausfinden und er die erste Freundin seit Jahren wieder verlieren würde.

Wie man es auch drehte und wendete, er wusste, dass es so nicht weitergehen konnte, dass bald etwas passieren würde.

Wie sich herausstellte, musste er nicht lange warten.

×

Der Tag hatte mit einer ganz besonders zermürbenden Nachlassinspektion begonnen, die die drückende Julihitze nicht gerade besser gemacht hatte. Terry Hill war im Badezimmer ausgerutscht und hatte dort vier Monate lang gelegen. Niemand hatte ihn vermisst. Erst als sein in Übersee lebender Vermieter bemerkte, dass er seit Monaten keine Miete mehr erhielt, wurde sein Leichnam gefunden. Der Fernseher lief noch. Ein Messer, eine Gabel, ein Teller und ein Wasserglas standen verstaubt auf dem Küchentisch. Andrew öffnete die Mikrowelle und fand etwas Fauliges darin, atmete aus Versehen eine Wolke widerlichen Gestanks ein, hustete und würgte und musste aus dem Zimmer rennen. Er hatte immer noch das Gefühl, sich gleich übergeben zu müssen, als sich Peggy, die sich tapfer dem Mikrowellenhorror ausgesetzt hatte, schließlich zu ihm drehte und sagte: «Wir haben noch gar nicht über heute Abend gesprochen, oder?»

«Was ist denn heute Abend?», fragte Andrew.

«Also, in deiner freien Woche vor einiger Zeit hat Cameron wieder mit dieser *Perfektes-Dinner*-Familien-Abendessenparty-Sache angefangen. Jeden Tag gab es dazu eine E-Mail, oder er erwähnte es in einem Meeting.»

Andrew schüttelte den Kopf. «Oh Mann. Warum ist er bloß so besessen von der Idee?»

Peggy zuckte mit den Schultern. «Na ja, ich glaube, dafür gibt es vermutlich zwei Erklärungen.»

«Schieß los.»

«Okay, Nummer eins: Das hat er in irgendeinem Führungskräfte-Seminar beigebracht bekommen. Als Übung, um zu zeigen, dass er das Team beieinanderhalten kann. Damit kann er bei seinen eigenen Bossen punkten.»

«Hmm. Und Nummer zwei?»

Sie zog vielsagend die Augenbrauen hoch. «Er hat keine Freunde.»

«Oh», machte Andrew. Die Direktheit dieser Antwort traf ihn unvorbereitet, aber wenn er darüber nachdachte und Camerons Verhalten in Betracht zog, dann ergab es durchaus Sinn.

«Das würde einiges erklären.»

«Ich weiß», sagte Peggy. «Also, wir haben jedenfalls ein Datum aussuchen müssen – natürlich haben wir es so weit hinausgeschoben, wie es nur irgend ging. Er hat dich selbst nicht fragen wollen, deshalb habe ich mich irgendwann dazu bereit erklärt, hauptsächlich um ihn mir wenigstens mal für fünf Minuten vom Hals zu schaffen. Es gab nur noch nicht den richtigen Moment dafür. Aber Cameron geht fest davon aus, dass du auch kommst.»

Andrew wollte protestieren, aber Peggy unterbrach ihn. «Hör zu, ich *weiß*, dass das kolossal nervt, aber erstens kann ich es nicht mehr ertragen, dass Cameron ständig wieder davon anfängt und das Gesicht so enttäuscht verzieht, wenn wir wieder abwinken. Er richtet den Abend heute aus, die anderen und ich gehen hin. Seine Frau ist dabei, aber man muss seinen Partner nicht unbedingt mitbringen.»

Na immerhin, dachte Andrew.

«Ich finde, du solltest kommen. Vielleicht ist es sogar ganz nett – na gut, es wird auf jeden Fall grauenvoll, aber ...» Peggy seufzte. «Also, was ich eigentlich sagen will, ist: *Bitte* komm doch, damit wir uns zusammen betrinken und die anderen gepflegt ignorieren können!» Sie legte die Hand auf Andrews Arm und lächelte ihn hoffnungsvoll an.

Andrew fielen aus dem Stand eine Menge Dinge ein, die er an diesem Abend weit lieber getan hätte, aber plötzlich fühlte er den unbesiegbaren Drang, Peggy nicht enttäuschen zu wollen.

×

Wer mag überhaupt Dinnerpartys?, dachte Andrew, als er mit einer Flasche Merlot vor Camerons Haustür stand. Pflichtschuldigst Komplimente austeilen, bloß weil jemand etwas Essbares in einen Topf tut und es so weit erhitzt, dass es immerhin niemanden umbringt? Und dann dieses Wetteifern darum, wer die wichtigsten Bücher gelesen und die neuesten Filme gesehen hat. «*Oh, also, das* müssen *Sie sehen. Es ist ein portugiesisches Art-House-Epos über Drillinge, die sich mit einer Krähe anfreunden.*» Was für ein Blödsinn!

(Andrew genoss es manchmal, Dinge zu hassen, die er niemals selbst ausprobiert hatte.)

Keith und Meredith waren nachmittags, als Andrew und Peggy die Nachlassinspektion hinter sich gebracht hatten, besonders abscheulich gewesen, Cameron dagegen im Volltrottel-Modus. Warum dieser Mann glaubte, noch mehr gemeinsame Zeit in einem geschlossenen Raum würde ihnen helfen, begriff Andrew einfach nicht. Es war, als wollte man die beiden negativen Pole eines Magneten zusammenzwingen.

Er freute sich natürlich darauf, Zeit mit Peggy zu verbringen, obwohl sie ungewöhnlich bedrückt gewirkt hatte, als sie das Büro verließ, was vielleicht mit dem Telefongespräch auf der Hintertreppe zusammenhing, das er belauscht hatte. Sie hatte mehrere Male das Wort «Schwachkopf» benutzt. Wenn sie es mit ihrem nordostenglischen Akzent aussprach, klang es wie Musik in seinen Ohren.

Nach einem letzten tiefen Atemzug drückte Andrew auf Camerons Türklingel und betete zu Gott, dass Peggy schon da war. Wenn sie Glück hatten, würden sie nebeneinandersitzen, die anderen gar nicht beachten und darüber diskutieren, ob Tiramisu besser war als Michael Flatley, der *Lord of the Dance*.

Als sich die Tür öffnete, fiel Andrews Blick auf etwas, das wie ein kleinwüchsiger Dandy aus viktorianischer Zeit aussah, denn es war komplett in Samtjacke, Weste und Fliege gekleidet. Andrew brauchte ein paar Augenblicke, um zu begreifen, dass es sich um ein Kind handelte.

«Kommen Sie doch bitte herein. Darf ich Ihnen den Mantel abnehmen?», fragte das Kind und hielt Andrews Mantel zwischen Daumen und Zeigefinger, als hätte man ihm einen Sack mit Hundescheiße gereicht. Andrew folgte dem Kind in den Flur. Cameron tauchte auf und hielt ihm beinahe aggressiv Häppchen unter die Nase. «Andrew! Du hast Chris schon kennengelernt, sehe ich?»

«Ich heiße Christopher», verbesserte der Junge, während er den Mantel an den Haken hängte und frustriert lächelte. Andrew hatte sofort den Eindruck, dass Christopher sehr hohe Ansprüche an seinen Vater stellte, die dieser nur selten erfüllte.

«Clara?», rief Cameron.

«Was denn jetzt schon wieder?», zischte jemand zurück.

«Liebling, unser erster Gast ist dahaa!»

«Oh, eine Sekunde!» Dieser Tonfall hatte keinerlei Ähnlichkeit mehr mit dem ersten. Jetzt erschien Clara selbst. Sie hatte eine Schürze umgebunden und entblößte zwei Reihen makellos weißer Zähne. Sie hatte kurzgeschnittenes, kastanienbraunes Haar und war so attraktiv, dass Andrew schon nicht mehr wusste, wo ihm der Kopf stand, bevor sie es zu einem betretenen Händeschütteln brachten, das dann zu einer Umarmung und einem Küsschen auf jede Wange wurde – drei für den Preis einer Begrüßung. Clara zog ihn dabei so fest an sich, als ob sie ihn bei einem Gesellschaftstanz führte. Cameron reichte Andrew eine Schüssel mit Cashewkernen und fragte Clara, wie weit die Vorspeisen seien. «Tja», sagte sie durch ihre zusammengebissenen Zähne, «wenn jemand nicht aus Versehen den Herd ausgeschaltet hätte, wären wir haargenau pünktlich fertig geworden.»

«Ach du meine Güte – schuldig!», rief Cameron, zog eine Grimasse und schlug die Hände über dem Kopf zusammen. Andrew warf Christopher einen Blick zu. Der Junge verdrehte die Augen, als wollte er sagen: «Und das ist nur die Spitze des Eisbergs.»

Meredith und Keith kamen gemeinsam an – nicht zufällig, wie Andrew annahm. Sein Verdacht wurde dadurch bestärkt, dass sie beide schon eindeutig angeheitert waren. Keith zauste Christophers sorgsam gescheiteltes Haar, und der Junge verließ das Zimmer mit einem eindeutig mordlustigen Blick, um zu Andrews Enttäuschung nicht mit einer Waffe, sondern mit einem Kamm zurückzukehren.

Als Peggy endlich eintrudelte, hatten sie sich schon zur Vorspeise hingesetzt. «Tut mir leid, dass ich zu spät komme», sagte sie und warf ihren Mantel auf einen leeren Stuhl. «Stand mit dem Bus im Stau. Der Verkehr war wirklich der letzte Scheiß.» Ihr Blick fiel auf Christopher. «Oh, entschuldigt, ist das etwa ein Kind? Ich wollte natürlich nicht fluchen.»

Cameron lachte unsicher. «Ich bin mir sicher, dass du schon Schlimmeres von uns gehört hast, was, Chriss-o?»

Mit finsterem Blick murmelte Christopher etwas in seine Suppe.

Die Unterhaltung versiegte immer wieder, sodass jedes Schlürfen und jedes Besteckklappern besonders laut klangen. Alle fanden, dass die Suppe köstlich war, wobei Meredith allerdings den Einwand vorbrachte, dass es schon eine «mutige Entscheidung» gewesen sei, so viel Kreuzkümmel hinzuzufügen. Keith grinste breit, offenbar freute er sich über das zweifelhafte Kompliment, und Andrew beschlich plötzlich der grauenhafte Verdacht, dass sie unter dem Tisch die Knie aneinanderrieben. Er wollte Peggy darauf hinweisen, wenn auch nur, um die Last des Grauens zu teilen, aber sie wirkte abgelenkt. Sie rührte so langsam in ihrer Suppe, wie ein desillusionierter Künstler Farben auf seiner Palette mischen würde. Andrew hätte sie gern nach draußen geführt und gefragt, ob es ihr gutgehe, aber das war nicht so leicht, weil er gleichzeitig mit Cameron fertigwerden musste. Der hatte ganz eindeutig schon damit gerechnet, dass die Unterhaltung abreißen könnte, sodass er ständig fruchtlos neue und völlig unzusammenhängende Themen aufbrachte, zuletzt ihren Musikgeschmack.

«Peggy? Was reizt dich denn so auf diesem Gebiet?», fragte er.

Peggy gähnte. «Ach, du weißt schon, Acid House, Dubstep, namibisches Cembalozeugs. Die ganzen Klassiker.» Meredith bekam in diesem Moment Schluckauf und ließ ihren Löffel auf den Boden fallen. Sie verschwand unter dem Tisch, um ihn aufzuheben, und wäre dabei beinahe vom Stuhl gefallen. Andrew sah Peggy mit hochgezogenen Augenbrauen an. Er hatte nie den Sinn darin gesehen, sich bei Einladungen wie dieser dermaßen einen hinter die Binde zu kippen. Schließlich sagte man dann noch leichter etwas Dummes und verbrachte den Rest des Abends damit, es zu bereuen. Und dann brauchte man noch einen Drink, um mit dem schlechten Gefühl zurechtzukommen.

«*Das*», würde Peggy später zu ihm sagen, «*ist Saufen, wie es im Buche steht.*»

Sobald sie den ersten Gang beendet hatten, fragte Clara mit übertriebenem Charme, ob Cameron ihr vielleicht in der Küche zur Hand gehen könne.

«Bist du dir sicher, dass ich nicht nur im Weg herumstehe?», fragte Cameron mit einem leisen Kichern.

«Nein, nein. Komm dem Herd einfach nicht zu nahe», versetzte Clara.

Cameron verließ den Tisch mit einer «Na, da hat sie mich wohl drangekriegt!»-Geste. Kurz darauf ertönte eine Symphonie aus zuknallenden Küchenschranktüren.

«Das bedeutet wohl Ärger», sagte Peggy leise.

Meredith und Keith beschlossen, vollkommen zufällig genau gleichzeitig auf die Toilette zu müssen. Andrew und Peggy lauschten dem Geräusch begeisterter Schritte auf den Stufen.

«Die beiden vögeln doch eindeutig miteinander», stellte Peggy fest. «Oh, entschuldige nochmals die Wortwahl, Christopher», fügte sie hinzu. Andrew hatte schon ganz vergessen, dass der Junge auch noch am Tisch saß.

«Kein Problem», sagte Christopher. «Ich sehe mal lieber nach, was in der Küche los ist.»

Peggy wartete, bis die Tür geschlossen war, und beugte sich dann zu Andrew herüber.

«Immerhin hat der arme Kerl das Aussehen von seiner Mutter geerbt. Jedenfalls werde ich jetzt gehen.»

Andrew fühlte einen Anflug von Panik. «Oh, jetzt schon? Meinst du nicht, du solltest noch … warten?»

«Auf gar keinen Fall», erwiderte Peggy, warf sich den Mantel über und ging zur Tür. «Mein Tag war viel zu schlimm, als dass ich noch eine Sekunde hiervon aushalten könnte. Kommst du mit?»

Andrew zögerte, aber Peggy wartete gar nicht auf seine Antwort. Er fluchte leise und eilte zur Küche, öffnete die Tür und erwischte Clara in voller Fahrt.

«Du weißt genau, dass mittwochs mein Buchclub ist, aber natürlich war es dir mal wieder völlig egal, was ich … Andrew! Ist alles in Ordnung?»

Cameron fuhr herum.

«Andrew! Andy, mein Lieber. Was ist los?»

«Peggy fühlt sich nicht gut, daher dachte ich, ich bringe sie lieber nach Hause.»

«Oh, ganz sicher? Es gibt Eis!», sagte Cameron mit verzweifelt aufgerissenen Augen. Zum Glück griff Clara ein und sagte mit ein wenig zu viel Nachdruck für Andrews Geschmack: «Eis gibt es immer, Cameron. Ritterlichkeit ist Mangelware.»

«Also gut, wir sind dann weg ...», sagte Andrew, und kaum hatte er die Tür geschlossen, ging der Krach erst richtig los.

×

Er musste rennen, um Peggy einzuholen. Als er endlich bei ihr war, war er zu sehr außer Atem, um auch nur ein Wort hervorzubringen. Sie gingen schweigend nebeneinanderher, und Andrews Atem beruhigte sich allmählich. Das Schweigen war nicht unangenehm, aber es lag doch eine gewisse Spannung darin, die Andrew nicht recht einordnen konnte. Als sie darauf warteten, dass die Ampel auf Grün schaltete, zeigte Peggy auf eine getrocknete Blutlache auf dem Bürgersteig.

«Jeden Tag gehe ich an einem ähnlichen Fleck in meiner Straße vorbei, und er ist bis jetzt kaum verblichen. Warum braucht Blut eigentlich so lange, bis es verschwindet?»

«Vermutlich weil so viele Eiweiße und das ganze Eisen darin sind», sagte Andrew. «Und es gerinnt. Man wird es schwer los, das Blut.»

Peggy schnaubte. «‹Man wird es schwer los, das Blut.› Also das ist so ziemlich das Serienmörderischste, was ich seit langem gehört habe.»

Er spürte, wie er rot wurde. «Ah. Mein Gott, ich wollte nicht ... ich meinte nur ...»

Peggy lachte und knuffte ihn mit dem Ellenbogen in die Seite. «Ich will dich doch nur ein bisschen ärgern.» Sie atmete tief ein und aus. «Mein Gott, ich hätte heute Abend gar nicht rausgehen sollen. Ich war überhaupt nicht in Stimmung. Meinst du, das hat jemand gemerkt?»

«Ganz bestimmt nicht», versicherte Andrew, der versuchte, Camerons verzweifelten Gesichtsausdruck zu vergessen. «Ist denn alles in Ordnung?»

«Oh, mir geht es gut, wirklich. Ich habe nur gerade ein paar Schwierigkeiten. Mit Steve.»

Andrew war sich nicht ganz sicher, wie er darauf reagieren sollte, aber Peggy redete schon weiter.

«Erinnerst du dich, dass ich dir von meiner Freundin Agatha erzählt habe, die, die Steve nicht leiden konnte?»

Andrew nickte. «Der Pfannenheber. Der, den du, na ja ...»

«Den ich ihm über die Rübe gezogen habe? Ja, genau. Das ist übrigens nicht das Einzige, was ich ihm gern über die Rübe ziehen würde. Es ist einfach so schwierig manchmal. Als Agatha mir damals von ihren Zweifeln an ihm erzählte, habe ich ihr kaum zugehört. Ich war immer so ungeheuer stolz auf meine Beziehung, ich dachte, sie wäre einfach eifersüchtig. Steve und ich hatten unsere Meinungsverschiedenheiten, aber wir vertrugen uns auch wieder. Das ist doch immer noch besser als diese Paare, die nie ihre Stimmen erheben, aber nachts vor unterdrückter Wut mit den Zähnen knirschen.»

«Und worin besteht deiner Meinung nach das Problem?», fragte Andrew, der unangenehm von seiner eigenen Ausdrucksweise überrascht war – diesmal klang er wie ein Arzt aus den 50er Jahren, der sich davor fürchtet, dass seine Patientin ihm etwas von ihrer mangelnden Libido erzählen könnte.

«Hauptsächlich ist es das Trinken», antwortete Peggy.

«Ich weiß schon, dass es schlimm endet, wenn er anfängt zu singen. Letzte Nacht war es sogar ‹Yes Sir, I Can Boogie›. Dann wird er ganz ausgelassen und bittet vollkommen Fremde zum Tanz und schmeißt Runden im Pub. Und von einer Minute zur anderen hat er plötzlich zu viel und fängt ohne jeden Grund Streit an.» Sie schüttelte den Kopf. «Aber was ich wirklich nicht ertrage, ist, dass er lügt, was das Trinken angeht. Er hört einfach nicht auf. Gestern Abend bin ich vor ihm nach Hause gekommen. Er wollte nur noch einen Absacker trinken. Und dann kommt er um zwei Uhr nachts knallvoll zurück. Normalerweise kriege ich ihn mit einem kurzen Tritt in die Eier in den Griff, aber gestern Nacht wollte er unbedingt noch den Mädchen gute Nacht sagen, aber es war doch schon fast Morgen, und ich wollte nicht, dass er sie wieder aufweckt. Das hat ihn verärgert, und er meinte: ‹Oh, jetzt darf ich wohl meine eigenen Kinder nicht mehr sehen.› Schließlich hat er im Flur geschlafen, unter einer *Findet-Nemo*-Decke, wahrscheinlich aus Protest. Ich habe ihn da einfach schnarchen lassen. Maisie, meine Jüngste, kam heute Morgen raus und fand ihn dort. Sie sah mich nur an, schüttelte den Kopf und sagte: ‹Erbärmlich.› *Erbärmlich!* Ich wusste überhaupt nicht, ob ich lachen oder weinen soll.»

Ein Krankenwagen raste mit angeschaltetem Blaulicht, aber ohne Martinshorn vorbei und schlängelte sich durch den Verkehr.

«Aber heute Morgen hat er sich doch sicher entschuldigt?», fragte Andrew, der sich nicht ganz sicher war, warum er hier des Teufels Advokat spielte.

«Eigentlich nicht. Ich habe versucht, mit ihm zu reden, aber er kriegt immer dieses verkniffene Gesicht, wenn er einen Kater hat, und dann kann ich ihn kaum ernst nehmen. Im Ernst, er sieht dann ganz verrückt und fleckig aus. Wie ein total ungeschickter Imker. Wir hätten die Sache aber geklärt, wenn ich nicht zu diesem unsinnigen Abendessen hätte gehen müssen. Der einzige Grund, aus dem ich überhaupt so lange geblieben bin, warst du. Ich meine, diese Typen namens Kollegen sind doch wirklich zum Davonrennen, oder?»

«Das sind sie wirklich», bestätigte Andrew und fragte sich, ob Peggy wohl sein breites Grinsen gesehen hatte, als sie gesagt hatte, dass er der einzige Grund war, aus dem sie geblieben war.

«Ob Meredith und Keith wohl immer noch da oben im Badezimmer sind?», fragte Peggy und schauderte. «Ih, darüber darf man gar nicht nachdenken.»

«Das darf man wirklich auf keinen Fall», stimmte Andrew zu.

«Und trotzdem habe ich jetzt Bilder im Kopf, wie sie sich schwitzend miteinander abmühen.»

«Oh Gott, *schwitzend*?!»

Peggy kicherte und hakte sich bei ihm ein.

«Tut mir leid, das war zu viel des Guten, oder?»

«Absolut», stimmte Andrew zu. Er räusperte sich. «Ich muss sagen, ich habe das Gefühl, schon mein ganzes Leben mit diesen Trotteln zusammengearbeitet zu haben, deshalb ist es so nett ... also, es ist wirklich gut, jemanden zu haben ... einen Freund, mit dem man die Last teilen kann.»

«Obwohl ich dir das Bild von den beiden in Aktion in den Kopf gepflanzt habe?», fragte Peggy.

«Okay, vielleicht doch nicht.» Andrew merkte, dass sein Herz beinahe unangenehm heftig schlug. Er merkte ebenfalls, dass er bereits vor drei Bushaltestellen seinen eigenen Bus hätte nehmen müssen.

Peggy stöhnte. «Mir fällt gerade ein, dass Steve mir bestimmt einen Sorry-Song auf seiner blöden Gitarre komponiert hat. Ich ertrage nicht einmal den Gedanken daran.»

«Hm, also wenn wir uns beeilen, schaffen wir es noch rechtzeitig zurück zum Nachtisch bei Cameron», schlug Andrew vor und zwinkerte. Peggy knuffte ihn erneut in die Seite.

Sie schwiegen beide eine Weile und hingen ihren Gedanken nach.

«Ist deine Familie noch wach, wenn du nach Hause kommst?», fragte Peggy schließlich.

Andrew zuckte zusammen. *Bloß nicht das. Nicht jetzt.*

«Diane vielleicht», antwortete er. «Die Kinder sollten jetzt eigentlich schlafen.»

Sie näherten sich der Station, an der Peggy vermutlich in ihren Zug steigen musste.

«Ist es schlimm», begann er und überhörte geflissentlich die Stimme in seinem Kopf, die ihn warnte, dass das hier keine gute Idee war, «dass ich manchmal am liebsten alles hinter mir lassen würde?»

«Was denn?», fragte Peggy.

«Du weißt schon. Die Familie ... und alles.»

Peggy lachte, und Andrew ruderte sofort zurück. «Oh Gott, entschuldige, das ist vollkommen lächerlich, ich wollte nicht ...»

«Nein, machst du Witze?!», sagte Peggy. «Davon träume ich andauernd. Die Zeit, die man damit verbringen könnte, Dinge zu tun, die man wirklich tun will. Ich glaube, man würde wahnsinnig werden, wenn man sich das *nicht* ausmalen würde. Ich verbringe mein halbes Leben mit Tagträumen davon, was ich mit mir anfinge, wenn ich nicht da festsäße, wo ich gerade bin ... und üblicherweise kommt dann eins der Kinder und macht alles wieder kaputt, in dem es mir ein wunderschönes Bild malt oder besonders lieb ist, und dann explodiert mein Herz fast vor lauter Liebe, und jede Phantasie verfliegt. Ein Albtraum, was?»

«Ja, ein Albtraum», bestätigte Andrew.

Sie umarmten sich vor dem Bahnhof zum Abschied. Andrew blieb noch eine Weile stehen, nachdem Peggy hineingegangen war, und beobachtete die Leute, die durch die Sperren eilten, ein ausdrucksloses Gesicht nach dem anderen. Er musste an die Nachlassinspektion am Morgen denken und an Terry Hill mit seinem Messer, seiner Gabel, seinem Teller und dem Wasserglas. Und in diesem Augenblick überkam ihn die Erkenntnis so deutlich, dass es ihm den Atem verschlug: Wenn er diese Lüge weiterhin aufrechterhielt, würde das sein einsamer Tod sein.

Er legte die Fingerspitzen auf die Stelle an seiner Wange, auf die ihn Peggy zum Abschied geküsst hatte. Das hier war keine formelle Berührung gewesen – kein Händeschütteln zur Begrüßung. Auch nicht eine professionelle Berührung durch den Friseur oder den Zahnarzt oder gar das zufällige Streifen eines Fremden im überfüllten Zug. Es war eine ehrliche Berührung voller Wärme gewesen, und für eine Sekunde hatte Andrew gespürt, wie es wohl sein musste, wenn man jemanden an sich heranließ. Er hatte sich schon mit dem Schicksal eines Terry Hills abgefunden, aber vielleicht, ganz vielleicht gab es doch noch einen anderen Weg für ihn.

KAPITEL ZWÖLF

Zu den befriedigend schlichten Wahrheiten, die Andrew Smith gelernt hatte, seit er Modelleisenbahnen sammelte, gehörte diese: Je öfter man eine Lok fahren ließ, desto besser lief sie. Bei regelmäßigem Gebrauch gleitet sie nur so über die Schienen und scheint mit jeder Runde immer müheloser zu fahren. Was seinen Umgang mit anderen Menschen anging, so war er allerdings weniger wie eine gut geölte Lokomotive, sondern eher wie ein sehr lange nicht benutzter Schienenersatzverkehr-Bus.

Nachdem er sich am Bahnhof von Peggy verabschiedet hatte, schwebte er geradezu nach Hause, plötzlich voller Optimismus angesichts all der neuen Möglichkeiten. Kurz überlegte er, umzudrehen und hinter ihrem Zug herzurennen, um eine Art große Geste zu improvisieren – vielleicht konnte er ja mit weggeworfenen Saftpackungen die Worte «Ich habe Angst davor, allein zu sterben, und wahrscheinlich ist es merkwürdig, wenn sich Erwachsene so spät im Leben noch anfreunden, aber wollen wir es trotzdem tun?» am Rand der Schienen legen. Er brachte es gerade so fertig, sich zurückzuhalten, und kaufte noch vier Dosen lauwarmes polnisches Bier, die er zu Hause hintereinanderweg trank, um am nächsten Morgen verkatert und verängstigt aufzuwachen. Er zwang sich aufzustehen und briet Speck, wobei er «The Nearness of You» – Ella und Louis

Armstrong im Jahr 1956 – fünf Mal hintereinander hörte. Jedes Mal, wenn der Gesang einsetzte, spürte er Peggys Arm, der sich bei ihm einhakte. Wenn er die Augen fest genug schloss, konnte er das Lächeln sehen, dass sie ihm geschenkt hatte, als sie sich aus ihrer Umarmung lösten. Er schaute auf die Uhr und entschied, dass er genug Zeit hatte, um das Lied noch einmal zu hören, aber als er zum Plattenspieler trat, um die Nadel zurückzusetzen, kam ihm plötzlich die elendige Melodie von «Blue Moon» in den Kopf, so klar, als käme sie direkt vom Plattenspieler. *Nein, nein, nein. Nicht jetzt. Bleib endlich mal im Augenblick.* Er beeilte sich, «The Nearness of You» erneut spielen zu lassen, und beugte sich mit zusammengekniffenen Augen so nah zum Lautsprecher herunter, dass sein Ohr schmerzte. Nach einer Weile piepte es plötzlich durchdringend. Er öffnete die Augen und sah, dass das Zimmer voller Rauch war und der halb eingeäscherte Speck den Rauchmelder angeschaltet hatte.

×

Es war immer noch zu früh, um zur Arbeit zu gehen, also setzte er sich mit zwei Tassen Tee an den Computer, um seinen Kater zu vertreiben – er nahm immer abwechselnd je einen Schluck aus beiden Bechern. Dabei dachte er darüber nach, wie er die aufkeimende Freundschaft zu Peggy so festigen konnte, dass sie zu mehr wurde als nur einer Freundschaft unter Arbeitskollegen. Allein die Vorstellung, sie zu einem Kaffee oder ins Kino einzuladen, katapultierte ihn weit aus seiner Komfortzone hinaus, und *Gott*, wie sehr er diese Zone liebte. Diese Welt, in der Chips mit Silberzwiebel-Geschmack der Höhepunkt kulinarischer Experimentierfreudigkeit waren und alberne Kennenlern-Spiele mit dem Tod bestraft wurden.

Er dachte darüber nach, was Peggy und ihn verband. Sie hatten zwar über den Sinn des Lebens und des Verlusts gesprochen, und sie hatten die Idee mit dem «Club» gehabt. Aber es war ja nun nicht so, als ob er bei ihr hereinrauschen und vorschlagen konnte, sich passende Freundschaftsarmbänder bei Macys auszusuchen. Peggy hatte damals dieses Apokalypse-Spiel als lustige Ablenkung benutzt, um ihn zu trösten – das war freundlich gemeint gewesen. Und jetzt ging es Peggy wegen Steve schlecht. Wenn er sie so trösten konnte, wie sie ihn getröstet hatte, dann wäre das vielleicht die Basis für eine echte Verbindung.

Was konnte er also tun, um *sie* aufzuheitern?

Andrew brauchte einen guten Rat, und es gab nur einen Ort, an dem er danach suchen konnte. Ein paar Klicks mit der Maus, und er war in seinem Forum. Das einzige Problem bestand darin, dass es ihm ein wenig peinlich war, direkt zum Thema zu kommen. Er würde improvisieren müssen. *Morgen, Jungs*, schrieb er. *Ich brauche ein paar Tipps. Neulich habe ich ein paar Leute kennengelernt, die ein bisschen Pech mit einem Verkäufer hatten. Man hatte ihnen ein Kaolin-5-Güterwagen-Dreierpack versprochen, aber der Verkäufer hat betrogen und in letzter Minute doch einem anderen Bieter den Vorzug gegeben. Sie sind sehr sauer, wenn ihr also wisst, wie ich sie aufheitern könnte, würde ich mich sehr freuen!*

BastlerAl antwortete in Sekundenschnelle: *Hmm. Nächstes Wochenende ist doch die Beckenham-West-Wickham-Vintage-Spielzeugeisenbahn-Messe. Vielleicht gehst du mit ihnen dorthin?*

BamBam67: *Warum um alles in der Welt sollten sie ein Kaolin-5-Güterwagen-Dreierpack wollen, wenn sie für den gleichen Preis auch einen Dapol B304 Westminster bekommen könnten?*

Hmm. Andrew trommelte mit den Fingern auf seinen Knien herum. Wenn er hier einen nützlichen Rat bekommen wollte, musste er es richtig angehen. Er schrieb und verbesserte seine Nachricht mehrere Male, bis er schließlich auf Senden klickte:

Um ehrlich zu sein, Bam, geht es der Person, über die ich gesprochen habe, wirklich nicht gut gerade, aber sie hat es ehrlicherweise nicht so mit Zügen (schlimm genug!). Ich bin nur ein bisschen eingerostet, wenn es um solche Dinge geht. Gute Tipps für lustige Aktivitäten wären sehr hilfreich.

BreitspurJim: *Aha! Sie, nicht wahr? Ich hatte mich schon gefragt, ob es eine Mrs. Tracker gibt!*

Tracker: *Nein, nein, so ist es nicht …*

BastlerAl: *Aha. Klingt so, als wäre Tracker nicht so scharf darauf, deutlicher zu werden, Bam. Aber wir sind jedenfalls da für dich, Kumpel, wenn du das Problem mit uns besprechen willst!*

Andrew spürte etwas zwischen Beschämung und Zuneigung.

Danke, BA. Ich fürchte, es gehört nicht gerade zu meinen Stärken, mich zu öffnen. Aber mit ihr fühlt es sich anders an. Auf gute Weise. Es ist lange her, dass ich so jemanden kennengelernt habe, und das ist wirklich schön. Aber ich habe trotzdem noch diesen nagenden Zweifel, ob ich nicht alles doch besser beim Alten lassen sollte.

BamBam67: *Das verstehe ich.*

BastlerAl: *Ja, ich auch.*

BreitspurJim: *Ebenfalls. Ich bin auch nicht so gut mit Menschen. Manchmal ist es allein einfach leichter. Keine Dramen.*

Andrew ging in die Küche, setzte Wasser auf (nur für

einen einzelnen Becher Tee diesmal) und dachte darüber nach, was Breitband gesagt hatte. Er wusste, dass ihn die Kontrolle über sein einfaches kleines Leben beruhigte. Es war beständig und unspektakulär, und er hatte absolut keine Lust, das zu gefährden. Aber es gab Momente – wenn er Pärchen sah, die auf der Straße Händchen hielten, und es ihm plötzlich peinlich war, dass er, ein zweiundvierzig Jahre alter Mann, seit Jahren nicht mehr als ein freundliches Lächeln im Zug mit jemandem getauscht hatte –, in denen er beinahe Angst vor der Intensität seiner Sehnsucht bekam. Denn vielleicht wünschte er sich doch Menschen, die ihm nahestanden, vielleicht wollte er doch Freunde haben und womöglich sogar jemanden, mit dem er den Rest seines Lebens teilen konnte. Er war inzwischen geschickt darin, dieses Gefühl schnell wieder zu verdrängen, indem er sich einredete, dass es sowieso nur unglücklich machen würde. Aber was, wenn er es wachsen ließe, wenn er es sogar nährte? Vielleicht war das der einzige Weg in die Zukunft. Die Vergangenheit war die Vergangenheit, und vielleicht konnte er sie diesmal ein für alle Mal daran hindern, ihm sein Leben zu diktieren.

Er trank seinen Tee und antwortete Breitspur.

Ich weiß nicht, BS, ich dachte schon, dass ich vielleicht schon zu eingefahren dafür bin, aber vielleicht ist es noch nicht zu spät! Na ja, vielleicht sollten wir lieber wieder über Modelleisenbahnen reden, was? Aber es ist sehr nett, dass ihr mir helfen wollt. Sich so zu öffnen, gehört nicht gerade zu meinen Stärken. Fühlt sich ein bisschen unnatürlich an, so als ginge man im Mantel aufs Klo. Er entschied sich dann doch, diesen letzten Satz zu streichen.

BastlerAl: *Dann lass uns wissen, wie du vorankommst, Kumpel!*

BreitspurJim: *Absolut!*
BamBam67: *Unbedingt!*

×

Trotz seiner neu gefundenen Entschlossenheit, die Komfortzone zu verlassen, Teil von Peggys Welt zu werden und umgekehrt, war sich Andrew nur allzu klar darüber, dass Ehrlichkeit zur Basis jeder Freundschaft gehörte, und soweit Peggy wusste, war er ein glücklich verheirateter Vater zweier Kinder, der in relativem Wohlstand lebte.

Kurz überlegte er, Diane mit einem Surflehrer nach Australien durchbrennen und sie die Kinder mitnehmen zu lassen. Aber selbst dann, gesetzt den Fall, er schaffte es, Peggy davon zu überzeugen, dass das alles viel zu schmerzhaft war, als dass er darüber reden wollte – dann würde er zehn Jahre später immer noch kein Foto seiner Kinder zeigen, geschweige denn erklären können, warum er sie noch nie besucht hatte. Sein einziger Ausweg war, zu hoffen, dass sie irgendwann an einen Punkt kommen würden, an dem er ihr die Wahrheit sagen und darauf hoffen konnte, dass sie sie irgendwie schlucken würde.

Aber schon Andrews allererste Versuche, die Freundschaft zu festigen, gestalteten sich einigermaßen knifflig. Er hatte einen frustrierenden Dienstagnachmittag damit verbracht, sich durch die Kontaktliste eines alten Nokias zu arbeiten, das er bei einer Nachlassinspektion gefunden hatte. Aber keiner seiner Anrufe wurde entgegengenommen. Nachdem er sich endlich ein Herz gefasst hatte, einen Kontakt anzurufen, der unter dem Namen «Loser» abgespeichert war – ohne Erfolg –, beschloss er, etwas zu verfassen, wovon er hoffte, dass es eine lustige E-Mail an Peggy war. Er quetschte ein paar Scherze hinein, versuchte, auf witzige Weise respektlos zu wirken, und schloss die Mail mit den Worten, sie sollten doch einfach in einen Pub durchbrennen, ‹und zwar Teufel noch eins sofort!!›.

Andrew hatte noch nie in seinem Leben ein solches Reuegefühl empfunden, wie kurz nachdem er den Senden-Knopf geklickt hatte. Er überlegte, ob er noch die Zeit hatte, einen Hammer zu finden und die Stromversorgung des Gebäudes zu Schrott zu schlagen, oder zumindest sein eigenes Gesicht, als auch schon Peggys Antwort kam.

Ha, na klar.

Oh, dachte Andrew.

Eine zweite Mail kam. Da war er – der Moment, in dem sie erkannte, wie brillant und superwitzig er war.

Übrigens habe ich endlich den Testamentsvollstrecker des Typen aufgespürt, der in der Fenham Street gestorben ist. Glaubst du, dass ‹Mit diesem Scheißkerl will ich nie mehr was zu tun haben› als ‹rechtsverbindlicher Widerruf einer Pflichtenübernahme› gilt?

Das hier würde doch schwieriger sein, als er es sich vorgestellt hatte. Er wusste, dass er ungeduldig war, aber was, wenn Peggy plötzlich aus irgendeinem Grund beschloss, dass es ihr reichte? Wenn sie kündigte und wegzog? Was die Sache noch schlimmer machte, war, dass ihm mit jedem Tag, der verging, bewusster wurde, wie viel ihm Peggy inzwischen bedeutete, und je mehr er das begriff, desto lächerlicher wurde sein Verhalten. Wie konnte er jemand sein, mit dem Peggy gern Zeit verbringen wollte, wenn er immer nur dasaß und sich darüber Sorgen machte, ob er mehr in ihr linkes als in ihr rechtes Auge schaute, oder wenn er aus völlig unverständlichen Gründen sehr lange mit ihr über Suppe im Allgemeinen sprach?

Am besten sollte er einfach ganz nebenbei fragen, ob sie Lust hätte, mit ihm nach der Arbeit etwas zu unternehmen. Wenn nicht, auch gut. Dann würde er wissen, dass sie nur eine Arbeitsbeziehung hatten, und das wäre es dann. Je mehr er darüber nachdachte, desto klarer wurde ihm das. Ja, er musste ihr nur ruhig und selbstbewusst die Frage stellen, ob sie sich – und natürlich wäre es völlig okay, wenn nicht – mal am Abend oder am Wochenende verabreden wollte ... Die Beckenham-&-West-Wickham-Vintage-Spielzeugeisenbahn-Messe war vielleicht ein zu ehrgeiziger Eröffnungsvorschlag, aber mit einem Drink oder einem Abendessen konnte er es probieren. Und nur damit er die Sache auch wirklich durchzog, beschloss er, sich eine Frist zu setzen, an dem er sie vor Arbeitsende gefragt haben musste – Donnerstag diese Woche war so gut wie jeder andere Tag.

Er hoffte nur, dass Peggy sein Verhalten bis dahin nicht allzu absonderlich fand.

Es gab natürlich die sehr, *sehr* geringe Chance, dass Andrew es sich doch noch anders überlegte.

×

Natürlich hatte er den Mut bis Donnerstagnachmittag nicht aufgebracht. Rückblickend hätte er es auch um ein, zwei Tage verschieben können, denn so musste er sie fragen, als sie gerade den Müll in der Wohnung eines Verstorbenen sortierten. Doch in dem Moment hatte er wirklich das Gefühl, nur noch diese einzige Chance zu haben.

Derek Albrighton hatte das stolze Alter von vierundachtzig erreicht, als sein Herz zu schlagen aufgehört hatte. Seine Wohnung lag genau auf der Bezirksgrenze – eine

Straße weiter, und ein anderes Team hätte sich um seinen Fall kümmern müssen. Die Gerichtsmedizinerin hatte ungewöhnlich mürrisch geklungen, als sie Andrew angerufen und ihn gebeten hatte, die Wohnung zu untersuchen.

«Keine Angehörigen, von denen wir wüssten. Die Nachbarn haben die Polizei gerufen, weil sie ihn ein paar Tage lang nicht gesehen hatten. Die Polizisten waren ungefähr so nützlich wie ein Kotflügel an einer Landschildkröte. Wär gut, wenn wir die Sache so schnell wie möglich regeln könnten, Andrew. Die Herbstferien stehen vor der Tür, und ich stecke bis zum Hals in Arbeit.»

Derek hatte in einer dieser Wohnungen gelebt, die nie warm wurden, egal wie sehr man heize. Es war hier insgesamt ordentlich, abgesehen von dem stumpfen weißen Pulver, das das Linoleum des Küchenfußbodens bedeckte. Fußabdrücke waren darin zu sehen, sodass der Boden wie ein Bürgersteig unter einer dünnen Schneedecke aussah.

«Das ist Mehl», vermutete Peggy. «Entweder das oder Rattengift. Habe ich eigentlich schon mal erwähnt, was für eine schlimme Köchin ich bin? Ah, aber was haben wir denn da?» Sie griff nach einer großen Keksdose, die auf der Mikrowelle stand. Sie gurrte anerkennend, als sie den Deckel abnahm, und winkte Andrew herbei, um ihm den unberührten Biskuitkuchen darin zu zeigen.

«Wie schade, dass er ihn nicht essen konnte, nach all den Mühen, die er deswegen offensichtlich auf sich genommen hat», sagte Andrew.

«Eine Tragödie», pflichtete ihm Peggy bei und schloss ehrfürchtig den Deckel, als handelte es sich bei der Dose um eine Zeitkapsel, die sie begraben wollten. Andrew probierte eine lässige Pose aus, indem er sich gegen die Küchenarbeitsplatte lehnte, die Beine gekreuzt und eine

Braue hochgezogen. Mit etwas Glück erinnerte er sie so an den frühen Roger-Moore-Bond.

«Du bist also ein großer Fan von ... Kuchen?», fragte er. Unglücklicherweise, oder vielleicht auch nicht, war Peggy gerade sehr mit den Papieren beschäftigt, die sie gefunden hatte, und hörte nur mit halbem Ohr zu.

«Ja, klar, wer nicht?», entgegnete sie. «Ich würde niemandem glauben, der behauptet, dass er keinen Kuchen mag. Das ist wie mit diesen Leuten, die sagen, dass sie Weihnachten hassen. Die tun nämlich nur so, natürlich lieben sie Weihnachten. Genau wie eigentlich jeder Wein und Sex und Bowling mag, wenn auch nur klammheimlich.»

Andrew zuckte zusammen. Das hier lief gar nicht gut. Er *hasste* Bowling.

«Hier ist nichts, kein Büchlein mit Telefonnummern und sonst auch nichts», sagte Peggy und rückte den Haufen Papiere wie eine Nachrichtensprecherin zurecht. «Schlafzimmer?»

«Schlafzimmer, na klaro», sagte Andrew. Er tippte mit den Fingern auf der Arbeitsplatte herum, um zu zeigen, wie ungeheuer lässig er war und wie sehr ihm der Rhythmus im Blut lag. Nur ganz kurz musste er innehalten, um mit dem schlimmen Hustenanfall klarzukommen, den er bekam, weil er mit seinem flotten Getippe noch mehr Mehl aufgewirbelt hatte. Peggy sah ihn mit einer Mischung aus Misstrauen und Verwirrung an, wie eine Katze, die sich selbst im Spiegel sieht.

Ein überraschend luxuriöses Doppelbett nahm den größten Teil des Schlafzimmers ein. Es war mit einem violetten Überwurf bedeckt und besaß ein Kopfteil aus Messing – völlig unpassend zu den ramponierten Jalousien, dem abgetretenen Teppich und der billigen Kommode am

Fußende des Bettes, auf der ein uraltes Fernsehgerät und ein Videorekorder standen. Andrew und Peggy knieten sich zu beiden Seiten des Bettes auf den Boden und begannen, unter der Matratze zu suchen.

«Ich habe mir übrigens überlegt», begann Andrew, ermutigt durch die Tatsache, dass Peggy ihn nicht sehen konnte, «du erinnerst dich doch noch an den Pub, in den wir nach deiner ersten Inspektion gegangen sind?»

«Hmhm», machte Peggy.

«Der war nett, oder?»

«Ich weiß nicht, ob nett das richtige Wort ist, aber es gab Bier, und das ist irgendwie immer ein Pluspunkt für einen Pub.»

«Ha … genauuu.»

Dahin also nicht.

«Ich habe das Essen da gar nicht gesehen», sagte er. «Hast du eigentlich eine spezielle Küche, die du präferierst, wenn du, na ja, wenn du ausgehst?»

Präferierst?

«Warte mal», sagte Peggy. «Ich habe da etwas.»

Andrew kroch um das Fußende des Bettes herum.

«Oh», sagte Peggy enttäuscht. «Das ist nur eine Quittung. Für Socken. Was macht die denn hier?»

Andrew verzweifelte langsam. Er musste jetzt wirklich etwas sagen, bevor ihn der Mut verließ. «Also ich habe nur, weißt du … gedachtobduvielleichtmalLusthättestessenzugehenodersonachderArbeitirgendwann», haspelte er. Er wollte sich gerade wieder lässig anlehnen, drückte dabei aber aus Versehen mit dem Ellenbogen gegen einen Knopf am Fernseher, der mit lautem Klicken und Heulen zum Leben erwachte, mit Geräuschen, die sehr nach den 80ern klangen. Einen Augenblick später erfüllten eindeutige Sexlaute das Zimmer. Andrew wirbelte herum und sah eine Frau mittleren Alters auf dem Bildschirm, die nichts außer einem Paar High Heels trug und von hinten von einem Mann genommen wurde, der, abgesehen von einer weißen Baseballkappe, ebenfalls nackt war.

«Oh mein Gott», sagte Peggy.

«*Oh mein Goooooott*», stöhnte der Mann mit der weißen Baseballkappe.

«*Das gefällt dir, was, du dreckiges Schwein?*», grunzte die Frau. Die Frage war wohl eher rhetorisch gemeint.

Andrew ging ein paar Schritte zurück, um das Grauen in vollem Umfang sehen zu können, und trat aus Versehen auf etwas. Es war eine Videohülle – das Cover zeigte das Paar auf dem Bildschirm bei der Sache. Rote Blockbuchstaben verkündeten den Filmtitel: «Nordische Eismösen!»

Andrew drehte die Hülle langsam so herum, dass Peggy das Cover sehen konnte. Sie lachte schon Tränen, aber das hier war offenbar der letzte Tropfen, der das Fass zum Überlaufen brachte, und sie stieß ein lautes, fröhliches Gackern aus. Schließlich bewegte sich Andrew vorsichtig auf den Fernseher zu, als näherte er sich einem bereits angezündeten Feuerwerkskörper, mit dem Gewicht auf den Fersen und der Hand vor dem Gesicht, und stach wild auf die Knöpfe ein, bis er den Pausenknopf gefunden hatte und ein groteskes Standbild auf dem Bildschirm zitterte.

Endlich schafften sie es, sich wieder ausreichend zusammenzureißen, um ihre Suche mit der angemessenen Ernsthaftigkeit zu beenden. Andrew fand eine abgegriffene Dokumentenmappe in einer Schublade, auf deren Klappe die Telefonnummer einer «Cousine Jean» notiert war.

«Also ich jedenfalls rufe Cousine Jean nicht an», verkündete Peggy.

«Das wäre wirklich ein bisschen merkwürdig nach ... dem hier», sagte Andrew.

Peggy schüttelte fassungslos den Kopf. «Ich wollte schon vorschlagen, dass wir Streichhölzer ziehen, aber das kommt mir jetzt irgendwie furchtbar unangemessen vor.»

Andrew schnaubte. «Ich weiß überhaupt nicht, was ich von Derek Albrighton halten soll.»

«Na ja, jedenfalls ist mir klar, dass der Typ genau Bescheid wusste, wie es im Leben läuft», stellte Peggy fest.

Andrew zog die Augenbrauen hoch.

«Ach komm schon», sagte Peggy. «Wenn ich vierundachtzig bin und meine Tage damit verbringe, Kuchen zu backen und diese Leistung zu feiern, indem ich mir einen von der Palme wedele, dann bin ich verdammt noch mal ein ziemlich glücklicher Mensch.»

×

«Ihr beide wirkt aber ziemlich zufrieden mit euch und der Welt», bemerkte Keith, als sie zurück ins Büro kamen.

«Wie Pech und Schwefel», sagte Meredith und ließ einen Kuli zwischen ihren oberen und unteren Zähnen klackern.

«Ein bisschen so wie ihr beide bei Cameron neulich», erwiderte Peggy ruhig, was sie sofort zum Schweigen brachte.

Sie hängte ihren Mantel über die Stuhllehne und zwinkerte Andrew zu. Er grinste dümmlich zurück. Peggy hatte vielleicht keine Gelegenheit gehabt, seine Frage nach einem gemeinsamen Abendessen zu beantworten – dafür hatte der scharfe Derek Albrighton gesorgt –, aber es war ein so lustiger Spaziergang mit ihr zurück ins Büro gewesen, dass er deswegen nicht allzu niedergeschlagen war. Cameron wählte genau diesen Moment, um aus seinem Büro zu schlendern und sie in ganz untypisch ernsthaftem Ton zu bitten, mit ihm in die Lounge zu gehen. Seit der katastrophalen Dinnerparty verhielt er sich wie ein wohlmeinender Lehrer, der seinen Schülern erlaubt hatte, am letzten Schultag vor den Ferien ein Spiel zu spielen, mit dem Resultat, dass sie Luftschlangenspray versprühten und unanständige Wörter auf ihre Schreibtische schmierten. Sie setzten sich zu fünft in einen Halbkreis, und Cameron formte mit den Händen ein Dreieck, auf das er sein Kinn stützte.

«Ich habe lange darüber nachgedacht, ob ich etwas sagen soll, und schließlich beschlossen, mit euch allen darüber zu sprechen, was letzte Woche bei mir zu Hause abgelaufen ist. Bevor ich anfange – möchte jemand von euch etwas dazu sagen?» Der Wasserspender summte. Ein Neonlicht an der Decke flackerte. Draußen hörte man, wie ein Fahrzeug zurücksetzte.

«Okay», sagte Cameron. «Also, was ich euch sagen wollte, war, dass ich – und glaubt mir, ich sage es wirklich nicht gern – ziemlich *enttäuscht* war.» An dieser Stelle brach seine Stimme, und er musste sich erst einmal sammeln. «Und zwar enttäuscht von euch *allen*. Zumal ihr beide» – er sah Peggy und Andrew an – «früh gegangen und ihr zwei» – sein Blick richtete sich auf Keith und Meredith – «einfach nach oben verschwunden seid. Was ein schöner Abend für uns alle hätte sein sollen, um die Beziehungen zueinander zu vertiefen, hat schließlich den gegenteiligen Effekt gehabt. Dabei war das doch nun wirklich nicht so schwierig, oder, Leute?!» Er machte eine bedeutungsvolle Pause. Andrew hatte gar nicht gewusst, dass Cameron ihnen den Abend so übelgenommen hatte.

«Jedenfalls», fuhr er fort, «glaube ich fest an zweite Chancen, also lasst es uns noch einmal versuchen und schauen, wie wir dann miteinander klarkommen, okay, Team? Meredith hat sich netterweise bereit erklärt, den nächsten Abend auszurichten. Andrew, danach bist du dran.»

Andrew dachte sofort an den Fleck an seiner Küchenwand, an das durchgesessene alte Sofa und die auffällige Abwesenheit einer Familie. Er biss sich auf die Innenseite seiner Wangen.

Cameron zwang sie noch ein wenig länger, seinem Geschwafel über Budgets und Ziele zuzuhören, um sie dann mit einer spektakulär öden Anekdote davon zu langweilen, wie sich Clara und er einmal im Supermarkt aus den Augen verloren hatten. Erst danach durften sie endlich wieder zu ihren Schreibtischen zurückkehren.

Wenig später schickte Peggy Andrew eine Mail. *Ich weiß ja nicht, wie es dir geht, aber ich musste währenddessen die ganze Zeit darüber nachdenken, ob man wohl jemals das Sequel* Nordische Eismösen 2 *gedreht hat.*

Meinst du, man muss den ersten Teil gesehen haben, um den zweiten zu verstehen?, antwortete Andrew.

Eine Minute später erhielt er zwei Mails auf einmal. Die erste war von Peggy: *Ha! Ganz bestimmt. Oh, und ich habe ganz vergessen zu antworten: ja zum Essengehen. Wohin gehen wir?*

Die zweite E-Mail kam von einem unbekannten Absender: *Wie viele Briefe muss ich dir noch schicken, bevor du die Eier hast, mir zu antworten? Oder bist du zu beschäftigt damit, zu überlegen, was du mit Sallys Geld alles anstellen willst?*

KAPITEL
DREIZEHN

*A*ndrew brauchte sechs Anläufe, Carls Nummer zu wählen, ohne aufzulegen, bevor jemand abnahm. Er wusste nicht, was er sagen sollte. Er wusste nur, dass es endlich aufhören musste.

«Hallo, Carl von Cynergy hier?» Eine aufgesetzt freundlich klingende Stimme.

«Ich bin's, Andrew.»

«Oh. Konntest du dich also doch endlich durchringen, anzurufen.»

«Diese Briefe und Nachrichten. Bitte ... bitte hör einfach auf damit.» Andrew versuchte, so ruhig wie möglich zu klingen.

«Warum sollte ich?», fragte Carl und schnaubte.

«Weil ...»

«Die Wahrheit tut weh, hab ich recht.» Eine Feststellung, keine Frage.

«Was soll ich dazu sagen?», fragte Andrew.

«Wie wär's mit einer Entschuldigung? Schließlich hast du sie krank gemacht. Du, niemand anderes.» Carls Stimme zitterte. «Kapierst du es denn nicht? Sie hat ihr *ganzes* Leben lang immer nur versucht, alles wiedergutzumachen, und du hast sie nicht gelassen. Du warst zu stur, um ihr zu verzeihen, und das brach ihr das Herz.»

«Das ist nicht wahr», sagte Andrew unsicher.

«Du bist echt erbärmlich, weißt du das? Mein Gott, ich stelle mir immer vor, was Sally jetzt wohl denken würde – wie sehr sie bereuen würde, was sie getan hat. Ich wette, sie ...»

«Okay, okay, schon gut, du kannst das Geld haben. Ich habe nie darum gebeten. Sobald ich es habe, überweise ich es dir, aber du musst mir versprechen, mich einfach in Ruhe zu lassen.»

Er hörte, dass Carl schniefte und sich räusperte. «Gut, dass du Vernunft annimmst. Ich werde dich ‹in Ruhe lassen›, wie du es ausdrückst. Aber ich melde mich wieder, wenn ich weiß, dass das Geld bei dir angekommen ist, darauf kannst du dich verlassen.»

Damit legte er auf.

×

Andrew machte sich Baked Beans auf Toast und loggte sich in das Unterforum ein. Er hatte das dringende Bedürfnis, das Gespräch mit Carl zu vergessen.

Ich bräuchte einen Restauranttipp, Leute, schrieb er. *Es soll nett sein, aber nicht zu teuer. Ungefähr wie LNER 0-6-0T ‹585› J50 und nicht so sehr wie LNER 0-6-0 ‹5444› J15.*

Innerhalb von ein paar Minuten poppten unterschiedliche Vorschläge auf. Schließlich entschied er sich für ein italienisches Restaurant, das schick genug war, keine Pfundzeichen in die Speisekarte zu drucken, aber nicht so trendy, dass es die Gerichte in einem toskanischen Regionaldialekt beschrieb.

Am nächsten Morgen trafen Peggy und er sich bei einer weiteren Nachlassinspektion. Nervös überlegte er, mit welchen Worten er Peggy an ihre Essenspläne erinnern sollte. «Wir haben natürlich keine Eile, aber wenn du daran denkst ... vielleicht schickst du mir bei Gelegenheit ein paar Termine, an denen du für unsere Dinnersache Zeit hättest», sagte er so beiläufig wie möglich und gähnte zur Sicherheit noch kurz. Peggy schaute von der Vienetta-Eiscreme-Schachtel auf, in der sich der Letzte Wille und das Testament von Charles Edwards befanden. Sie hatte die Schachtel gerade unter dem Küchenausguss gefunden.

«Oh klar, mach ich. In den nächsten Wochen bestimmt. Wenn wir zurück im Büro sind, schaue ich in meinem Kalender nach.»

«Cool ... wie schon gesagt, keine Eile», antwortete Andrew, der wusste, dass er den Rest seines Tages damit verbringen würde, seinen Posteingangsordner zu aktualisieren, bis er sich eine Zerrung im Handgelenk zuzog.

×

Peggy hielt ihr Versprechen. Es sollte nur eine Woche bis zum Tag ihrer Verabredung dauern. Schon vom Moment seines Aufwachens konnte Andrew an nichts anderes mehr denken. Wie er es unbeschadet und ohne Herzinfarkt ins Büro schaffte, war ihm ein Rätsel. Seine Nervosität war so stark, dass er sich aus Versehen sogar entschuldigte, als Meredith nieste. Er versuchte sich zu beruhigen, sich zu sagen, dass es lächerlich war, so aufgeregt zu sein. *Es ist bloß ein Abendessen!* Aber es half nicht.

Peggy hatte den Vormittag in einem Nebenraum verbracht, in dem sich der Bürosafe befand, um die herrenlosen Wertgegenstände von einer Nachlassinspektion darin zu verstauen, bis sie verkauft werden würden, und am

Nachmittag hatte sie an einem Seminar teilgenommen, sodass Andrew den ganzen Tag nicht mit ihr gesprochen hatte. Wahrscheinlich fiel es ihm deshalb schwer, nicht zu glauben, dass sie am liebsten alles andere getan hätte, als mit ihm den Abend zu verbringen.

Wie zur Bestätigung seiner trüben Gedanken wusste er sofort, dass das Restaurant keine gute Wahl war, denn der Kellner bedachte ihn mit einem Blick, als wäre er ein streunender Hund, der einen Platz zum Sterben suchte.

«Ihre ... Begleitung ist wohl auf dem Weg, Sir?», fragte der Kellner schon, als er gerade einmal fünf Minuten dagesessen hatte.

«Ja», antwortete Andrew. «Ich hoffe – ich bin sicher –, dass sie bald hier sein wird.»

Der Kellner warf ihm einen «Kennst du einen, kennst du alle»-Blick zu und schenkte ihm zwei Fingerbreit Wasser ein. Zwanzig Minuten vergingen, während denen Andrew eine Portion unglaublich hartes Brot erst ablehnte und dann zögernd akzeptierte.

«Sind Sie sicher, dass Sie nicht schon etwas für Ihre Begleitung bestellen wollen?», fragte der Kellner.

«Nein, danke», antwortete Andrew, der inzwischen nicht nur ärgerlich auf den Kellner, sondern auch auf sich selbst war, weil er die Kühnheit besessen hatte, aus seiner kleinen Welt auszubrechen.

Gerade als er sein Kinn hochrecken wollte, um einen möglichst würdevollen Abgang zu machen, entdeckte er einen Farbblitz an der Eingangstür, und da stand Peggy in einem leuchtend roten Mantel. Ihr Haar war triefnass vom Regen. Sie ließ sich in den Stuhl ihm gegenüber fallen, murmelte eine Begrüßung und stopfte sich ein Stück Brot in den Mund.

«Mein Gott», sagte sie. «Was esse ich denn da? Ist das eine Radkappe?»

«Ich glaube, das ist Focaccia.»

Peggy grunzte und schluckte mit einigen Mühen das Brot hinunter.

«Als du Diane geheiratet hast ...», begann sie und riss ein Stück Brot auseinander.

Andrews Herz krampfte sich zusammen. *Nicht das. Nicht jetzt schon.*

«Hmhm», machte er.

«... hast du damals geglaubt, dass jemals der Tag käme, an dem du sie ansiehst, wie sie auf dem Wohnzimmerfußboden liegt, ein Dosenbier auf dem Bauch balancierend wie ein besoffener, horizontaler Jesus Christus, und dabei denkst: Wie zur Hölle sind wir eigentlich hier gelandet?»

Andrew rutschte befangen auf seinem Stuhl herum.

«Nein, nicht so», antwortete er.

Peggy schüttelte langsam den Kopf und starrte ins Leere. Eine regennasse rote Strähne wellte sich an ihrer Wange. Andrew spürte das dringende Bedürfnis, sie ihr hinter das Ohr zu streichen. Hatte er das in einem Film gesehen? Ehe er eine Antwort darauf fand, erschien der Kellner an ihrem Tisch. Ein leicht enttäuschtes, beinahe entschuldigendes Lächeln hatte sein arrogantes Grinsen ersetzt, jetzt, da Peggy tatsächlich aufgetaucht war.

«Möchten Sie einen Blick auf die Weinkarte werfen, Sir?»

«Ja, bitte», sagte Andrew.

«Machen Sie sich doch gar nicht erst die Mühe, mich auch zu fragen», murmelte Peggy.

«Ich entschuldige mich, Madam», sagte der Kellner und verbeugte sich theatralisch, bevor er fortschlenderte.

«So etwas ärgert mich», sagte Peggy. «Vielleicht bin ich

ja eine Sommelière außer Dienst. Kann er doch gar nicht wissen, der Schwachmat.»

Einerseits war Andrew ganz entzückt von Peggys gerechtem Zorn. Andererseits befürchtete er, dass die Gefahr von Speichel in ihren Linguine um einiges gestiegen war.

Nach einem Glas Wein und den Vorspeisen schien sich Peggy etwas zu entspannen. Trotzdem wollte die Unterhaltung nicht recht in Gang kommen. In den immer längeren Pausen wurde Andrew langsam panisch. Sich bei einem Restaurantbesuch anzuschweigen, war etwas für Paare in den Ferien, die in hell erleuchteten griechischen Tavernen saßen und nur noch die gegenseitige Abneigung miteinander teilten. Das hier lief überhaupt nicht nach Plan. Er brauchte unbedingt etwas, das sie aus dieser Stimmung holte.

Andrews Wunsch wurde wahr, wenn auch nicht ganz auf die Art und Weise, die er sich erhofft hatte, als ein Mann, dessen gelber Mantel sich über seinem enormen Bauch spannte, ins Restaurant platzte. Er hatte sich die Ärmel über die Hände und die Kapuze eng über den Kopf gezogen, sodass er wie ein unglaublich riesiges Kind aussah, das auf sie zu walzte. Beim Näherstampfen riss er sich die Kapuze vom Kopf, wobei er die Gäste in seiner Nähe mit einem Tropfenregen überschüttete. Alle wandten sich nach ihm um. Auf den Gesichtern erschien diese ganz spezielle Angst, wenn sich jemand so gar nicht an die normalen Grenzen des Verhaltens in einem öffentlichen Raum hält, nämlich: *Was passiert da gleich, und wie komme ich hier als Erster raus, wenn es hier so richtig losgeht?*

«Vielleicht liege ich falsch», sagte Andrew und versuchte, sehr ruhig zu klingen, «aber ich glaube, dein Mann ist gerade hereingekommen.»

Peggy drehte sich um und sprang sofort auf. Andrew faltete die Hände im Schoß und starrte die beiden an, in ängstlicher Erwartung der unausweichlichen Konfrontation.

«Jetzt folgst du mir also schon?», fragte Peggy, die Hände in die Hüften gestemmt. «Wie lange stehst du schon dadraußen? Und wo sind die Mädchen?»

«Bei Emily», antwortete Steve so leise und langsam, dass es wie in Zeitlupe klang.

«Okay, und nur zur Sicherheit: Das ist jetzt nicht wieder eine deiner Lügen?»

«Ne, natürlich nicht», grollte Steve. «Und wer ist dieser kleine Scheißer da?»

Andrew, optimistisch, wie er war, hoffte irgendwie, dass Steve jemand anderes gemeint hatte.

«Das ist doch ganz egal», sagte Peggy. «Was hast du hier zu suchen?»

«Ich verschwinde mal schnell auf die Toilette», sagte Andrew in beinahe irre fröhlichem Ton, als ob ihn das immun gegen die Faustschläge machen würde, die unweigerlich kommen mussten. Der Kellner trat zur Seite, um ihn durchzulassen. Auf seinem Gesicht lag wieder dieses Grinsen.

Als Andrew endlich wieder den Mut aufbrachte, an den Tisch zurückzukehren, waren Steve und Peggy nirgends mehr zu sehen. Auch Peggys Mantel war verschwunden. Einige der anderen Gäste riskierten heimliche Blicke auf ihn, als er sich setzte. Andere schauten aus dem Fenster, wo Andrew jetzt Peggy und Steve entdeckte. Sie standen dort draußen auf der Straße, die Kapuzen über den Kopf gezogen, und gestikulierten wütend.

Andrew stand unschlüssig am Tisch. Er sollte hinausgehen. Er sollte zumindest *so tun*, vor sich selbst, auch vor den anderen Gästen und dem verdammten Kellner, als würde er hinausgehen und Peggy beistehen. Er trommelte mit den Fingern auf der Rückenlehne seines Stuhls herum und überlegte immer noch, was er tun sollte, als der gelbe Fleck plötzlich verschwunden war, als wäre er von einer kräftigen Strömung flussabwärts gerissen worden, und Peggy wieder hereinkam. Sie sah aus, als hätte sie geweint – man konnte es wegen des Regens schwer beurteilen. Schwarze Mascara-Rinnsale schlängelten sich ihre Wangen herunter.

«Geht es dir g...»

«Tut mir leid, Andrew, aber können wir bitte nicht darüber reden und einfach nur essen?», unterbrach ihn Peggy mit heiserer Stimme.

«Natürlich», erwiderte Andrew, stopfte sich noch etwas Granatsplitter-Brot in den Mund und tröstete sich mit der Tatsache, dass der Riese ihn wenigstens nicht ins Gesicht geboxt hatte.

×

Peggy machte sich daran, den letzten Bissen aufzuspießen, überlegte es sich anders und legte mit einem lauten Klirren Messer und Gabel ab.

«Tut mir leid, dass er dich einen Scheißer genannt hat», sagte sie.

«Ach, dafür musst du dich doch nicht entschuldigen», erwiderte Andrew, der eigentlich fand, dass er derjenige war, der sich hätte entschuldigen müssen, weil er so ein Feigling gewesen war. «Verzichten wir auf Dessert?»

Die Andeutung eines Lächelns erschien auf Peggys Gesicht. «Du machst hoffentlich Witze. Wenn es je einen Zeitpunkt für Notfall-Schokoladenpudding gab, dann jetzt.»

Der Kellner kam und räumte ihre Teller ab.

«Ich nehme an, Sie haben keinen Schokoladenpudding auf der Karte?», fragte Andrew, der sein bestes gewinnendes Lächeln aufsetzte.

«Zufällig haben wir das, Sir», erwiderte der Kellner, der deshalb beinahe ein wenig enttäuscht wirkte. «Eine besonders ausgefallene Variante.»

«Oh, super», sagte Peggy und reckte beide Daumen hoch.

×

Sie beendeten ihren Nachtisch und legten ihre Löffel mit einem simultanen Klirren in die Schüsseln.

«Gleichzeitig», sagte Peggy. «Wie viel von meinem Essen klebt mir eigentlich im Gesicht?»

«Keins», antwortete Andrew. «Und mir?»

«Nicht mehr als sonst.»

«Schön, das zu hören. Allerdings hast du da ein bisschen ...»

«Was?»

«Mascara, glaube ich.»

Peggy griff nach ihrem Löffel und betrachtete sich in der spiegelnden Fläche. «Ach du Schande, ich sehe ja aus wie ein Panda. Warum hast du nichts gesagt?»

Andrew zuckte die Schultern. «Tut mir leid.»

Sie betupfte ihre Wangen mit einer Serviette. «Männer!»

«Hättest du etwas dagegen, wenn ich dich frage, was bei dir los ist?», fragte Andrew.

Peggy tupfte weiter. «Nein, hätte ich nicht», antwortete

sie. Sie legte die Serviette auf den Tisch und strich sie glatt. «Das ist jetzt vielleicht ein bisschen schräg, aber darf ich dich um etwas bitten?»

«Natürlich.»

«Okay, also mach die Augen zu.»

«Ähm, gut», sagte Andrew und dachte, dass Sally das auch oft gesagt und ihm dann eins aufs Maul gehauen hatte.

«Kannst du dir bitte den Augenblick vorstellen, in dem du und Diane am glücklichsten wart?», fragte Peggy.

Andrew spürte, wie ihm die Hitze ins Gesicht stieg.

«Hast du ihn?»

Er nickte nach einer Weile.

«Beschreib ihn mir.»

«Wie ... wie meinst du das?»

«Na ja, wann ist das? Wo seid ihr? Was siehst und spürst du?»

«Oh, okay.»

Andrew atmete tief durch. Die Antwort kam nicht aus irgendeiner seiner Tabellen, sondern tief aus ihm selbst.

«Wir haben gerade die Uni hinter uns und sind in London zusammengezogen. Wir sind im Brockwell Park. Es ist der heißeste Tag des Sommers. Das Gras ist trocken, beinahe verbrannt.»

«Weiter ...»

«Wir sitzen Rücken an Rücken. Wir merken, dass wir den Flaschenöffner für unser Bier vergessen haben. Und Diane stemmt sich gegen meinen Rücken, um auf die Füße zu kommen. Sie fällt dabei beinahe hin, und wir kichern und sind ganz aufgedreht in der Hitze. Sie geht zu diesen Fremden – einem Pärchen –, um sich bei ihnen das Feuerzeug zu leihen. Sie kennt diesen Trick, wie man damit eine Flasche öffnen kann. Sie kommt zu mir zurück, und ich sehe sie, aber ich sehe das Pärchen ebenfalls. Sie schauen ihr beide hinterher. Es ist, als hätte sie bei ihnen einen Eindruck hinterlassen, einen Eindruck, der bedeutet, dass sie Diane niemals vergessen werden. Und ich begreife in diesem Moment, was ich für ein Glück habe, und wünsche mir, dass es niemals endet.»

Andrew erschrak. Sowohl über die Deutlichkeit des Bildes, das er gerade beschrieben hatte, als auch über die Tränen, mit denen sich seine Augen gefüllt hatten. Als er sie endlich wieder öffnete, schaute Peggy weg. Nach einem Augenblick fragte er: «Warum wolltest du das wissen?»

Peggy lächelte traurig. «Wenn ich dasselbe versuche, kann ich überhaupt nichts sehen. Und das ist der Hauptgrund, aus dem ich mir einfach kein Happy End vorstellen kann. Die Wahrheit ist, dass ich Steve ein Ultimatum gesetzt habe: Er soll sich zusammenreißen, sonst war's das. Das Problem ist, dass ich selbst gar nicht richtig weiß, wie die Dinge laufen sollen ... Aber, na ja, ich bin mir sicher, was auch immer passiert, es wird schon alles irgendwie gut werden.»

Andrew hatte mehrere unterschiedliche Gefühle gleichzeitig. Wut auf dieses Ungeheuer im gelben Regenmantel und Qual beim Anblick Peggys, die zusammengesunken war und Tränen in den Augen hatte, obwohl sie sich so sehr bemühte, kämpferisch zu schauen. Aber da war noch etwas anderes. Er begriff plötzlich, dass er bis jetzt nur darüber nachgedacht hatte, wie er Peggy nahekommen konnte, dass es ihm nur um ihn und um sein Leben gegangen war. Ein Teil von ihm hatte sich einen Grund *gewünscht*, ihr helfen und für sie da sein zu können, was bedeutete, dass es diesem Teil von ihm im Grunde egal war, wie es ihr ging. Wenn er so zynisch und selbstsüchtig war, dann verdiente er vielleicht tatsächlich keine Freundin wie sie. Aber jetzt, da er verzweifelt nach etwas suchte, was er ihr sagen konnte, erkannte er, dass die Qual, die er verspürte, eine andere Wahrheit verbarg. Denn in diesem Moment war er sich selbst egal. Er wollte nur, dass Peggy glücklich war. Und er spürte den Schmerz, weil er nicht wusste, wie er sie wieder glücklich machen konnte.

KAPITEL
VIERZEHN

Wie nie zuvor stand in den folgenden vierzehn Tagen der Tod im Mittelpunkt des Büroalltags. Die Gerichtsmedizinerin rief praktisch stündlich an und versuchte sich verzweifelt daran zu erinnern, über welche Fälle sie gerade mit ihnen gesprochen hatte («Wir haben doch über Terrence Decker gesprochen, oder? Newbury Road? Der an einem Marshmallow erstickt ist? Oh nein, warten Sie, das war jemand anderes»).

Es standen derart viele Nachlassinspektionen an, dass Andrew und Peggy hin und wieder voller Bedauern ihren Respekt zugunsten des Pragmatismus opfern und sich so schnell wie möglich durch das Chaos, den Dreck oder die seelenlosen, leeren Zimmer arbeiten mussten. Es gab eine vollgestopfte Maisonette-Wohnung, in der sie eine tote Ratte mit groteskem Grinsen im Gesicht fanden, aber auch ein geheimnisumwobenes Haus mit sieben Zimmern, das direkt am Park lag, voller Spinnweben und Staub.

Peggy hatte schon zu kämpfen gehabt, bevor die Frequenz der Nachlassinspektionen derart zugenommen hatte. Ob nun Steve erneut einen Ausbruch gehabt hatte und sie gezwungen war, ihr Ultimatum durchzusetzen, wusste Andrew nicht genau. Als sie das erste Mal mit verquollenen Augen von der Bürotoilette kam, hatte er sie noch gefragt, ob alles in Ordnung sei, aber sie hatte ihn ganz ruhig unterbrochen und ihm eine Frage zu einem ihrer Aufträge gestellt. Von da an machte er ihr einen Tee oder schickte ihr eine alberne E-Mail über Keiths neuesten Körperhygiene-Fauxpas, sobald er den Eindruck hatte, dass sie aufgebracht wirkte oder er eins ihrer wütenden Telefongespräche im Treppenhaus mithörte. Einmal hatte er sogar versucht, Kekse zu backen, aber das Resultat hatte etwas geähnelt, was Kinder als Augen für Schneemänner benutzen, also war er stattdessen in den Laden gegangen und hatte welche gekauft. Aber irgendwie schien es Peggy nicht besser zu gehen.

In einer kurzen Verschnaufpause in der Lounge, als sie «alternative Bananen» aßen, wie Peggy sie nannte (ein Twix und ein KitKat Chunky), erwähnte Andrew zufällig Ella Fitzgerald.

«Ist das diese Jazz-Frau?», fragte Peggy mit dem Mund voller Schokolade.

«*Diese Jazz-Frau?*», wiederholte Andrew. Er wollte Peggy schon für diesen Ausdruck tadeln, augenzwinkernd selbstverständlich, aber dann hatte er eine Idee. Selbst zusammengestellte Musik war doch immer noch beliebt, oder? Und womit konnte man jemanden besser aufheitern als mit Ella? Wenn sie dieselbe Wirkung auf Peggy hatte wie auf ihn in den ganzen Jahren, dann würde sie eine Offenbarung für sie sein, ein Grundpfeiler des Trostes.

Und so begann eine Reihe von quälenden Abenden, an denen Andrew versuchte, Lieder auszuwählen, die Ellas musikalisches Wesen auf perfekte Weise repräsentierten. Er wollte das gesamte Spektrum abbilden – fröhliche und traurige Nummern, sorgfältig arrangierte und spontane –, aber auch zeigen, wie fröhlich, wie ansteckend lustig sie auf ihren Live-Alben sein konnte. Die Flachsereien zwischen den Songs bedeuteten ihm ebenso viel wie die bewegendsten Melodien.

Nach Abend Nummer fünf überlegte er, ob diese Aufgabe, die er sich auferlegt hatte, nicht eigentlich unerfüllbar war. *Das* perfekte Mixtape würde es nicht geben. Er würde einfach hoffen müssen, dass seine Auswahl Peggy Trost spendete, wenn sie welchen benötigte. Er beschloss, nur noch einen einzigen Abend lang an dem Mixtape zu arbeiten. Weit nach Mitternacht fiel er mit böse knurrendem Magen ins Bett. Erst da merkte er, dass er so sehr damit beschäftigt gewesen war, die Lieder auszusuchen, dass er ganz vergessen hatte, sich etwas zum Abendessen zu machen.

Als er Peggy das Ergebnis auf den Treppenstufen vor dem Büro präsentierte, bemühte er sich sehr um Lässigkeit und versuchte krampfhaft, die innere Stimme zu ignorieren, die ihm sagte, dass seine Aktion vielleicht etwas merkwürdig wirken könnte. «Übrigens habe ich ein Ella-Fitzgerald-Mixtape für dich gezaubert. Na ja. Habe nur ein paar Songs ausgewählt, von denen ich dachte, dass du sie vielleicht magst. Aber mach dir keinen Stress, du musst es dir natürlich nicht sofort anhören, auch nicht die nächsten Tage oder Wochen oder so.»

«Ah, danke, du bist ein Schatz», sagte Peggy. «Ich schwöre hiermit feierlich, es mir in den nächsten Tagen anzuhören oder Wochen oder so.» Augenzwinkernd drehte sie die CD um und las, was auf der Rückseite stand. Andrew hatte sieben Anläufe gebraucht, die Songs in einigermaßen annehmbarer Handschrift aufzulisten. Er merkte, dass Peggy ihn mit einem Funkeln im Blick ansah. «Wie lange hast du gebraucht, um das hier ‹zu zaubern›, nur so aus Interesse?», fragte sie.

Andrew machte ein abschätziges Geräusch, wobei er aus Versehen ein wenig spuckte. «Zwei Stunden vielleicht.»

Peggy öffnete ihre Tasche und ließ die CD hineingleiten.

«Andrew Smith, du bist zweifellos ein hervorragender Mixtape-Zauberer. Aber als Lügner bist du schrecklich.» Sie lächelte kurz, ehe sie seelenruhig zurück ins Büro ging.

Andrew stand noch eine Weile verwirrt grinsend da, weil er irgendwie den Eindruck hatte, dass sie seinen Magen, sein Herz und einige andere lebenswichtige Organe mitgenommen hatte.

×

Nichts erstickt die Liebe so nachhaltig im Keim wie eine PowerPoint-Präsentation, vor allem eine mit Ton und visuellen Effekten.

Cameron war besonders begeistert davon, dass er Buchstaben, begleitet vom Geräusch klappernder Schreibmaschinen, spiralförmig über den Bildschirm gleiten lassen und damit zeigen konnte, dass der Anteil an alten Menschen, die sich als einsam und/oder isoliert bezeichneten, um 28 Prozent gestiegen war. Aber sein Glanzstück war ein YouTube-Clip von einer Parodie auf eine Sketch-Show aus den 90ern, die keinerlei Bezug zur Präsentation hatte, sondern nur, wie er erklärte, «ein großartiges Vergnügen» war. Abgesehen von Cameron, der immer hysterischer vor sich hin kicherte, saßen sie alle stocksteif und schweigend da. Gerade als es so schien, als ginge die verdammte Sache endlich zu Ende, poppte eine E-Mail-Ankündigung am unteren rechten Ende des Bildschirms auf:

Mark Fellowes
Re: Möglicher Personalabbau

Cameron fummelte sofort am Computer herum, um das Fenster zu schließen. Aber es war schon zu spät. Das Sketch-Video lief weiter, und das eingeblendete Gelächter wirkte schrecklich unpassend angesichts dessen, was sie alle gerade gesehen hatten. Cameron hatte es plötzlich sehr eilig, schloss seinen Laptop und verschwand umgehend, genau wie jemand, der gerade eine kurze Stellungnahme vor dem Gerichtsgebäude gegeben hat und jetzt schnell vor den Paparazzi fliehen muss. Meredith, die schon angesetzt hatte, ihm die Frage zu stellen, die auf der Hand lag, ignorierte er geflissentlich.

«Beschissene Scheiße noch mal», bemerkte Keith.

×

Später am selben Tag kamen Andrew und Peggy zu einer Nachlassinspektion in der Unsworth Road 122 an und waren noch immer völlig verstört.

«Ich darf diesen Job nicht verlieren», murmelte Peggy.

Andrew beschloss, ruhig zu bleiben und nicht noch Öl ins Feuer zu gießen.

«Es wird bestimmt alles gut», sagte er.

«Und diese Annahme gründest du worauf?»

«Ähm ...» Seine Ruhe verließ ihn schon wieder. «Blinder Optimismus?» Er lachte nervös.

«Wie gut, dass du kein Arzt bist, der seinen Patienten sagt, wie lange sie noch zu leben haben», bemerkte Peggy.

Sie zogen ihre Schutzkleidung an, und Andrew sah das Milchglasfenster der Haustür von Nummer 122 und wünschte Peggy und sich selbst aus ganzem Herzen woandershin.

«Es gibt doch nichts Besseres, als sich durch die Sachen eines toten Typen zu wühlen, wenn man sich ablenken will, was?», sagte Peggy und steckte den Schlüssel ins Schloss. «Fertig?»

Sie schob die Tür auf und keuchte. Andrew wappnete sich für das, was hinter der Tür lag. Im Laufe der Jahre hatte er wohl schon an die hundert Nachlassinspektionen durchgeführt, und all diese Wohnungen, ganz egal, in welchem Zustand sie gewesen waren, hatten einen Eindruck hinterlassen, ein kleines Detail, das ihm aufgefallen war: ein kitschiges Nippes-Stück, ein beunruhigender Fleck, eine herzzerreißende Notiz. An die Gerüche erinnerte er sich ebenfalls, nicht nur an die grauenvollen – es hatte auch schon Lavendel und Maschinenöl und Tannennadeln gegeben. Mit der Zeit hatte er die Erinnerungen nicht mehr mit dem jeweiligen Haus verknüpfen können. Aber als Peggy jetzt zur Seite trat und er an ihr vorbeischauen konnte, wusste er ganz sicher, dass er sich für immer an Alan Carter und an die Unsworth Road 122 erinnern würde.

Zuerst war es nicht ganz klar, was er da eigentlich sah. Die Fußböden, Heizkörper, Tische, Regale – absolut jede Oberfläche – war mit kleinen Holzgegenständen bedeckt. Andrew kniete sich auf den Boden und nahm einen Gegenstand auf.

«Das ist eine Ente», stellte er fest und kam sich plötzlich dumm vor, es laut ausgesprochen zu haben.

«Ich glaube, es sind alles Enten», sagte Peggy, die sich neben ihn hockte. Wenn das hier ein Traum war, dann war sich Andrew nicht ganz sicher, was sein Unterbewusstsein ihm mitteilen wollte.

«Sind das kleine Spielfiguren? War er Sammler oder so?», fragte er.

«Ich weiß nicht ... Ach du Schande, ich glaube, er hat sie tatsächlich allesamt selbst geschnitzt. Das müssen ja Tausende sein.»

Jemand hatte einen Pfad durch die Schnitzfiguren gebahnt, vermutlich diejenigen, die zuerst an Ort und Stelle gewesen waren.

«Bitte frische mein Gedächtnis auf. Mit wem haben wir es hier zu tun?», fragte Peggy.

Andrew zog das Dokument aus seiner Tasche.

«Alan Carter. Offenbar keine Angehörigen, schreibt die Gerichtsmedizinerin. Meine Güte, ich weiß, dass gerade alle viel zu tun haben, aber ich hätte doch gedacht, dass das hier irgendjemand erwähnt.»

Peggy nahm eines der Entchen von einer Kommode und strich mit dem Finger über sein Köpfchen, dann den geschwungenen Hals herunter.

«Die Frage, die mir durch den Kopf geht – abgesehen von ‹Was zur Hölle?› natürlich –, ist, warum ausgerechnet Enten?»

«Vielleicht hat er Enten einfach ... geliebt», schlug Andrew vor.

Peggy lachte. «*Ich* liebe Enten. Meine Tochter Suze hat mir mal zum Muttertag eine Stockente gemalt. Aber so ein Fan bin ich nun auch wieder nicht, dass ich eine Million von ihnen schnitzen würde.»

Bevor Andrew noch weiter spekulieren konnte, klopfte es an der Tür. Er ging, um zu öffnen, und stellte sich aus irgendeinem Grund kurz vor, dass eine Ente in Menschengröße davorstand, um mit feierlichem Quaken ihr Beileid auszudrücken. Stattdessen stand da ein Mann mit blauen

Knopfäuglein und einer Frisur wie Bruder Tuck aus Robin Hood.

«Klopf, klopf», sagte der Mann. «Sind Sie von der Verwaltung? Sie haben gesagt, dass Sie heute hier sein würden. Ich bin Martin von nebenan. Ich war der, der die Polizei wegen Alan gerufen hat, dem armen Kerl. Ich dachte, ich könnte vielleicht ...» Er verstummte, als er die Schnitzereien sah.

«Kannten sie die nicht?», fragte Peggy.

Der Mann schüttelte den Kopf. Er wirkte verblüfft.

«Nein. Ich meine, die Sache ist die: Ich habe hin und wieder bei Alan geklopft und Hallo gesagt, aber das war's dann auch. Wenn ich recht darüber nachdenke, hat er die Tür immer nur so weit geöffnet, dass ich gerade eben sein Gesicht sehen konnte. Er hat sehr zurückgezogen gelebt.» Er zeigte auf die Schnitzenten. «Wäre es in Ordnung, wenn ich mir die näher ansehe?»

«Unbedingt», erwiderte Andrew. Er wechselte einen Blick mit Peggy. Er fragte sich, ob ihr wohl gerade dasselbe durch den Kopf ging wie ihm. Nämlich dass sie irgendwann darüber nachdenken müssten, ob die Enten einen finanziellen Wert hatten, mit dem Alan Carters Beerdigung bezahlt werden konnte.

×

Nachbar Martin ging wieder, und Andrew und Peggy machten mit der Arbeit weiter. Eine Stunde später packten sie zusammen. Die gründliche Suche nach Dokumenten hatte nur einen Aktenordner mit ordentlich abgehefteten Rechnungen erbracht, eine *Radio Times*, die offenbar zusammengerollt worden war, um damit Fliegen zu töten, aber nichts, was irgendeinen Hinweis auf mögliche Verwandte gegeben hätte.

Peggy blieb so plötzlich an der Haustür stehen, dass Andrew beinahe in sie hineingelaufen wäre. Er schaffte es gerade noch, die Balance zu halten, wie ein Speerwerfer direkt nach dem Wurf.

«Was ist los?», fragte er.

«Ich will einfach nicht gehen, bevor wir nicht mit absoluter Sicherheit sagen können, dass er wirklich keine Angehörigen hat.»

Andrew schaute auf die Uhr. «Okay, ich verstehe. Ich glaube, noch ein letzter Durchgang schadet nichts.»

Peggy strahlte, als hätte Andrew ihr gerade erlaubt, auf die Hüpfburg zu gehen – und nicht, noch einmal die Habseligkeiten eines toten Mannes zu durchsuchen.

«Zuerst jeder ein Zimmer, dann zusammen in der Küche?», fragte er.

Peggy salutierte. «Sir, yes, Sir!»

Andrew glaubte schon etwas gefunden zu haben, als er einen Zettel hervorzog, der in der Küche hinter die Schränke gerutscht war, aber es war nur eine alte vergilbte Einkaufsliste. Peggy kniete inzwischen neben dem Kühlschrank und tastete dahinter herum.

«Ich sehe da ein Stück Papier. Irgendetwas steckt da fest», sagte sie.

«Warte kurz.» Andrew packte den Kühlschrank und ruckelte ihn vor und zurück, um ihn zur Seite zu bewegen.

Was auch immer es war, es war mit einer dünnen Schmutzschicht bedeckt.

«Das ist ein Foto», sagte Peggy und wischte es mit dem Ärmel sauber. Zwei Menschen sahen sie vom Foto an. Sie lächelten ein wenig schüchtern, als hatten sie sehr lange darauf gewartet, dass jemand den Schmutz von ihren Gesichtern wischte. Der Mann trug eine Wachsjacke und hatte sich eine Mütze unter den Arm geklemmt. Seine silberne Frisur focht einen aussichtslosen Kampf gegen den Wind. Er hatte gewellte Falten auf der Stirn, die an Dünen erinnerten. Die Frau hatte krauses braunes Haar mit grauen Strähnen darin, sie trug eine altrosa Strickjacke und passende Creolen, die sie wie eine Wahrsagerin aussehen ließen. Sie schien um die fünfzig zu sein, der Mann vielleicht um die sechzig. Der Fotograf hatte sie an der Taille abgeschnitten, um ein Schild mit auf das Bild zu bekommen, auf dem stand: «Und ein paar Lilien wehen.» Dahinter gab es noch einige andere Schilder, aber deren Aufschriften waren unscharf.

«Meinst du, dass das Alan ist?», fragte Andrew.

«Ich glaube schon», antwortete Peggy. «Und was ist mit der Frau?»

«Immerhin scheinen sie ein Paar zu sein auf dem Foto. Seine Frau? Oder Exfrau? Warte, hat sie da an der Strickjacke nicht ein Namensschild?»

«Da steht nur ‹Mitarbeiter›, glaube ich», sagte Peggy. Sie zeigte auf das Schild. «‹Und ein paar Lilien wehen.› Ich glaube, das kenne ich.»

Andrew beschloss, dass das Grund genug war, seine eigene Regel zu brechen und sein Handy anzuschalten.

«Das stammt aus einem Gedicht», sagte er und scrollte auf dem Display herunter. «Gerard Manley Hopkins:

Ich wollt' so gerne gehen
Dahin, wo Frühling nie vergeht
Wo zu Feld kein Hagel spitz und tückisch niedergeht
Und ein paar Lilien wehen.»

Peggy fuhr langsam mit der Fingerspitze über das Foto, als wollte sie mit der Berührung Informationen aufnehmen.

«Oh mein Gott», sagte sie plötzlich. «Ich glaube, ich weiß, wo das aufgenommen wurde. Es gibt doch diesen großen Buchladen, wo meine Schwester wohnt – oh, wie zum Teufel heißt der noch?» Sie wedelte mit dem Foto, während sie angestrengt versuchte, sich zu erinnern – und dabei sahen sie, dass etwas auf der Rückseite stand, geschrieben mit blauer Tinte in schrägen Buchstaben:

B.s Geburtstag, 4. April 1992. Wir trafen uns nach dem Mittagessen bei Barter Books und spazierten zum Fluss hinunter. Dann aßen wir Sandwiches auf unserer Lieblingsbank und fütterten die Enten.

KAPITEL
FÜNFZEHN

*A*ndrew sah zu, wie der Bestattungsunternehmer den schlichten Kranz auf das anonyme Grab legte, und fragte sich, wie lange es wohl dauern würde, bis er zu Staub zerfiel. Normalerweise zahlte die Gemeinde die Kränze, aber immer wenn er in der letzten Zeit Geld dafür beantragte, musste er eine Menge mühseliger und deprimierender E-Mails schreiben, die letztlich keinen Erfolg hatten. Immerhin konnte er noch die Todesanzeigen in der Lokalzeitung bezahlen, solange er sie so kurz wie möglich hielt. In diesem speziellen Fall hatte er den zweiten Vornamen des Verblichenen auslassen müssen, und die Kargheit der Notiz ließ keinerlei Raum mehr für Gefühle: «Derek Albrighton starb friedlich am 14. Juli im Alter von vierundachtzig Jahren.» Der Vorteil an der strengen Wortgrenze war immerhin, dass er nicht der Versuchung nachgeben konnte, «nach dem Kuchenbacken, mit dem Penis in der Hand» hinzuzufügen.

Er traf Peggy in einem Café, von dem aus man auf Eisenbahnschienen blickte.

«Du kennst doch Kräne, oder?», fragte sie und schaute aus dem Fenster, als sich Andrew zu ihr setzte.

«Die Baumaschinen oder das Stück der Wasserleitung, das in die Wohnung ragt?», fragte Andrew.

«Natürlich die Baumaschinen.»

«Natürlich.»

«Wenn man einen dieser riesigen Kräne neben einem Wolkenkratzer sieht, fragst du dich dann nicht auch, ob sie einen anderen Kran gebraucht haben, um *diesen* hier zu bauen? Oder hat er sich einfach selbst gebaut? Ich glaube, das ist im Grunde eine Metapher dafür, wie das Universum entstanden ist.»

Ein Pendlerzug ratterte vorbei.

«Ich bin froh, dass ich sitze», bemerkte Andrew. «Denn das ist jetzt ganz schön schwere Kost.»

Peggy streckte ihm die Zunge heraus. «Also, wie war es denn heute? Ist jemand zur Kirche gekommen?»

«Leider nicht.»

«Das beschäftigt mich, weißt du», sagte Peggy und nahm einen Schluck Ginger Beer.

«Wie meinst du das?», fragte Andrew und überlegte, ob er auch damit beginnen sollte, Ginger Beer zu trinken.

Peggy wirkte verlegen, griff in ihre Tasche und holte das Foto von Alan Carter und «B.» heraus.

«Ich kann einfach nicht aufhören, darüber nachzudenken», sagte sie.

Zwei Wochen waren vergangen, seit sie in Alans Haus gewesen waren, und Andrew hatte Peggy zu überzeugen versucht, dass sie alles getan hatten, was sie konnten, dass sie verrückt werden würde, wenn sie nicht aufhörte, daran zu denken, aber sie hatte eindeutig noch nicht losgelassen. Widerstrebend nahm er das Foto. «Und du bist dir sicher, dass das ... wo noch mal ist?»

«Barter Books. Das ist ein Buch-Antiquariat in Northumberland. Ich habe es noch einmal gegoogelt, um sicherzugehen, und das ist eindeutig der richtige Laden. Meine Schwester ist vor ein paar Jahren in ein Dorf in der Nähe gezogen, und wir gehen ab und zu hinein, wenn wir auf dem Weg zu ihr sind.»

Andrew betrachtete das inzwischen vertraute Foto von Alan und seiner lächelnden Begleitung.

«Ich kann die Vorstellung einfach nicht ertragen, dass er alleine begraben wurde, obwohl es dort irgendwo jemanden gibt, der ihn geliebt hat und der zumindest die Möglichkeit hätte haben sollen, dabei zu sein.»

«Aber darum geht es doch letztlich, oder?», sagte Andrew. «Unglücklicherweise lautet die grausame Wahrheit, dass es normalerweise einen Grund gibt, aus dem diese Leute keinen Kontakt mehr zu dem Verstorbenen hatten.»

«Ja, aber so ist es doch nicht immer, oder?» Peggy hatte die Augen weit aufgerissen und beschwor Andrew geradezu mit ihrem Blick, sie zu verstehen. «Es ist meistens doch nicht, weil sie irgendeinen dramatischen Streit hatten. Im schlimmsten Fall ist es irgendein dummer Zank ums Geld, und meistens haben sie nur keinen Kontakt mehr, weil sie zu faul waren.»

Andrew wollte etwas einwerfen, aber Peggy ließ ihn nicht zu Wort kommen.

«Was ist zum Beispiel mit der Frau, die du letzte Woche angerufen hast – die, deren Bruder gestorben ist? Sie konnte überhaupt nichts Böses über ihn sagen. Es war ihr vor allem peinlich, weil sie irgendwann einfach aufgehört hatte, ihn anzurufen oder zu besuchen.»

Andrew musste sofort an Sally denken und spürte, wie sein Hals zu kribbeln begann.

«Ich meine, in was für einem jämmerlichen Zustand ist unsere Gesellschaft eigentlich», fuhr Peggy fort. «Es ist so ungeheuer *britisch*, so stur und stolz zu sein. Ich meine ...»

Sie hielt inne. Offenbar merkte sie an Andrews Körpersprache, dass es ihm unangenehm war, welche Richtung das Gespräch nahm. Also wechselte sie schnell das Thema und bot ihm an, ihm einen «überteuerten und vermutlich nicht mehr ganz frischen» Keks zu spendieren.

«Das kann ich nun wirklich nicht annehmen», sagte Andrew und hob die Hände in gespielter Ernsthaftigkeit.

«Oh, aber ich bestehe darauf», erwiderte Peggy. Sie ging zur Verkaufstheke, und Andrew besah sich erneut das Foto. Vielleicht hätte er die Sache nicht so schnell abschreiben sollen. Vielleicht gab es einen Weg, sie weiterzuverfolgen, ohne sich allzu sehr zu involvieren. Er schaute zu Peggy hinüber, die den Keksauswahl-Prozess offenbar ausgesprochen ernst nahm, obwohl die Kellnerin inzwischen schon ziemlich ungeduldig wirkte. Wie üblich hatte sich Andrew am Morgen sein Lunchpaket gemacht, aber behauptet, es vergessen zu haben, als Peggy ein gemeinsames Mittagessen vorgeschlagen hatte. Noch einmal schaute er sich das Foto an. Vielleicht schadete es nicht, sich Peggys Plan anzuhören.

«Also, was willst du tun?», fragte er, als sie mit den Keksen zurückkam.

«Ich will dorthin fahren», sagte sie und tippte auf das Foto. «Zu Barter Books. Und diese Frau finden. Ich will ‹B.› finden.»

«Ist das nicht ein bisschen ... ich meine, ist es nicht absolut unwahrscheinlich, dass sie immer noch dort arbeitet?»

Peggy kratzte an einem nicht vorhandenen Fleck auf der Tischdecke herum. Andrew machte die Augen ganz schmal. «Hast du da etwa schon angerufen?»

«Vielleicht», erwiderte Peggy, und ihre Mundwinkel zuckten, weil sie ein Lächeln zu unterdrücken versuchte.

«Und?», fragte Andrew.

Peggy beugte sich vor und sprach selbst für ihre Verhältnisse ungewöhnlich schnell: «Ich habe mit einer jungen Frau telefoniert, ihr die Sache mit dem Foto erklärt und gesagt, was mein Beruf ist und dass ich früher ganz oft im Antiquariat war, und ich habe gefragt, ob dort eine Frau arbeitet, deren Name mit B. beginnt und die braungraues, krauses Haar hat, das jetzt vielleicht mehr grau als braun ist, und ob sie jemand kennt, der Alan hieß.»

Sie musste Atem holen.

«Gut. Und?», fragte Andrew.

«Und, na ja, sie sagte, dass sie keine Informationen über ihre Mitarbeiter herausgeben darf, aber dass dort einige Leute schon sehr lange arbeiten und dass ich sehr gern dort vorbeikommen dürfte, wenn ich das nächste Mal meine Schwester besuche.» Peggy breitete die Arme aus, als wollte sie sagen: «Siehste.»

«Also, du willst zu diesem Antiquariat fahren, für den unwahrscheinlichen Fall, dass diejenige, die auf dem Foto mit Alan abgebildet ist, immer noch dort arbeitet?», fragte Andrew.

Peggy nickte mit Nachdruck, als hätten sie in unterschiedlichen Sprachen gesprochen und er sie endlich verstanden.

«Na gut», sagte Andrew. «Um mal des Teufels Advokat zu spielen ...»

«Oh Mann, du stehst so dermaßen darauf, den blöden Advokaten des verdammten Teufels zu spielen.» Peggy schnipste einen Krümel in seine Richtung.

«Angenommen, es ist wirklich sie – die Frau hier auf dem Foto –, was willst du ihr sagen?» Andrew schnipste den Krümel zurück, um ihr zu bedeuten, dass sie wieder am Ball war.

Peggy überlegte einen Augenblick. «Ich glaube, das werde ich dann sehen. Ich muss eben improvisieren.»

Andrew wollte etwas sagen, aber Peggy unterbrach ihn. «Ach komm, was kann es schon schaden?», sagte sie, langte über den Tisch und griff nach seiner Hand mit dem Keks, die schon auf halbem Wege zu seinem Mund war. «Hör zu, ich habe das alles schon geplant. Nächste Woche sind Herbstferien. Der liebe Gott weiß, dass ich ein paar freie Tage nötig habe – die Kinder auch, und» – sie ließ Andrews Hand wieder los, und ein Stück Keks fiel auf den Tisch – «Steve wohnt seit neuestem bei einem Freund ... Jedenfalls will ich meine Schwester besuchen und bei Barter Books vorbeischauen, wenn ich schon mal dort bin.»

Andrew wiegte den Kopf und dachte darüber nach. «Na gut, also um ehrlich zu sein, ist es nicht ganz so ... verrückt, wenn du dabei deine Schwester besuchst.»

Peggy steckte das Foto zurück in ihre Tasche.

«Ich würde dich ja einladen mitzukommen, aber ich nehme an, du und deine Familie habt schon etwas für die Ferien geplant.»

«Ähmm, na ja ...», stammelte Andrew und überlegte hektisch. Es hatte wie eine ehrliche Einladung geklungen, nicht nur wie eine höfliche Geste. «Ich muss nachfragen, aber eigentlich ... eigentlich wollte Diane die Kinder mit zu ihrer Mum nehmen. Nach Eastbourne.»

«Und du willst nicht mitfahren?», fragte Peggy.

«Nein, vermutlich nicht», antwortete Andrew, der weiter fieberhaft nachdachte. «Ich, ähm, verstehe mich nicht so gut mit Dianes Eltern. Eine lange Geschichte.»

«Oh?» Peggy wollte eindeutig noch mehr darüber erfahren, aber dieses Thema hatte es noch nicht in Andrews Tabelle geschafft. Er musste improvisieren.

«Es ist ein bisschen kompliziert, aber im Grunde hat ihre Mum mich nie so richtig akzeptiert. Sie hält mich wohl für unpassend. Daher war unser Verhältnis von Anfang an schwierig, und immer wenn wir uns sehen, gibt es Spannungen.»

Peggy wollte etwas sagen, verstummte aber.

«Was?», fragte Andrew einen Hauch zu defensiv. Er fürchtete schon, dass sie ihm die Geschichte nicht abnahm.

«Oh, nichts. Ich kann mir nur nicht vorstellen, dass jemand dich für unpassend halten kann. Du bist doch so ... nett ... und ... na ja, du weißt schon ...»

Andrew wusste keinesfalls. Aber endlich war auch Peggy einmal nervös, was ihm Zeit gab, zu überlegen, was er tun sollte. Am einfachsten wäre es sicher, einfach zu Hause zu bleiben und weiteren Fragen zu seinem Familienleben auszuweichen. Aber etwas an der Vorstellung, eine ganze Woche mit Peggy zu verbringen, gefiel ihm – und es wäre auch noch ein Abenteuer. Die Vorstellung war einfach zu verlockend und gleichzeitig zu erschreckend, um die Gelegenheit *nicht* ziehen zu lassen. Wenn das nicht weit außerhalb seiner Komfortzone war, was war es dann? Er musste es versuchen, das spürte er.

«Jedenfalls werde ich über Northumberland nachdenken», sagte er so beiläufig wie möglich. «Die Chancen stehen gut, dass ich mitkommen kann, und es, äh, wäre ja auch nicht irgendwie seltsam, wenn ich das täte, oder?»

Diesen letzten Teil hatte er noch nicht ganz durchdacht, und es klang wie ein Zwischending zwischen einer rhetorischen Frage und einer echten. Peggy sah so aus, als wollte sie antworten, aber zum Glück warf jemand am Nachbartisch eine volle Teekanne auf den Boden, woraufhin fünf Kellner aus dem Nichts auftauchten und alles mit der Effizienz von Formel-1-Mechanikern am Boxenstopp wegräumten, und dann war der Augenblick auch schon vorbei. Peggy schien die Ablenkung genutzt zu haben, um selbst ein wenig nachzudenken.

«Wenn du Zeit hast, solltest du unbedingt mitkommen», sagte sie, sobald das Boxenstopp-Team fertig war. Andrew kannte diesen Ton. So sprach man, wenn man sich selbst ebenso wie den anderen davon überzeugen wollte, dass der eigene Vorschlag eine gute Idee war.

Sie verließen das Café und legten den größten Teil des Weges schweigend zurück. Andrew schaute immer wieder zu Peggy, sah ihre gerunzelte Stirn und wusste, dass sie ebenso wie er das Gespräch aus dem Café in ihren Gedanken Revue passieren ließ.

Sie überquerten die Straße an einer Ampel und wichen einer Frau mit einem Kinderwagen nach rechts und nach links aus. Als sie wieder zusammenkamen, stießen sie mit den Armen aneinander und entschuldigten sich wie aus einem Mund, um dann über ihre Höflichkeit zu lachen. Endlich verflog die Anspannung zwischen ihnen. Peggy zog eine Augenbraue hoch. Auf Andrew wirkte diese Bewegung verwegen, es kam ihm vor, als schwante ihr ebenfalls, dass diese kleine Reise viel wichtiger für sie beide sein könnte, als sie vor sich selbst zugeben wollten. Tatsächlich erkannte er in diesem Moment, dass ihre Braue auf geradezu spektakuläre Art perfekt war, und sein Herz begann unangenehm schnell zu schlagen.

«Also, wie ist Barter Books denn so?», fragte Andrew, um das Thema auf etwas Unverfängliches zu lenken.

«Oh, es ist toll da», schwärmte Peggy. «Das ist ein riesiger alter Laden mit endlosen Bücherregalreihen, und überall stehen gemütliche Sofas.»

«Klingt wunderbar», sagte Andrew. Aus irgendeinem Grund fiel es ihm plötzlich ungeheuer schwer, einen Fuß vor den anderen zu setzen. Ging er immer so? Es kam ihm unnatürlich vor.

«Das ist es wirklich», sagte Peggy. «Das Gebäude war mal ein Bahnhof, und sie haben den Wartesaal erhalten und ihn zu einem Café umgebaut. Am tollsten ist, dass eine Modelleisenbahn auf den Regalen durch den ganzen Laden fährt.»

Andrew blieb wie vom Donner gerührt stehen und musste sich dann beeilen, um Peggy einzuholen.

«Sag das noch mal!»

KAPITEL
SECHZEHN

Zu Andrews Bestürzung wäre die Reise beinahe schon abgeblasen worden, bevor sie auch nur Zugtickets besorgen konnten.

Cameron hatte aus unerfindlichen Gründen damit begonnen, die Aufmerksamkeit seiner Mitarbeiter mit Pfiffen auf sich zu ziehen. Zuerst klangen sie scharf und begeistert. Aber in letzter Zeit waren sie ganz im Einklang mit seiner Stimmung tiefer und melancholischer geworden, wie die Pfiffe eines Schäfers, der seinen Hütehund ein letztes Mal zu einem Ausflug mitnimmt, bevor er eingeschläfert wird.

Mit einem dieser Pfiffe wurde Andrew in Camerons Büro gebeten. Überall standen Aktenordner und Dokumentenstapel herum, und er musste einen Haufen davon von einem Stuhl räumen, um sich überhaupt setzen zu können. Es war ein wenig erschütternd, dass das Büro inzwischen an eines der Wohnzimmer erinnerte, durch die er sich sonst mit Gummihandschuhen und der kleinen Müllzange arbeitete.

«Sodele, Drew», sagte Cameron und schob sich eine aalglatte Strähne aus der Stirn. «Dieser Urlaub, den du da eingereicht hast. In Zukunft sprich dich bitte mit den anderen in deinem Team ab, weil Peggy zur selben Zeit Urlaub eingereicht hat, und das ist einfach nicht so gut. Bitte seid darin ein bisschen flexibler, okay? Es ist doch leicht, sich abzusprechen.»

«Ah, ja, stimmt», sagte Andrew. Sie hatten gar nicht darauf geachtet zu verbergen, dass sie zusammen wegfuhren, aber Andrew gefiel es, wie abenteuerlich und verwegen die Reise dadurch wirkte. Er merkte, dass Cameron ihn erwartungsvoll ansah.

«Nächstes Mal bespreche ich das mit den anderen», fügte er schnell hinzu.

«Gut. Danke», sagte Cameron.

Andrew hoffte sehr, dass die Sache damit abgeschlossen war, aber als er am nächsten Tag an seinem Schreibtisch saß, hörte er laute Stimmen aus Camerons Büro. «Das ist ja himmelschreiend», rief Meredith gerade mit der für sie typischen Untertreibung. «Tut mir leid, das Letzte, was ich tun will, ist herumjammern, aber du kannst mir nicht einfach ins Gesicht sagen, dass ich meinen Urlaub nicht nehmen darf, wann ich das will, ich habe schließlich auch Rechte. Ich sehe gar nicht ein, warum Andrew und Peggy einfach so gemeinsam abziehen dürfen und ich nicht. Das ist doch lächerlich. Und total unfair.»

Cameron folgte ihr aus dem Büro und rang seine Hände mit einem alarmierend festen Griff.

«Wie ich dir schon gesagt habe, Meredith», sagte er mit unheilvoll leiser Stimme, «du *kannst* Urlaub nehmen. Ich habe dich nur gebeten, *nicht* in der Woche freizumachen, in der Peggy und Andrew Urlaub eingereicht haben.»

«Und woher hätte ich wissen sollen, wann sie weg sind? Ich bin hier doch nicht die Hellseher-Tussi vom Dienst!»

«Du hättest im Voraus planen und in den Online-Urlaubsplan schauen können», sagte Cameron.

«Was?»

«IN DEN URLAUBSPLAN! DEN VERDAMMTEN URLAUBSPLAN!»

Cameron hielt sich den Mund zu, offenbar noch erschrockener als die anderen von seinem Ausbruch. In diesem Moment spazierte Keith herein, summte etwas einen halben Ton zu tief und wedelte mit einem besonders fettigen, dreifach belegten Burger. Er sah zwischen ihnen hin und her und nahm einen riesigen Happen, wobei ihm Ketchup aufs Kinn kleckerte.

«Hab ich was verpasst?», fragte er mit vollem Mund.

Andrew sprang auf. Er musste schnell reagieren, sonst war seine Reise in Gefahr. «Hör mal, Meredith, ich glaube, Cameron will sagen, dass wir sichergehen müssen, dass dieser Urlaubsplan von jetzt an immer ausgefüllt wird. Das hier ist nur ein großes Missverständnis, mehr nicht. Er wollte sicher gar nicht laut werden, oder, Cameron?»

Cameron sah Andrew an, als würde er jetzt erst begreifen, dass es ihn gab. «Ja, das stimmt. Harter Tag. Clara und ich ... Ich will euch damit nicht belasten. Es tut mir leid, Meredith.»

Andrew beschloss, die Erwähnung Claras zu übergehen und die Angelegenheit möglichst schnell zu regeln. «Meredith, ich nehme dir diese Woche gern etwas Arbeit ab, um es wiedergutzumachen.»

Peggy sah ihn neugierig an. Vermutlich war sie ebenso überrascht wie er, dass er die Sache so anpackte. Es fühlte sich geradezu befreiend an – für den Bruchteil einer Sekunde spürte er, wie es sein konnte, wenn man im Restaurant kaltes Essen zurückgehen ließ oder jemanden in der U-Bahn bat, Platz zu machen.

«Tja», sagte Meredith, «das macht es auch nicht wieder gut. Ich habe mich wahnsinnig auf das Yoga-Retreat gefreut, das ich jetzt verschieben muss. Nicht gerade ideal. Aber gut, ich bin zufällig tatsächlich ziemlich überlastet. Also, ähm, danke, Andrew.»

«Yoga, was?», bemerkte Peggy spitz und leckte den Deckel eines Joghurts ab. «Herabkotzende Hunde und der ganze Quatsch?»

Andrew warf ihr einen warnenden Blick zu.

«Ich meine, bestimmt gut für die knirschenden Gelenke und so», fügte sie hinzu.

«Und für die Flexibilität», sagte Meredith und warf Keith einen vielsagenden Blick zu, der grinste und erneut von seinem Megaburger abbiss.

«Ich habe eine Idee», sagte Cameron plötzlich wieder erschreckend aufgeräumt. «Wie wär's, wenn ich jetzt losgehe und uns allen eine Torte kaufe?»

«Eine ... *Torte*?», fragte Andrew.

«Ja, Andrew. Eine Torte. Eine große, wunderbare Torte. Das braucht ihr hart arbeitenden Menschen jetzt.» Und bevor noch jemand etwas sagen konnte, war Cameron verschwunden. Er hatte nicht einmal seinen Mantel mitgenommen, obwohl es draußen sintflutartig regnete.

Keith leckte sich die Finger ab.

«Fünfzig Piepen, dass der morgen in der Zeitung steht.»

Peggy verdrehte die Augen. «Sag so etwas nicht.»

«Oh *Verzeihung*», trällerte Keith mit einer gezierten Stimme. Meredith kicherte. «Außerdem», fuhr Keith fort, «wenn er aus dem Weg ist, behalten wir vielleicht unsere Jobs.»

Darauf wusste offenbar niemand eine Antwort. Andrew hörte nur noch, wie Keith seine Finger zum letzten Mal schmatzend ableckte.

×

Na komm schon, komm schon, komm schon.

Andrew ging ungeduldig auf und ab – so gut man eben im Gang eines Zuges auf und ab gehen kann. Der Zug sollte um 9.04 Uhr ab King's Cross fahren, und Peggy und er hatten verabredet, sich um 8.30 Uhr am Bahnsteig zu treffen. Rückblickend hätten bei ihm schon die Alarmglocken schrillen sollen, als sie sagte: «8.30 ... in dem Dreh.»

Er hatte ihr an diesem Morgen schon drei SMS geschickt:

Bin schon auf dem Bahnsteig. Sag Bescheid, wenn du da bist. – geschickt um 8.20 Uhr.

Es ist Bahnsteig 11. Treffen wir uns da? – geschickt um 8.50 Uhr.

Bist du schon auf dem Weg ...? – geschickt um 8.58 Uhr.

Das, was er in Wirklichkeit gern geschrieben hätte, konnte er nicht schreiben, nämlich: WO IN GOTTES NAMEN BIST DU??, aber er hoffte, die Auslassungspunkte würden dennoch den Kern seiner Aussage herüberbringen.

Er setzte den Fuß in die Zugtür, bereit, sie mit jeder Faser seines Körpers wieder aufzuzwingen. Er hätte auch einfach wieder aussteigen können, obwohl sie Billigtickets mit Zugbindung gekauft hatten, die keine Rückerstattung zuließen – nicht dass ihm solche Dinge in irgendeiner Weise wichtig gewesen wären, *natürlich nicht*. Er fluchte leise und eilte zum Gepäcknetz, um sein Gepäck wieder herauszuholen. In einer perfekten Welt hätte er einen eleganten kleinen Koffer dabei, wie die Dokumentarfilmer auf BBC4 in den weißen Leinenanzügen, die ihre winzigen Rollköfferchen durch Florenz zogen. Er dagegen hatte einen riesigen, unförmigen, knallvioletten Rucksack, der zu einer bestimmten Zeit in seinem Leben alles enthalten hatte, was er besaß. Sein Gepäck hatte er zwar nicht neu gekauft (und übrigens auch keinen Leinenanzug), aber ansonsten viel zu viel Geld für eine komplette Neuausstattung ausgegeben: vier neue Hosen, sechs neue Hemden, Halbschuhe aus Leder und, am wagemutigsten von allem, ein anthrazitfarbenes Sakko. Überdies hatte er seinen vierteljährlichen Friseurbesuch in einen schickeren Salon verlegt und ein Fläschchen von dem brennenden Zitronen-Aftershave gekauft, das der Friseur ihm ungefragt auf die Wangen geklatscht hatte, sodass er wie ein feines Dessert roch. Im Friseursalon, mit seiner neuen Garderobe und dem neuen Haarschnitt, war er angenehm überrascht gewesen von seinem Spiegelbild. War es vielleicht zu weit hergeholt, zu behaupten, er sähe gut aus? Vielleicht sogar – durfte er das sagen? – Sean-Bean-mäßig? Er hatte sich heimlich darauf gefreut, sein neues Aussehen Peggy vorzuführen, aber als er endlich am Bahnhof war, war er sogar noch gehemmter als sonst, weil sich alles so ungewohnt anfühlte. Er hatte das Gefühl, dass ihn alle im Bahnhof abschätzig musterten. *Sieh mal einer an*, schien der Mann in seiner feinen Kleidung zu denken, wobei er verächtlich sein Sakko begutachtete. *Eine ganz schön mutige Modeentscheidung für einen Mann mittleren Alters, der eindeutig immer noch Two-in-one-Duschgel benutzt.*

Andrew spürte, wie etwas an seiner Hüfte kratzte, und merkte, dass er peinlicherweise ein Etikett an seinem Hemd gelassen hatte. Er zog es aus der Hose und zerrte daran, bis es endlich nachgab, stopfte es in die Hosentasche und schaute auf die Uhr.

Komm schon, komm schon, komm schon.

Noch zwei Minuten, bis der Zug losfahren sollte. Resigniert schwang er sich den Rucksack auf den Rücken, wobei ihn das Gewicht beinahe nach hinten gerissen hätte.

Er warf einen letzten Blick auf den Bahnsteig. Und da, wie durch ein Wunder, tauchte Peggy auf, flankiert von ihren beiden Mädchen. Die drei lachten und trieben sich gegenseitig zur Eile an. Peggy trug ebenfalls einen grotesk wuchtigen Rucksack, der beim Rennen gewaltig hin und her schwankte. Sie suchte mit dem Blick die Waggons ab, bis sie ihn erblickte. «Da ist Andrew», rief sie. «Na los, ihr beiden Bummelschnecken – lauft zu Andrew!»

Sie waren nur noch ein paar Meter von ihm entfernt, und Andrew hatte plötzlich das überwältigende Bedürfnis, die Zeit anzuhalten und den Moment einzufrieren. Peggy so auf ihn zurennen zu sehen, so gebraucht zu werden, ein aktiver Teilnehmer im Leben eines anderen zu sein, zu hoffen, dass er vielleicht doch etwas mehr war als ein Haufen Kohlenstoffatome, der unaufhaltsam auf einen roh gezimmerten Sarg zugeschoben wurde – dieses Gefühl war reines, beinahe schmerzhaftes Glück, wie eine verzweifelte Umarmung, die ihm die Luft aus der Lunge presste. Und in diesem Augenblick begriff er es: Er wusste vielleicht nicht, was die Zukunft für ihn bereithielt – Schmerz, Einsamkeit und Angst konnten ihn immer noch zu Staub zermalmen –, aber allein die Möglichkeit zu spüren, dass sich die Dinge für ihn ändern konnten, war schon ein Anfang, wie der erste wärmende Sonnenstrahl an einem eisigen Wintermorgen.

KAPITEL SIEBZEHN

*A*ndrew riss die Türen auf, womit er sowohl den Ärger des Schaffners auf dem Bahnsteig als auch das Kopfschütteln der Passagiere im Zug auf sich zog. Peggy schob die Kinder hektisch hinein, um dann selbst hinterher zu springen. Erst dann ließ Andrew die Türen los.

«Was bist du bloß für ein wilder Kerl», keuchte Peggy und rang nach Atem. Sie schaute ihn an, schaute weg und musste ein zweites Mal hinsehen. «Wow, du wirkst ...»

«Ähm, was?», fragte Andrew und fuhr sich befangen durch die Haare.

«Nichts, nur ...» Peggy pflückte ein kleines Fädchen von seinem Jackett. «Anders. Sonst nichts.»

Einen Augenblick lang sahen sie sich in die Augen. Dann fuhr der Zug an.

«Wir sollten uns auf die Suche nach unseren Plätzen machen», schlug Peggy vor.

«Jawohl. Guter Plan», sagte Andrew und fühlte sich plötzlich ganz tollkühn: «Nach dir, meine Liebe.»

Zu Andrews gewaltiger Erleichterung war Peggy gerade mit ihren Töchtern beschäftigt, die geduldig hinter ihr gewartet hatten, und schien ihn nicht gehört zu haben. Er beschloss, sich weitere Tollkühnheiten für einen anderen Zeitpunkt aufzubewahren. Vielleicht für nach seinem Tod.

«Kinder, sagt Hallo zu Andrew», forderte Peggy die Mädchen auf.

Tags zuvor hatte Andrew sich in seinem Unterforum eingeloggt, wo er pflichtschuldigst erst einmal abgewartet hatte, bis eine angeregte, aber gutmütige Debatte über die beste Art, Ventilstifte aus den Rädern zu entfernen, endlich ein natürliches Ende fand. Dann hatte er das Thema auf seine Nervosität vor dem ersten Zusammentreffen mit Peggys Kindern gebracht.

Das klingt jetzt vielleicht merkwürdig, schrieb BamBam, *aber der beste Rat, den ich geben kann, ist, mit ihnen* nicht *wie mit Kindern zu sprechen. Keinen herablassenden Blödsinn, kein extra langsames Sprechen. Die riechen diesen Sch... aus einer Meile Entfernung. Stell einfach viele Fragen und behandele sie ansonsten so, wie du einen Erwachsenen behandeln würdest.*

Also mit Argwohn und Misstrauen?, dachte Andrew. Aber er antwortete *Danke, mein Bester!* und grübelte geschlagene zwei Stunden darüber nach, ob er jetzt zu den Menschen gehörte, die zu jedem «mein Bester» sagten.

Es stellte sich heraus, dass Peggys ältere Tochter, Maisie, sie für die gesamte Dauer der Reise genüsslich ignorierte. Hin und wieder hob sie ihren Kopf von dem Buch, das sie gerade las, um zu fragen, wo sie gerade waren oder was ein spezielles Wort bedeutete. Ihre jüngere Schwester Suze dagegen kommunizierte ausschließlich in «Was wärst du lieber»-Fragen, was die Sache viel einfacher machte, als Andrew erwartet hatte. Sie hatte ein Funkeln in den Augen, das sie so aussehen ließ, als wäre sie ständig kurz davor, in Lachen auszubrechen, sodass es Andrew schwerfiel, ihre Fragen mit dem Ernst zu beantworten, den sie verdienten.

«Wärst du lieber ein Pferd, das durch die Zeit reisen

kann, oder ein sprechender Kackhaufen?», lautete die neueste Frage.

«Darf ich ein paar weiterführende Fragen dazu stellen?», fragte Andrew. «Peggy, also eure Mutter, und ich tun das normalerweise.»

Suze gähnte und überlegte. «Jaaah, okay.» Sie hatte offenbar beschlossen, dass das regelkonform war.

«Gut», sagte Andrew, der merkte, dass sowohl Peggy als auch Suze ihn erwartungsvoll anschauten, und versuchte, nicht rot zu werden. «Kann das Pferd sprechen?»

«Nein», erwiderte Suze. «Es ist doch ein Pferd!»

«Das stimmt», gab Andrew zu. «Aber der *Kackhaufen* kann ja auch sprechen.»

«Na und?»

Darauf hatte Andrew auch keine Antwort.

Peggy räusperte sich. «Das Problem, das du hier hast, ist, dass du an die Frage mit Logik herangehst. Logik bringt dir aber nichts.»

Suze nickte weise. Neben ihr schloss Maisie die Augen und atmete tief durch, eindeutig genervt von den ständigen Ablenkungen. Andrew achtete darauf, besonders leise zu sprechen.

«Okay, dann entscheide ich mich für das Pferd.»

«Natürlich», sagte Suze, die ganz offensichtlich verblüfft war, dass Andrew so lange gebraucht hatte, um zu dieser Entscheidung zu kommen. Sie riss eine Tüte mit Zitronenbonbons auf, überlegte kurz und bot Andrew dann ein Bonbon an.

Als der Zug in Newcastle einfuhr und die Brücke über den Tyne in der Sonne funkelte, holte Peggy das Foto von Alan und «B.» heraus.

«Was glaubt ihr, Mädels, finden wir die Frau?»

Maisie und Suze zuckten gleichzeitig die Achseln.

«Das scheint mir die richtige Antwort zu sein», bemerkte Andrew.

«Hey», sagte Peggy und trat ihn sanft gegen das Schienbein, «auf wessen Seite bist du eigentlich?»

×

Peggys Schwester Imogen war, wie sie selbst zugab, «sehr kuschelig veranlagt», und Andrew hatte keine andere Wahl, als sich an ihren großen Busen drücken zu lassen. Sie fuhr sie in einem Auto zu sich nach Hause, das von einer besorgniserregenden Menge an Gaffer Tape zusammengehalten wurde. Andrew saß hinten neben den Mädchen und kam sich ein bisschen wie der unbeholfene ältere Bruder vor.

Imogen hatte offenbar den ganzen Morgen gebacken und gekocht, denn in der Küche türmten sich Kuchen, Kekse und Desserts, von denen Andrew nicht einmal wusste, dass es sie gab.

«Anscheinend backst du jetzt für die ganze Stadt», sagte Peggy.

«Ach hör doch auf, ihr braucht alle ein bisschen mehr Speck auf den Rippen», erwiderte Imogen. Andrew war ganz froh darüber, dass sie ihre Umarmungen zwar wahllos verteilte, die Piekser mit dem Zeigefinger in den Bauch jedoch offenbar ausschließlich Familienmitgliedern vorbehalten waren.

Später am Abend, als die Kinder schon im Bett waren, setzten sich Imogen, Peggy und Andrew ins Wohnzimmer und schauten mit halbem Auge irgendeine romantische Komödie, wobei Imogen dankenswerterweise eine besonders grauenvolle Szene unterbrach, in der es zum Austausch von Körperflüssigkeiten kam, um nach Alan und den Entchen zu fragen.

«So etwas hast du noch nie gesehen, das schwöre ich dir», sagte Peggy.

«Also, ich finde es sehr lieb, was ihr da tut», sagte Imogen, warf einen weiteren Holzscheit in den Kamin und setzte sich wieder aufs Sofa. «Ich meine, ihr seid beide natürlich völlig durchgeknallt ...»

Peggy versuchte erneut, ihr Vorhaben zu erklären. Sie hatte die Beine untergeschlagen, und der Pulli war ihr von der Schulter gerutscht. Andrew spürte bei diesem Anblick irgendwo in der Magenregion einen undefinierbaren Schmerz. Sein Blick fiel auf Imogen, die ihn beobachtete. Genauer gesagt, sie beobachtete, wie *er* Peggy beobachtete. Er schaute weg und versuchte, sich auf den Fernseher zu konzentrieren, froh, dass es zu dunkel war, um seine geröteten Wangen sehen zu können. Er spürte, dass Imogen nicht auf den Kopf gefallen war. In diesem Moment unterbrach sie Peggy, die den irischen Akzent des Hauptdarstellers in Zweifel zog.

«Was denkt denn eigentlich deine Frau, Andrew? Meint sie auch, dass ihr diese Person findet?», fragte Imogen.

Tja, was würde sie wohl darüber denken? «Sie hat nicht viel dazu gesagt, um ehrlich zu sein», antwortete er.

«Interessant», sagte Imogen.

Andrew hoffte, dass das Thema damit abgeschlossen sein würde, aber Imogen meldete sich erneut zu Wort.

«Aber sie muss doch neugierig gewesen sein?»

«*Imogen ...*», sagte Peggy.

«Was?», fragte Imogen.

«Eigentlich rede ich nicht viel über meine Arbeit, um

ehrlich zu sein», erklärte Andrew, was rein technisch gesehen immerhin wahr war.

«Wie lange seid ihr denn schon zusammen?», fragte Imogen.

Andrew wendete den Blick nicht vom Bildschirm.

«Oh, schon sehr, sehr lange.»

«Und wie habt ihr euch kennengelernt?»

Andrew kratzte sich am Hinterkopf. Er hatte wirklich keine Lust hierzu.

«Wir haben uns an der Uni kennengelernt», sagte er so beiläufig wie möglich. «Eine Weile waren wir nur Freunde – uns verband vor allem der Hass auf die Volltrottel in unseren Seminaren, oder zumindest auf diejenigen, die anfingen, Baskenmützen zu tragen.» Er nahm einen Schluck Wein. Er wusste selbst nicht, warum, aber plötzlich sprudelten die Worte nur so aus ihm heraus. «Sie hat mich immer mit diesem Blick über den Rand ihres Glases angeschaut. Dabei hat mein Herz jedes Mal einen Schlag ausgesetzt. Und ich kannte niemanden, mit dem es so leicht war, sich zu unterhalten. Jedenfalls waren wir auf dieser Party, und sie nahm mich bei der Hand und führte mich weg von dem Trubel und den Tanzenden, und, na ja, das war's dann.» Andrew schaute auf seine Hand. Es war wirklich merkwürdig. Er konnte den festen Griff geradezu fühlen, mit dem Diane ihn aus dem Raum zog.

«Oh, wie süß», sagte Imogen. «Und es hat sie jetzt gar nicht gestört, dass du den ganzen Weg hierhergekommen bist ... mit *Peggy*?»

«Imogen!», fuhr Peggy sie an. «Sei nicht so verdammt neugierig. Du hast den Mann doch gerade erst kennengelernt.»

«Nein, nein, ist schon in Ordnung», beeilte sich Andrew

zu versichern, damit es nicht in einen Streit ausartete. Zum Glück fiel ihm eine gute Lösung ein. «Eigentlich sollte ich Diane wohl besser mal anrufen. Bitte entschuldigt mich.» Sein linkes Bein war eingeschlafen, deshalb humpelte er ziemlich unbeholfen zum Gästeschlafzimmer, wie ein verletzter Soldat, der die rettende Zuflucht vor Augen hat. Im Zimmer war es eiskalt, weil jemand das Fenster auf Kipp geöffnet hatte. Er überlegte, ob er ein Telefongespräch simulieren sollte, für den Fall, dass ihn jemand belauschte. Er konnte Standardzeug erzählen, wie die Reise gewesen war, was er zum Abendessen gegessen hatte – Dinge, von denen er sich vorstellte, dass man sie im wahren Leben sagen würden.

Im wahren Leben. Irgendwann würde man ihn in die Psychoklinik einweisen. Er ließ sich aufs Bett fallen – und aus dem Nichts hörte er die Melodie: *Blue Moon, you saw me standing alone.* Dann kamen die Rückkopplung und das statische Knistern wie eine Woge, die gegen einen Felsen klatscht. Er versuchte, es abzuschütteln, versuchte so verzweifelt, die Geräusche in seinem Kopf zu beenden, dass er schließlich mit dem Gesicht nach unten auf dem Bett lag, mit den Fäusten in die Bettdecke boxte und ins Kissen schrie.

Endlich ließ das Chaos in seinem Kopf nach. In der nachfolgenden Stille lag er reglos da, die Fäuste geballt, außer Atem, und betete, dass niemand seine Schreie gehört hatte. Im Spiegel der Frisierkommode sah er sein Gesicht, blass und müde, und plötzlich hatte er das dringende Bedürfnis, zurückzugehen zum warmen Kamin und dem schlimmen Fernsehprogramm und zu seiner Gesellschaft – obwohl die eine Hälfte ihm misstraute.

Er war sich nicht ganz sicher, warum er das tat, aber

dann stand er vor der Wohnzimmertür, die einen Spalt geöffnet war, genau so viel, dass er Imogen und Peggy miteinander tuscheln hören konnte.

«Glaubst du wirklich, dass seine bessere Hälfte nichts dagegen hat?»

«Warum sollte sie? Sie ist selbst weg, wie du weißt. Bei ihren Eltern. Sie verstehen sich nicht so gut mit Andrew.»

«Das meine ich nicht, und du weißt das auch.»

«Was denn dann?», zischte Peggy.

«Jetzt tu mal nicht so, glaubst du im Ernst, dass er kein Interesse an dir hat?»

«Darauf antworte ich nicht.»

«Okay, na gut, bist du denn an *ihm* interessiert?»

«... darauf antworte ich auch nicht.»

«Ich glaube kaum, dass du das überhaupt musst.»

«Könntest du bitte das Thema ...»

«Ich weiß, dass es mit Steve beschissen läuft, aber das hier ist nicht die Lösung.»

«Du hast keine Ahnung, wie es mit Steve läuft.»

«Ich bin deine Schwester, natürlich weiß ich das. Er fährt offenbar wieder seine alte Tour. Und je eher du da rauskommst, desto besser. Der ist genau wie Dad – bittet ständig um Verzeihung und beteuert, dass es nie wieder passieren wird. Ich kann kaum glauben, wie naiv du bist.»

«Lass es. Lass es einfach, okay?»

Die beiden schwiegen einen Moment, dann sagte Peggy: «Hör mal. Es ist so schön, hier zu sein. Du weißt, wie sehr dich die Mädchen liebhaben, wie ...» – ihre Stimme brach ein wenig – «... sehr ich dich liebhabe. Ich will mich nur ein paar Tage entspannen, mich ein bisschen fangen. Wenn es so weiterläuft, wie ich vermute – mit Steve, mit der Arbeit –, dann brauche ich eine stabile Gemütsverfassung, um damit zurechtzukommen.»

Wieder herrschte Schweigen.

«Ach, meine Süße, es tut mir leid», sagte Imogen irgendwann. «Ich mache mir doch nur Sorgen um dich.»

«Ich weiß, ich weiß», sagte Peggy, und ihre Stimme klang gedämpft, wahrscheinlich, wie Andrew vermutete, weil Imogen sie in die Arme genommen hatte.

«Peg?»

«Ja?»

«Reich mir mal die Kekse.»

«Hol *du* sie doch, der Abstand ist genau gleich, zu mir wie zu dir.»

«O mein Gott, sind das etwa Schrumpel-Hoden?, fragte Imogen. «Ich habe ganz offensichtlich die falsche Ausstechform benutzt.»

Peggy kicherte schniefend.

Andrew trat ein paar Schritte zurück, um sein pochendes Herz zu beruhigen und um seinen Auftritt überzeugender wirken zu lassen.

«Hallo, hallo», sagte er. Peggy saß auf seinem Platz auf dem Sofa, um einen Blick auf ihr Handy zu werfen, das dort ans Ladegerät angeschlossen war. Daher musste er sich entscheiden, ob er sich neben sie oder neben Imogen setzen wollte. Peggy lächelte ihn an. Im bläulichen Licht des Fernsehers sah man die Tränen in ihren Augen.

«Alles in Ordnung?», fragte er.

«Aber klar doch», sagte Imogen und klopfte auf den Platz neben sich. «Schieb deinen Hintern hierher.»

Andrew freute sich, dass sie für ihn entschieden hatte, selbst wenn es bedeutete, dass er eine Gelegenheit verpasste, Peggy nahe zu sein.

«Dann lasst uns die Dinger mal aufessen», sagte Imogen und teilte die letzten Haferkekse auf.

«Hast du Diane erreicht?», fragte Peggy.

«Was? Oh, ja. Danke.»

«Supi», grinste Imogen. «Meistens hat man in dem Teil des Hauses, wo das Gästezimmer ist, nämlich kein Netz.»

«Da muss ich wohl Glück gehabt haben», sagte Andrew.

Genau in diesem Augenblick klingelte sein Handy, das auf dem Kaminsims lag, keine drei Meter von ihm entfernt, wo er es früher am Abend hingelegt hatte.

KAPITEL
ACHTZEHN

Na ja, ich habe eben zwei Handys. Eins ist ein Diensthandy, das ich schon vor Jahren bekommen habe. Ich weiß gar nicht, ob Cameron davon weiß, am besten behältst du das für dich.»

Andrew ließ in der Erinnerung immer wieder seine dahergefaselte Erklärung ablaufen. Weder Peggy noch Imogen schienen auch nur den leisesten Schimmer zu haben, was er da eigentlich plapperte, also hatte er einfach weitergemacht und sich immer tiefer hineingeritten. Zum Glück schauten sie ihn nur verständnislos an, wie zwei gelangweilte Zollbeamte, die die verzweifelten Versuche eines ausländischen Reisenden ignorieren, seine Notlage zu erklären. Der Höhepunkt der romantischen Komödie im Fernsehen bot schließlich genug Ablenkung, dass das Gespräch wieder in anderen Bahnen verlaufen konnte.

Andrew hatte angenommen, dass sie am nächsten Morgen zu Barter Books gehen würden, aber Peggy und Imogen hatten andere Pläne. In den nächsten Tagen unternahmen sie einen Bootsausflug zu den Farne Islands, wo ein Papageientaucher ohne weitere Umstände auf Andrew schiss (sehr zu Suzes Freude), stürmische Spaziergänge am Meer, bei denen sie zu Tee und Kuchen einkehrten (sehr zu Imogens Freude), gefolgt von köstlichen Abendessen zu Hause bei Imogen und zwei Gelegenheiten, bei denen Peggy an Andrews Schulter einschlief (sehr zu Andrews Freude).

Wenn er allein im Gästezimmer war, dachte er immer wieder an das Gespräch, das er belauscht hatte.

«*Okay, na gut, bist du denn an ihm interessiert?*»

«*... darauf antworte ich auch nicht.*»

An ihm interessiert – konnte das noch etwas anderes bedeuten als romantisches Interesse? Vielleicht interessierte sie sich aus rein anthropologischen Gründen für ihn und fertigte Aufzeichnungen über ihn an: *ein etwas gedrungenes Exemplar seiner Spezies, das oft dabei beobachtet wird, wie es sich zum Affen macht*. Wie auch immer, Peggy hatte darauf nicht geantwortet, und Andrew hatte schon oft genug *hart aber fair* geschaut, um zu wissen, dass sie die Wahrheit nur nicht aussprechen wollte. Er wünschte insgeheim, Imogen hätte ihr Interview viel härter geführt.

×

Am dritten Morgen fuhren sie endlich zu Barter Books. Andrew hatte den Eindruck, dass Peggy diesen Besuch hinausgeschoben hatte, nicht weil sie das Interesse verloren hatte, sondern weil sie heimlich fürchtete, dass sich die Sache als Fehlschlag erweisen könnte.

Die Kinder waren bei Imogen geblieben, die versprochen hatte, ihnen einen derart schokoladigen Kuchen zu backen, dass der arme Vielfraß Bruce Bogtrotter aus Roald Dahls «Mathilda» davon sofort ins Zuckerkoma fallen würde. Peggy hatte sich Imogens Astra ausgeliehen, nicht ohne sich vorher genauestens erklären lassen zu müssen, welche verschiedenen Macken das Auto hatte und wie man mit ihnen zurechtkam. Nicht wenige der vorgeschlagenen Problemlösungen bestanden in Schlägen, Tritten und herzhaften Flüchen.

«Scheißding», brummte Peggy und riss mit Gewalt am Schaltknüppel herum. Nebenbei machte sie einen Witz darüber, wie ihrem ersten Freund bei ähnlicher Gelegenheit die Tränen in die Augen gestiegen waren. Andrew musste daraufhin für einen Moment das Fenster herunterkurbeln.

Sie fuhren an einem Schild vorbei, auf dem stand, dass sie noch fünfzehn Meilen von Alnwick entfernt waren.

«Ich bin etwas nervös», sagte Andrew. «Wie geht es dir?»

«Hmmm ... Ja, ich irgendwie auch», antwortete Peggy, die konzentriert in den Rückspiegel schaute, weil sie gerade auf eine zweispurige Schnellstraße einbogen.

Je mehr Meilen sie zurücklegten, desto angespannter wurde Andrew, denn je näher sie dem Antiquariat kamen, desto näher kamen sie auch dem Ende ihres Abenteuers. Wahrscheinlich würden sie ohnehin unverrichteter Dinge nach Hause fahren, enttäuscht von ihrem Misserfolg, und Alans Beerdigung würde nur mit ihnen und einem desinteressierten Pfarrer stattfinden. Und dann würde der Alltagstrott wieder einkehren.

Sie kamen an einem weiteren Schild vorbei, auf dem Alnwick angezeigt stand. Fünf Meilen noch. Jemand hatte ziemlich einfallslos in Feuerrot «Scheiße» daruntergeschmiert. Das erinnerte Andrew an einen der seltenen Schulausflüge zum Ashmolean Museum in Oxford. Als sie am Abend zurückgekommen waren, war der Himmel ganz rosa gewesen, und er hatte die Telegraphendrähte betrachtet, die wie Notenlinien auf einer ansonsten leeren Partitur aussahen. Da hatte er plötzlich die weißen, riesigen Buchstaben auf einem Zaun in der Ferne bemerkt: «Warum mache ich das eigentlich jeden Tag?» Die Erinnerung an den Spruch war ihm geblieben, obwohl er damals natürlich noch nicht verstanden hatte, dass daraus die Verzweiflung eines Pendlers sprach. Es war, als hatte ihm sein Unterbewusstsein sagen wollen: *Das hier hat im Moment vielleicht keine Bedeutung für dich, weil du zu jung bist und deine Hauptsorge darin besteht, zu überlegen, ob Justin Stanmore dir wieder Backpfeifen verpassen wird, aber lass mal dreißig Jahre oder so vergehen, dann wird dich die tiefere Bedeutung so richtig beeindrucken.*

Andrew rutschte auf dem Beifahrersitz hin und her.

Vielleicht sollte er Peggy einfach alles erzählen. Jetzt. Hier. In einem überhitzten Vauxhall Astra auf einer zweispurigen Schnellstraße.

Er kratzte sich am Hinterkopf und rutschte erneut auf seinem Sitz herum, halb begeistert, halb ängstlich. Alles würde ans Tageslicht kommen. Nicht nur seine wachsenden Gefühle für sie, sondern auch die große Lüge. Peggy würde ihn hassen, vielleicht nie wieder ein Wort mit ihm wechseln, aber es würde immerhin *das hier* beenden. Diese ständige Qual – immer noch an etwas festhalten zu müssen, was ihm kaum noch Trost spendete. Die Erkenntnis traf ihn wie ein Funksignal, das es plötzlich durch die atmosphärischen Störungen schaffte: Eine Lüge kann nur im Gegensatz zur Wahrheit existieren, und die Wahrheit war das Einzige, was ihn von seinem Leiden erlösen konnte.

«Warum zappelst du denn so herum?», fragte Peggy. «Du bist ja wie mein alter Hund, der immer mit dem Hintern über den Boden rutscht.»

«Entschuldige», sagte Andrew. «Es ist nur ...»

«Was?» Peggy warf ihm einen irritierten Seitenblick zu. «... nichts.»

×

Kaum betraten sie das Antiquariat, verlor Andrew Peggy auch schon aus den Augen. Seine Aufmerksamkeit wurde sofort von etwas gefangen genommen, was anderthalb Meter über ihm passierte. Eine dunkelgrüne Lok – eine Accucraft-Victorian-NA-Klasse, wenn er sich nicht irrte – glitt mühelos über die Gleise, die über den Regalen verliefen. Über den einzelnen Gängen waren Schilder befestigt, auf denen Gedichtzeilen standen. Auf dem, das ihm am nächsten war, stand:

Unter des Mondes wechselvollem Licht
Das Schicksal uns kein Morgenrot verspricht.

Die Lok flitzte wieder an ihm vorbei, und er spürte einen kleinen Luftzug.

«Ich bin im Himmel», flüsterte er. Wenn irgendetwas seinen Puls nach dem, was gerade beinahe im Auto passiert wäre, wieder beruhigen konnte, dann war es dies hier. Er bemerkte, dass jemand neben ihm stand. Ein großer Mann in grauer Strickjacke, die Arme hinter dem Rücken verschränkt, schaute ebenfalls zur Lok hinauf. Andrew und er nickten einander zu.

«Gefällt Ihnen, was Sie da sehen?», fragte der Mann.

Andrew hatte diese Frage bisher nur von koketten Bordellmüttern in historischen Filmen gehört, aber obwohl sie so aus der Situation gefallen klang, musste er doch zugeben, dass ihm *tatsächlich* gefiel, was er da sah.

«Es ist faszinierend», antwortete er.

Der Mann nickte und schloss kurz die Augen, als wollte er sagen: «Willkommen zu Hause, alter Freund.»

Andrew atmete tief durch, jetzt wieder ganz entspannt, und drehte sich langsam um die eigene Achse, um sich alles anzusehen. Er war sicher nicht die Art von Mensch, die das Wort «Atmo» benutzte, aber *wäre* er das, dann wäre die Atmo von Barter Books genau das Richtige für ihn. Es war so ruhig hier, so still. Die Besucher bestaunten die Buchreihen in den Regalen mit einer gewissen Ehrfurcht und sprachen leise. Wenn jemand ein Buch herausnahm, tat er das mit der Umsicht eines Archäologen, der ein Stück antike Töpferware aus dem Boden löst. Andrew hatte gelesen, dass man in diesem Geschäft das originale «Keep Calm And Carry On»-Poster wiederentdeckt hatte, worauf ein Teil seiner Bekanntheit beruhte. Und obwohl es den Spruch inzwischen in Tausenden nervigen Versionen gab (Meredith hatte einen Becher im Büro, auf dem stand: «Keep Calm And Do Yoga», der vielleicht geistloseste Satz, der je auf Keramik gedruckt wurde), passte er hier einfach perfekt.

Aber sie waren ja nicht wegen der Atmosphäre hier. Andrew fand Peggy in einem Sessel sitzend, der beinahe unanständig gemütlich aussah. Sie hatte die Hände hinter dem Kopf verschränkt und lächelte zufrieden.

«Ahh», machte sie, als Andrew auf sie zu kam. «Wir sollten wohl lieber weitermachen, was?»

«Das sollten wir wohl», stimmte Andrew zu.

Peggy warf ihm einen Blick zu, aus dem Entschlossenheit sprach, und streckte die Hände aus. Zuerst starrte Andrew sie nur verständnislos an, dann begriff er, packte Peggys Hände und half ihr auf die Beine. Sie standen so dicht nebeneinander, dass sich ihre Schultern berührten, und schauten auf die höflich wartende Schlange von Menschen vor den Kassen.

«Gut», sagte Andrew und rieb sich die Hände, um geschäftig zu wirken. «Also gehen wir einfach da hin und fragen sie, ob hier eine ‹B.› arbeitet?»

«Es sei denn, du hast eine bessere Idee?»

Andrew schüttelte den Kopf. «Willst du das Reden übernehmen?»

«Ne», sagte Peggy. «Du?»

«Nicht besonders gern, wenn ich ehrlich bin.»

Peggy schürzte die Lippen. «Schere-Stein-Papier?»

Andrew wandte sich zu ihr um und grinste. «Warum nicht.»

«Eins, zwei, drei.»

Papier. Papier.

«Eins, zwei, drei.»

Stein. Stein.

Sie versuchten es noch einmal. Andrew dachte darüber nach, Schere zu nehmen, aber in der letzten Sekunde änderte er seine Entscheidung und formte mit der Hand einen Stein. Peggy streckte die Hand flach aus. Papier. Sie schloss sie um seine.

«Papier wickelt Stein ein», sagte sie leise.

Sie standen jetzt noch näher beieinander als vorher, ihre Hände berührten sich immer noch. Eine Sekunde lang schien es, als verstummte jedes Geräusch um sie herum, dass aller Augen auf sie gerichtet wären, dass selbst die Bücher in ihren Regalen den Atem anhielten. Dann ließ Peggy ihre Hand sinken. «Oh mein Gott», flüsterte sie. «Guck mal.»

Andrew zwang sich, sich von ihr abzuwenden. Und

dort an der Kasse, eine Tasse Tee in der Hand und die Lesebrille an einer Kette um den Hals, stand eine Frau mit grünen Augen und krausem weißem Haar. Peggy schleifte Andrew am Arm zu dem kleinen Café in dem Laden.

«Das ist sie doch eindeutig, oder?», fragte sie.

Andrew zuckte die Achseln. Er wollte Peggy nicht zu große Hoffnungen machen. «Könnte sein.»

Peggy dirigierte ihn aus dem Weg, weil ein älteres Paar langsam mit einem Tablett voller Scones und Teetassen auf einen Tisch zusteuerte. Als sie sich endlich gesetzt hatten, verteilte der Mann mit zittriger Hand Sahne auf seinen Scones. Seine Frau sah ihn missbilligend an.

«Was?», fragte der Mann.

«Erst die Sahne, dann die Marmelade? Tststs, du Depp.»

«Aber so macht man das doch!»

«Von wegen. Das haben wir schon so oft diskutiert. Es ist genau andersherum.»

«Unsinn.»

«Das ist kein Unsinn!»

«Doch, verdammt noch mal!»

Peggy verdrehte die Augen und schob Andrew sanft vor sich her. «Na komm», sagte sie. «Wir haben schon viel zu sehr herumgetrödelt.»

Auf dem Weg zur Kasse spürte Andrew, dass sein Herz immer schneller pochte. Erst als sie vor der Frau standen, die von ihrem Kreuzworträtsel aufschaute, bemerkte Andrew, dass Peggy seine Hand genommen hatte. Die Frau legte den Stift weg und fragte mit der leisen, ein wenig rauen Stimme einer Raucherin, ob sie helfen könne.

«Wir hätten da eine ziemlich merkwürdige Frage», sagte Peggy und erntete einen überraschten Blick von Andrew. Schließlich hatte er bei Schere-Stein-Papier verloren und war so dazu verdammt, das Gespräch führen zu müssen.

Die Frau schmunzelte ein wenig. «Das macht nichts, meine Liebe, man hat mir hier schon viele merkwürdige Fragen gestellt, glauben Sie mir. Vor ein paar Monaten hat mich ein Bursche aus Belgien gefragt, ob wir Bücher über Sodomie verkaufen ... Also schießen Sie los.»

Peggy und Andrew lachten ein wenig mechanisch.

«Also», begann Peggy. «Wir wollten nur fragen, ob, na ja, Ihr Name mit einem ‹B› anfängt.»

Die Frau lächelte zweifelnd. «Ist das eine Fangfrage?»

Andrew spürte, dass Peggy seine Hand drückte.

«Nein», antwortete sie.

«In diesem Fall, ja, das stimmt», sagte die Frau. «Habe ich jemandem ein heikles Buch verkauft oder etwas in der Art?»

«Nein, gar nicht», versicherte Peggy und warf Andrew einen Blick zu.

Das war sein Stichwort, und er zog das Foto aus der Tasche und reichte es der Frau. Sie betrachtete es, und in ihrem Blick leuchtete Wiedererkennen auf.

«Herrje», sagte sie und blickte zu Andrew und Peggy. «Ich glaube, wir brauchen noch eine Tasse Tee.»

KAPITEL
NEUNZEHN

*B*eryl reagierte auf die Nachricht von Alans Tod mit einem kurzen, traurigen Seufzer, wie ein sechs Tage alter Geburtstagsballon, der endlich aufgibt.

Andrew hatte die Nachricht vom Ableben Angehöriger bisher immer nur per Telefon übermittelt, niemals persönlich. Beryls Reaktion zu sehen, gehörte nicht zu seinen schönsten Erfahrungen. Sie stellte ihm genau die Fragen, die er erwartet hatte – wie war Alan gestorben, wer hatte ihn gefunden, wo und wann würde die Beerdigung stattfinden –, aber dennoch hatte er das Gefühl, dass sie nicht alles sagte. Und dann war da natürlich auch noch diese andere Sache …

«*Enten?*»

«Tausende davon», antwortete Andrew und goss ihnen Tee ein.

Peggy zeigte Beryl Alans Notiz auf der Rückseite des Fotos, in der er das Entenfüttern erwähnt hatte. «Wir dachten, es hat vielleicht etwas hiermit zu tun.»

Beryl lächelte, aber ihre Augen füllten sich mit Tränen. Sie griff in ihren Ärmel und holte ein Taschentuch hervor, um sie trocken zu tupfen.

«Ich erinnere mich an den Tag. Es war furchtbares Wetter. Als wir zu unserer Bank kamen, sahen wir, dass ein Eiswagen auf der gegenüberliegenden Straßenseite parkte. Der Junge darin sah so deprimiert aus, dass wir ihm ein Softeis abkauften, um den armen Kerl aufzuheitern. Wir aßen es, noch bevor wir unsere Sandwiches auspackten – das kam uns so dekadent vor!»

Sie hob die Tasse mit beiden Händen zu ihrem Mund, und ihre Brillengläser beschlugen sofort.

«Erinnern Sie sich daran, wie das Bild gemacht wurde?», fragte Peggy.

«Oh ja», antwortete Beryl und wischte sich die Brillengläser mit ihrem Taschentuch sauber. «Wir wollten einen Schnappschuss von uns vor dem Laden, weil wir uns hier kennengelernt hatten. Alan brauchte ungefähr zehn Besuche, bis er endlich den Mut aufbrachte, mit mir zu sprechen, wissen Sie. Ich habe noch nie jemanden gesehen, der so lange in Büchern über Landwirtschaftsmaschinen aus dem 18. Jahrhundert in Yorkshire geblättert hat. Zuerst dachte ich, dass er die Landwirtschaft vielleicht wirklich liebt, oder zumindest Yorkshire, oder beides, aber dann merkte ich, dass er nur da stand, weil er von dort aus am besten zu mir herüberschauen konnte. Ein Buch über Präzisionssämaschinen hielt er einmal sogar falsch herum. An diesem Tag fasste er sich endlich ein Herz und sprach mit mir.»

«Und sind Sie gleich zusammengekommen?», fragte Peggy.

«Oh, nein, das hat noch sehr lange gedauert», antwortete Beryl. «Das Timing war einfach schlecht. Ich war gerade von meinem Mann geschieden, und das war keine leichte Sache gewesen. Rückblickend weiß ich gar nicht, warum ich überhaupt so darauf bestanden habe, zu warten. Ich dachte nur, ich sollte eine Pause einlegen, damit sich alles ein wenig beruhigt. Alan sagte, er verstehe, dass ich Zeit brauche, aber dass ihn das nicht daran hindern würde, herzukommen und so zu tun, als wäre er furchtbar an der verdammten Landwirtschaft in Yorkshire interessiert. Das ging sechs Wochen so. Er kam immer zu mir, um Hallo zu sagen, sobald ich keine Kunden hatte.»

«Sechs Wochen?!», sagte Peggy.

«Jeden Tag», erwiderte Beryl. «Als ich einmal fünf Tage wegen Mandelentzündung fehlte, kam er trotzdem jeden Tag, obwohl mein Chef ihm gesagt hatte, dass ich für den Rest der Woche nicht da sein würde. Schließlich hatten wir dann doch unsere erste Verabredung. Tee und süße Brötchen mit Glasur, genau in diesem Café.»

Eine Mitarbeiterin, die geräuschvoll das Geschirr vom Nachbartisch abräumte, unterbrach sie. Beryl und sie tauschten frostige Blicke. «Die da ist die Schlimmste», sagte Beryl, als die Frau außer Hörweite war, ohne ihre Aussage zu erklären.

«Aber Alan und Sie waren danach richtig zusammen?», hakte Peggy nach.

«Ja, tatsächlich waren wir unzertrennlich. Alan ist – oh, ich muss wohl sagen *war* – Tischler. Er hatte seine Werkstatt in seinem Haus am Ende der Straße, beim kleinen Friedhof. Ich zog direkt nach Weihnachten ein. Ich war damals zweiundfünfzig. Er war sechzig, das hätte man aber nie gedacht. Er wäre als viel jünger durchgegangen. Er hatte diese langen, starken Beine, wie Baumstämme.»

Andrew und Peggy sahen sich an. Schließlich begriff Beryl die unausgesprochene Frage, die in der Luft lag.

«Ich nehme an, Sie fragen sich, warum wir nicht mehr zusammen sind.»

«Das müssen Sie uns natürlich nicht erzählen, wenn Sie nicht wollen», sagte Andrew.

«Nein, nein – ist schon gut.»

Beryl fasste sich wieder und polierte erneut ihre Brillengläser.

«Es lag an meinem Verhältnis zu meinem Ex-Ehemann. Er und ich heirateten, als wir einundzwanzig waren. Eigentlich noch Kinder. Und ich glaube, wir wussten schon in unserer Hochzeitsnacht, als wir uns ein keusches Küsschen auf die Wange gaben, dass wir uns nicht wirklich liebten. Wir hielten es jahrelang irgendwie miteinander aus, aber irgendwann konnte ich es nicht mehr ertragen und entschied, Schluss zu machen. Und in diesem Moment schwor ich mir» – sie klopfte zur Betonung auf den Tisch –, «dass ich, sollte ich jemals wieder jemanden finden, mit dem ich mein Leben teilen wollte, es nur aus Liebe und aus keinem anderen Grund tun würde. Und ich schwor mir, dass ich es beim ersten Anzeichen, dass wir uns nicht mehr liebten, beenden würde. Basta.»

«Und das passierte mit Alan?», fragte Peggy.

Beryl nahm einen Schluck Tee und stellte die Tasse vorsichtig auf ihre Untertasse ab.

«Am Anfang waren wir sehr verliebt», sagte sie. Sie warf Andrew einen verschmitzten Blick zu. «Vielleicht wollen Sie sich an dieser Stelle lieber die Ohren zuhalten ... Die ersten paar Jahre haben Alan und ich praktisch im Bett verbracht. Das ist der Vorteil bei Menschen, die mit ihren Händen arbeiten. Sie sind sehr geschickt, müssen Sie wissen. Jedenfalls, auch abgesehen von *dieser* Sache waren wir lange glücklich. Obwohl seine Familie sich schon Jahre zuvor von ihm distanziert hatte und meine die Scheidung niemals akzeptierte. Es war uns egal. Wir zwei gegen den Rest der Welt, so fühlte es sich an. Aber dann, nach einer Weile, begann sich Alan zu verändern. Zuerst bemerkte man es kaum. Er sagte, er sei zu müde, um zur Arbeit zu gehen, oder er rasierte sich tagelang nicht und lief nur im Pyjama herum. Hin und wieder fand ich ihn ...» Sie brach ab und räusperte sich.

Peggy beugte sich über den Tisch und legte ihre Hand auf Beryls. «Schon in Ordnung», sagte sie. «Sie müssen nicht ...»

Aber Beryl schüttelte den Kopf und tätschelte Peggys Hand, um ihr zu bedeuten, dass sie weitersprechen wollte.

«Hin und wieder fand ich ihn im Schneidersitz auf dem Wohnzimmerfußboden, gegen das Sofa gelehnt, wie er einfach durch die Fenster in den Garten schaute. Er las nicht. Er hörte nicht Radio. Er saß einfach da.»

Andrew dachte an seine Mutter, wie sie im dunklen Schlafzimmer lag. Unbeweglich. Versteckt. Nicht in der Lage, es mit der Welt aufzunehmen.

«Er war ein stolzer alter Mann», sagte Beryl. «Er hätte nie zugegeben, dass er sich mit etwas quälte. Und ich konnte nicht die richtigen Worte oder den richtigen Moment finden, um ihn danach zu fragen. Dann bekam er Rückenprobleme. Ob es psychosomatisch war, weiß ich nicht, aber er musste in einem anderen Zimmer schlafen, weil er mich sonst mit dem ständigen Aufstehen gestört hätte – jedenfalls sagte er das. Dann aßen wir eines Tages zu Abend und schauten irgendeinen Blödsinn im Fernsehen, und völlig aus heiterem Himmel fragte er mich:

‹*Erinnerst du dich daran, was du mir gesagt hast, als wir uns gerade kennengelernt hatten? Was du tun würdest, wenn du denjenigen nicht mehr liebst, mit dem du zusammen bist?*›

‹*Ja*›, antwortete ich.

‹*Siehst du das immer noch so?*›, fragte er.

‹*Ja*›, sagte ich.

Und das *stimmte*. Ich hätte natürlich etwas Beschwichtigendes sagen sollen, aber ich nahm einfach an, dass er wüsste, dass ich ihn immer noch so sehr liebte wie am Anfang. Ich fragte ihn, ob es ihm gutginge, aber er küsste mich nur auf den Scheitel und verließ das Wohnzimmer, um den Abwasch zu machen. Ich machte mir Sorgen, dachte aber, dass er vielleicht nur einen seiner schwierigen Tage hätte. Am nächsten Morgen ging ich wie immer zur Arbeit, und als ich wieder nach Hause kam, war er fort. Nur ein Zettel lag da auf dem Küchentisch. Ich erinnere mich noch, wie ich ihn in den wie verrückt zitternden Händen hielt. Alan schrieb, dass er genau wüsste, dass ich ihn nicht mehr liebte. Dass er mich nicht quälen wollte. Er war einfach gegangen. Ohne eine Adresse zu hinterlassen, ohne Telefonnummer. Nichts. Natürlich versuchte ich ihn aufzuspüren. Aber Sie wissen ja, dass er keine Verwandten hatte und auch keine Freunde. Ich überlegte schon, einen Privatdetektiv zu engagieren, aber dann kam mir der Gedanke, dass er vielleicht gelogen hatte und mit einem anderen Mädchen durchgebrannt war. Wenn ich mir das hier so anschaue» – sie griff nach dem Foto – «und von dieser Entengeschichte höre ... Na ja ...» An dieser Stelle entfuhr ihr ein Schluchzer, und sie presste sich die Hände auf die Brust.

«... vielleicht hätte ich mich doch mehr bemühen müssen.»

×

Nachdem sich Beryl beruhigt hatte, verließen Andrew und Peggy den Laden wie zwei Menschen, die gerade aus einem dunklen Kinosaal getreten waren: Sie blinzelten ins helle Tageslicht, noch ganz benommen von der Geschichte, die sie gehört hatten.

Auf dem Parkplatz checkten beide ihre Handys. Andrew scrollte die kurze Liste seiner Mails herunter – Angebote von Pizza-Lieferdiensten, von denen er noch nie etwas bestellt hatte, Phishing-Mails, Unsinn von der Arbeit. Er konnte die verzweifelte Traurigkeit kaum abschütteln, die Beryls Geschichte in ihm ausgelöst hatte.

Peggy starrte ins Nichts. Eine Wimper war ihr auf die Wange gefallen und sah aus wie ein winziger Riss in einer Porzellanvase. Irgendwo in der Nähe hupte ein Auto, und Andrew nahm Peggys Hand. Sie sah ihn überrascht an.

«Lass uns spazieren gehen», sagte Andrew.

Sie gingen in Richtung Stadtmitte, Hand in Hand. Andrew hatte es nicht geplant, aber es fühlte sich richtig an, als würden sie von einer unsichtbaren Macht gezogen. Sie gingen die Hauptstraße entlang, schlängelten sich zwischen Eltern mit Buggys und einer Gruppe Touristen hindurch, die immer langsamer geworden und schließlich stehen geblieben waren, als hätten ihre Batterien den Geist aufgegeben, dann gingen sie weiter zum Schloss von Alnwick mit seinen rot-gelben Northumberland-Flaggen, die der Wind ganz glatt zog. Ohne auch nur ein Wort miteinander zu wechseln, gingen sie um das Schloss herum auf den Rasen. Frisch gemähtes Gras sammelte sich unter ihren Sohlen. Dann weiter, an Kindern vorbei, die mit einem schmutzigen Tennisball spielten, und Rentnern, die sich an Picknicktischen ausruhten und zusahen, wie sich die Wolken vor die Sonne schoben. Immer weiter, einen ausgetretenen Pfad entlang, bis sie schließlich zum Fluss kamen und eine einzelne, bemooste Bank direkt am Ufer entdeckten. Sie setzten sich darauf, lauschten dem Gurgeln des Wassers und beobachteten, wie sich das Schilf gegen die Strömung stemmte.

Peggy saß ganz aufrecht, die Hände im Schoß, ein Bein über das andere geschlagen. Sie und Andrew rührten sich nicht, saßen ganz still, wie die kleinen Figürchen, die Andrew auf seinem Wohnzimmerfußboden aufstellte, um seine Eisenbahnlandschaft zu beleben. Aber selbst in der Stille lag Bewegung. Peggys Fuß zuckte alle paar Augenblicke unmerklich, fast wie ein Metronom. Das lag, wie Andrew begriff, nicht an ihrer Anspannung oder Nervosität, sondern an ihrem Herzschlag. Plötzlich überkam ihn wieder eine Erkenntnis: Solange es Bewegung in einem Menschen gab, solange gab es auch die Fähigkeit zu lieben.

Andrews Herz schlug immer schneller und schneller, und er glaubte zu spüren, wie das Blut durch seine Adern rauschte.

Neben ihm rührte sich Peggy. «Also», sagte sie mit einem ganz leichten Zittern in der Stimme. «Bei Scones, was streichst du zuerst darauf, die Marmelade oder die Sahne?»

Andrew überlegte.

«Ist das wichtig?», antwortete er nach einer Weile. «Ich glaube nicht. Nicht für das, was im Leben wirklich zählt.» Dann beugte er sich vor, nahm Peggys Gesicht in die Hände und küsste sie.

Er hätte schwören können, dass irgendwo eine Ente quakte.

KAPITEL ZWANZIG

Wenn man die Tatsachen analysierte und dann seine Schlussfolgerungen aus diesen Tatsachen zog, konnte man mit vollem Recht behaupten, dass Andrew betrunken war. Er tanzte mit der kichernden Suze durch Imogens Wohnzimmer und sang aus vollem Hals Ellas «Happy Talk» mit. Inzwischen waren die beiden die allerbesten Freunde.

«*You got to have a dream. If you don't have a dream, how you gonna have a dream come true?*»

Das ist absolut und verdammt richtig, dachte Andrew.

Er konnte immer noch nicht recht glauben, was heute geschehen war. Dieser Augenblick, in dem er Peggys Hand genommen und einfach mit ihr losspaziert war, ohne zu wissen, wohin, hatte sich beinahe wie eine außerkörperliche Erfahrung angefühlt. Die Erinnerung daran war irgendwie ganz klar und gleichzeitig verschwommen. Sie hatten lange auf der Bank gesessen, Stirn an Stirn, die Augen geschlossen, bis Peggy das Schweigen gebrochen hatte. «Tja. Ich bin mir nicht ganz sicher, ob ich das habe kommen sehen.»

Auf dem Weg zurück zum Auto fühlte sich Andrew wie unter Drogen. Auch während der Fahrt nach Hause war er wie benommen vor Glückseligkeit und hatte Mühe, sein breites Grinsen zu unterdrücken. Er schaute zu, wie die

Felder an seinem Fenster vorbeiflitzten, sah hin und wieder das Meer aufblitzen, auf dessen Oberfläche die Sonne glitzerte. Ein sonniger Augusttag in England. Der Idealzustand.

«Das war ja ein ereignisreicher Tag», sagte Peggy, als sie vor Imogens Haus ankamen, als wären sie nur kurz spazieren gegangen und hätten einen ungewöhnlichen Vogel beobachtet.

«Oh, ich weiß nicht. Eigentlich ziemlich alltäglich für mich insgesamt», sagte Andrew. Er beugte sich vor, um sie zu küssen, aber sie lachte und schob ihn sanft von sich.

«Hör auf! Was, wenn uns jemand sieht? Und bevor du etwas sagst, das eben war nur ein Rentner auf der Bank, nicht ...»

Imogen oder die Kinder, aber sie sprach es nicht aus. Der Bann war jetzt vielleicht nicht vollkommen gebrochen, aber auf jeden Fall angeknackst. Andrew wollte schon aussteigen, aber Peggy schaute sich übertrieben genau um, um ihm dann ein Küsschen auf die Wange zu geben. Danach schaute sie in den Rückspiegel und wischte sich die verschmierte Wimperntusche ab, und Andrew schaffte es gerade noch, nicht wie ein Idiot die Einfahrt hinaufzuhüpfen.

Das Tanzen im Wohnzimmer musste reichen. Maisie, die sie bis dahin zugunsten ihres Buches ignoriert hatte, wartete, bis das Lied vorbei war, um dann zu fragen, wer die Sängerin sei. Andrew legte die Hände wie zum Beten aneinander. «Das, meine junge Freundin, war Ella Fitzgerald. Die größte Sängerin, die jemals auf Erden gewandelt ist.»

Maisie nickte ihm zustimmend zu. «Ich mag sie», sagte sie im Tonfall von jemandem, der alle Meinungen ruhig gegeneinander abgewogen hat, um dann schließlich eine hitzige Debatte mit seinem Schlusswort zu beenden. Dann wandte sie sich wieder ihrem Buch zu.

Andrew wollte schon ein neues Lied auswählen – er war in der Stimmung für «Too Darn Hot» – und sich ein frisches Bier aus Imogens Getränkekühlschrank in der Garage holen, als Peggy in der Wohnzimmertür auftauchte, ihm eine Flasche Bier reichte und die Mädchen aufforderte, ihr beim Tischdecken zu helfen.

Mit der Flasche in der Hand ließ er sich aufs Sofa fallen, nahm einen Schluck, ehe er das Bier abstellte, die Arme hinter dem Kopf verschränkte und sich einen Moment gönnte, um alles sacken zu lassen. Er genoss die Musik, hörte die Stimmen in der Küche und roch die köstlichen Düfte, die durch den Flur zu ihm drangen. Das war alles so berauschend. Er beschloss, dass jeder Bürger mindestens einmal im Jahr per staatlicher Verordnung zu einem Abend wie diesem gezwungen werden musste – einem Abend, an dem man die Wärme eines Kaminfeuers an den Wangen fühlte, während einem der Magen vor Vorfreude auf Ravioli und Rotwein knurrte und man zumindest für einen Wimpernschlag glauben konnte, dass man jemandem etwas bedeutete …

Andrew seufzte und schüttelte den Kopf. *Wie verblendet ich war, zu denken, dass meine Phantasiewelt mehr sein könnte als das, was sie ist – eine blasse Kopie der Realität!*

Mit geschlossenen Augen hörte er «Too Darn Hot» zu Ende, dann zog es ihn in die Küche.

«Kann ich euch helfen?»

«Du könntest den Mädchen zur Hand gehen», antwortete Peggy. Sie und Imogen mussten schnippeln, pellen und rühren, aber wie in einem perfekt choreographierten Tanz schafften sie es, einander nicht im Weg herumzustehen. Andrew dagegen, der jetzt vom Bier völlig angesäuselt war, schien die beiden umso mehr zu nerven, je mehr er helfen wollte. Immer wenn er in einer fremden Küche war, schien alles, was man suchte, an völlig unlogischen Orten zu sein. Wenn er selbstsicher die Besteckschublade öffnete, lag darin die Garantie für den Sandwich-Toaster, und der Küchenschrank, in dem Gläser hätten stehen sollen, enthielt nur einen albernen Eierbecher in Form eines hohlkreuzigen Schweinchens und ein paar Geburtstagskerzen.

«Andrew, Andrew», sagte Imogen ein wenig frustriert, als er neben ihr wieder die falsche Schublade aufzog, «Gläser oben links, Messer und Gabeln hier, Wasserkaraffe dadrüben, Salz und Pfeffer hier.» Sie zeigte auf die jeweiligen Gegenstände wie ein Fußballtrainer, der seinen Abwehrspielern Anweisungen gibt, wen sie decken sollen.

Als er den Tisch fertig gedeckt hatte, setzte sich Andrew mit einem neuen Bier und ein paar Pringles, die Suze ihm gebracht hatte (wobei sie sich zwei so in den Mund gesteckt hatte, dass sie aussahen wie ein Entenschnabel), und genoss die Atmosphäre. Die Küche war wie der Rest der Wohnung in gutem Zustand und hatte viel Charakter – ein Strauß Narzissen stand in einer Vase auf der Fensterbank, an der Wand hing ein Poster mit einer kochenden Frau darauf, die an einem Glas nippte und in einer Sprechblase verkündete: «Ich koche gern mit Wein – manchmal gieße ich ihn sogar ins Essen.» Die Fenster waren beschlagen. Die Abdrücke von Kinderhänden und ein krumm daraufgezeichnetes Herz erschienen in der Feuchtigkeit.

«Ich vergesse immer, ob man den oberen Teil der Paprikaschoten essen kann oder nicht», sagte Peggy zu niemandem im Besonderen. «Ich will ja nicht, dass jemand nach meinem Essen krank wird, aber ich will auch nichts verschwenden. Am Ende gehe ich immer zum Mülleimer, esse den oberen Teil der Paprika, bis ich dort bin, und werfe den weißen Rest mit den Samen weg.»

O Gott, dachte Andrew, der seinen Schluckauf kaum unterdrücken konnte. *Ich glaube, ich bin verliebt.*

×

Die alte Trinkerregel besagt: Wein auf Bier, das rat ich dir.

Eine *halbe Flasche* Wein auf *sechs* Biere dagegen, und Andrew war schwindelig. Außerdem spürte er den unwiderstehlichen Drang, eine Geschichte nach der anderen zum Besten zu geben.

«Ja also, ja», lallte er. «... ja.»

«Ihr wart also in der Küche?», half ihm Imogen.

«Ja, Imogen, das waren wir! Aber dann wollten wir ins Schlafzimmer, weil sie dort meistens ihr Geld verstecken, wenn sie überhaupt – Bargeld haben, weißt du, in Socken gerollt oder in einer Plastiktüte unter der Matratze. Also jedenfalls, jedenfalls sind wir ins Schlafzimmer gegangen – sind wir doch, Peggy?»

«Hmhm.»

«Und bis dahin dachten wir, dass der Mann eigentlich ganz ruhig gewesen sein musste, ganz normal ...»

«Andrew, ich weiß nicht recht, ob das in Ordnung ... die Kinder ...?»

«Ohhh, alles gut!»

Peggy griff unter dem Tisch nach seiner Hand und drückte sie. Erst viel später begriff er, dass das weniger eine liebevolle Geste als ein Versuch war, ihn zum Schweigen zu bringen.

«Also, außer dem Fernseher stand da nicht viel herum im Schlafzimmer, und aus Versehen hat Peggy ihn angeschaltet, und siehe da ...»

«Andrew, bitte lass uns über etwas anderes reden, ja?»

«... bevor er starb, hatte er ein schmutziges Filmchen namens *Nordische Eismösen* geschaut!»

«So, alles aufgegessen», sagte Peggy gleichzeitig, sodass Andrews Pointe nicht richtig zu hören war.

«Na kommt, Mädchen, wollen wir Karten spielen oder so?», schlug Imogen vor. «Maisie, du kannst Suze erklären, wie es geht.»

Als Maisie loslief, um die Karten zu holen, beschloss Andrew plötzlich, wie es nun mal die Eigenart der Betrunkenen ist, sich so hilfsbereit wie nur möglich zu zeigen und dabei so offensichtlich vorzugehen, dass es auch alle bemerkten und ihn dafür lobten.

«Ich mache dann mal den Abwasch», verkündete er so finster entschlossen, als hätte er sich gerade bereit erklärt, in ein brennendes Gebäude zurückzugehen, um Kinder zu retten. Nach einer Weile, die er damit verbracht hatte, sich erfolglos die Gummihandschuhe anzuziehen, gesellte sich Peggy zu ihm.

«Hey, du Milchtrinker», sagte sie leise zu ihm. Sie lächelte, aber da lag eine Festigkeit in ihrem Tonfall, der Andrew etwas ernüchterte.

«Entschuldige, Peggy. Habe ein bisschen über die Stränge geschlagen. Es ist nur ... also, ich bin einfach so ... glücklich.»

Peggy wollte etwas sagen, verstummte dann aber. Stattdessen drückte sie seine Schulter. «Geh doch einfach ins Wohnzimmer und entspann dich. Du bist hier Gast, du solltest nicht abwaschen.»

Andrew hätte protestiert, aber Peggy stand jetzt ganz nah vor ihm, die Hand auf seiner Schulter, wobei sie ihn mit dem Daumen streichelte, und er wollte plötzlich genau das tun, was sie sagte.

Die Mädchen und Imogen hatten die Karten kurz liegen lassen, um herauszufinden, wie schnell sie zu dem Reim «Backe, backe Kuchen» klatschen konnten, bis sie in Kichern ausbrachen, weil sie den Takt verpasst hatten. Andrew hörte noch den Rest ihrer Unterhaltung, als er ging.

«Diese Nudeln, die wir gerade gegessen haben», sagte Maisie.

«Ja, Schätzchen?», sagte Imogen.

«Waren die *al dente*?»

«Ich glaube, es war Jamie Oliver, Süße», antwortete Imogen und kicherte über ihren eigenen Scherz.

Immerhin bin ich nicht der Einzige, der hier betrunken ist, dachte Andrew. Er ließ sich aufs Sofa fallen und war plötzlich sehr erschöpft. Glücklichsein war so ungeheuer anstrengend. Trotzdem wünschte er sich, dass der Tag niemals enden würde. Er musste nur eine Minute lang die Augen zumachen, dann war er wieder fit.

×

In seinem Traum war er in einem fremden Haus und trug seinen Schutzanzug für die Nachlassinspektion – nur dass sich der Anzug furchtbar eng, beinahe erstickend anfühlte. Er konnte sich nicht mehr erinnern, wonach er suchen sollte; er hatte das dumpfe Gefühl, dass es etwas mit irgendwelchen Dokumenten zu tun hatte. «Peggy, wonach suchen wir eigentlich noch mal?», rief er, aber ihre Antwort kam ganz gedämpft, und obwohl er in jedem Zimmer nachsah, konnte er sie irgendwie nicht finden. Und dann hatte er sich verirrt – immer mehr Zimmer tauchten auf, jedes Mal, wenn er eine Schwelle überschritt, befand er sich in einem Zimmer, das er noch nie gesehen hatte. Die ganze Zeit über rief er Peggys Namen und schrie um Hilfe, sein Schutzanzug wurde so eng, dass er das Gefühl hatte, ohnmächtig zu werden. Und dann diese Musik – völlig misstönend und so tief, dass sie seinen Körper vibrieren ließ. Es war Ellas Song, aber ihre Stimme klang, als spielte man ihn mit halber Geschwindigkeit. *Bluuuue mooooon, you saw me standing aloooooone.* Andrew rief, man solle die Musik ausschalten, etwas anderes – irgendetwas anderes – spielen, nur nicht diesen Song, aber kein Laut kam von seinen Lippen. Und dann war er plötzlich in seiner eigenen Wohnung, Peggy saß in der Ecke und hatte ihm den Rücken zugewandt, aber als er auf sie zu ging und ihren Namen schrie und die Musik immer lauter wurde, sah er, dass es gar nicht Peggy war, sondern eine Frau mit braunem, welligem Haar und einer Brille mit orangefarbenem Rahmen, die sie in der Hand hielt, und dann glitt sie ihr aus den Fingern und fiel in Zeitlupe auf den Boden ...

«Andrew, geht es dir gut?»

Er öffnete die Augen. Er lag auf dem Sofa. Peggy hatte sich über ihn gebeugt und die Hand auf seine Wange gelegt.

Ist das hier real?

«Tut mir leid – ich wusste nicht, ob ich dich wecken soll, aber du sahst aus, als hättest du einen Albtraum», sagte Peggy.

Andrews Lider flatterten und schlossen sich wieder.

«Du musst dich nicht entschuldigen», murmelte er.

«Nie… niemals musst du dich entschuldigen. Du bist doch diejenige, die mich gerettet hat.»

KAPITEL
EINUNDZWANZIG

Vertrau mir, es hilft.»

Andrew nahm mit zitternden Händen die Dose mit schottischem Irn-Bru entgegen und nahm einen vorsichtigen Schluck von dem Energy-Drink.

«Danke», krächzte er.

«Nichts hilft besser gegen einen Kater als eine viereinhalbstündige Fahrt mit einem Zug, in dem es nach Pisse stinkt», sagte Peggy.

Suze knuffte Maisie in die Seite und gab ihr ein Zeichen, damit sie ihre Kopfhörer herausnahm. «Mum hat ‹Pisse› gesagt», verkündete sie. Maisie verdrehte die Augen und wandte sich wieder ihrem Buch zu.

Andrew würde nie wieder auch nur einen Schluck Alkohol trinken, so viel wusste er. In seinem Kopf hämmerte es, und immer wenn sich der Zug in die Kurve legte, wurde ihm ganz fürchterlich übel. Aber weit schlimmer waren die schlaglichtartigen Erinnerungsfetzen vom letzten Abend. Was hatte er gesagt? Was hatte er getan? Er erinnerte sich daran, dass Peggy und Imogen genervt ausgesehen hatten. War das gewesen, als er seine Sätze jeweils drei Mal mit steigender Lautstärke und Dringlichkeit begonnen hatte («Da habe ich ... jedenfalls habe ich da ... ich HABE ...»), weil sich die Leute einfach nicht auf das konzentrierten, was er sagte? Immerhin hatte er es noch geschafft, ins Bett zu kommen, statt auf dem Sofa zu schlafen, aber – *scheiße* – jetzt fiel ihm wieder ein, dass Peggy ihn praktisch hatte in sein Zimmer zerren müssen. Zum Glück war sie nicht so lange geblieben, dass er sich noch mehr zum Volltrottel hatte machen können. Von der Begeisterung und Freude des Vortages jedenfalls war nichts mehr zu spüren, und Andrew musste seine gesamte Konzentration darauf verwenden, sich nicht zu übergeben. Zu allem Übel saß ein kleines Kind hinter ihm, das sich die Zeit damit vertrieb, von hinten gegen Andrews Rückenlehne zu treten und seinem Vater immer kompliziertere Fragen zu stellen:

«Dad, Dad?»

«Ja?»

«Warum ist der Himmel blau?»

«Na ja ... das liegt an der Atmosphäre.»

«Was ist eine Atmosphäre?»

«Das ist die Schicht aus Gas und Luft, die uns davor schützt, von der Sonne verbrannt zu werden.»

«Und woraus besteht die Sonne?»

«Ich ... ähm ... wollen wir deinen Bären suchen, Charlie? Wo ist denn wohl Billy der Bär?»

Hoffentlich ist Billy der Bär der Spitzname für ein sehr starkes Beruhigungsmittel, dachte Andrew. Er versuchte, sich allein durch seine Willenskraft in einen Zustand seliger Ohnmacht zu versetzen, aber es klappte nicht. Er bemerkte, dass Peggy ihn ansah, die Arme vor der Brust verschränkt und mit undurchdringlicher Miene. Er kniff die Augen zu, und Peggys Gesicht verblasste langsam, bis es verschwand. Dann nickte er ein, nur um gleich wieder hochzuschrecken. Das passierte ihm immer wieder, und es war schrecklich unangenehm. Schließlich gelang es ihm, richtig einzuschlafen, aber als er wieder aufwachte und hoffte, mindestens in der Nähe von Birmingham zu sein, musste er feststellen, dass der Zug schon eine ganze Weile stillstand und sie es noch nicht einmal bis York geschafft hatten.

«Wir entschuldigen uns für die Verzögerung», verkündete der Lokführer über die Lautsprecher. «Anscheinend haben wir eine Art technisches Problem.» Offenbar hatte er vergessen, den Lautsprecher abzuschalten, denn als Nächstes gewährte er ihnen einen Blick hinter die Kulissen: «John? Ja, wir sind am Arsch. Muss die Passagiere in York rausschmeißen, wenn wir hier überhaupt in den Bahnhof einfahren können.»

Als der besagte Bahnhof schließlich auftauchte, zerrten Andrew und Peggy gemeinsam mit ein paar hundert anderen Fahrgästen ihr Gepäck aus dem Zug. Jeder blickte genervt drein, was noch zunahm, als man ihnen eröffnete, dass der Ersatzzug erst in vierzig Minuten eintreffen würde.

Das kurze Nickerchen hatte Andrew so weit erfrischt, dass er jetzt mit erschreckender Klarheit und vollem Bewusstsein darüber nachdenken konnte, wie gründlich er alles ruiniert hatte. Er überlegte gerade, Peggy vorzuschlagen, möglicherweise ein *kleines Gespräch über, du weißt schon, alles* zu führen, als sie mit Chips und Äpfeln für die Mädchen und Kaffee für sich und Andrew aus dem Café kam und sagte: «Also gut, wir müssen reden.»

Sie beugte sich herunter und küsste Suze auf den Scheitel.

«Nur eine Minute, meine Kleine. Wir vertreten uns kurz die Beine, sind aber nicht weit weg.»

Andrew und sie gingen ein paar Schritte den Bahnsteig entlang.

«Also», fing Peggy an.

«Hör mal», sagte Andrew schnell und verfluchte sich sofort dafür, weil er so verzweifelt seine Entschuldigung abliefern wollte. «Es tut mir unendlich leid wegen gestern Abend – wie du richtig festgestellt hast, bin ich eindeutig ein Milchtrinker und vertrage nichts. Die ganze Aktion war auch deshalb besonders bescheuert von mir, weil ich ja weiß, dass Steve dir in dieser Hinsicht Schereien macht. Also, ich verspreche dir jetzt – bei meinem Leben –, dass das nie wieder passiert.»

Peggy nahm den Kaffee in die andere Hand.

«Zunächst einmal», sagte sie, «nur weil du nach ein paar Bier betrunken bist und dich ein bisschen idiotisch benimmst, bist du noch lange nicht Steve. Steve hat ein echtes Problem.» Sie pustete auf ihren Kaffee. «Ich habe dir das noch nicht gesagt, aber es scheint, als wäre er wegen Alkohol am Arbeitsplatz gefeuert worden. Er hatte eine Flasche Wodka in der Schublade, der Volltrottel.»

«Oje, das ist schlimm.»

«Aber er will sich Hilfe holen, sagt er jedenfalls.»

Andrew kaute auf seiner Unterlippe. «Glaubst du ihm?»

«Ich weiß es nicht. Um ehrlich zu sein, weiß ich nur eins ganz sicher: Bei all dem ganzen Chaos gerade gibt es absolut keine Lösung, bei der niemand verletzt wird.» Ein flotter Jingle erklang und kündigte eine Durchsage an. Alle auf dem Bahnsteig spitzten die Ohren, aber es war nur die Warnung, dass ein Zug durchfuhr.

«Es ist alles sehr kompliziert», sagte Andrew, weil das etwas war, was die Leute in derlei Unterhaltungen üblicherweise sagten.

«Das ist es», bestätigte Peggy. «Und du hast sicher gemerkt, dass ich in letzter Zeit etwas durcheinander war.

Dass ich vielleicht nicht richtig nachgedacht habe und dass ich vielleicht ein bisschen ... leichtsinnig war.»

Andrew schluckte trocken. «Du meinst mit dir und mir?»

Peggy fasste ihr rotes Haar zu einem Pferdeschwanz zusammen und ließ es dann wieder los.

«Ach, Andrew, ich sage nicht, dass ich bereue, was gestern geschehen ist, nicht eine Sekunde lang, und das meine ich ganz ehrlich.»

Das klang zwingend nach einem Aber. Andrew sah es schneller kommen als den Zug.

«*Aber* die Sache ist die ...» Peggy suchte noch nach den richtigen Worten, da ertönte das vertraute zweitönige Tuten des heranrasenden Zuges, das die Wartenden warnte, sich nicht zu nahe an die Bahnsteigkante zu stellen. «Mir ist wichtig ...», sagte Peggy und trat einen Schritt auf Andrew zu, den Mund ganz nah an seinem Ohr, damit er sie beim Lärm des vorbeifahrenden Zuges hörte, «... dass du dich da nicht in etwas hineinsteigerst. Das hier soll etwas Schönes bleiben, das einfach so passiert ist. Eine einmalige Sache. Weil es so wunderbar war, dich kennenzulernen und deine Freundin zu werden ... aber wir können eben nur Freunde sein.»

Der Zug donnerte an ihnen vorbei, Andrew wünschte sich nichts mehr, als in diesem Zug zu sitzen.

«Ergibt das einen Sinn?», fragte Peggy und trat einen Schritt zurück.

«Ja, klar», sagte Andrew und winkte, wie er hoffte, lässig ab. Peggy griff nach seiner Hand.

«Andrew, bitte nimm es dir nicht zu Herzen.»

«Mach ich nicht. Ehrlich. Kein bisschen.»

Er sah an Peggys Blick, dass es sinnlos war, sich zu verstellen. Er ließ die Schultern sinken.

«Es ist nur ... ich habe einfach das Gefühl, dass das zwischen uns etwas Großes sein könnte. Können wir uns nicht einfach eine Chance geben?»

«Aber so *einfach* ist das nicht, oder?», wandte Peggy ein.

Andrew hatte sich noch nie so jämmerlich verzweifelt gefühlt. Aber er musste weitermachen, musste es noch einmal versuchen.

«Nein, das stimmt. Aber unmöglich ist es auch nicht. Wir lassen uns beide scheiden. Das ist immerhin eine Möglichkeit. Das wird nicht einfach – natürlich –, mit den Kindern und so, aber wir schaffen das schon. Wir könnten eine neue Familie sein.»

Peggy legte die Hand auf den Mund, die Finger gespreizt. «Wie kannst du nur so naiv sein?», fragte sie. «In welchem Universum geschieht so etwas so leicht, so schnell, so glatt und ohne den verdammten Schmerz? Wir sind keine Teenager mehr, Andrew. Es gibt für alles Konsequenzen.»

«Ich greife vielleicht etwas vor, das weiß ich. Aber gestern bedeutet doch etwas, oder?»

«Natürlich, aber ...» Peggy biss sich auf die Unterlippe und nahm sich einen Augenblick, um sich zu sammeln. «Ich habe zwei Kinder, und das bedeutet, ich muss in guter Verfassung sein, damit ich für sie da sein und für sie sorgen kann.»

Andrew wollte etwas sagen, aber Peggy unterbrach ihn.

«*Und* im Moment, bei allem, was ich gerade mit Steve durchmache, brauche ich vor allem einen verständnisvollen Freund mit einem guten Herzen, der mich unterstützt, selbst wenn es ihm wirklich schwerfällt. Jemanden, der ehrlich ist und dem ich vertrauen kann.»

×

Man hatte ihnen einen Ersatzzug versprochen, aber das bedeutete in Wirklichkeit nur, dass sie sich in den nächsten fahrplanmäßigen Zug quetschen mussten, der bereits voll war. Jeder kämpfte um sein Leben, wie es schien, dennoch schaffte es Andrew, einen Platz an der Tür zu sichern, um Peggy und die Mädchen zuerst einsteigen zu lassen, bevor sich irgendwelche Opportunisten dazwischendrängen konnten. Schließlich musste er sich selbst auf seinen bescheuerten violetten Rucksack in den Gang setzen; bei dem Gedränge war es aussichtslos, zu den anderen zu gelangen. Die Toilettentür gegenüber funktionierte nicht, glitt immer wieder auf und zu und ließ jedes Mal eine Wolke aus Urin- und Chemiegestank entweichen. Neben ihm schauten zwei Teenager auf einem iPad einen Film, in dem alte Frauen, die von grotesk angemalten Männern gespielt wurden, furzten und in Torten fielen, was die Teenager registrierten, ohne auch nur mit der Wimper zu zucken.

Als sie endlich King's Cross erreichten und aus dem Zug stiegen, bemerkte Andrew, dass er sein Ticket verloren hatte. Er gab sich nicht einmal Mühe, die Sache zu erklären, sondern blechte einfach noch mehr Geld für ein neues Ticket, nur damit sie ihn anstandslos durchließen. Auf der anderen Seite der Sperre stand schon Suze, die das typisch verzogene Gesicht eines missmutigen Kindes hatte, doch zu Andrews Überraschung rannte sie sofort zu ihm, als sie ihn bemerkte, und umarmte ihn zum Abschied. Maisie ließ sich zu einem formellen, aber immerhin freundlichen Händeschütteln herab. Während sich die Mädchen um das letzte Erdbeerbonbon stritten, trat Peggy ungewohnt vorsichtig auf Andrew zu. Vermutlich befürchtete sie, er könnte das Gespräch von vorhin fortsetzen wollen. Irgendwie brachte Andrew ein beruhigendes Lächeln zustande, woraufhin Peggy sich sichtlich entspannte und ihn umarmte. Andrew wollte sich schon aus der Umarmung lösen, als Peggy seine Hände in ihre nahm.

«Wir dürfen auf keinen Fall vergessen, dass wir bei alledem tatsächlich Beryl gefunden haben!», sagte sie lächelnd. «Immerhin war das der eigentliche Grund für die Reise.»

«Absolut», sagte Andrew. Ihre Nähe war einfach zu schmerzhaft. Er beschloss, so zu tun, als vibriere sein Handy, verabschiedete sich und ging ein paar Schritte zur Seite, wobei er den Finger in sein freies Ohr steckte, als wollte er sich vor dem Lärm auf dem Bahnhof schützen. Er versteckte sich hinter einer Säule, tat so, als spräche er mit jemandem, und schaute zu, wie Peggy und die Mädchen allmählich von der Menge verschluckt wurden.

×

Später stand er vor seinem heruntergekommenen Wohnhaus, das in der letzten Woche offenbar um weitere zehn Jahre gealtert war, und überlegte, in ein warmes Café zu gehen, wo er sitzen und so tun konnte, als wäre er noch nicht zu Hause. Er dachte daran, wie ganz und gar untypisch hektisch er gewesen war, als er das Haus verlassen hatte, aufgerüttelt von der plötzlichen Änderung seines Tagesablaufs, doch gleichzeitig auch schwindelig vor Vorfreude darauf, so viel Zeit mit Peggy verbringen zu können. Er hatte kaum Zeit gehabt, den Computer auszumachen, schwer gebeugt unter seinem Rucksack – und war die Treppen hinunter und auf die Straße gestürzt.

Schließlich fand er sich damit ab, hineingehen zu müssen, in den Hausflur mit dem vertrauten Duft der immer noch unbekannten Nachbarin, den abgestoßenen Stellen an der Wand, dem flackernden Licht.

Er wollte gerade seine Wohnungstür öffnen, als er ein Geräusch hörte, das offenbar von der anderen Seite kam. Meine Güte, das war doch wohl kein Einbrecher? Er biss die Zähne zusammen, wuchtete sich den Rucksack vor die Brust, um so eine Art Schutzschild zu haben, steckte den Schlüssel ins Schloss, drehte – und riss die Tür auf.

Als er dort im Halbdunkel mit hämmerndem Herzen stand, begriff er, dass das Geräusch vom Plattenspieler in der gegenüberliegenden Ecke kam. Bei seinem hektischen Aufbruch hatte er ihn wohl nicht richtig ausgestellt, sodass die Nadel hüpfte und derselbe Takt immer und immer wieder ertönte.

KAPITEL
ZWEIUNDZWANZIG

*E*r hieß Warren, war siebenundfünfzig Jahre alt, und es hatte drei Monate und dreiundzwanzig Tage gedauert, bis jemand gemerkt hatte, dass er tot war. Das letzte Mal lebend gesehen worden war er in einer Bank, wo er einen Scheck eingelöst hatte. Dann war er nach Hause gegangen und gestorben und verweste seitdem unter einer Decke mit Kolibrimuster langsam vor sich hin.

Die einzige andere Wohnung im Haus stand leer, was die Tatsache erklärte, dass der Geruch, der Andrew schon würgen ließ, bevor er noch die Wohnung betreten hatte, niemanden auf Warrens Tod aufmerksam gemacht hatte. Tatsächlich war der einzige Grund, aus dem seine Leiche nicht noch länger so dagelegen hatte, der, dass die Abbuchungen für seine Miete und den Strom gleichzeitig nicht funktioniert hatten. Ein unglücklicher Schuldeneintreiber, der offenbar mit der Zielstrebigkeit eines Antiterrorspezialisten auf das Grundstück geklettert war, hatte durch den Briefschlitz des Hauses gespäht, um sofort von einem Schwarm Fliegen eingehüllt zu werden.

Peggy hatte Andrew am Sonntagabend eine SMS geschickt, am Tag, nachdem sie aus Northumberland zurückgekehrt waren. Darin schrieb sie, sie habe sich eine «eklige Erkältung» zugezogen und werde am nächsten Tag nicht zur Arbeit kommen. Um die Wahrheit zu sagen, war Andrew ganz erleichtert, dass sie ihn nicht zu Warren begleitet hatte. Er war sich nicht sicher, wie er sich in ihrer Gegenwart hätte normal benehmen sollen, nach allem, was passiert war.

Also führte er nach langer Zeit wieder einmal ganz allein eine Nachlassinspektion durch. Er hatte sich eine mit Aftershave getränkte Gesichtsmaske vor Mund und Nase befestigt und atmete einmal tief durch, bevor er eintrat. Obwohl er sich damit so gut wie eben möglich vorbereitet hatte, musste er sich dennoch beinahe übergeben. Er ließ seine Tasche auf den Boden fallen und schlug nach den Fliegen, die durch die Unruhe aufgestört worden waren. Er arbeitete, so schnell er konnte, und wühlte sich auf der Suche nach einem Hinweis auf Verwandte durch verdorbene Essensreste und schmutzige Kleidung. Nachdem er zwei Stunden lang alle üblichen Orte durchsucht hatte, zwang er sich sogar, einen Blick in den Ofen zu werfen, der mit einer dicken, erstarrten Fettschicht bedeckt war, und in den Kühlschrank, der, abgesehen von einem einzelnen Fruchtzwerg der Geschmacksrichtung «Waldfrüchte», nichts enthielt. Er fand keinen einzigen Hinweis darauf, dass Warren Familie gehabt hatte, auch verstecktes Geld fand er nicht.

Schließlich, nachdem er alles inspiziert hatte, eilte Andrew zurück zu seiner Wohnung statt ins Büro. Sobald er die Tür hinter sich geschlossen hatte, riss er sich die Kleider vom Leib und duschte, wobei er das Wasser so heiß stellte, dass er es gerade noch ertragen konnte. Er rubbelte sich fieberhaft ab und verbrauchte eine ganze Flasche Duschgel. Dabei versuchte er die ganze Zeit, an etwas anderes als an Warren zu denken. Wie mussten die letzten Wochen vor seinem Tod für ihn gewesen sein, in all diesem Dreck? Wie konnte man überhaupt so leben? Bestimmt war Warren bereits unzurechnungsfähig gewesen und hatte gar nicht gemerkt, wie schlimm es in seiner Wohnung aussah. Andrew musste an die Geschichte von dem Frosch denken, der zu Tode gekocht wird, weil er nicht merkt, dass das Wasser immer heißer wird.

Später ging Andrew doch noch ins Büro. Er roch, als hätte sich der gesamte Body Shop auf ihn übergeben. Cameron saß auf Merediths Yogaball, die Augen in innerer Einkehr geschlossen. Vor ihm stand ein Becher mit einer dampfenden Flüssigkeit, die verdächtig nach Brackwasser aussah.

«Hallo, Cameron», sagte Andrew.

Cameron ließ die Augen zu und hielt Andrew die Handfläche entgegen, wie ein schlafwandelnder Verkehrspolizist, der imaginäre Autos aufhält. Weil er sich nicht an dem Übungsball vorbei zu seinem Schreibtisch quetschen konnte, musste Andrew warten, bis Cameron fertig war mit was auch immer er da tat. Schließlich stieß er derart lang und kräftig den Atem aus, dass Andrew zuerst dachte, der Ball hätte ein Loch.

«Hallo, Andrew», sagte Cameron und erhob sich so würdevoll, wie man eben von einem übergroßen Plastikhoden aufstehen kann. «Und wie war die Nachlassinspektion?»

«Es war wahrscheinlich die schlimmste, die ich je erlebt habe», sagte Andrew.

«Verstehe. Und wie fühlst du dich damit?»

Andrew überlegte, ob das vielleicht eine Fangfrage war. «Na ja ... schlecht.»

«Das tut mir leid zu hören», sagte Cameron, krempelte sich die Ärmel bis zum Ellenbogen hoch, um es sich dann wieder anders zu überlegen und sie wieder herunterzukrempeln. «Heute kommt Peggy übrigens nicht, die Arme.»

«Nein», sagte Andrew und ließ sich in seinen Stuhl fallen.

«Meredith und Keith haben frei», sagte Cameron und fuhr mit dem Finger die Kante von Andrews Bildschirm entlang.

«Aha.»

«Das bedeutet also, dass nur wir beide hier sind ... und die Stellung halten.»

«Genau», sagte Andrew, der nicht recht wusste, wohin diese Unterhaltung führen sollte. Er überlegte schon, Cameron vorzuschlagen, ein paar Schweigestunden einzulegen, um der Erleuchtung noch näher zu kommen. Andererseits war es natürlich glasklar, dass Cameron Hintergedanken haben musste.

Andrew beobachtete, wie er wegging, um dann mit großer Geste so zu tun, als sei ihm plötzlich etwas eingefallen. Er schnippte sogar mit den Fingern, als er sich umdrehte.

«Apropos, hättest du etwas dagegen, wenn wir kurz miteinander reden? Ich kann dir einen Kräutertee machen.»

Andrew wusste nicht, was schlimmer war: die Aussicht auf ein Gespräch, *egal* welcher Länge, mit seinem trotteligen Chef oder die Tatsache, dass Cameron ihm gerade eine Tasse von dem Brackwasser angeboten hatte.

Die Lounge hatte sich in den letzten Tagen verändert. Blaue und violette Decken waren über den Sofas arrangiert worden, und ein Buch über transzendentale Meditation lag gut sichtbar auf dem Sitzsack, der den Platz des

Couchtisches eingenommen hatte. Andrew war nur froh, dass es nirgends Haken gab, an denen man klimpernde Windspiele hätte aufhängen können.

«Freust du dich schon auf Donnerstag?», fragte Cameron.

Andrew sah ihn verständnislos an.

«Unser Essen bei Meredith», erklärte Cameron. Er war ganz offensichtlich enttäuscht, dass Andrew das vergessen hatte.

«Oh ja, natürlich. Wird sicher ... lustig.»

«Glaubst du? Hör mal, ich weiß, dass es ein komischer Abend war, als ihr bei Clara und mir gegessen habt ...»

Andrew wusste nicht recht, ob er zustimmen sollte oder nicht, also hielt er den Mund.

«Aber ich bin mir sicher, dass es diesmal viel entspannter wird», sagte Cameron.

Sie tranken ihren Tee, und Andrew warf heimlich einen Blick auf seine Armbanduhr.

«Ich bin ganz froh, dass nur wir beide heute da sind», sagte Cameron schließlich. «So habe ich die Gelegenheit, eine tiefere Verbindung zu dir aufzubauen.»

«Okay», murmelte Andrew, der sich sehr zurückhalten musste, um nicht zu schreien: *Wenn du reden willst, dann sag doch einfach ‹reden›, du unerträglicher Vollpfosten!*

Cameron nahm einen Schluck von dem Brackwasser, ehe er weitersprach. «Du erinnerst dich sicher an meine Präsentation vor einer Weile, als eine spezielle Nachricht auf dem Bildschirm aufpoppte.»

Personalabbau. Bei allem, was sonst noch passiert war, hatte Andrew gar keine Zeit gehabt, darüber nachzudenken.

«Die Wahrheit ist», fuhr Cameron fort, «ich weiß einfach noch nicht, ob *wir* diejenigen sind, die mehr Arbeit auf weniger Schultern verteilen müssen, oder ob es eine andere Abteilung trifft.»

Andrew rutschte auf seinem Sessel herum. «Warum erzählst du mir das, Cameron?»

Cameron lächelte ihn besonders verzweifelt an, wobei all seine Zähne sichtbar wurden. «Weil ich ständig darüber nachdenken muss und einfach das Gefühl hatte, etwas sagen zu müssen, und weil … wir doch Kumpel sind, oder?»

«Klar», antwortete Andrew und vermied es, Cameron in die Augen zu sehen. Wenn Cameron ihm das so sagte, bedeutete es dann, dass er in Sicherheit war? Sein aufkeimender Optimismus erstarb sofort wieder, als er begriff, was das heißen würde – Peggys Job wäre in Gefahr.

«Danke, Kumpel», sagte Cameron. «Jetzt, da ich das vom Herzen habe, fühle ich mich schon viel besser.»

«Gut, gut.» Andrew überlegte, ob er jetzt für Peggy sprechen sollte.

«Also, wie geht's der Bagage?», fragte Cameron.

Die Frage erwischte Andrew kalt. Er brauchte einen Augenblick, bis er begriff, dass Cameron Diane und die Kinder meinte. Er wollte etwas antworten, aber ihm fiel überhaupt nichts ein, keine Anekdoten oder Neuigkeiten, die er sonst immer parat hatte. *Los, denk nach! Denk dir was aus, so wie immer.*

«Ähm …», machte er und geriet in Panik, dass Cameron sein Zögern womöglich so interpretieren würde, dass etwas nicht stimmte. «Der Bagage geht's gut. Allen geht es richtig gut, wirklich. Hör mal …» Er stand auf. «Ich habe wirklich ungeheuer viel zu tun, also mache ich mich lieber wieder an die Arbeit. Tut mir leid.»

«Oh, na ja, wenn du …»

«Tut mir leid», wiederholte Andrew, der beinahe über den Zipfel eines Überwurfs gestolpert wäre, und eilte davon. Plötzlich bekam er schwer Luft, und ihm wurde ganz komisch. Nur knapp schaffte er es bis zu den Toiletten, wo er sich in das Waschbecken übergab.

×

An diesem Abend chattete er mit BamBam, BastlerAl und BreitspurJim und versuchte, die Situation vom Nachmittag aus dem Kopf zu bekommen. Es hatte Andrew ziemlich erschüttert, plötzlich einen solchen Hänger zu haben. Aber vielleicht war er nur ein wenig eingerostet, weil er sich die letzte Zeit so sehr auf Peggy konzentriert hatte. Je näher sie ihm gekommen war, desto mehr hatte sich Diane von ihm entfernt. Er hatte seine «Familie» vernachlässigt, die Menschen, auf deren Unterstützung er sich verließ, und die Gewissensbisse, die er deshalb spürte, waren tief und echt. Die Stärke seiner Schuldgefühle war zutiefst erschreckend. *Das. Ist. Nicht. Normal*, sagte er sich und grub die Fingernägel in seine Oberschenkel.

Der Chat im Unterforum drehte sich derweil um eine wichtige Frage: *Welche Sorte gummiertes Pferdehaar ist am besten, um Büsche und Bäume für die Landschaften anzufertigen?* Andrew wusste, dass sein Gefühlsleben eigentlich nicht hierher gehörte, aber an wen konnte er sich sonst wenden? Also fasste er sich ein Herz.

Tracker: *Leute, ich will euch nicht runterziehen, aber erinnert ihr euch, dass ich euch von dieser Person erzählt habe, mit der ich mich wirklich gut verstanden habe? Offenbar war da doch etwas mehr als Freundschaft zwischen uns, aber ich habe es verbockt.*

BreitspurJim: *Tut mir leid, das zu hören, T. Was ist passiert?*
Tracker: *Es ist ein bisschen kompliziert. Es gibt da noch jemand anders in ihrem Leben. Aber das ist noch nicht einmal das Hauptproblem. Im Grunde habe ich etwas vor ihr verheimlicht, und wenn ich ihr alles erzähle, spricht sie wahrscheinlich nie wieder mit mir.*
BamBam67: *Oje, das klingt echt ernst.*
BastlerAl: *Das ist eine knifflige Angelegenheit. Eventuell hast du recht – sie spricht vielleicht nie wieder mit dir, aber wenn es nur den Hauch einer Chance gibt, dass sie es akzeptiert, ist es dann nicht wert, dafür zu kämpfen? Heute in einer Woche könntet ihr zusammen sein! Ein Klischee, ich weiß, aber ist es nicht besser, Liebe empfunden und Verlust erlitten zu haben, als niemals geliebt zu haben und so??*

Plötzlich ertönte «Blue Moon» in Andrews Kopf. Das kreischende Rückkopplungsgeräusch und das Hämmern in seinen Schläfen war so heftig, dass er auf den Boden glitt und sich den Kopf mit den Händen hielt, die Knie zur Brust zog und darauf wartete, dass der Schmerz verging.

×

In dieser Nacht schlief er tief und fest. Er wachte am frühen Morgen mit Ohren- und Halsschmerzen auf, und sein ganzer Körper pochte. Als er so dalag und dem Regen lauschte, der gegen seine Fensterscheiben trommelte, dachte er an Peggy und fragte sich, ob er sich wohl bei ihr angesteckt hatte.

KAPITEL
DREIUNDZWANZIG

*P*eggy hatte sich auch am folgenden Tag krankgemeldet. Andrew hatte ihr eine SMS geschickt und gefragt, ob es ihr ein wenig besser ginge, aber sie hatte nicht geantwortet.

Seine Erkältung hatte sich in etwas verwandelt, das ihm alle Energie nahm, ihn aber auch nicht schlafen ließ. Stattdessen saß er zitternd oder schwitzend unter der Bettdecke und schaute geistlose Actionfilme, deren Moral jedes Mal lautete: Wenn du das Auto nur schnell genug fährst, zieht die Dame auf dem Beifahrersitz ihr Top für dich aus.

Am nächsten Morgen, er war schon auf dem Weg ins Büro und fühlte sich bei jedem Schritt, als watete er durch Schlamm, fiel ihm plötzlich ein, dass an diesem Tag Alan Carters Beerdigung stattfand. Kraftlos winkte er ein Taxi heran und nannte dem Fahrer das Fahrtziel.

Am Kircheneingang wurde er vom Pfarrer begrüßt, einem gedrungenen Mann mit Schweinsäuglein.

«Angehöriger?», fragte der Pfarrer.

«Nein, Bezirksverwaltung», antwortete Andrew und war bei dieser geradezu unhöflich knappen Begrüßung froh, dass er tatsächlich kein Angehöriger war.

«Ach ja, natürlich», sagte der Pfarrer. «Also, da ist eine Dame in der Kirche. Aber offenbar kommt sonst niemand mehr, also legen wir los.» Er hob eine Faust vor den Mund, um ein Rülpsen zu verbergen, wobei sich seine Wangen wie die eines Frosches blähten.

Beryl saß in der ersten Reihe der leeren Kirche. Andrew steckte sein Hemd in den Hosenbund, strich sich das Haar glatt und ging durch den Mittelgang auf sie zu.

«Du meine Güte, geht es Ihnen gut? Sie sehen ja ganz käsig aus», sagte sie statt einer Begrüßung und legte den Handrücken auf seine Stirn.

«Mir geht es gut», sagte Andrew. «Ich bin ein bisschen müde. Wie geht es Ihnen denn?»

«Den Umständen entsprechend, würde ich sagen», antwortete Beryl und zuckte mit den Schultern. «Ich war wirklich lange nicht mehr in einer Kirche.» Sie senkte die Stimme und flüsterte: «Ich bin nun nicht gerade jemand, der an den bärtigen Typen da oben glaubt. Alan übrigens auch nicht, um ehrlich zu sein. Ich bin mir sicher, dass er dieses ganze Theater lustig gefunden hätte. Kommt Ihre Freundin auch? Peggy?»

«Wohl nicht, fürchte ich», antwortete Andrew und schaute zur Tür, nur für alle Fälle. «Es geht ihr nicht gut, leider. Aber sie lässt Sie grüßen.»

«Oh, na ja, das macht nichts», sagte Beryl. «Dann bleibt mehr für uns.»

Andrew hatte keine Ahnung, was Beryl meinte, bis sein Blick auf eine offene Tupperware-Dose voller bunter Törtchen fiel. Er zögerte kurz, dann nahm er eins und stopfte es sich in den Mund.

Der Pfarrer erschien und hatte erneut Mühe, einen Rülpser zu unterdrücken. Andrew machte sich schon ernsthafte Sorgen um die Trauerrede, aber zum Glück klang sie dann doch einigermaßen innig. Die einzige Störung des Gottesdienstes entstand durch einen Mann mit Baseballkäppi und wasserdichter Hose – einen Friedhofsgärtner, wie Andrew vermutete –, der die Kirchentür aufriss und dann gerade laut genug «Oh Scheiße» sagte, dass alle es hören konnten, nur um die Tür dann wieder hinter sich zuzuschlagen.

Beryl wirkte die ganze Zeit sehr gefasst. Vielleicht lag es daran, dass Andrew diesmal persönlicher in diesen Fall involviert war als sonst, jedenfalls hörte er den Worten des Pfarrers aufmerksam zu und spürte bald, dass er den Tränen nahe war. Scham überkam ihn – immerhin hatte er diesen Mann gar nicht gekannt; es stand ihm überhaupt nicht zu, zu weinen. Schließlich konnte er es nicht verhindern, dass ihm auf jeder Wange eine Träne hinunterrann. Zum Glück schaffte er es gerade noch, sie wegzuwischen, bevor Beryl sie sah. Er würde es auf seine Erkältung schieben, wenn sie eine Bemerkung zu seinen verquollenen Augen machte.

Als der Pfarrer sie bat, mit ihm das Vaterunser zu sprechen, begriff Andrew plötzlich, dass er weder um Alan noch um Beryl geweint hatte, sondern um sein zukünftiges Ich, um seinen Tod, den niemand betrauern würde, und um seine Beerdigungszeremonie in einer zugigen Kirche, bei der ein desinteressierter Pfarrer der einzige Teilnehmer sein würde.

×

Sie verabschiedeten sich höflich, wenn auch etwas steif vom Pfarrer – «Ich traue Männern nicht, die einen so festen Händedruck haben, man denkt doch unwillkürlich, dass sie irgendetwas überkompensieren müssen», sagte Beryl – und gingen eingehakt den Pfad entlang. Andrew fragte Beryl, ob er sie zum Bahnhof begleiten solle. «Machen Sie sich keine Sorgen, mein Lieber, ich besuche ein paar alte Freunde. ‹Alt› ist dabei übrigens das Schlüsselwort: Ich glaube, Sheila und Georgie haben zusammen nur noch sieben Zähne.»

Am Ende des Pfades rauschte der Wind durch die Zweige der imposanten Eibe, die direkt an der Friedhofsmauer stand.

«Haben Sie denn noch Zeit für ein Tässchen Tee, bevor ich losmuss?», fragte Beryl.

Andrew kratzte sich am Hinterkopf. «Leider nicht.»

«Die Zeit macht für niemanden halt, was? Aber warten Sie einen Moment.» Beryl kramte in ihrer Handtasche und fand Papier und Bleistift. «Ich bleibe noch ein paar Tage. Schreiben Sie mir doch Ihre Nummer auf. Ich habe mein spezielles Handy für alte Damen, das ungefähr die Größe eines Ziegelsteins hat. Wir könnten uns vielleicht noch einmal treffen, solange ich hier bin.»

«Das wäre sehr schön», sagte Andrew.

Ein stärkerer Windstoß schob Beryls Hut zur Seite. Sie rückte ihn zurecht und nahm Andrews Hand.

«Sie sind ein guter Mensch, Andrew. Ich weiß, dass mein Alan es zu schätzen gewusst hätte, dass Sie heute gekommen sind. Passen Sie auf sich auf.»

Und damit ging sie. Ihre Gestalt wirkte ganz zerbrechlich im Wind, und Andrew wollte ihr gerade nacheilen, um ihr anzubieten, sie zu ihren Freunden zu begleiten, da blieb sie stehen und kehrte um.

«Hier», sagte sie und förderte die Dose mit den Törtchen aus ihrer Tasche zutage. «Geben Sie Peggy ein paar davon ab.»

KAPITEL
VIERUNDZWANZIG

*A*ndrew bückte sich, um genau hinzusehen, aber es ließ sich nicht verleugnen: Da lag eine tote Maus.

Er hatte nach einem Eimer gesucht, weil aus einem Loch in der Decke über der hinteren Treppe Wasser tropfte. Cameron hatte zwar die Hausverwaltung angerufen, aber die hatte ihn abgewimmelt. Daraufhin hatte er die Augen zugekniffen und leise eine Art Mantra vor sich hin gemurmelt.

«Bin gleich wieder da», hatte Andrew gesagt und sich langsam aus Camerons Büro zurückgezogen.

Als er den Schrank unter dem Spülbecken geöffnet hatte, war ihm sofort der vertraute Gestank des Todes entgegengeschlagen, und tatsächlich: Zwischen einer Warnweste und einigen Flaschen Chlorbleiche lag eine Maus auf dem Rücken. Es gehörte zwar streng genommen nicht zu seinem Aufgabenbereich, aber er konnte sie auch nicht einfach dort liegen lassen. Also zog er einen Putzhandschuh an und hob das Tier am Schwanz auf. Kurz erhaschte er einen Blick auf sein verzerrtes Spiegelbild in der Kaffeemaschine und sah, wie die Maus langsam vor- und zurückschwang, als wäre sie das makabre Pendel für eine Hypnosesitzung.

Um die kleine Leiche loszuwerden, ohne dabei Camerons Achtsamkeitsritual zu stören, schlich er mit der Maus durch das Großraumbüro und auf die Eingangstür zu. Dort, im Eingang, traf er mit schrecklicher Unausweichlichkeit auf Peggy, die gerade damit beschäftigt war, ihren Schirm zusammenzufalten. Im Bruchteil einer Sekunde traf Andrew eine Entscheidung und ließ die Maus in seine Jackentasche gleiten.

Peggy hatte den Schirm inzwischen im Ständer verstaut, bemerkte Andrew und kam zu ihm.

«Hallo», sagte sie. «Was macht das Leben?»

Abgesehen von der toten Maus in meiner Jackentasche?

«Danke, alles in Ordnung. Nichts Neues. Geht es dir besser?»

Er hatte es als ehrliche Frage gemeint, aber durch seine Nervosität hörte es sich beinahe sarkastisch an. Zum Glück schien Peggy es nicht so aufzunehmen.

«Ja, viel besser», sagte sie. «Und was steht heute so an?»

«Ach, das Übliche.»

Maus in meiner Tasche, Maus in meiner Tasche, Maus in meiner Tasche.

«Keith und Meredith?»

«Die kommen heute wieder, sind aber noch nicht da.»

«Danke, lieber Gott, für deine kleinen Gnaden. Und gekündigt worden ist uns auch noch nicht?»

«Nicht dass ich wüsste.»

«Na, das ist doch schon was.»

Zum ersten Mal, seit Andrew Peggy kannte, entstand eine unangenehme Pause.

«Tja, dann mach ich mich an die Arbeit», sagte Peggy. «Kommst du auch?»

«Klar», erwiderte Andrew und zeigte nach draußen. «Ich muss nur ... wir sehen uns gleich.»

Unten ließ er die Maus in die Hecke gleiten, die den

Parkplatz umschloss. Er war schon beinahe wieder im Gebäude, als er Keith auf seinem Roller ankommen sah, ganz in der Nähe von der Stelle, an der er die Maus gelassen hatte. Keith war so viel größer als sein Gefährt, dass er wie ein Clown auf einem winzigen Dreirad wirkte. Kaum eine halbe Minute später kam Meredith in ihrem vanillegelben Kombi an, und Andrew beobachtete, wie sie und Keith sich verstohlen umschauten, um sich dann zu küssen, wobei Keith Meredith fest an sich zog und sie immer leidenschaftlicher abknutschte. Es wirkte fast so, als versänke Meredith in Treibsand.

×

Zum zehnten Mal versuchte Andrew, eine Traueranzeige für Warren zu verfassen. Doch er war abgelenkt und blickte immer wieder heimlich zu Peggy hinüber, die trotz ihrer Versicherung, dass es ihr besser ginge, ziemlich blass und erschöpft aussah. Wobei das auch daran liegen konnte, dass sie sich Merediths Gerede von dem «Mini-Retreat» anhören musste, an dem sie teilgenommen hatte. Er überlegte schon, hinzugehen und Peggy zu retten, aber es war plötzlich alles so anders zwischen ihnen. Er konnte einfach die Vorstellung nicht ertragen, dass sie ihn vorsichtig anlächelte und seinen Blick mied, weil sie befürchtete, dass er wieder darüber sprechen wollte, was in Northumberland passiert war. Stattdessen trottete Andrew also in die Küche und machte sich daran, Tee zu kochen. Jemand hatte die Milch aufgebraucht und den leeren Karton zurück in den Kühlschrank gestellt. Andrew wünschte dem Schuldigen – und er musste sich da nichts vormachen, es war natürlich Keith –, baldmöglichst barfuß auf einen Stecker zu treten.

Von der Küchentür aus konnte er zu Camerons Büro herübersehen. Cameron saß an seinem Computer, die Arme hochgereckt, und drückte brutal Stressbälle zusammen. Er bemerkte Andrew, und sein Gesicht verzog sich zu einem schmerzvollen Lächeln – es war derselbe Gesichtsausdruck, den ein Baby hat, wenn es gerade seine Windeln füllt.

Immerhin kann es heute nicht mehr schlimmer werden, dachte Andrew, und als hätte Cameron seine Gedanken gelesen, kam er genau in diesem Moment auf seinem Stuhl aus seinem Büro gerollt.

«Denkt dran, Leute, heute Abend ist Dinnerparty Nummer zwei. Wir fangen extra früh an, damit ihr morgen frisch zur Arbeit kommt.»

KAPITEL
FÜNFUNDZWANZIG

*A*ndrew spähte hinter einem Baum gegenüber von Merediths Haus hervor und knibbelte am Preisetikett der billigsten Weinflasche herum, die er im Laden an der Ecke hatte finden können. Er war kein Experte, aber doch ziemlich sicher, dass Lettland nicht gerade berühmt für seinen Rosé war.

Er musste sich innerlich auf die Schlacht vorbereiten. Cameron war seit ihrer Unterhaltung über den Personalabbau verdächtig still gewesen, und obwohl sie angeblich «Kumpels» waren, glaubte Andrew keine Sekunde, dass er vor einer Kündigung sicher war. Er würde sich heute Abend von seiner besten Seite zeigen müssen. Cameron legte immer noch übertriebenen Wert auf diese dummen Abendessen. Wenn es ihm also nützte, sich als die Art von Mensch zu präsentieren, die gern bei einem halbgaren Pudding über Schulbezirke redete, dann sollte es eben so sein.

Er wollte gerade die Straße überqueren, als ein Auto vorfuhr. Schnell zog er sich wieder hinter seinen Baum zurück, denn er konnte sehen, wie Peggy aus der Beifahrertür ausstieg und Maisie und Suze auf dem Rücksitz zum Abschied zuwinkte. Das Fahrerfenster senkte sich, und Andrew hörte Steves schroffe Stimme. Peggy drehte sich um und beugte sich ins Fenster, um die Handtasche entgegenzunehmen, die Steve ihr reichte. Im Auto war es gerade hell genug, dass Andrew sehen konnte, wie sie sich küssten. Als Peggy schließlich an Merediths Haustür geklingelt hatte und hineingegangen war, beobachtete Andrew, wie Steve einen Flachmann aus dem Handschuhfach holte, einen tiefen Schluck daraus nahm und mit quietschenden Reifen losfuhr.

×

Meredith öffnete die Tür und küsste Andrew auf beide Wangen. Er ließ die Begrüßung regungslos über sich ergehen, als wäre er eine Statue, die sie küsste, weil das Glück brachte. Die Musik, die aus verborgenen Lautsprechern dudelte, stammte, wie Meredith fröhlich verkündete, von jemandem, der sich Michael Bublé nannte.

«Das ist Jazz!», fügte sie hinzu und nahm Andrew den Wein ab.

«Ach, ist es das?», sagte Andrew und schaute sich nach etwas Spitzem um, in das er sein Gesicht hätte schlagen können.

Die anderen waren schon alle da. Keith trug zu Andrews Überraschung einen grauen Anzug mit einer violetten Krawatte, wobei der Knoten beinahe in den Falten seines Halses verschwand. Er wirkte beunruhigend glücklich. Cameron, der mit einem großen Glas Rotwein am Esstisch saß, trug ein weißes Hemd, dessen obere drei Knöpfe offen standen, sodass darunter graues Brusthaar sichtbar wurde, dazu ein Holzperlenarmband.

Andrew lief direkt in Peggy hinein, die gerade aus der Toilette kam. Sie tanzten endlos ungeschickt umeinander herum, um sich gegenseitig vorbeizulassen.

«Weißt du was, ich bleibe jetzt einfach stehen und

schließe die Augen, bis du vorbei bist», schlug Peggy schließlich vor.

«Guter Plan.» Er ging an ihr vorbei und roch einen neuen Duft – etwas Raffiniertes und Frisches. Aus irgendeinem Grund haute ihn das mehr um, als sie Steve küssen zu sehen. Er spürte, wie sich sein Magen zusammenzog.

«Ich dachte, wir fangen vielleicht mit einem kleinen Spiel an, um uns etwas zu entspannen», schlug Meredith vor, sobald sie alle im Esszimmer versammelt waren.

Oh, Freude, dachte Andrew.

«Jeder sagt ein Wort. Es geht reihum, bis wir eine Geschichte haben. Egal, worum es dabei geht. Der Erste, dem nichts einfällt oder der anfängt zu lachen, verliert. Andrew, fang du doch an.»

Oh Gott.

Andrew: «Wir»

Peggy: «alle»

Cameron: «sind»

Meredith: «zu»

Keith: «Meredith»

Andrew: «nach Hause»

Peggy: «gekommen»

Cameron: «und»

Meredith: «absolut»

Keith: «alle»

Andrew: «hassen»

Andrew schaute zu Peggy. Warum starrte sie ihn so an? Bedeutete das, dass sie verloren hatte? Und dann begriff er, was er gesagt hatte.

Glücklicherweise sprang ihm Peggy bei, indem sie «Erkältungen» sagte, und die Geschichte ging weiter, bis Cameron unerklärlicherweise zu kichern begann und das

Spiel beendet war. Das Abendessen selbst ging ohne weitere Zwischenfälle vonstatten. Meredith tischte mehrere Gänge auf, die allesamt Variationen von Gartenabfällen zu sein schienen, weshalb Andrew hinterher immer noch Hunger hatte. Er arbeitete sich durch den größten Teil der Flasche mit dem lettischen Wein, der überraschend gut war – er war also nicht nur geizig, sondern tief in seinem Herzen auch noch Rassist –, und trommelte mit den Fingern auf dem Tisch herum, wobei er den anderen zuhörte, die sich über eine skandinavische Krimiserie unterhielten, die er angeblich unbedingt sehen musste. Meredith stellte ihren Gedanken zum Thema den Satz «Das ist jetzt kein Spoiler» voran, um dann den Tod der Hauptfigur, zwei Wendungen in der Handlung und den Dialog der letzten Szene in allen Einzelheiten zu schildern. Diese Serie konnte er also schon mal abhaken.

Cameron war lebhaft wie immer, allerdings eher auf der aufgekratzten Seite des Spektrums. Andrew fand sein Verhalten nicht besonders ungewöhnlich, aber als Cameron aufstand, um auf die Toilette zu gehen, schwankte er und musste sich an einem Sideboard festhalten, bevor er aus dem Zimmer torkelte.

«Er ist schon eine Stunde früher da gewesen», flüsterte Meredith vergnügt. «Hat sich gleich über den Malbec hergemacht und getrunken ohne Ende. Ich glaube, es gibt Ärger im Paradies, mit Clara.»

«Und wo ist dein Kerl heute Abend?», fragte Peggy, als Keith gerade einen Krümel von Merediths Ärmel picken wollte. Er zog die Hand sofort zurück, aber Meredith packte sie wie ein Löwe, dem man im Zoo einen Batzen Fleisch vorwirft, und klatschte sie auf den Tisch, wobei sie ihre Finger mit seinen verschränkte.

«Na ja, eigentlich», sagte sie, «wollte ich – *wir* wollten bis nach den selbstgemachten Profiteroles warten, aber wir können es auch jetzt tun. Wir haben euch nämlich etwas zu sagen.»

«Dass ihr miteinander vögelt?», fragte Peggy und unterdrückte ein Gähnen.

«Also, es besteht kein Grund, es so grob auszudrücken», sagte Meredith mit starrem Lächeln. «Aber ja, Keith und ich sind jetzt offiziell Partner. Ein Liebespaar», fügte sie hinzu, für den Fall, dass jemand womöglich glaubte, sie wollten mit ihrer Firma an die Börse gehen.

Die Esszimmertür flog auf und knallte gegen die Wand. Cameron torkelte zu seinem Stuhl. «Hab ich etwas verpasst?», fragte er.

«Die beiden da sind offenbar ein ‹Liebespaar›», sagte Peggy. Andrew wollte ihr nachschenken, aber sie legte die Hand über ihr Glas und schüttelte den Kopf.

«Tja, das ist ... ich meine, gut ... gut für euch», sagte Cameron. «Das nenne ich mal Teambildung!» Er lachte rau über seinen eigenen Scherz.

«Keith, würdest du mir vielleicht kurz in der Küche zur Hand gehen?», fragte Meredith.

«Ja, klar», antwortete Keith mit dem üblichen anzüglichen Grinsen.

«Ich gehe ein bisschen Luft schnappen», sagte Peggy. Sie warf Andrew einen Blick zu und zog die Augenbrauen hoch.

«Ich glaube, da gehe ich mit», sagte Andrew.

«Was für eine Überraschung», sagte Keith leise.

«Wie bitte?», fragte Peggy.

«Nichts, nichts.» Keith hob abwehrend die Hände.

Die vier standen auf. Cameron sah verwirrt zu ihnen

hoch, wie ein kleiner Junge, der in einer Menschenmenge verloren gegangen ist.

Draußen holte Peggy eine Zigarette hervor und bot auch Andrew eine an, der sie annahm, obwohl er nicht die Absicht hatte, sie zu rauchen. Er senkte den Arm und ließ die Zigarette brennen, dabei schaute er zu, wie Peggy den Rauch tief einsog.

«Unverschämt von diesem blöden Sack Keith», sagte Peggy und hob den Kopf, um den Rauch auszublasen. Andrew roch wieder ihr neues Parfüm und hatte das Gefühl, gleich umzukippen. Er hatte keine Ahnung, warum ihm das alles so zusetzte. Er summte unmelodisch vor sich hin, weil er die Stille kaum ertragen konnte.

«Was?», fragte Peggy, die das offenbar so verstand, dass er anderer Meinung war, was Keith anging.

«Nichts», antwortete Andrew. «Er ist ein blöder Sack, wie du gesagt hast.»

Peggy blies erneut Rauch aus. «Du hast aber nicht ... du hast ihm aber nichts gesagt, oder?»

«Nein, natürlich nicht», antwortete Andrew, der innerlich erschauderte.

«Okay. Gut.»

Das hier war erbärmlich. Es war die reine Folter, die Sorge in Peggys Stimme zu hören, zu wissen, dass es ihr vor allem anderen wichtig war, die Versöhnung mit Steve nicht zu gefährden. Sollte er ihr sagen, dass er Steve hatte am Steuer trinken sehen? Egal, was zwischen ihnen passiert war – sie hatte doch sicher ein Recht darauf, zu erfahren, dass Steve sie anlog, zumal er dabei ja auch die Mädchen in Gefahr brachte.

Peggy beobachtete ihn misstrauisch. «Nur dass das klar ist, du wirst nichts Dummes tun, oder? Keine verrückten

Auftritte, inspiriert von diesen beiden Trotteln dadrinnen? Denn glaub mir, das funktioniert nicht.»

Jetzt wurde Andrew wütend. Er hatte nicht darum gebeten, hier in der Kälte zu stehen und sich derart demütigen zu lassen.

«Mach dir keine Sorgen», sagte er. «Ich würde im Traum nicht daran denken, dein Leben zu zerstören.»

Peggy nahm einen letzten Zug von ihrer Zigarette, warf sie auf den Boden und zertrat sie mit dem Absatz ihres Stiefels, wobei sie Andrew mit kühlem Blick fixierte.

«Nur dass du's weißt», sagte sie, und ihr Tonfall war so hart, dass Andrew unwillkürlich einen Schritt zurücktrat, «diese Woche war wirklich nicht leicht für mich. Sie war sogar ziemlich zermürbend, hauptsächlich deshalb, weil ich die ganze Zeit mit meiner Ehe getan habe, was dieser Idiot Cameron zweifellos als ‹Reform an Haupt und Gliedern› bezeichnen würde. Es war sehr schmerzhaft, aber dankenswerterweise ist das Resultat, dass Steve aufgehört hat zu trinken und jetzt wieder Ehemann und Vater sein will. Und so muss es auch sein. Es gibt keine andere Möglichkeit. Und auch wenn es mich eigentlich nichts angeht, muss ich es doch loswerden: Wenn du mit Diane nicht mehr glücklich bist, solltest du dich vielleicht einmal ganz offen mit ihr unterhalten.»

Andrew wollte sie wieder hineingehen lassen, aber diese letzten Worte verletzten ihn derart, dass er sich nicht zurückhalten konnte.

«Ich habe gesehen, wie Steve dich hergebracht hat», platzte er heraus. «Mit den Mädchen hinten im Auto.»

«Und?», fragte Peggy, die Hand schon auf der Klinke.

«Kaum warst du in Merediths Haus, hat er einen Flachmann herausgeholt.»

Peggy senkte den Kopf.

«Tut mir leid», sagte Andrew. «Ich dachte nur, du solltest das wissen.»

«Oh, Andrew. Alles, worüber wir gesprochen haben – dass wir Freunde sind, dass wir füreinander da sein wollen ... hat dir das alles gar nichts bedeutet?»

«Was? Natürlich hat es das.»

Sie schüttelte traurig den Kopf. «Und trotzdem lügst du mich an?»

«Nein, ich ...»

Aber Peggy hörte ihn nicht zu Ende an, sondern schloss geräuschvoll die Tür hinter sich.

Andrew stand da und lauschte der leisen Musik und den Stimmen, die nach draußen drangen. Er sah Peggys Zigarette auf dem Boden und merkte, dass er seine noch immer in der Hand hielt. Er zielte und warf sie direkt neben ihre, um sie dann gemeinsam unter seinem Absatz zu zermalmen.

×

Für den Rest des Abends zog er sich in sich selbst zurück. Er stellte sich seine Ella-Platten und alle Modelleisenbahnteile, die er besaß, ausgebreitet auf dem Boden vor und überlegte, welche er davon verkaufen konnte, sollte er derjenige sein, dem gekündigt wurde. Vielleicht das *Souvenir Album*. Das war die Platte, die er vermutlich am seltensten hörte. Die DB Schenker Klasse 67 hatte wohl auch schon bessere Tage gesehen. Sie sah immer noch großartig aus, schaffte aber kaum eine Gleisrunde, ohne ein paarmal melancholisch stehen zu bleiben, egal, wie sehr er sie pflegte.

Peggy saß trübe da, während Cameron, Keith und

Meredith das Stadium der Trunkenheit erreichten, in dem sie sich zwar immer noch bemühten, sich gegenseitig auszustechen, es aber als kumpelhafte Neckerei maskierten. Sie prahlten mit ihren Sauftouren, ließen plump Namen von Promis fallen, die sie angeblich kannten, und, am befremdlichsten von allem: Sie protzten mit ihren sexuellen Heldentaten.

«Na kommt schon, kommt schon», rief Keith, damit ihn auch alle hören konnten. Bevor Meredith ihre Affäre öffentlich gemacht hatte, hatte er ganz ungewöhnlich befangen gewirkt, aber jetzt war er wieder ganz er selbst, mit heraushängendem Hemd und gelockerter Krawatte, wie Kröterich aus «Der Wind in den Weiden» am Casual Friday. «Wer von euch hat es schon mal in aller Öffentlichkeit getan?»

Bisher war Andrew damit durchgekommen, einfach den Mund zu halten und zu essen, hin und wieder zu lächeln oder zu nicken, damit es nicht auffiel, dass er gar nicht zuhörte. Aber jetzt waren die Teller leer, und er konnte sich nirgends mehr verstecken. Keith fing seinen Blick auf, und Andrew wusste sofort, dass er sich keinesfalls die Gelegenheit entgehen lassen würde, ihn bloßzustellen.

«Na los, Andy Pandy. Du und deine Alte seid schon wie lange zusammen?»

Andrew nahm einen Schluck Wasser. «Sehr lange.»

«Na, spuck's schon aus. Habt ihr ...?»

«Haben wir was?»

«Es irgendwo in der Öffentlichkeit gemacht!»

Andrew schloss kurz die Augen. «Ah. Ähm. Nein. Nicht dass ich wüsste.»

Meredith kicherte in ihr Weinglas. Cameron lachte ebenfalls, aber seinem glasigen Blick nach zu urteilen, war er zu betrunken, um noch zu verstehen, worüber geredet wurde.

«Nicht dass du wüsstest?», wiederholte Keith. «Du weißt aber schon, wie das mit dem Sex geht? Das ist jetzt nicht so, dass man das hinter seinem eigenen Rücken machen könnte.»

«Na ja ... kommt drauf an, wie biegsam man ist», versetzte Meredith. Sie gackerte über ihren eigenen Witz, und Andrew nutzte die Gelegenheit, um sich auf die Toilette zu entschuldigen. «Glaub nicht, dass wir dich vergessen, während du weg bist», rief ihm Keith hinterher.

Andrew hatte keine Eile, zurück ins Esszimmer zu gehen, das ihm jetzt vorkam wie ein Schulhof. Merediths Badezimmer war beunruhigend – besonders das Bild von ihr und ihrem jetzt vermutlich verflossenen Freund. Es war eine professionelle Aufnahme. Sie waren in vollkommen unnatürlicher Pose auf einem flauschigen weißen Zotteltteppich fotografiert worden. Andrew betrachtete den Mann, der unternehmungslustig in die Kamera blickte, und fragte sich, wo er wohl gerade war. Vielleicht ertränkte er seinen Kummer mit seinen Freunden, mit demselben etwas starren Lächeln im Gesicht wie auf dem Foto, und erzählte allen, dass «nein, ehrlich, die Trennung eigentlich das Beste ist, was passieren konnte».

Im Esszimmer deutete nichts darauf hin, dass sich die Lage beruhigt hätte, obwohl Cameron tatsächlich eingeschlafen war. Keith stand mit einem Textmarker neben ihm und schien ihm etwas ins Gesicht malen zu wollen. Meredith stand dabei, hüpfte auf und nieder und ruderte begeistert mit den Armen wie ein Kleinkind, das gerade gelernt hat, ohne Hilfe zu stehen. Gerade als Andrew wieder am Tisch angelangt war, verlor Peggy die Geduld. Sie stampfte zu Keith und machte Anstalten, ihm den Stift aus der Hand zu schlagen.

«Hey!», sagte Keith und zog seine Hand weg. «Na komm schon, das ist doch nur ein Spaß.»

«Unreifer geht es wohl nicht?», sagte Peggy. Sie wollte wieder nach dem Stift greifen, aber diesmal trat ihr Meredith mit wütendem Blick in den Weg.

«Was hast du denn für ein Problem, Miss Superverklemmt?», zischte sie.

«Oh, ich weiß auch nicht», antwortete Peggy. «Wie wär's damit, dass es ihm wegen seiner Frau gerade ziemlich schlecht geht, was du netterweise gleich eingangs bemerkt hast? Nur weil ihr beide offenbar so glücklich seid, heißt das noch lange nicht, dass ihr ihn demütigen dürft.»

Meredith neigte den Kopf zur Seite und schob die Unterlippe vor. «Oh, Süße, du klingst ja so gestresst. Weißt du, was du brauchst? Eine gute Yoga-Session. Ich kenne da dieses tolle Studio – Synergy. Da war ich letzte Woche. Da kannst du deine ganze Frustration loswerden.»

Synergy? Warum hört sich das so bekannt an?, dachte Andrew, der um den Tisch herumging, um sich neben Peggy zu stellen. Er wollte die Lage beruhigen, aber Peggy hatte andere Pläne.

«Weißt du was?», sagte Peggy. «Wenn ich mit euch in einem Raum bin, überlege ich die ganze Zeit, woran ihr beide mich erinnert.»

«Peggy ...», sagte Andrew, aber sie hob die Hand. Eine Hand, der man lieber nicht in die Quere kommen wollte.

«Und ich freue mich, sagen zu können, dass ich endlich darauf gekommen bin. Denn es liegt auf der Hand, dass du, Keith, aussiehst wie das lebendig gewordene Warnbild auf einer Zigarettenschachtel.»

Meredith gab einen merkwürdigen Gurgellaut von sich.

«Und was dich angeht, *Süße* – du siehst aus wie das, was ein Kleinkind zustande bringt, wenn man es bittet, ein Pferd zu zeichnen.»

Sosehr Andrew die Gesichtsausdrücke von Keith und Meredith genoss, so sicher wusste er, dass diese Stille seine letzte Chance war, die Katastrophe zu verhindern.

«*Hört mal*», sagte er und erschrak selbst darüber, wie laut es klang, «erinnert ihr euch an die Sache mit dem Personalabbau, die wir in Camerons Präsentation gesehen haben? Glaubt ihr wirklich, dass euch dieses Verhalten nützt, wenn er darüber entscheiden muss, wer gehen muss? Ich weiß, dass er ein Idiot sein kann, aber er ist immer noch der Einflussreichste hier im Zimmer.»

In diesem Moment begann Cameron zu schnarchen.

«Ha, genau, der sieht echt einflussreich aus», höhnte Keith. «Du hast bloß Schiss, wie immer. Ich jedenfalls habe keinen Bock mehr, so zu tun, als hätte Cameron mehr Dampf als eine Tasse lauwarmer Kamillentee. Soll er mich doch feuern, das geht mir am Arsch vorbei.»

Er zog den Verschluss vom Stift mit den Zähnen ab und spuckte ihn angeberisch auf den Boden. Meredith wirkte jetzt ein bisschen verunsichert, offenbar waren Andrews Worte doch zu ihr durchgedrungen. Andrew und Peggy wechselten einen Blick. Er wollte ihr sagen, dass sie einfach gehen und diese beiden Idioten ihr Schicksal besiegeln lassen sollte. Aber ehe er auch nur ein Wort hervorbringen konnte, stürzte sich Peggy auch schon auf Keith und entriss ihm den Stift.

«Du Schlampe!», schnauzte Keith und griff in die Luft, weil Peggy sich gerade noch rechtzeitig duckte.

«Hey!», schrie Andrew, rannte zu ihnen und stieß sich

dabei die Hüfte am Tisch. Peggy täuschte an, ging dann rückwärts und stieg auf einen Stuhl, wobei sie den Stift in die Luft hielt. Keith und Meredith sprangen an ihr hoch, um ihn zu fassen zu kriegen. Wenn in diesem Moment ein Fremder ins Zimmer gekommen wäre, hätte er den Eindruck gehabt, Zeuge eines merkwürdig wütenden Volkstanzes zu sein. Peggy stieß Keith mit dem Fuß von sich, sodass er zurücktaumelte. Andrew sah die Wut in Keiths Blick, und als er wieder auf sie zutorkelte, streckte Andrew instinktiv die Hand aus und stieß ihn so kräftig wie nur möglich in die Seite. Keith verlor das Gleichgewicht und knallte mit einem grässlichen Rumsen gegen den Türrahmen, erst mit dem Rücken, dann mit dem Kopf.

In diesem Augenblick passierten mehrere Dinge gleichzeitig.

Camerons Kopf ruckte hoch, und er wachte auf.

Keith griff nach seinem Hinterkopf, besah sich das Blut an seinen Fingerspitzen und fluchte wie ein besoffener Matrose.

Meredith kreischte ohrenbetäubend.

Und dann, als Andrew plötzlich begriff – *Cynergy*, nicht Synergy – spürte er, dass sein Handy vibrierte. Er zog es aus der Tasche.

Es war Carl.

KAPITEL
SECHSUNDZWANZIG

*A*ndrew war sich nicht ganz sicher, wie lange er schon in der Badewanne lag (oder warum er sich überhaupt ein Bad eingelassen hatte), aber als er sich vorsichtig hineingesetzt hatte, war es noch brühheiß gewesen, und jetzt war es kaum noch lauwarm. Er hatte im Wohnzimmer Ella aufgelegt, aber die Badezimmertür war zugefallen, sodass er nur noch die Musik hören konnte. Er hatte überlegt, aus dem Wasser zu steigen und die Tür wieder zu öffnen, doch die Musik auf diese Weise zu genießen, war anders, aber auch schön. Er musste so angestrengt lauschen, um jede Ausweichung wahrzunehmen, jede noch so zarte Veränderung der Stimmfarbe, als hörte er das Album zum allerersten Mal. Er war ganz überwältigt von Ellas Fähigkeit, ihn nach all der Zeit noch zu überraschen und zu begeistern.

Doch dann war die Platte zu Ende gewesen, und jedes Mal, wenn er sich nun rührte, spürte er, wie die Kühle des Wassers in seine Knochen drang.

Er konnte sich kaum noch daran erinnern, wie er von Meredith nach Hause gekommen war. Er war hinausgestolpert, während sein Handy immer noch vibriert hatte, und hatte wie aus großer Ferne Merediths Schreie gehört: «Er hat ihn verletzt! Er hat ihn verletzt!» Als Nächstes erinnerte er sich nur noch an die Kratzspuren im Hausflur und das Neonlicht und an das Parfüm seiner Nachbarin. Vielleicht stand er unter Schock.

Endlich brachte Andrew den Mut auf, aus der Wanne zu steigen. Er schlang sich das Handtuch um den Körper, saß zitternd auf dem Toilettendeckel und starrte das Handy auf dem Boden in der Ecke an, wo er es fallen gelassen hatte. Er hatte es nach Carls drittem Anruf ausgeschaltet, wusste aber, dass er ihn nicht mehr lange würde ignorieren können.

Carl und Meredith. Meredith und Carl.

Es konnte nicht sein, dass es reiner Zufall war, wenn Carl ihn ausgerechnet jetzt anrief. Und dann war da noch Keith. Vielleicht sollte er zuerst Peggy anrufen, um herauszufinden, was passiert war. Er konnte ihn doch nicht wirklich schlimm verletzt haben?

Er ging ins Wohnzimmer und saß mit dem Handy in der Hand auf dem Sofa, wechselte immer wieder zwischen den beiden Telefonnummern, unfähig, sich zu entscheiden. Schließlich drückte er auf «Anrufen». Er grub die Fingernägel in das Fleisch seines Armes und wartete darauf, dass Carl ranging. Die Stille war grauenvoll. Plötzlich sehnte er sich verzweifelt danach, die Stille zu durchbrechen, er rannte beinahe zu seinem Plattenspieler und ließ ungeschickt die Nadel auf die Platte fallen. Endlich erfüllte Ellas Stimme das Zimmer. Sie war die einzige Unterstützung, die er hatte. Er ging in einer Acht um die Modellbahnschienen herum, während das Handy immer noch tutete.

«Hallo, Andrew.»

«Hallo.»

Pause.

«Und?», fragte Andrew.

«Und was?»

«Ich rufe dich zurück, Carl. Es ist spät. Was willst du?»

Andrew hörte, wie Carl schluckte. Zweifellos trank er einen widerlichen Protein-Shake.

«Ich habe vor kurzem eine von deinen Kolleginnen kennengelernt», sagte Carl. «Meredith.»

Andrew wurde es schwummrig, er rutschte von der Couch, fiel auf die Knie.

«Sie war in meinem Yogakurs. Die Geschäfte laufen gerade nicht so gut, daher war sie nur mit ein paar anderen da. Wir konnten uns natürlich noch keine richtige Werbung leisten.»

«Ach so», sagte Andrew und hielt sich an der Hoffnung fest, dass Carl vielleicht doch nicht auf das hinauswollte, was Andrew vermutete.

«Wir haben nach dem Kurs ein wenig geplaudert», sagte Carl. «Es war ehrlich gesagt ein bisschen peinlich. Sie hat plötzlich von der unglücklichen Affäre geredet, die sie mit einem Kollegen hat. Ich weiß nicht, warum sie dachte, dass mich das interessiert. Ich wollte sie endlich loswerden, und dann, ganz plötzlich, aus heiterem Himmel, hat sie erwähnt, wo sie arbeitet. Und siehe da, sie arbeitet mit dir zusammen. Die Welt ist klein, stimmt's?»

Andrew war kurz davor, aufzulegen. Er könnte die SIM-Card aus dem Handy nehmen, sie im Klo herunterspülen und würde nie wieder mit Carl sprechen müssen.

«Andrew, bist du noch da?»

«Ja», sagte Andrew durch die zusammengebissenen Zähne.

«Gut. Ich dachte schon, dass du vielleicht abgelenkt bist. Von Diane. Oder den Kindern.»

Andrew ballte seine freie Hand zur Faust und biss darauf, bis er Blut schmeckte.

«Es ist doch immer wieder lustig, wie uns unsere Erinnerungen trügen», sagte Carl. Andrew merkte, dass er sich sehr bemühte, ruhig zu sprechen. «Denn ich könnte schwören, dass du allein in einer Einzimmerwohnung in der Nähe der Old Kent Road wohnst und dass du keine Beziehung hattest seit ... äh ... Egal. Aber wenn man dieser Meredith Glauben schenken will, dann bist du ein glücklich verheirateter Vater von zwei Kindern, der in einem schicken Stadthaus wohnt.» Carls Stimme bebte vor unterdrückter Wut. «Und dafür gibt es nur zwei Erklärungen. Entweder hat Meredith alles komplett falsch verstanden, oder du lügst ihr und Gott weiß wem noch vor, dass du eine Frau und Kinder hättest – und ich hoffe für dich, dass es die erste Erklärung ist, denn wenn es die zweite ist, dann ist das wohl das Jämmerlichste, was ich je gehört habe. Ich mag mir gar nicht ausmalen, was dein Chef davon halten würde, wenn er es herausfände. Begeistert wäre er bestimmt nicht, oder?»

Andrew nahm die Faust aus dem Mund und betrachtete die comichafte Bissspur auf seiner Hand. Eine verschwommene Erinnerung an Sally, wie sie einen halb aufgegessenen Apfel über die Hecke warf und protestierte, weil ihre Mutter sie deswegen tadelte, kam ihm in den Sinn.

«Was willst du?», fragte er leise.

Zuerst antwortete Carl nicht. Nur Atemgeräusche. Dann brach er das Schweigen.

«Du hast *alles* kaputt gemacht. Sally hätte wieder gesund werden können, das weiß ich genau. Aber jetzt ist sie tot. Heute habe ich mit ihrer Notarin gesprochen, und sie sagte mir, dass dir Sallys gesamte Ersparnisse in den nächsten Tagen überwiesen werden. Dir, Andrew, und keinem anderen. Meine Güte, wenn sie doch nur gewusst hätte, was du in Wirklichkeit für ein Mensch bist. Glaubst du im Ernst, dass sie dir dann noch das Geld vermacht hätte?»

«Ich bin nicht ...»

«Halt den Mund und hör zu», unterbrach ihn Carl. «Angesichts der Tatsache, dass ich jetzt weiß, was du für ein Lügner bist, will ich dir ganz deutlich sagen, was geschehen wird, wenn du beschließt, mir doch nicht zu geben, was mir zusteht. Ich werde dir eine SMS mit meiner Bankverbindung schicken, jetzt gleich. Und wenn du das Geld nicht *im selben Moment* überweist, in dem du es bekommst, dann muss ich nur Meredith anrufen, und alles ist vorbei. *Alles.* Verstanden? Gut.»

Und damit legte er auf.

Andrew ließ das Handy sinken. Langsam begann sein Hirn wieder, Ellas Stimme verarbeiten zu können: *It wouldn't be make-believe, if you believed in me.* Sofort loggte er sich in seinen Online-Bankaccount ein: Das Geld war bereits angekommen. Sein Telefon vibrierte – Carls Bankverbindung. Andrew begann, eine Überweisung auszufüllen, und gab Carls Kontonummer ein. Sein Herz raste. Noch ein Klick, und das Geld wäre fort, und das hier wäre vorbei. Aber irgendetwas ließ ihn zögern. Denn abgesehen von dem, was Carl darüber gesagt hatte, was Sally von seinen Lügen halten würde – wie würde sie erst Carls Verhalten beurteilen? Dieses Geld war das Letzte, was ihn mit Sally verband. Es war das letzte Geschenk seiner Schwester an ihn gewesen. Das letzte Symbol ihrer Verbindung.

Bevor er weiter nachdenken konnte, klickte er auf «Abbrechen» und stützte den Kopf in die Hände, um tief und langsam ein- und auszuatmen.

✕

Er hatte ein paar Minuten auf dem Boden gesessen und zwischen erschöpfter Niedergeschlagenheit und verzweifelter Panik geschwankt, als sein Handy erneut klingelte. Halb erwartete er, dass es wieder Carl war – dass er irgendwie herausgefunden hatte, dass Andrew das Geld schon hatte –, aber es war Peggys Nummer auf dem Display.

«Hallo?», sagte er. Im Hintergrund lärmte es, Menschen schrien und versuchten, einander zu übertönen.

«Hallo?», sagte er erneut.

«Ist da Andrew?»

«Ja, wer ist da?»

«Ich bin's, Maisie. Warte mal. Mum? MUM? Ich hab ihn am Telefon.»

Andrew hörte ein allgemeines «Woah!», dann ein Hupen, und dann klang alles gedämpft, weil jemand offenbar am Handy herumfingerte.

«Andrew?»

«Peggy? Alles in Ordnung mit dir? Hat Keith ...?»

«Du hattest recht mit Steve. Bin nach Hause gekommen, da hat er gerade stockbesoffen die Mädchen angeschrien, wer weiß, was er sonst noch alles genommen hat. Ich schaffe das nicht mehr, ich schaff es einfach nicht. Ich habe alles zusammengerafft, was ich auf die Schnelle kriegen konnte, und die Kinder ins Auto gesteckt. Steve war währenddessen damit beschäftigt, die Wohnung zu demolieren, daher konnte er mich nicht daran hindern zu gehen, aber dann ist er aufs Motorrad gesprungen und hinter mir hergefahren.»

«Verdammt, geht es euch gut?»

Wieder hupte es.

«Ja, na ja, eigentlich nicht so. Es tut mir so leid, Andrew, ich hätte dir gleich glauben sollen.»

«Ist doch nicht wichtig, das macht nichts – ich will nur wissen, ob ihr in Sicherheit seid.»

«Ja, sind wir. Ich glaube, ich habe ihn abgehängt. Aber die Sache ist die, es ist schon so spät, und ich habe niemanden sonst erreicht und … ich würde normalerweise nicht um so etwas bitten, aber … könnten wir vielleicht zu euch kommen, nur für eine Stunde oder so, bis ich weiß, was ich machen soll?»

«Ja, natürlich», sagte Andrew.

«Du rettest uns das Leben. Wir machen auch keine Umstände, das verspreche ich. Okay. Wie ist eure Adresse? Maisie, nimm mal den Stift da, Liebling, du musst Andrews Adresse für mich aufschreiben.»

Als Andrew begriff, worauf er sich da eingelassen hatte, zog sich ihm der Magen zusammen.

«Andrew?»

«Ja, ich bin hier, ich bin hier.»

«Okay, gut. Wie lautet deine Adresse?»

Was konnte er tun? Er hatte keine Wahl, er musste sie ihr sagen. Und sobald die Worte aus seinem Mund waren, war die Verbindung auch schon tot.

«Ist schon in Ordnung», sagte er laut. Die gähnende Gleichgültigkeit seiner Wohnung schluckte die Worte, diese vier Wände, die Wohnzimmer, Küche und Schlafzimmer zugleich waren.

Gut, gehen wir das Problem logisch an, dachte er. Vielleicht könnte das hier seine Zweitwohnung sein? Ein kleiner Zufluchtsort nur für ihn, um ein bisschen – wie lautete noch dieser schreckliche Ausdruck, den Meredith neulich benutzt hatte? – «Zeit für mich selbst» zu haben, das war es gewesen. Er drehte sich langsam um die eigene Achse und schaute sich in der Wohnung um, versuchte sich ins

Gedächtnis zurückzurufen, wie sie aussah, als er sie zum ersten Mal gesehen hatte. Aber das war keine Lösung. Diese Wohnung wirkte zu bewohnt, um nicht seine Hauptwohnung zu sein.

Ich erzähle ihr einfach alles.

Dieser Gedanke kam ganz plötzlich. Nur wenige Augenblicke später hörte er, dass ein Auto vor dem Haus hielt. Er schaute sich um. Vielleicht sollte er noch schnell ein wenig aufräumen – wobei alles eigentlich recht übersichtlich wirkte. Wie immer lagen ein Teller, ein Messer und eine Gabel, ein Glas und ein kleiner Topf auf dem Abtropfgitter. Sonst war alles an seinem Platz. Wozu dann aufräumen?

Er schaute sich ein letztes Mal um, nahm seine Schlüssel und ging zur Tür. Die Stufen herunter. An den abgeschabten Stellen vorbei. Durch den schwachen Parfümduft hindurch. Je näher er der Eingangstür kam, desto kälter wurde es, und er spürte, wie ihn die Zuversicht verließ.

Nein, du musst es tun, sagte er sich. *Tu es. Mach keinen Rückzieher.*

Er war jetzt im Flur. Nur noch eine Tür trennte ihn von Peggy und ihren Mädchen, deren Umrisse durch das Milchglas zu sehen waren.

Tu es. Es gibt kein Zurück.

Seine Hand lag auf der Klinke. Seine Beine zitterten so sehr, dass er dachte, sie müssten nachgeben. *Es muss erst ganz schlimm werden, bevor es wieder besser wird. Tu es, du verdammter Feigling – tu es.*

Peggy schlang die Arme um ihn, und er fühlte ihre Tränen auf seiner Wange. Er drückte sie so fest an sich, dass er spürte, wie sie ihre Umarmung überrascht lockerte.

«Hey, hey», flüsterte sie, und ihre weiche Stimme trieb

ihm die Tränen in die Augen. Er sah, wie Suze versuchte, drei Reisetaschen auf einmal aus dem Auto zu hieven, ohne dabei umzufallen. Maisie stand neben ihr, mit blassem Gesicht, die Arme um ihren Oberkörper geschlungen. Peggy legte Andrew die Hand auf die Brust. «Dürfen wir reinkommen?», fragte sie.

Andrew sah, wie sie prüfend an ihm vorbeischaute. Und wie sich erst Verwirrung und schließlich Sorge in ihren Blick schlichen.

«Andrew …?»

KAPITEL
SIEBENUNDZWANZIG

*A*ndrew saß auf dem Bett eines Toten und überlegte, ob sein Fuß gebrochen war. Er war seit gestern Nacht beinahe grotesk angeschwollen. Unter der schwammigen Haut breitete sich eine Flüssigkeit aus, und er pochte und war ganz heiß, als wäre er entzündet. Andrew hatte heute Morgen nicht einmal seinen Schuh anziehen können, nur uralte Flip-Flops, die er ganz hinten im Schrank gefunden hatte. Der Schmerz war unerträglich, aber längst nicht so schlimm wie das, was er fühlte, wenn er die Augen schloss und sich an die Enttäuschung in Peggys Gesicht erinnerte.

×

Es war alles wie im Nebel geschehen – seine gestammelte Entschuldigung bei ihr und den Mädchen (nein, leider, sie konnten nicht reinkommen, es tat ihm so, so leid, er würde es erklären, sobald er konnte, aber heute Nacht war es nicht möglich) –, dann die wachsende Verwirrung in Peggys Blick und schließlich die Enttäuschung. Er war hineingeflohen, er hätte es einfach nicht ertragen, zu sehen, wie Peggy ihre verwirrten Töchter zurück ins Auto scheuchte, er hatte sich sogar die Finger in die Ohren gesteckt, um nicht zu hören, wie sie sie fragten, warum sie nicht bleiben konnten. Er war wieder durch den Flur, die

Stufen hoch und durch die Wohnungstür gegangen. Oben hatte er gehört, wie ein Autor fortfuhr – vermutlich Peggy und die Mädchen. Als das Motorengeräusch verklungen war, schaute er auf den Boden und sah die Modelleisenbahn, die er so präzise und umsichtig und ohne Kosten zu scheuen dort aufgebaut hatte. Mit einem Mal sprang Andrew darauf herum, trat gegen alles, was sein Fuß treffen konnte, sodass Gleisteile und Landschaftselemente gegen die Wand schleuderten, bis nur noch Chaos übrig blieb, auf das sich die Stille senkte. Zunächst fühlte er überhaupt nichts, aber dann verflog das Adrenalin, und der Schmerz kam als dumpfe Welle. Er kroch in die Küche und kramte eine Tüte Tiefkühlerbsen aus der Gefriertruhe, suchte dann im Schrank nach einem Erste-Hilfe-Set. Stattdessen fand er zwei Flaschen Kochwein, bedeckt von einer dicken Staubschicht. Er trank die erste halbe Flasche gierig, bis der Wein im Hals kratzte und er nicht mehr richtig schlucken konnte und ihm die Flüssigkeit aus dem Mund lief. Mit dem Rücken gegen den Kühlschrank gelehnt, fiel er schließlich in einen tiefen Schlaf. Erst gegen drei Uhr wachte er auf und kroch ins Bett. Dort lag er, das Gesicht tränennass, und dachte an Peggy, wie sie durch die Nacht fuhr, ihr blasses und verängstigtes Gesicht in regelmäßigen Abständen erleuchtet von den Straßenlaternen.

Er hatte das Handy ausgeschaltet und es in eine Küchenschublade geworfen. Er hätte einen Anruf nicht ertragen. Er wusste immer noch nicht, wie es Keith ging. Wahrscheinlich hatte man Andrew schon gekündigt für das, was er ihm angetan hatte.

Als der Morgen kam, fiel ihm nichts anderes ein, als die Nachlassinspektion durchzuführen, die in seinem Terminplan stand. Er saß mitten in der Hauptverkehrszeit in der

U-Bahn zwischen all den Pendlern, und die Schmerzen in seinem Fuß waren jetzt so schlimm, dass sie ihm komischerweise den Mut gaben, allen ins Gesicht zu sehen. Gleichzeitig kam er sich jämmerlich vor, weil er sich so sehr wünschte, dass ihn jemand fragte, ob es ihm gutging.

Die Adresse, zu der er fuhr, kam ihm bekannt vor, aber erst als er in die Siedlung humpelte, wusste er wieder, dass dies der Ort war, an dem Peggy ihren ersten Arbeitstag hatte. (Eric, hieß der Mann nicht so?) Er bereitete sich darauf vor, die Wohnung des verstorbenen Trevor Anderson zu betreten. Er stand auf den regennassen Betonplatten vor dem Haus, auf denen noch die Quadrate eines Himmel-und-Hölle-Spiels zu sehen waren, und sah, wie sich ein Mann mit zwei Einkaufstüten abmühte, die Tür zu der Wohnung aufzustoßen, in der Eric gelebt hatte. Wie viele tausend Menschen versuchten wohl in diesem Moment, die Tür zu einem Haus zu öffnen, in der der vorherige Bewohner unbemerkt verstorben und vor sich hin verrottet war?

×

Nach Auskunft der Gerichtsmedizinerin war Trevor Anderson im Badezimmer ausgerutscht und hatte sich den Kopf so stark verletzt, dass er daran gestorben war. Sie hatte noch hinzugefügt, dass der Zustand des Hauses eher «mangelhaft» sei, alles im gelangweilten Ton eines Feinschmeckers, der die enttäuschende Quiche in einem Bistro beurteilt. Andrew zog seine Schutzkleidung an, zwang sich, den Schmerz in seinem Fuß zu ignorieren, absolvierte sein Ritual, in dem er sich daran erinnerte, warum er hier war und wie er sich verhalten sollte, und ging schließlich hinein.

Es lag auf der Hand, dass Trevor in seinen letzten Tagen nicht mehr gut im Alltag zurechtgekommen war. In der Ecke des Wohnzimmers lag ein Haufen Müll – die Ansammlung von Flecken an einer speziellen Stelle der Wand ließ den Schluss zu, dass verschiedene Gegenstände gegen selbige geworfen worden waren, um dann an ihr herabzugleiten. Über allem lag der atemberaubende Gestank von Urin, der aus den bis zum Rand gefüllten Flaschen und Dosen in allen Größen drang, die um einen kleinen Holzhocker vor dem Fernseher herumstanden. Ansonsten gab es hier nur einen Haufen Kleidung und das Rad eines Fahrrades, das gegen einen beigefarbenen Heizkörper gelehnt stand, der wiederum überall Brandflecken hatte. Andrew durchsuchte den Müll, wusste aber im Grunde gleich, dass er nichts von Belang finden würde. Er stand auf und zog die Handschuhe aus. In der Ecke des Zimmers, die als Küche diente, stand der Ofen wie zu einem stummen Schrei offen. Der Kühlschrank brummte einen Augenblick und verstummte dann wieder.

Er humpelte ins Schlafzimmer, das früher einmal durch eine Tür vom Wohnzimmer abgetrennt gewesen sein musste. Jetzt hing nur ein dünnes, mit Paketband befestigtes Laken davor. Der Bettbezug und die Kissenbezüge trugen das Wappen des Fußballvereins Aston Villa. Neben dem Bett stand ein Spiegel gegen die Wand gelehnt, befleckt mit Rasierschaum, daneben ein Nachttisch, der aus vier Schuhkartons bestand.

Der Schmerz war plötzlich überwältigend, und Andrew sah sich gezwungen, zum Bett zu humpeln und sich zu setzen. Ein Buch lag auf den Schuhkartons, die Autobiographie eines Golfers, von dem er noch nie gehört hatte. Das schmierige Grinsen und der übergroße Anzug des Mannes auf dem Cover wiesen deutlich darauf hin, dass das Buch aus den 80ern stammte. Er öffnete es und las einen Absatz über einen besonders schwierigen Schlag in einem Bunker bei den Phoenix Open. Ein paar Seiten weiter wurde eine lustige Anekdote über ein Wohltätigkeits-Match erzählt, bei dem zu viel Gratissekt ausgeschenkt worden war. Als er weiterblätterte, löste sich etwas aus dem Buch und fiel in seinen Schoß. Es war eine zwölf Jahre alte Zugfahrkarte: von Euston nach Tamworth und zurück. Auf der Rückseite war eine Anzeige für die Telefonseelsorge abgedruckt: «Wir hören Sie nicht nur, wir hören Ihnen zu». Darunter, auf einer freien Stelle, hatte jemand mit grünem Kugelschreiber etwas gezeichnet.

Andrew betrachtete die Zeichnung lange. Er wusste, dass sie von Trevor stammen musste, weil sie aus drei schlichten Rechtecken bestand, in denen jeweils ein Name und zwei Daten standen:

Willy Humphrey Anderson: 1938–1980
Portia Maria Anderson: 1936–1989
Trevor Humphrey Anderson: 1964–????

Sonst standen da nur noch die Worte: *Glascote Friedhof – Tamworth.*

Andrew hatte so viele Fragen. War die Zeichnung für jemand Bestimmten gedacht gewesen oder nur für den Erstbesten, der sie fand? Wie viele Jahre, seit dieser Mann aufgezeichnet hatte, wo er beerdigt werden wollte, hatte er auf den Tod gewartet?

Andrew wollte so gern glauben, dass Trevor Anderson ein wunderbar hedonistisches Leben geführt hatte. Dass dieses kleine Stückchen Zukunftsplanung in einem seltenen Moment des Pragmatismus innerhalb wilder, spaßiger Exzesse entstanden war. Aber die Wahrheit war vermutlich, dass Trevor in den letzten Jahren morgens die Augen geöffnet und nachgeprüft hatte, ob er noch nicht gestorben war, um dann aufzustehen. Bis er es eines Morgens nicht mehr hatte tun müssen.

Das Warten war das Schlimmste – wenn die Tage nur noch daraus bestanden, genug zu essen und zu trinken, um sich am Leben zu erhalten. Instandhaltung. Mehr war es nicht. Andrew musste plötzlich an Keiths trüben Blick denken, kurz bevor er zu Boden gefallen war. Oh Gott, was hatte er nur *getan*? Irgendwann würde er die Konsequenzen tragen müssen. Und dann war da noch Carl. Wie sollte er damit umgehen? Er konnte einfach nachgeben und das Geld überweisen. Aber hätte es dann ein Ende? Carl wirkte so wütend und verbittert. Was sollte ihn daran hindern, irgendwann auszurasten und trotzdem Meredith anzurufen? Und das Warten darauf wäre die reinste Folter. Er würde mit diesem über ihm schwebenden Damoklesschwert niemals wirklich glücklich werden. Und dann war da noch Peggy. Und die Erinnerung an jenen Nachmittag in Northumberland. Damals hatte alles so voller Möglichkeiten ausgesehen, er war so überzeugt davon gewesen, dass alles anders werden würde. Wie falsch er doch gelegen hatte. Er konnte auf keinen Fall erwarten, dass Peggy seine Lügen verstehen würde, nicht, nachdem er sie abgewiesen hatte, als sie ihn wirklich gebraucht hatte.

Natürlich gab es eine Lösung für das alles. Ein Gedanke, der Andrew schon vor langer Zeit gekommen war. Nicht in einer Krisensituation, sondern einfach als Möglichkeit unter vielen. Er hatte irgendwo in einer Schlange gestanden. Vielleicht im Supermarkt oder in der Bank. Und sobald er den Gedanken gedacht hatte, war er für immer bei ihm geblieben. Wie ein Stein, der gegen die Windschutzscheibe fliegt und einen winzigen Riss hinterlässt. Eine ständige Erinnerung daran, dass die Scheibe jederzeit zerspringen kann. Und jetzt, das erkannte er, ergab dieser Gedanke einen Sinn, nicht nur als Ausweg. Er hätte zum ersten Mal die totale Kontrolle über sein Leben.

Er sah sich im Spiegel an. Sein Gesicht war dreckverschmiert. Er legte die Fahrkarte vorsichtig auf das Buch und stand langsam auf. Einen Augenblick lang blieb er so und hörte den Geräuschen der Siedlung zu – dem eingespielten Gelächter im Fernsehen nebenan, der Gospelmusik, die aus der Wohnung darunter drang. Er spürte, wie seine Schultern sackten. Die jahrzehntelange Anspannung löste sich. Alles würde gut werden. Die ersten Takte von Ellas «Isn't This A Lovely Day?» kamen ihm in den Sinn. Wieder schmerzte sein Fuß. Aber diesmal spürte er es kaum. Es war nicht wichtig. Jetzt nicht. Nichts war mehr wichtig.

In der Küche brummte der Kühlschrank kurz auf, erzitterte, verstummte.

Er ging noch ein letztes Mal durch Trevors Wohnung und mailte seinen Bericht ans Büro. Hoffentlich hatte er genug Informationen zusammengetragen, damit jemand anders die Beerdigung vorbereiten konnte.

Er fuhr mit dem Bus nach Hause, stand die ganze Fahrt über auf einem Bein wie ein Flamingo und fühlte sich ganz befreit, weil es ihm völlig egal war, wie ihn die Leute ansahen. Sobald er zu Hause war, ging er ins Badezimmer und drehte den Wannenhahn auf. Er humpelte in die Küche und griff blind in die Küchenschublade, bis er ertastete, was er gesucht hatte. Er fuhr mit den Fingern über den zerschrammten, vertrauten Plastikgriff des Messers und spülte es unter dem Wasserhahn ab, um es zu säubern, obwohl auch das eigentlich egal war. Dann zog er die Schublade auf, hielt aber inne und drehte sich wieder um. Es würde nichts ändern, sagte er sich, aber vielleicht sollte er doch noch einmal nachsehen, nur für den Fall. Er griff in die Schublade und holte das Handy heraus. Es dauerte ewig, bis es sich anschaltete. Als es vibrierte, ließ Andrew es vor Überraschung beinahe fallen. Aber dann sah er, dass die Nachricht von Carl stammte: *Hast du das Geld schon? Wehe, du überlegst es dir anders.* Er schüttelte bedächtig den Kopf. Natürlich hatte Peggy ihm keine Nachricht geschickt. Er war bereits tot für sie.

Er schaute durch seine Ella-Platten und überlegte, was er spielen sollte. Normalerweise hätte er aus der Stimmung heraus entschieden. Aber für diese Gelegenheit musste es das Album sein, das all das vereinte, was er an ihr liebte. Schließlich entschied er sich für *Ella in Berlin – Die neu aufgelegte Import-Version*. Er ließ die Nadel daraufallen und hörte zu, wie das Publikum begeistert applaudierte, wie Regen, der gegen das Fenster trommelte. Er zog sich an Ort und Stelle aus, faltete halbherzig seine Kleider zusammen und legte sie über eine Stuhllehne. Vielleicht sollte er noch eine Nachricht schreiben, dachte er kurz, weil das so üblich war. Aber welchen Sinn ergab das, wenn man niemanden hatte, dem man noch etwas sagen wollte? Dann wäre es nur ein weiterer Zettel, den eine Müllzange in die Tüte befördern musste.

Als er endlich in die Wanne stieg und aufkeuchte, als er den Fuß ins heiße Wasser senkte, hörte er den Applaus am Ende von «That Old Black Magic». Der sanfte Kontrabass und das Piano von «Our Love Is Here To Stay» erklang in der Wohnung.

Er hatte den Rest des Weines trinken wollen, aber die

Flasche in der Küche vergessen. Eigentlich war das sogar besser so. Um hellwach zu bleiben. Um die Kontrolle zu behalten.

Das Grollen der Bassdrums und der eilige Schlusssatz des Pianos kündigten das Ende des Songs an, und Ella dankte dem Publikum. Andrew fand, dass sie immer ehrlich klang, wenn sie das tat. Niemals aufgesetzt, niemals künstlich.

Langsam wurde ihm schwummrig. Er hatte seit Stunden nichts mehr gegessen. Der Wasserdampf benebelte das Badezimmer und seine Sinne. Er tippte unter Wasser mit den Fingern auf seinen Schenkeln herum und spürte, wie sich das Wasser kräuselte. Er schloss die Augen und stellte sich vor, einen trägen Strom hinabzutreiben, irgendwo am anderen Ende der Welt.

Mehr Applaus, und jetzt waren sie bei «Mack The Knife» angekommen. An dieser Stelle vergaß Ella ihren Text. *Vielleicht diesmal nicht*, dachte Andrew und betastete den Wannenrand, bis er den Plastikgriff fand, den er fest in die Hand nahm. Aber nein, da kam schon das Zögern, dann der atemlose Verweis darauf, dass sie gerade ihren eigenen Song ruiniert hatte, und dann die mutige Improvisation, bei der sie plötzlich so rau sang wie Louis Armstrong, dann das Brüllen der Menge. Das Publikum war auf ihrer Seite, feuerte sie an.

Er ließ die Hand ins Wasser sinken. Hielt den Griff fester. Es dauerte nicht länger als einen Atemzug, bis der drängende Rhythmus von «How High The Moon» mit Ellas Scatgesang einsetzte. Die Musik hetzte hinter ihrem Gesang her, aber sie war immer zu schnell, immer zu schnell. Er drehte den Arm und ballte die Faust. Er spürte die Schärfe der Metallklinge, wie die Haut darunter spannte, kurz davor, nachzugeben. Aber dann war da ein anderes Geräusch, das durch die Musik drang und um seine Aufmerksamkeit buhlte. Sein Handy klingelte, begriff er.

Andrew öffnete die Augen, und seine Finger lösten sich vom Messergriff.

KAPITEL
ACHTUNDZWANZIG

*E*s war Peggy.

«Du steckst echt in der Scheiße, weil du nicht gekommen bist. Cameron schnaubt praktisch vor Wut und lässt es an uns aus. Wo zum Teufel steckst du?»

Sie klang wütend. Vielleicht auch froh darüber, eine Ausrede zu haben, ihn anrufen und sich an ihm abreagieren zu können, ohne letzte Nacht erwähnen zu müssen.

Er hatte es in die Ecke seiner Wohnung geschafft, die als Schlafzimmer diente. Dort saß er jetzt auf dem Boden, nackt und erschöpft. Es war, als wäre er gerade aus einem besonders intensiven Traum erwacht. Plötzlich hatte er die Vision von scharlachroten Flecken, die im klaren Badewasser erblühten, und er musste sich an seinen Knien festhalten, um das Gefühl, zu fallen, zu unterdrücken. War er immer noch hier? War dies hier real?

«Ich bin zu Hause», sagte er mit belegter und ganz fremder Stimme.

«Feierst du krank?»

«Nein», antwortete er.

«Gut. Was ist denn los?»

Andrew war wie benommen. «Also, ich glaube, ich habe mich gerade beinahe umgebracht.»

Sie schwiegen beide.

«Sag das noch mal!»

✕

Sie trafen sich im Pub. Andrew hatte Peggys Aufforderung mehrmals abgelehnt, sich ins Krankenhaus bringen zu lassen. Die Leute, die freitags abends nach der Arbeit etwas trinken wollten, waren noch nicht da, und abgesehen von einem Mann, der an der Bar saß und versuchte, mit der höflichen, aber eindeutig gelangweilten Barfrau Konversation zu machen, war der Pub leer.

Andrew suchte sich einen Tisch aus, ließ sich langsam daran nieder und verschränkte die Arme vor der Brust. Plötzlich fühlte er sich unglaublich zerbrechlich, als bestünden seine Knochen aus morschem Holz. Ein paar Minuten später stieß Peggy mit der Schulter die Tür auf, eilte zu ihm und erstickte ihn fast in ihrer Umarmung, die er zuließ, aber nicht erwidern konnte, weil er unkontrolliert zu zittern begonnen hatte.

«Warte kurz, ich weiß, was dich wieder auf den Damm bringt», sagte Peggy.

Sie kam von der Bar mit etwas wieder, das aussah wie ein Glas Milch. «Sie hatten keinen Honig, deshalb muss das hier reichen. Ist zwar kein richtiger Grog, aber na ja. Meine Mum hat mir und Imogen das immer verabreicht, wenn wir eine Erkältung hatten. Damals dachte ich, es wäre Medizin, aber rückblickend wollte sie uns damit wohl einfach nur ausknocken, damit sie mal ein bisschen Ruhe hatte.»

«Danke», sagte Andrew, nahm einen wärmenden Schluck und spürte das nicht unangenehme Brennen von Whisky in der Kehle. Peggy sah ihm beim Trinken zu. Sie wirkte nervös, konnte die Hände kaum ruhig halten, fummelte an ihren Ohrringen herum – zarten blauen Ohrsteckern, die wie Tränen aussahen. Andrew saß regungslos vor ihr. Er fühlte sich losgelöst von allem.

«Also», sagte Peggy. «Was, ähm, du am Telefon gesagt hast, über diese ganze ...»

«Selbstmordsache?», sagte Andrew.

«Genau. Ja. Geht es dir ... ich meine, das ist vermutlich eine dumme Frage, aber ... geht es dir gut?»

Andrew dachte nach. «Ja», sagte er nach einer Weile. «Na ja, ich fühle mich ein bisschen, als wäre ich *tatsächlich* tot.»

Peggy hielt den Blick auf Andrews Drink geheftet. «Okay, ich finde wirklich, dass wir dich ins Krankenhaus bringen müssen.» Sie griff nach seiner Hand.

«Nein», erwiderte er entschlossen, weil Peggys Berührung ihn aus seiner Betäubung holte. «Dazu gibt es wirklich keinen Grund. Ich habe mich nicht selbst verletzt und fühle mich jetzt auch besser. Das hier hilft.» Er nahm einen Schluck von der Whisky-Milch und hustete, wobei er die Hände ineinander verschränkte, bis die Knochen weiß wurden, um nicht so stark zu zittern.

«Okay», sagte Peggy, die ziemlich skeptisch schaute. «Lass uns warten, wie du dich danach fühlst.»

In diesem Moment öffnete sich die Tür des Pubs, und vier extrem laute Anzugträger kamen herein und setzten sich an die Bar. Der alte Stammgast trank sein Pint aus, klemmte sich die Zeitung unter den Arm und ging.

Peggy wartete, bis Andrew ausgetrunken hatte. Dann erst schien ihr aufzufallen, dass ein Bier vor ihr stand, und sie nahm zwei tiefe Schlucke. Sie beugte sich vor und fragte leise: «Was ist passiert?»

Andrew zitterte statt einer Antwort, und Peggy legte ihre Hände um seine. «Es ist schon in Ordnung, du musst mir nicht alles in allen Einzelheiten erzählen, ich versuche nur zu verstehen, warum du … so etwas tun willst. Wo waren eigentlich Diane und die Kinder?»

Andrews Synapsen begannen sofort zu feuern, so fieberhaft suchte er nach einer Erklärung. Aber es fiel ihm nichts ein. Diesmal nicht. Er lächelte traurig, weil er begriff. Diesmal würde er die Wahrheit sagen. Er atmete tief durch und versuchte, sich zu sammeln, den Teil zurückzudrängen, der ihn verzweifelt daran hindern wollte, zu gestehen.

«Was ist passiert?», fragte Peggy und wirkte jetzt noch besorgter. «Geht es ihnen nicht gut?»

Andrew begann stockend zu sprechen. Alle paar Sekunden musste er innehalten. «Hast du … hast du jemals eine so große Lüge erzählt, dass du das Gefühl hattest, ihr nicht mehr entkommen zu können … dass du … dass du immer weiterlügen musstest?»

«Ich habe meiner Schwiegermutter einmal erzählt, dass ich die Rosenkohlköpfchen kreuzweise eingeschnitten hätte, obwohl das nicht stimmte. Das war ein ziemlich angespanntes Weihnachten. Aber so etwas meinst du nicht, oder?»

Andrew schüttelte langsam den Kopf, und diesmal sprudelten die Worte aus ihm, bevor er noch darüber nachdenken konnte.

«Diane, Steph und David gibt es gar nicht. Zuerst war es ein Missverständnis, eine Notlüge in gewisser Weise, doch dann habe ich nicht rechtzeitig für Klarheit gesorgt, und die Lüge wurde immer größer. Und je länger das so ging, desto schwieriger war es, die Wahrheit zu sagen.»

Peggy sah aus, als schossen ihr tausend unterschiedliche Dinge durch den Kopf. «Ich verstehe nicht, was du da sagst.»

Andrew kaute auf seiner Unterlippe herum. Er hatte das merkwürdige Gefühl, gleich loslachen zu müssen. «Ich wollte einfach normal sein, wie alle anderen. Es fing so klein an, aber dann» – er lachte merkwürdig quiekend auf – «ist es irgendwie aus dem Ruder gelaufen.»

Peggy wirkte erschrocken. Sie befingerte ihren Ohrstecker so heftig, dass er sich löste und auf den Tisch fiel wie eine kleine blaue Träne, die beim Fallen erstarrt war.

Andrew starrte ihn an, und dann kam die Melodie. Diesmal jedoch stellte er sich ihr. *Blue moon, you saw me standing alone.* Er begann, die Melodie laut zu summen, und spürte, dass Peggy langsam in Panik geriet. *Frag mich. Bitte*, flehte er stumm.

«Also, nur damit ich das richtig verstehe», sagte Peggy. «Diane ... gibt es nicht? Du hast sie erfunden?»

Andrew griff nach seinem Glas und kippte sich die restliche Flüssigkeit in den Mund.

«Na ja, nicht ganz», antwortete er.

Peggy rieb sich die Augen mit den Handflächen und griff dann in ihre Tasche, um ihr Handy herauszuholen.

«Was machst du? Wen rufst du an?», fragte Andrew, der hastig aufstand und vor Schmerz zusammenzuckte, weil er seinen verletzten Fuß ganz vergessen hatte.

Peggy machte eine abwehrende Handbewegung und bedeutete ihm, sich wieder hinzusetzen.

«Hallo, Lucy», sagte sie. «Ich wollte nur fragen, ob es in Ordnung wäre, wenn du noch ein paar Stunden auf die Mädchen aufpasst. Danke, Süße.»

Andrew wollte etwas sagen, aber Peggy hob erneut die Hand. «Ich brauche dringend einen Ölwechsel, bevor wir hier weitermachen.» Sie trank ihr Glas aus, nahm die leeren Gläser und marschierte zur Bar.

Andrew verschränkte fest die Hände. Sie waren immer noch so kalt, dass er sie kaum spürte. Als Peggy mit den Drinks zurückkam, war ihr Blick stählern. Sie wirkte entschlossen, auch noch die schlimmsten Dinge anzuhören und sich dabei absolut nichts anmerken zu lassen.

Es war ganz genau der Blick, mit dem Diane ihn manchmal angesehen hatte.

KAPITEL
NEUNUNDZWANZIG

*I*m Sommer nach dem Tod seiner Mutter war Andrew doch noch auf die Bristol Polytechnic gegangen. Da Sally jetzt mit ihrem neuen Freund in Manchester lebte, ging es ihm dabei weniger um seine Ausbildung als darum, Leute kennenzulernen, mit denen er reden konnte. Nach kurzer, halbherziger Suche mietete er sich in einer Bude im Stadtteil Easton ein. Das Haus lag an einem winzigen Grünstreifen mit dem optimistisch ländlichen Namen Fox Park, trennte aber in Wirklichkeit nur die Wohnstraße von der Autobahn ab. Als Andrew zum ersten Mal mit seinem riesigen violetten Rucksack vor dem Haus stand, sah er einen komplett in Müllbeutel gehüllten Mann im Park, der eine Taube trat. Eine Frau brach plötzlich aus den Büschen und zog den Mann vom Vogel weg, aber zu Andrews Erschrecken hatte sie das offenbar nur getan, um selbst mit einigem Genuss nach dem Tier zu treten. Er war noch damit beschäftigt, sich vom Anblick dieses grauenvollen Duos zu erholen, als sich die Tür öffnete und seine Vermieterin ihn hereinbat. Mrs. Briggs hatte silberblaue Haare und einen Husten wie entferntes Donnergrollen. Andrew begriff schnell, dass sie unter ihrer strengen Hülle ein gutes Herz besaß. Sie schien eigentlich ununterbrochen zu kochen, oft auch bei Kerzenlicht, wenn die Elektrizität mal wieder ausgefallen war, was andauernd passierte.

Außerdem hatte sie die irritierende Angewohnheit, mitten in einem völlig beziehungslosen Satz eine Kritik zu äußern: «Denk nicht mehr über den Mann und die Taube nach, mein Lieber, er ist ein bisschen sonderbar, der Junge – meine Güte, du musst aber wirklich dringend zum Friseur, mein Hase – ich glaube, er ist nicht die hellste Kerze auf der Torte, um ehrlich zu sein.» Im Grunde war diese Angewohnheit wohl eine Art Äquivalent zum Verpacken schlechter Nachrichten.

Andrew mochte Mrs. Briggs bald sehr, was gut war, weil er alle seine Mitstudenten im Seminar hasste. Er wusste, dass Philosophie einen bestimmten Typus Mensch anzog, aber bei seinen Kommilitonen hatte er den Eindruck, dass sie allesamt im Labor genmanipuliert worden waren, nur um ihn zu ärgern. Die Jungs trugen ausnahmslos Fusselbärte, rauchten beschissene selbstgedrehte Zigaretten und verbrachten die meiste Zeit damit, Mädchen mit den unverständlichsten Passagen von Descartes oder Kierkegaard zu beeindrucken. Die Mädchen waren von Kopf bis Fuß in Jeans gekleidet und ließen die Vorlesungen mit starren Gesichtern über sich ergehen, während es in ihnen brodelte. Erst später verstand Andrew, dass das hauptsächlich an den männlichen Lehrkräften lag, die gern lebhaft mit den Jungs diskutierten, mit den Mädchen aber zumeist so redeten, wie man mit einem ziemlich intelligenten Pony spricht.

Nach ein paar Wochen hatte er überraschenderweise Freunde gefunden – einen gutmütigen Waliser mit Puddinggesicht namens Gavin, der gern einen gepflegten Gin trank und behauptete, einmal eine fliegende Untertasse auf dem Rugbyplatz von Llandovery landen gesehen zu haben, und Gavins Freundin Diane, eine Studentin im dritten Jahr, die eine Brille mit knallorangefarbenem Rahmen trug und Idioten nicht abkonnte. Andrew merkte schnell, dass Gavin offenbar der größte Idiot von allen war und Dianes Geduld auf immer kreativere Arten auf die Probe stellte. Sie waren schon vor der Uni zusammengekommen – «Eine Sandkastenliebe», wiederholte Gavin an einem Abend nach seinem sechsten Gin zum siebten Mal –, und Gavin war ihr nach Bristol gefolgt, um dasselbe wie sie zu studieren. Später verriet Diane, dass er das weniger deshalb getan hatte, weil er es nicht ertragen konnte, von ihr getrennt zu sein, sondern eher, weil ihm die leichtesten Dinge ungeheuer schwerfielen. «Einmal kam ich nach Hause, da hatte er gerade versucht, Chicken Nuggets im Toaster zu braten.»

Aus Gründen, die Andrew nicht verstand, war Diane der erste Mensch in seinem noch jungen Erwachsenenleben, mit dem er völlig entspannt sprechen konnte. Er stammelte oder stotterte bei ihr nicht, und sie teilten einen ganz speziellen Sinn für Humor – schwarz, aber niemals grausam. Bei den wenigen Gelegenheiten, in denen sie alleine waren – weil sie im Pub auf Gavin wartete oder wenn er auf der Toilette oder an der Bar war –, öffnete sich Andrew ihr und erzählte von seiner Mum und von Sally. Diane hatte die natürliche Gabe, die positiven Seiten herauszustellen, ohne seine Probleme zu bagatellisieren. Wenn er ihr von seiner Mum erzählte, erinnerte er sich auch an die seltenen Situationen, in denen sie unbeschwert und sogar glücklich gewirkt hatte. Das war meistens dann der Fall gewesen, wenn sie in der Sonne im Garten arbeitete und Ella Fitzgerald im Hintergrund laufen ließ. Wenn er von Sally sprach, erinnerte er sich an die gute Zeit, in der sie mit Spike Hammer-Horrorfilme schauten und Sally aus dem Pub mit Geschenken wiederkam, die sie «beschafft» hatte, vermutlich von zwielichtigen Stammgästen, denen sie vom Laster vor die Füße gefallen waren. Unter diesen Geschenken waren einmal ein Tipp-Kick-Fußballset, ein kleines, hölzernes Instrument, das offenbar unter dem Namen Maultrommel bekannt war, und, am Tollsten von allen, eine R.176 *Flying Scotsman* in Apfelgrün und mit einem Teakholz-Waggon. Er liebte diese Lok, aber Diane brachte ihn zu der Erkenntnis, dass es dabei nicht nur um den Gegenstand selbst ging, sondern er eher ein Symbol für die kurze Zeit war, in der Sally lieb zu ihm war.

Hin und wieder spürte er im lauten, verrauchten Pub, dass Diane ihn beobachtete. Es schien ihr überhaupt nicht peinlich zu sein, und sie sah ihm dann einen Augenblick lang in die Augen, um sich dann wieder der allgemeinen Unterhaltung zuzuwenden. Für diese Momente lebte er, bis sie irgendwann das Einzige waren, was ihn weiterstudieren ließ. Er war so schlecht in seinem Seminar, dass ihm das Studium völlig egal geworden war. Er hatte sich innerlich schon darauf eingestellt, sich an Weihnachten zu exmatrikulieren. Er würde sich irgendeinen Job besorgen und mehr Geld sparen. Er redete sich ein, dass er reisen wollte, aber in Wirklichkeit hatte er es schon schwierig genug gefunden, nach Bristol zu ziehen.

An einem Abend waren Diane, Gavin und er zu einer Spontanparty im Studentenwohnheim eines Kommilitonen eingeladen, unter der Bedingung, dass sie jeder ein Sixpack Bier mitbrachten. Das Zimmer war brechend voll, und die Leute öffneten eine Dose Bier nach der anderen. Niemand wollte über die Uni sprechen, aber Gavin fand ein Exemplar von *Über die Freiheit* von John Stuart Mill und begann, einzelne Passagen daraus laut vorzulesen, betrunken, wie er war. Alle versuchten ihn zu ignorieren.

Gavin suchte nach einem neuen Buch – vielleicht fehlte dieser Party nur noch etwas Kierkegaard! Währenddessen wollte Andrew gerade nach seiner Bierdose auf dem Regal greifen, als jemand seine Hand packte und ihn in den Flur zog. Es war Diane. Sie schob ihn den Flur entlang, die drei Treppenabsätze herunter und auf die Straße hinaus, wo der Schnee in dicken Flocken fiel.

«Hallo», sagte sie, legte die Arme um seinen Hals und küsste ihn, bevor er etwas sagen konnte. Als er die Augen wieder öffnete, standen sie auf einem Teppich aus Schnee.

«Du weißt aber schon, dass ich Ende der Woche nach London zurückgehe?», fragte er.

Diane zog die Augenbrauen hoch.

«Ich ... ich wollte es dir nur sagen.»

Diane riet ihm höflich, den Mund zu halten, und küsste ihn erneut.

In dieser Nacht schlichen sie zusammen in Andrews Zimmer bei Mrs. Briggs. Als Andrew am nächsten Morgen aufwachte, dachte er zuerst, dass Diane gegangen wäre, ohne sich zu verabschieden, aber ihre Brille lag noch auf dem Nachttisch und sah ihn von dort aus an. Er hörte die Toilettenspülung, dann Schritte, die sich im Flur trafen. Eine kurze Stille. Betretene Grußformeln. Diane huschte zurück ins Bett und bestrafte Andrew dafür, dass er sie nicht vor Mrs. Briggs gerettet hatte, indem sie ihre eiskalten Füße zwischen seine Beine schob.

«Wirst du eigentlich niemals warm?», fragte er.

«Selten», flüsterte sie und zog die Decke über ihre Köpfe. «Dann musst du mir wohl dabei helfen.»

Später lagen sie mit verschlungenen Beinen da. Andrew fuhr mit dem Finger über die winzige weiße Narbe über Dianes Augenbraue.

«Woher hast du die?», fragte er.

«Ein Junge namens James Bond hat mal einen Holzapfel nach mir geworfen», antwortete sie.

×

Fünf Tage später standen sie am Bahnsteig. Die Sonne strahlte durch eine Lücke im Zaun und wärmte sie. Am Abend zuvor hatten sie ihr erstes offizielles Date gehabt und im Kino *Pulp Fiction* gesehen. Keiner von beiden erinnerte sich noch an die Handlung.

«Ich hätte mir mehr Mühe geben sollen», sagte Andrew. «Unfassbar, dass ich das hier so gründlich vermasselt habe.»

Diane nahm sein Gesicht in die Hände. «Hör mal, allein die Tatsache, dass du die Sache angehen willst, sollte dich schon stolz machen.»

Sie standen aneinandergeschmiegt da, bis der Zug kam. Andrew bombardierte Diane mit Fragen. Er wollte alles von ihr wissen, um sich an möglichst viel festhalten zu können, wenn er fort war.

«Ich verspreche dir, dass ich dich besuche, sobald ich mir das Ticket leisten kann, okay?», sagte Andrew. «Und ich rufe dich an. Und schreibe dir.»

Dianes Augen blitzten. «Und was ist mit Brieftauben?»

«Hey!»

«Tut mir leid, es klingt nur so, als müsstest du in den Krieg ziehen und nicht nur nach Tooting fahren.»

«Stimmt schon. Erinnere mich noch mal, warum ich nicht einfach hierbleiben kann.»

Diane seufzte. «a) Weil ich finde, dass du Zeit mit deiner Schwester verbringen solltest, besonders zu Weihnachten, und b) weil ich glaube, dass du in London darüber nachdenken kannst, was du tun willst, und zwar ganz unabhängig von mir. Ich muss mich auf meinen Abschluss konzentrieren, und wenn ich den in der Tasche habe, ziehe ich vermutlich ohnehin nach London.»

Andrew zog eine Grimasse.

«*Vermutlich.*»

Nach einer kurzen Redepause begriff er, wie unattraktiv sein Schmollen auf Diane wirken musste. Aber dann umarmte sie ihn zum Abschied und drückte ihn so fest, dass er ihre Wärme noch spürte, als sein Zug schon in London einfuhr.

×

Er zog ins Gästezimmer eines Hauses, in dem zwei Dubliner wohnten, die gerade erst die Droge Speed für sich entdeckt hatten. Er schaffte es, ihnen die meiste Zeit aus dem Weg zu gehen – außer wenn sie ihn zu sich riefen, damit er vollkommen unverständliche Diskussionen schlichtete. Meistens stellte er sich auf die Seite desjenigen der beiden, der am ehesten so wirkte, als würde er sofort das Haus in Brand setzen, wenn man ihm nicht beipflichtete. Andrew lebte ausschließlich von Rice Krispies und dem Gedanken an das nächste Gespräch mit Diane. Sie hatten verabredet, zweimal die Woche miteinander zu telefonieren. Er ging dann zum Münztelefon am Ende der Straße und rief sie an. Diane wollte zu Beginn jeder Unterhaltung, dass er ihr von den neuesten «vollbusigen» oder «exotischen» Frauen erzählte, die auf den Werbeplakaten in der Telefonzelle zu sehen waren und für Telefonsex warben. Er hatte ein leeres Nescafé-Glas auf seinem Fensterbrett stehen, in dem er Kleingeld für die Zugfahrkarten nach Bristol sparte. Ansonsten hatte er einen Job in einer Videothek gefunden, die ausschließlich von betrunkenen Männern mit unstetem Blick und auf der Suche nach Pornos frequentiert wurde. Das erzählte er Diane aber erst, als er sie in Bristol besuchte und sie beide im Pub schon ordentlich gebechert hatten.

An diesem Punkt hatte er die Idee bereits vollständig aufgegeben, zurückzukommen und doch noch einen Abschluss zu machen. Der Sommer rückte näher, und schon der Gedanke an die Seminare machte ihn nervös.

«Also willst du in London hocken und weiter in deinem Pornoladen arbeiten?», fragte ihn Diane und schüttelte den Kopf. «Was ist mit deiner Entschlusskraft passiert, oder ist das jetzt schon das Äußerste an Ehrgeiz, was du aufbieten kannst? Andrew, tu mir und vor allem dir selbst den Gefallen und finde heraus, was du mit deinem Leben anfangen willst. Wenn du deinen Abschluss nicht machst, brauchst du einen anderen Plan.»

«Aber...»

Sie winkte ab, als er zum Protest ansetzte. «Ich meine es ernst.» Sie nahm sein Gesicht in die Hände und drückte seinen Mund so zusammen, dass er aussah wie ein lustiges Fischmaul. «Du musst mehr Zutrauen zu dir selbst haben. Wenn du die freie Wahl hättest, was wäre dein Traumjob?»

Sie ließ den Fisch wieder los und wartete auf seine Antwort.

Was war sein Traumjob? Oder noch wichtiger: Wie sollte er auf die Frage antworten, ohne dass sie lachte?

«Ich würde gern in der Verwaltung oder für die Stadt arbeiten, glaube ich.»

Diane machte ihre Augen ganz schmal und forschte in seinem Gesicht nach Anzeichen von Ironie.

«Na, dann ist ja gut», sagte sie. «Das ist schon mal der erste Schritt. Du kennst immerhin schon die Richtung, die du einschlagen willst. Jetzt brauchst du nur noch Erfahrung, am besten durch einen Bürojob. Versprich mir bitte, dass du, sobald du zurück in London bist, dir etwas suchst, in Ordnung?»

«Ja», murmelte Andrew.

«Nicht schmollen!», sagte Diane, und als er nicht antwortete, bedeckte sie seine Wange mit kleinen Küssen.

«Und was ist eigentlich mit dir?», sagte Andrew lachend und zog sie an sich. «Was ist *dein* Traumjob?»

Diane legte den Kopf an seinen. «Na ja, obwohl ich meine gesamte Erwachsenenzeit lang behauptet habe, das Gegenteil von meinen Eltern machen zu wollen, daher auch der Abschluss in Philosophie, blablabla, überlege ich doch, zu Jura zu wechseln.»

«Wirklich? Dann willst du Deals für Drogen dealende Informanten aushandeln, verstehe ich das richtig?»

«Die Tatsache, dass dir ausgerechnet das als Erstes einfällt, lässt mich glauben, dass du ziemlich viele von diesen actiongeladenen B-Movies aus deinem Laden geschaut hast.»

«Sonst gab es ja nur noch die Pornos.»

«Die du natürlich nicht gesehen hast.»

«Auf keinen Fall.»

«Also, wenn du ein wenig ‹Zeit für dich› haben willst, dann stellst du dir immer nur ...»

«... dich vor. Ausschließlich dich. Wie du nichts trägst außer einer Buchseite von Virginia Woolf vor der Scham.»

Sie stieß ihn liebevoll in die Seite. «Die steht mir besonders gut.»

Später, als sie in Dianes Bett lagen und Andrew ihren

Arm kraulte, dachte er an das Gespräch im Pub. «Dann willst du also Rechtsanwältin werden», sagte er.

«Entweder das oder Astronautin», gähnte sie und kuschelte sich an ihn.

Andrew lachte. «Walisische Astronauten gibt es nicht. Das ist doch lächerlich!»

«Aha, und warum nicht?», fragte Diane.

Andrew machte den walisischen Dialekt nach. «Tja, also nun gut. Es ist ein kleinerrrr Schrrrritt fürrrr einen Menschen, aber ein rrriesengrrroßer für die Menschheit, verstehst du.»

Diane schnaufte beleidigt und machte sich daran, aus dem Bett zu steigen, aber Andrew packte sie beim Arm, den sie extra in seiner Nähe gelassen hatte. Er liebte es, wenn sie das tat. Wenn sie ihn neckte. Denn sie wusste genau, dass sie höchstens einen Schritt würde machen können, bevor er sie zurück ins Bett zog.

×

Zurück in London, verbrachte Andrew einen Großteil seiner Zeit damit, hinter dem Tresen der Videothek Stellenanzeigen in der Zeitung zu sichten und zu markieren. Eines Nachmittags – er hatte gerade ein grauenvolles Video an einen Mann mit ausgemergeltem Gesicht verkauft, der ihm erklärte, dass Selbstbefriedigung ihm half, mit seinem sozialen Abstieg zurechtzukommen – klingelte das Telefon. Fünf Minuten später legte Andrew wieder auf und überlegte, ob die Frau, die ihn gerade zu einem Vorstellungsgespräch eingeladen hatte, wohl aus Rache von Gavin angeheuert worden war.

«Erstens bist du verrückt», sagte Diane, als er am Abend

in der Telefonzelle mit ihr sprach. «Zweitens bin ich mir ziemlich sicher, dass ich dir gleich gesagt habe, dass das ein Kinderspiel wird. Du schaffst das!»

Das Vorstellungsgespräch war für einen Job als Assistent in der Bezirksverwaltung. Andrew lieh sich den Anzug von einem der irischen Jungs, der wiederum dessen Vater gehört hatte. Als er im Vorzimmer saß und auf seinen Termin wartete, kramte er aus Langeweile in den Taschen herum und fand einen Theaterticket-Abriss für ein Theaterstück namens *Philadelphia, Here I Come!* aus dem Jahr 1964 im Gaiety Theatre in Dublin. War Sally auch in Philadelphia gewesen, als sie durch die USA gereist war? Er erinnerte sich nicht; die Ansichtskarten hatte er längst weggeworfen. Aber der optimistische Titel des Stücks war ein gutes Omen, beschloss er.

Am nächsten Abend nahm Diane den Hörer ab und sagte als Erstes: «Habe ich dir doch gesagt.»

Andrew lachte. «Was hättest du denn gemacht, wenn ich den Job nicht bekommen hätte?»

«Ähm, na dann wäre ich zu einem meiner anderen Kerle gerannt, ist doch klar.»

«Hey!»

Sie schwiegen beide. Dann sagte Andrew: «Warte, das ist jetzt ein Witz, oder?»

Ein Seufzen.

«Ja, Andrew. Ich habe nur einen Witz gemacht. Hamish Brown hat aus Versehen meine Brust gestreift, als er letzte Woche versucht hat, den Overheadprojektor zu reparieren, ansonsten habe ich dich nicht betrogen ...»

Obwohl er es besser wusste, verbrachte Andrew ungefähr 70 Prozent seiner Zeit (na gut, aber höchstens 80, 90 Prozent) damit, sich darüber Sorgen zu machen, dass jemand ihm Diane wegschnappen könnte. Er stellte sich aus irgendeinem Grund immer einen Ruderer namens Rufus mit Stirntolle vor. Breite Schultern, alter Geldadel.

Diane lachte schallend, als Andrew ihr von seinem Phantasie-Rufus erzählte. «Zu deinem Glück kann dein eingebildeter Rufus nicht gegen einen echten, mageren Philosophiestudienabbrecher anstinken, der in einem Pornoladen arbeitet und mit zwei Speedsüchtigen zusammenwohnt.»

×

Andrew war so aufgeregt an seinem ersten Morgen in der Verwaltung, dass er gezwungen war, zu entscheiden, was auf die Kollegen wohl weniger merkwürdig wirkte: die ganze Zeit auf der Toilette zu verbringen oder am Schreibtisch zu sitzen und sich alle fünf Sekunden unter Bauchkrämpfen zu winden. Zum Glück schaffte er es durch seinen ersten Arbeitstag, durch seine erste Woche und schließlich durch seinen ersten Monat, ohne sich in die Hose zu machen. «Wir müssen wirklich an deinen Zielen arbeiten», sagte Diane eines Abends zu ihm.

Dann kam der wunderbarste Tag von allen: der 11. Juni 1995. Dianes Semester war vorbei, und sie wollte nach London kommen. Andrew verabschiedete sich von den irischen Jungs, die deshalb ganz geknickt wirkten (wobei das auch daran gelegen haben konnte, dass sie bereits drei Tage am Stück wach waren), und verstaute all seine Habseligkeiten in einem Taxi, das ihn in die Wohnung fuhr, die er für Diane und sich gefunden hatte. Diane hatte ihre Sachen in ein paar Koffer gestopft und in Bristol den Zug genommen.

«Eigentlich wollte Mum mich fahren», sagte sie. «Aber

ich habe mir Sorgen gemacht, dass du uns vielleicht eine Crackbude oder Ähnliches gemietet hast, und ich wollte vermeiden, dass sie eine Panikattacke bekommt.»

«Ah. Hmm. Lustig, dass du das erwähnst ...»

«Oh, Gott.»

Andrew war sich nicht ganz sicher, ob die winzige Wohnung, die er nahe der Old Kent Road gefunden hatte, nicht tatsächlich irgendwann einmal als Crackhöhle genutzt worden war – sie lag in einem grob zusammengezimmerten Gebäude mit Kratzspuren an den Flurwänden, in dem es nach Schimmel roch –, aber als er in dieser Nacht im Bett lag und Diane sich neben ihm zusammengerollt hatte, musste er einfach grinsen. Es fühlte sich schon wie ein Zuhause an.

Dieser Sommer war heiß und schwül. Besonders der Juli war unerträglich. Andrew kaufte einen Ventilator, und Diane und er saßen in Unterwäsche davor, wenn es zu heiß wurde, um rauszugehen. In diesem Monat waren sie von Wimbledon geradezu besessen. Für Diane war besonders Steffi Graf eine Heldin.

«Es ist viel zu heiß, oder?», gähnte Diane und legte sich auf den Bauch, als Steffi Graf vor dem Centre Court Autogramme gab.

«Hilft vielleicht das hier?», fragte Andrew und fischte zwei Eiswürfel aus seinem Glas, die er vorsichtig auf Dianes Rücken fallen ließ. Sie kreischte lachend auf, und er entschuldigte sich mit unschuldigem Augenaufschlag.

Die Hitze hielt bis in den August hinein an. In der U-Bahn beobachteten die Leute einander nervös, weil sie fürchteten, jemand könnte ohnmächtig werden. Die Straßenbeläge brachen auf. Die Gärten durften nicht mehr bewässert werden. Am heißesten Tag des Jahres holte

Andrew Diane nach der Arbeit ab, und sie legten sich auf den verdorrten Rasen im Brockwell Park. Die Leute um sie herum zogen sich die Schuhe aus und krempelten die Ärmel hoch. Sie hatten Bier mitgebracht, aber den Öffner vergessen. «Kein Problem», sagte Diane, die selbstbewusst auf einen Raucher in der Nähe zuging und sich sein Feuerzeug lieh.

«Wo hast du den Trick denn gelernt?», fragte Andrew, als sie die Flaschen damit öffnete.

«Von meinem Großvater. Er konnte es zur Not auch mit den Zähnen.»

«Das klingt ... lustig.»

«Der gute alte Granddad David. Er sagte immer zu mir» – sie senkte die Stimme zu einem tiefen, dröhnenden Grollen – «‹Wenn es eins gibt, was ich gelernt habe, Di, dann dass man beim Alk nicht sparen darf. Das Leben ist zu kurz für billiges Gesöff.› Meine Großmutter verdrehte dann immer die Augen. Gott, ich habe ihn so sehr geliebt, er war ein Held. Weißt du was, wenn ich mal einen Sohn habe, möchte ich ihn am liebsten David nennen.»

«Ach so?», sagte Andrew. «Und wenn es ein Mädchen wird?»

«Hmm.» Diane untersuchte ihren Ellenbogen, an dem die Abdrücke der Grashalme zu sehen waren. «Oh, ich weiß: Stephanie.»

«Noch eine Verwandte?»

«Nein! Natürlich wegen Steffi Graf.»

«Na klar.»

Diane blies den Schaum von ihrem Bier in sein Gesicht.

Später, zu Hause, setzte sie sich rittlings auf ihn auf dem Sofa, während draußen die Blitze zuckten.

Der Regen kam, als die Stadt schlief, eine Sintflut aus

schmierigem Wasser, das auf das Pflaster trommelte. Andrew stand am Fenster, als der Morgen graute, und trank eine Tasse Kaffee. Er wusste nicht genau, ob er noch leicht betrunken war oder ob da schon ein Kater auf ihn lauerte. Einer von den ekligen, die sich anschleichen, während man gerade seinen Speck isst. Er hörte, wie sich Diane rührte. Sie setzte sich auf und ließ das Haar über ihr Gesicht fallen.

Andrew lachte und schaute wieder aus dem Fenster. «Hast du Kopfschmerzen?», fragte er.

«Alles schmerzt», krächzte Diane. Er hörte, dass sie aufstand, spürte ihre Arme um seine Taille. Sie lehnte die Wange gegen seinen Rücken. «Sollen wir uns etwas zusammenbrutzeln?», fragte sie.

«Klar», sagte Andrew. «Wir müssten nur noch ein paar Dinge einkaufen.»

«Wasbrauchnwirdenn?», gähnte Diane.

«Oh, nur Speck. Und Eier. Und Würstchen. Und Brot. Vielleicht Bohnen. Milch auf jeden Fall, wenn du Tee möchtest.»

Er spürte, wie sich ihr Griff löste. Sie stöhnte geschlagen.

«Und wer ist damit dran, *was zu erledigen*?», fragte er unschuldig.

Sie vergrub ihr Gesicht an seinem Rücken. «Das fragst du doch nur, weil du weißt, dass ich dran bin.»

«Was? Niemals!», erwiderte Andrew. «Ich meine, wenn wir mal nachdenken: Ich habe den Fernseher umgeschaltet, du hast Wasser aufgesetzt, ich habe den Müll rausgebracht, du hast die Zeitung geholt, ich habe abgewaschen ... Oh, du hast recht, du bist *wirklich* damit dran, was zu erledigen.»

Sie pikte mit ihrer Nase in seinen Rücken.

«Lass das», sagte er, gab nach und drehte sich um, um sie in den Arm zu nehmen.

«Versprichst du mir, dass nach dem Speck mit Bohnen alles wieder gut wird?», fragte sie.

«Ehrenwort.»

«Und du liebst mich?»

«Sogar noch mehr als Speck und Bohnen.»

Sie ließ die Hand in seine Boxershorts gleiten und drückte ihn.

«Gut», sagte sie und küsste ihn mit einem übertriebenen «moah» auf die Lippen. Dann drehte sie sich abrupt um, zog sich T-Shirt, Shorts und Flip-Flops an.

«Also, das ist total unfair», beschwerte sich Andrew.

«Hey, ich bin damit dran, was zu erledigen, ich halte mich nur an die Regeln ...», sagte Diane und zuckte die Achseln. Sie hatte offensichtlich große Mühe, nicht zu grinsen, und griff nach Brille und Tasche und ging, wobei sie fröhlich vor sich hin sang.

Andrew brauchte einen Moment, bis er merkte, dass es Ellas «Blue Moon» war. *Endlich*, dachte er, *sie ist bekehrt*. Er grinste dumm vor sich hin und war so hoffnungslos verliebt, dass er dastand wie ein taumelnder Boxer, der sich verzweifelt auf den Beinen zu halten versucht.

Er erlaubte sich selbst, «Blue Moon» drei Mal zu hören, bevor er es unter die Dusche schaffte. Heimlich hoffte er, dass er schon den Speck riechen würde, wenn er wieder herauskam. Aber von Diane gab es keine Spur. Auch zehn Minuten später nicht. Vielleicht hatte sie einen Bekannten getroffen – jemanden von der Bristoler Uni; die Welt war schließlich klein. Doch irgendwie erschien Andrew das merkwürdig, und er beschloss, Diane zu suchen.

Als er aus dem Haus trat, sah er eine Menschenmenge

am Ende der Straße, genau da, wo sich auch der Supermarkt befand. «So ist das», hörte er jemand murmeln, als er ankam. «Diese Hitzewelle und dann dieses Unwetter ... da musste ja etwas Schlimmes passieren.»

Polizisten bildeten einen Halbkreis und hielten die Schaulustigen davon ab, näher zu kommen. Ein Funkgerät knisterte und fiepte, sodass der Polizist zusammenzuckte und das Gerät auf Armeslänge von sich weg hielt. Dann drang eine Stimme durch das Krachen und Knistern: «... bestätigt, dass es einen Todesfall gibt. Fallendes Mauerwerk. Bisher konnte noch nicht ermittelt werden, wem das Gebäude gehört, over.»

Andrew bekam Angst. Er drängte sich durch die Menge zu den Polizisten. Er zitterte, als stünde er unter Strom. Vor sich sah er blaue Plastikplanen, die sich im Wind regten, daneben zerbrochene Dachziegel. Und daneben wiederum, vollkommen unbeschädigt, lag eine Brille mit leuchtend orangefarbenem Rahmen, genau wie damals auf dem Nachttisch in Mrs. Briggs' Haus.

Der Polizist legte die Hand auf seine Brust und befahl ihm zurückzutreten. Sein Atem roch nach Kaffee, und er hatte einen Leberfleck auf der Wange. Er wirkte wütend, hörte dann aber plötzlich auf, ihn anzuschreien. Er wusste. Er verstand. Er versuchte Andrew Fragen zu stellen, aber Andrew war schon auf die Knie gesackt, er hatte sich nicht mehr aufrecht halten können. Hände lagen auf seinen Schultern. Mitfühlende Stimmen ertönten. Das Knistern von Funkgeräten. Dann versuchte ihn jemand auf die Füße zu ziehen.

×

In diesem Moment drang der Lärm im Pub wieder in sein Bewusstsein, und die Hände des Polizisten wurden zu Peggys. Es fühlte sich an, als wäre er unter Wasser gewesen und würde nun wieder auftauchen. Peggy redete auf ihn ein, dass alles in Ordnung wäre, sie drückte ihn fest an sich und dämpfte seine Schluchzer. Und obwohl er nicht aufhören konnte zu weinen – vielleicht würde er das nie mehr können –, spürte er, dass seine Finger kribbelten, weil die Wärme langsam in sie zurückkehrte.

KAPITEL
DREISSIG

*E*r hatte kaum die Kraft, zurück in seine Wohnung zu gehen. Peggy begleitete ihn. Sie stützte ihn und brachte ihn gleichzeitig dazu, einen Schritt vor den anderen zu setzen. Er protestierte halbherzig, aber Peggy ließ sich nicht abwimmeln.

«Entweder zu dir oder ins Krankenhaus», sagte sie, und damit war die Sache geklärt.

Die Modelleisenbahn lag noch immer zerstört auf dem Boden, wo er sie liegen gelassen hatte. «Daher mein Hinken», murmelte er mit einem Seitenblick auf das Chaos.

Er ließ sich aufs Sofa fallen. Peggy legte eine Decke über ihn und zusätzlich noch ihren Mantel. Sie machte ihm Tee und saß im Schneidersitz auf dem Boden, drückte hin und wieder seine Hand und beruhigte ihn, wenn er voller Panik hochzuckte.

×

Als er erwachte, saß sie im Sessel, las die Notizen auf der Plattenhülle von *Ella Loves Cole* und trank Kaffee aus einem Becher, den er bestimmt schon seit zehn Jahren nicht mehr benutzt hatte. Sein Nacken war ein bisschen steif – er musste sich verlegen haben –, und in seinem Fuß pochte es, aber er fühlte sich schon viel besser. Er erinnerte sich vage an einen Traum, den er vom Abendessen bei Meredith gehabt hatte, und plötzlich fiel ihm etwas ein.

«Was ist eigentlich mit Keith passiert?», fragte er.

Peggy sah zu ihm herüber. «Auch dir einen guten Morgen», sagte sie. «Keith, wie du dich freuen wirst zu erfahren, geht es gut.»

«Aber ich habe noch gehört, dass du den Krankenwagen gerufen hast», sagte Andrew.

«Ja. Als er kam, versuchte Keith die Sanitäter davon zu überzeugen, ihn nicht mitzunehmen. Um ehrlich zu sein, haben sich die Sanitäter mehr Sorgen um Cameron gemacht – das arme Schwein saß ohnmächtig und total zerzaust da. Ich glaube, sie haben gedacht, dass wir ihn gekidnappt und irgendwelche merkwürdigen Rituale an ihm vollführt haben.»

«Kann Keith denn arbeiten?»

«Ja.»

«Ist er ... sauer auf mich?»

«Na ja, entzückt von dir ist er nicht gerade. Aber Meredith behandelt ihn wie einen Kriegshelden. Sie scharwenzelt ständig um ihn herum, und ich glaube, er genießt es heimlich. Sie ist diejenige, vor der du ...» Peggy verstummte.

«Was?», fragte Andrew.

«Sie will, dass Keith dich verklagt.»

«Oh Gott», stöhnte Andrew.

«Ach mach dir keine Sorgen, das wird schon wieder. Kann gut sein, dass ich mit ihr ein Wörtchen geredet habe und sie es seitdem nicht mehr erwähnt hat.»

Andrew war sich nicht ganz sicher, aber es schien ihm, als unterdrückte Peggy ein Lächeln.

«Du klingst ja wie ein Mafiaboss», sagte er. «Aber ich bin dir sehr dankbar, egal, was du zu ihr gesagt hast.» Er warf einen Blick auf die Uhr am Herd und rappelte sich auf. «Oh Gott. Habe ich wirklich zwölf Stunden lang geschlafen? Was machst du denn noch hier? Du müsstest doch längst zu Hause sein.»

«Ist schon in Ordnung», sagte Peggy. «Ich habe mit den Mädchen per Facetime telefoniert. Sie sind in Croydon bei einer Freundin von Imogen. Sie durften gestern Abend lange aufbleiben und etwas furchtbar Unangemessenes im Fernsehen schauen, daher ist es ihnen völlig egal, dass ich nicht bei ihnen bin.» Sie drehte die Platte um. «Ich muss dir etwas gestehen. Ich habe mir das Mixtape noch nicht angehört, dass du mir aufgenommen hast.»

«Nicht schlimm. Das lasse ich dir gerade noch mal durchgehen. Wie gesagt, es war in Windeseile aufgenommen.»

Peggy legte die Platte vorsichtig auf den Stapel zurück. «Deine Mutter war ein großer Fan, hast du gesagt?»

«Ich weiß es gar nicht genau. Ich erinnere mich nur lebhaft daran, dass sie diese Platten auflegte und dazu in der Küche sang. Manchmal stellte sie auch den Plattenspieler vor dem offenen Fenster auf, wenn sie im Garten arbeitete. Sie wirkte immer wie ein ganz anderer Mensch, wenn sie sang.»

Peggy zog die Knie zur Brust. «Ich würde ja gern sagen, dass ich ähnliche Erinnerungen an meine Mutter habe, aber wenn sie in der Küche herumgetanzt ist, dann nur weil sie versuchte, uns zu verprügeln, oder weil irgendetwas Feuer gefangen hatte. Oder beides.» Sie seufzte. «Na gut, du siehst so aus, als bräuchtest du dringend ein Toast.»

«Schon gut, ich kann mir eins machen.» Andrew versuchte aufzustehen, aber Peggy befahl ihm, sitzen zu bleiben. Er hoffte nur, dass sie es nicht merkwürdig fand, dass sich der Inhalt seines Küchenschrankes auf drei Dosen Baked Beans und ein vermutlich bereits verschimmeltes Brot beschränkte.

Aber bevor er sich im Voraus dafür entschuldigen konnte, vibrierte sein Handy. Er las die Nachricht, und sofort fühlte er sich wieder ganz schwach. Er wartete, bis Peggy einen Teller mit dick bestrichenem Toast und einen Becher Tee brachte.

«Ich muss dir noch etwas sagen.»

Peggy biss von ihrem Toast ab. «Gut. Aber ich will ehrlich sein, Andrew. Nach der letzten Nacht gibt es nicht mehr viel, was mich schocken kann.»

Als er ihr von Carl und seiner Erpressung erzählt hatte, hatte Peggy keine Lust mehr, ihr Toast zu essen, und ihn angewidert auf ihren Teller fallen lassen. Sie marschierte im Zimmer auf und ab, die Hände in die Hüften gestemmt.

«Das kann er nicht mit dir machen. Es gab schließlich einen Grund dafür, dass Sally dir das Geld hinterlassen hat. Dass er dich bedroht, ist ungeheuerlich. Du rufst ihn jetzt an und sagst ihm, er soll sich verpissen.»

«Nein. Das kann ich nicht.»

«Warum nicht, zum Geier?»

«Weil …»

«Weil *was*?»

«So einfach ist das nicht. Ich kann nicht … ich kann einfach nicht.»

«Aber das ist doch nur eine leere Drohung, es ist ja nicht so, als ob …» Peggy blieb stehen und sah ihn an. «Du wirst den anderen auf der Arbeit doch die Wahrheit sagen, oder?»

Andrew schwieg.

«Also», stellte Peggy sachlich fest, «du wirst es müssen. In zwei Wochen sollst du die nächste Dinnerparty ausrichten. Du hast also gar keine Wahl.»

«Was? Aber das Abendessen bei Meredith war doch eine Katastrophe. Cameron will das doch sicher nicht noch einmal erleben.»

«Oh, im Gegenteil. Er hat sich in den Kopf gesetzt, dass das die perfekte Gelegenheit für dich und Keith wäre, euch zu vertragen. Er war an dem Abend so besoffen, dass er überhaupt nicht verstanden hat, was da passiert ist, nur dass Keith und du ‹einen Streit› hattet. Ich habe ihm ein Taxi gerufen. Er hat ständig etwas über ‹Entlassungen› vor sich hin gemurmelt.»

Andrew verschränkte die Arme vor der Brust. «Ich sage ihnen nicht die Wahrheit», sagte er, und es war kaum lauter als ein Flüstern. «Ich kann nicht.»

«Warum nicht?»

«Was meinst du mit ‹warum nicht›? Weil ich dann gefeuert werde! Das kann ich mir nicht leisten, Peggy. Ich habe keinerlei Kenntnisse, die für einen anderen Arbeitgeber interessant wären.»

Sie schwiegen einen Augenblick. Andrew hätte jetzt gern Musik gehört. Peggy trat zum Fenster und wandte ihm dabei den Rücken zu.

«Ich glaube schon, dass du Fähigkeiten hast, die für andere Arbeitgeber interessant sein könnten», sagte sie. «Dass du auch etwas anderes machen könntest. Und ich glaube, das weißt du auch.»

«Was soll das denn heißen?», fragte Andrew.

Peggy drehte sich um und wollte etwas sagen, hielt dann aber inne, als hätte sie es sich anders überlegt.

«Kann ich dich etwas fragen?», sagte sie schließlich.

Andrew nickte.

«Was hast du an dieser Wohnung gemacht seit deinem Einzug?»

«Wie meinst du das?»

Peggy schaute sich um. «Wann hast du zum letzten Mal etwas Neues gekauft? Hast du hier überhaupt irgendetwas verändert seit dem Tag, an dem Diane ...»

Andrew war plötzlich furchtbar befangen.

«Ich weiß nicht genau. Viel habe ich nicht verändert. Aber ein bisschen. Den Computer habe ich zum Beispiel danach gekauft.»

«Okay. Und wie lange arbeitest du schon bei der Verwaltung?»

«Was soll das hier werden, ein Vorstellungsgespräch?», fragte Andrew und fühlte sich so verunsichert wie selten zuvor. «Möchtest du übrigens noch einen Tee?»

Peggy setzte sich neben ihn und nahm seine Hände. «Andrew», sagte sie leise. «Ich werde nicht so tun, als wüsste ich, wie viel Schlimmes du durchmachen musstest. Aber ich weiß aus Erfahrung, wie es ist, wenn man die Dinge verdrängt, wenn man sie nicht angeht. Sieh mich und Steve an. Ich wusste immer schon, dass er sich nicht ändern würde, aber ich musste erst ganz unten ankommen, bis ich endlich bereit war, etwas zu unternehmen. Hast du das gestern Abend nicht auch erkannt?» Sie suchte seinen Blick. «Hast du nicht auch das Gefühl, dass es an der Zeit ist, gewisse Dinge hinter dir zu lassen?»

Andrew hatte einen Kloß im Hals, und seine Augen brannten. Ein Teil von ihm wollte, dass Peggy weitersprach, ein anderer, dass sie ihn in Ruhe ließ.

«Die anderen sind nun mal nicht so nett wie du», erwiderte er leise. «Und man kann es ihnen ja auch nicht verübeln. Ich brauche noch etwas Zeit – um darüber nachzudenken, wie ich es ihnen beichten soll.»

Peggy hob Andrews Hand und drückte sie mit ihrer gegen seine Brust. Er spürte sein eigenes Herz im Brustkorb schlagen.

«Du musst eine Entscheidung treffen», stellte Peggy fest. «Entweder hältst du die Lügen weiter aufrecht – dann zahlst du Carl das Geld, obwohl es deins ist –, oder du sagst die Wahrheit und lernst, mit den Konsequenzen zu leben. Ich weiß, dass das schwer ist, das weiß ich wirklich, aber ...» Peggy seufzte. «Gut, erinnere dich an diesen Tag in Northumberland. Als wir unseren ‹Augenblick› hatten, wenn ich das so ausdrücken darf.»

Andrew wünschte sich wirklich – *wirklich* –, nicht immer so schnell rot zu werden.

«Ja», murmelte er und rieb sich die Augen.

«Sieh mich an. Bitte.»

«Ich kann nicht.»

«Gut, dann mach die Augen zu. Erinnere dich und stelle dir diesen Augenblick genau vor. Du musst gar nichts sagen, erinnere dich nur daran, wie du dich dabei gefühlt hast. Wie wunderschön und anders und ... *intensiv* das war. So war es jedenfalls für mich.»

Andrew öffnete die Augen. Unter seiner und Peggys Hand pochte sein Herz heftig.

«Später», fuhr Peggy fort, «als du auf dem Sofa eingeschlafen bist, hast du immer wieder gesagt: ‹Du hast mich gerettet.› Du dachtest, dass ich dein Ausweg aus allem wäre. Aber – und das musst du mir glauben – nur du kannst etwas an deinem Leben ändern. Es *muss* von dir ausgehen.»

Andrew betrachtete die Überreste seiner Modelleisenbahn und wusste nicht, was er Peggy antworten sollte.

Peggy warf einen Blick auf ihre Uhr. «Ich muss leider gehen. Die Kinder sollen noch etwas anderes zu essen bekommen als Schokoriegel.» Damit stand sie auf und ließ Andrews Hand los, um ihren Mantel und ihre Tasche zu holen. «Denk einfach darüber nach, was ich dir gerade gesagt habe, okay? Und wenn du das Gefühl hast … du weißt schon … dann ruf mich sofort an. Versprochen?»

Andrew nickte. Er wollte auf keinen Fall, dass sie ging. «Ich werde es tun», platzte er heraus. «Ich werde allen die Wahrheit sagen, allen – aber gerade jetzt, wo Cameron von Entlassungen spricht, geht es nicht. Bitte verstehe das. Ich muss nur einen Weg finden, wie ich dieses bescheuerte Abendessen hinter mich bringen kann, ohne meinen Ruf vollkommen zu ruinieren, und dann, wenn sich die Lage beruhigt hat, regele ich alles, das verspreche ich dir. Ich brauche nur ein wenig mehr Zeit – und Hilfe, damit ich dieses Essen …» Er verstummte, weil er die Enttäuschung in Peggys Blick sah. Sie ging zur Tür, und er humpelte hinter ihr her.

«Ich habe gesagt, was ich sagen musste, Andrew. Ich werde meine Meinung nicht ändern. Außerdem habe ich eigene Probleme, die ich lösen muss.»

«Natürlich», sagte Andrew, obwohl er sie eigentlich anflehen wollte, zu bleiben. «Das verstehe ich. Ich wollte dich gar nicht so lange aufhalten, das tut mir leid. Und es tut mir auch leid, dass ich dich angelogen habe. Ich wollte dir die Wahrheit sagen, wirklich.»

«Das glaube ich dir sogar», sagte Peggy und gab ihm ein Küsschen auf die Wange. «Und ich glaube an dich.»

✕

Nachdem Peggy gegangen war, stand Andrew noch lange einfach so da. Er betrachtete den Weinfleck auf dem Teppich, der sich genau an der Stelle befand, auf der er gestanden hatte, als Sally am Tag nach Dianes Tod wieder und wieder versucht hatte, ihn anzurufen. Er fühlte sich unglaublich schuldig, weil er damals wie erstarrt gewesen war in seiner Verzweiflung – weil er sich so feige verkrochen hatte, weil er nicht zur Beerdigung gegangen war und er Sallys Trost nicht zugelassen hatte. Wenn er darüber nachdachte, wie sehr er es genossen hatte, ein Leben vorzuspiegeln, in dem Diane an jenem Morgen nicht aus dem Haus gegangen war, so musste er sich eingestehen, dass die Last seiner Schuld sogar noch größer geworden war.

Andrew atmete tief ein. Er konnte kaum glauben, wie freundlich und verständnisvoll Peggy reagiert hatte, nachdem er endlich mit der Wahrheit herausgerückt war. Er hatte erwartet, dass sie kein Wort mehr mit ihm reden würde. Und falls doch, dann nur, um ihn in Sicherheit zu wiegen, damit sie in die nächste Nervenklinik rennen und ihn als verblendeten, gefährlichen Irren melden konnte … Bestimmt, nein, sogar *ganz sicher* würde niemand so nett wie sie sein, wenn er einfach die Wahrheit sagte.

Andrew stellte sich gerade vor, wie Cameron die Knopfaugen aufriss, wie Keith und Meredith erst überrascht und dann höhnisch reagierten, als er hörte, dass sein Handy vibrierte. Bestimmt noch eine Nachricht von Carl. Er wollte schon eine Ella-Platte auflegen, aber er blieb neben dem Plattenspieler stehen, ohne ihn zu berühren. Ohne Musik und das leise Summen der Modelleisenbahn hörte sich die Wohnung anders an. Er öffnete das Fenster. Spatzen zwitscherten. Eine Hummel torkelte auf ihn zu und drehte dann ab.

Noch etwas zittrig nach all der Aufregung machte er sich einen Tee und genoss die tröstliche Wärme des Getränks. Seine Gedanken rasten. Er verstand, warum Peggy sich darüber ärgerte, dass er nicht einfach reinen Tisch machte. Doch was sie nicht ahnen konnte, war, wie viel Macht sein Phantasiegebilde über ihn hatte, wie verbunden er sich damit fühlte. Er konnte sich nicht einfach umdrehen und Diane ein zweites Mal sterben lassen.

Er stand auf und begutachtete die Schäden an der Modelleisenbahn. Es war schwer zu beurteilen, welche Schäden zu reparieren und welche irreparabel waren. Die Lok, die er zerstört hatte – eine O4 Robinson – musste er wohl ebenso wie die Waggons abschreiben. Zum Glück war sie keine seiner wirklich wertvollen Loks. Der größte Teil der Landschaft hatte allerdings eindeutig das Zeitliche gesegnet: Bäume und Tiere waren zertreten und verbogen, die Figürchen umgekippt – alle, bis auf drei Bauern, die noch standen und ihn trotzig anzublicken schienen.

Peggy war davon überzeugt, dass er ganz allein entscheiden musste, was er tun wollte, und vielleicht hatte sie recht. Aber bedeutete das nicht auch, dass er seinen Mitmenschen erst dann reinen Wein einschenken sollte, wenn er wirklich bereit dazu war? Andrew ignorierte die Stimme in seinem Hinterkopf, die dem widersprach, und konzentrierte sich auf seine nächste Sorge: das immer näher rückende Abendessen, das er ausrichten sollte. Es war von äußerster Wichtigkeit, Cameron bei Laune zu halten. Und er brauchte dringend Hilfe. Peggy konnte er nicht fragen. Also blieb … na ja …

«Niemand», sagte er laut.

Doch als Andrew die stoischen Bauernfiguren betrachtete, erkannte er, dass das nicht ganz der Wahrheit entsprach.

KAPITEL
EINUNDDREISSIG

*A*n Samstagnachmittagen war im Unterforum nicht viel los, aber Andrew nahm trotzdem an, dass BamBam67, BastlerAl und BreitspurJim noch schnell einen Blick hineinwerfen würden, bevor der Abend kam – einen schnellen Blick, während sie auf das Essen warteten, nur für den Fall, dass jemand eine Bestätigung gepostet hatte, dass der Hype um die neue Wainwright H-Klasse 0-4-4T *wirklich* gerechtfertigt war.

Aufgrund der sich überschlagenden Ereignisse in der letzten Woche war Andrew im Forum wenig aktiv gewesen. Die beiden letzten Posts von BastlerAl und BreitspurJim, in denen er erwähnt wurde, klangen ernsthaft besorgt:

Tracker, du bist still in letzter Zeit. Alles in Ordnung?

Hab ich auch gerade gedacht! Sag bloß, der olle T-Bone macht einen kalten Entzug??

Die Tatsache, dass sie ganz eindeutig um sein Wohlergehen besorgt waren, machte es ihm ein bisschen einfacher, um Hilfe zu bitten. Er verfasste die Nachricht zunächst in einem leeren Dokument, verbesserte immer wieder den Tonfall und die Ausdrücke, bis er sie endlich gut fand. Er las die Nachricht zur Sicherheit noch einmal durch, und bevor er es sich anders überlegen konnte, klickte er auf Senden.

×

Andrew nahm einen Schluck Bier und beschloss, sich ein für alle Mal zu merken, dass seinen Instinkten – ebenso wie Menschen, die ihre Sätze mit «Ich will ehrlich mit dir sein» begannen – nicht zu trauen war. Er hatte den Pub in der Nähe von King's Cross gewählt, weil er «Die Eisenbahn-Taverne» hieß und er das für ein gutes Omen gehalten hatte. Ein bisschen hatte er sich die Kneipe vorgestellt wie Barter Books, nur dass man dort statt Tee, Scones und Büchern Bier und Chips in interessanten Geschmacksrichtungen bekam. Stattdessen schien dieser Pub eher ein Ort zu sein, wo man tätliche Übergriffe und rüde Anmachsprüche in Kauf nehmen musste.

Andrew wusste schon lange nicht mehr, welche Clubs oder Pubs gerade «in» waren oder wie man das inzwischen nannte, aber die ungefähr zwanzig anderen Männer im Pub waren, gelinde gesagt, ziemlich speziell. Sie fluchten genüsslich und beschimpften wütend den Bildschirm. Ein Mann mit hellroten Koteletten klatschte irritierenderweise jedes Mal, wenn der Schiedsrichter zugunsten seines Teams entschied oder jemand eingewechselt wurde, als würde sein Applaus durch den Bildschirm dringen und den jeweiligen Spieler anfeuern. Ein weiterer Mann, der eine Lederjacke über dem Trikot seiner Lieblingsmannschaft trug, riss immer wieder die Arme in die Luft, drehte sich dann um und versuchte, eine Unterhaltung mit einer Fangruppe anzufangen, die ihn komplett ignorierte. Eine junge Frau, die etwas weiter weg an der Bar stand, zupfte die ganze Zeit nervös an ihren Haaren herum, die violett gefärbt waren und aussahen, als bestünden sie aus Zuckerwatte. Andrew hatte noch nie so viele Anhänger desselben Teams an einem Ort gesehen, die gleichzeitig so einsam wirkten.

Unter anderen Umständen wäre er gegangen und hätte sich eine andere Kneipe gesucht, aber das stand nicht zur Debatte. Er hatte seinen Post im Unterforum mit der genauen Zeit- und Ortsangabe versehen und nicht gewagt nachzusehen, ob es sofort drei bedauernde Absagen oder drei enthusiastische Zusagen gegeben hatte.

Am Tisch fingerte er nervös an einem Bieruntersetzer herum und gab schließlich dem Drang nach, ihn in kleine Fetzen zu zerreißen. Plötzlich wurde ihm bewusst, wie verzweifelt er war. Er wand sich innerlich bei dem Gedanken an den fröhlichen letzten Satz seines Posts im Forum – *Wäre es nicht auch lustig, wenn wir uns endlich einmal persönlich kennenlernen würden?* Denn im Grunde widersprach sein Vorschlag allem, wofür sie standen. Das Forum war ein Ort, an dem man so tun konnte, als wäre man jemand anders, und, was noch wichtiger war, man konnte währenddessen nackt Käsetoasts essen, wenn man wollte. Wie sollte das wahre Leben dagegen ankommen?

Andrew sah sich vorsichtig um, weil er sich daran erinnerte, wie Peggy ihn an ihrem ersten Tag für sein auffälliges Verhalten im Pub getadelt hatte, und hoffte, jemanden zu sehen, der vielleicht zu seinen Forum-Freunden gehörte. Vor allem gab er sich Mühe, dem Blick des Mannes in der Lederjacke auszuweichen. Als er beim angegrauten Mann an der Bar ein Pint bestellt hatte, hatte sich der Lederjackenmann zu ihm umgedreht, ihn mit seinen blutunterlaufenen Augen angesehen und gegrunzt: «Is was?» Andrew hatte so getan, als hörte er nicht, und war wieder zu seinem Tisch getrottet, wobei er außerdem so tun musste, als hätte er das gemurmelte «Wichser» nicht gehört.

Er strich das Revers seines Sakkos glatt, damit man

das kleine Modelleisenbahn-Abzeichen daran gut sehen konnte. Hoffentlich konnte er sich so zu erkennen geben, ohne zu viel Aufmerksamkeit auf sich zu ziehen. Deshalb wäre er beinahe in Lachen ausgebrochen, als er sah, dass der Mann, der gerade in den Pub trat, ein T-Shirt mit der Aufschrift: «Modelleisenbahnen sind die Antwort. WEN INTERESSIERT DA NOCH DIE FRAGE?» trug.

Andrew erhob sich halb und winkte dem Mann zu, der ihn – zu seiner unendlichen Erleichterung – breit angrinste.

«Tracker?»

«Ja! Im wirklichen Leben heiße ich Andrew.»

«Schön, dich kennenzulernen, Andrew. Ich bin Breitspur – Jim.»

«Freut mich!»

Nach Jims Gesichtsausdruck zu schließen, schüttelte Andrew dessen Hand vielleicht etwas zu begeistert, aber er war einfach viel zu erfreut, um sich zu schämen.

Einer war gekommen!

«Tolles Abzeichen, übrigens», sagte Jim.

«Danke», antwortete Andrew. Er wollte Jim gerade ein Kompliment zu seinem T-Shirt machen, als im Fernsehen offenbar ein Tor fiel und im Pub alle missbilligend aufheulten. Jim sah sich kurz um und wandte sich ihm mit hochgezogenen Augenbrauen wieder zu.

«Tut mir leid, das ist wirklich ein schlimmer Laden hier», beeilte sich Andrew zu sagen.

Jim zuckte die Achseln. «Ach was, ist schon in Ordnung. Was kann ich dir mitbringen?»

«Oh, noch ein Bier bitte», sagte Andrew und wartete, bis Jim an der Bar war, um den Rest seines ersten Glases auszutrinken.

Als Jim mit ihren Getränken zurückkam, folgte ihm die junge Frau mit dem violetten Haar. Bevor Jim oder Andrew etwas sagen konnten, setzte sie sich zu ihnen an den Tisch und begrüßte sie etwas nervös.

«Ähm, entschuldige», sagte Jim, «aber eigentlich warten wir noch auf jemanden.» Andrew lächelte der Frau entschuldigend zu.

«Ja, vermutlich auf mich», sagte die Frau.

Andrew und Jim wechselten einen verwirrten Blick.

«Warte ...», sagte Andrew. «Dann musst du ...»

«... BastlerAl sein», sagte die Frau und grinste.

«Aber du bist eine Frau!», rief Jim aus.

«Gut erkannt», lachte die Frau. Dann, als weder Andrew noch Jim etwas sagten, verdrehte sie die Augen und fügte hinzu: «Der ‹Al›-Teil kommt von Alexandra. Aber die Leute nennen mich meistens Alex.»

«Tja», sagte Jim, «das ist ja ... ähm ... ein schöner Name!»

«Danke», antwortete Alex, unterdrückte ein weiteres Grinsen, um dann einen leidenschaftlichen Vortrag über ihren neuesten Kauf zu halten. «Ich finde ernsthaft, dass sie die Caerphilly Castle 4-6-0 bei weitem übertrifft.»

«Das kann nicht sein!», sagte Jim, dem fast die Augen aus dem Kopf fielen.

Sie sprachen über Eisenbahnen, wobei sie hin und wieder schreien mussten, um die Männer zu übertönen, die sich wegen einer angeblichen Ungerechtigkeit auf dem Bildschirm aufregten. Obwohl ihm Lederjackenmann immer noch böse Blicke zuwarf, entspannte sich Andrew langsam. Wobei – wenn BamBam nicht auftauchte, hätte er ein großes Problem. Ihn brauchte er am dringendsten.

Mitten im Chaos des Jubels, als die Heimelf endlich den

Ausgleichstreffer schaffte, schlenderte ein Mann durch die Tür und zog sich so selbstverständlich einen Stuhl an ihren Tisch, als träfe er sie seit zwanzig Jahren jeden Tag hier. Er trug ein dunkelblaues Jeanshemd, das er in die beigefarbene Hose gesteckt hatte, und duftete nach einem teuren Aftershave. Er stellte sich als BamBam beziehungsweise Rupert vor – und die anderen bemühten sich sehr, sich ihre Überraschung nicht anmerken zu lassen. Jim schaute zu, wie Rupert Alex' Hand schüttelte und bemerkte: «Sie ist eine Frau!»

«Das ist allerdings wahr», bestätigte Alex. «Ich habe das sogar amtlich. Also, wer will Chips?»

Sie tranken Bier, aßen tütenweise Chips mit Räucherschinken-Geschmack, die demokratisch auf dem Tisch verteilt lagen, und sprachen über ihre Neuerwerbungen und die nächsten Messen.

Noch auf der Toilette überlegte Andrew fieberhaft, wie er es hinbekommen konnte, dass die gute Stimmung nicht durch sein eigentliches Anliegen verdorben wurde.

Als er wieder am Tisch Platz genommen hatte, beugte Jim sich vor und räusperte sich. «Also, Andrew, du, äh, hast uns doch aus einem bestimmten Grund hierherbestellt, oder nicht?»

Andrew spürte, wie das Blut in seinen Ohren rauschte. Er hatte beschlossen, alle Fakten so schnell wie möglich auf den Tisch zu legen, aber gleichzeitig nur so viel zu sagen, wie es unbedingt nötig war. Er sprach schnell, ohne auch nur einmal Atem zu holen, und am Ende seiner kleinen Rede war ihm leicht schwindelig.

«Das war's», sagte er und nahm einen großen Schluck Bier.

Das folgende Schweigen dauerte furchtbar lange an.

Andrew griff nach einem weiteren Bierdeckel und begann, daran zu knibbeln.

Schließlich räusperte sich Rupert.

«Nur um das klarzustellen», sagte er. «Du willst ein Abendessen in meinem Haus veranstalten?»

«Und wir sollen dir alle beim Kochen helfen?», fragte Alex.

«Und dich den Abend über unterstützen, bei allem, was kommt?», fügte Jim hinzu.

«Weil Entlassungen drohen und du deinen Chef auf deiner Seite haben musst», stellte Alex fest.

Andrew merkte, wie verrückt das alles klang, wenn man es so zusammenfasste. «Ich kann euch wirklich kaum begreiflich machen, wie irre mein Chef ist. Erst dachte ich, er wollte diese gemeinsamen Abendessen, damit wir uns besser miteinander verstehen, aber offenbar geht es ihm darum, dass er herausfinden will, wen er am liebsten mag und bei wem er es irgendwie übers Herz bringt, ihn rauszuwerfen. Und ich ... also, ich kann es mir wirklich nicht leisten, diese Person zu sein. Das wäre eine Katastrophe.»

Die anderen wechselten unsichere Blicke, und Andrew spürte, dass sie sich beraten wollten.

«Ich hole noch eine Runde», verkündete er. Obwohl er sich natürlich Sorgen darüber machte, wie Jim, Rupert und Alex entscheiden würden, musste er doch wider Willen vor sich hin grinsen, als er zur Bar ging. *Ich hole noch eine Runde* – das war ja so lässig! Als wäre es das Normalste der Welt!

«Ich muss ein neues Fass Bier anschließen», sagte der Mann an der Bar.

«Das ist schon in Ordnung, lassen Sie sich Zeit», sagte Andrew und begriff zu spät, dass das womöglich sarkastisch klang. Der Barmann starrte ihn kurz an, um dann in den Keller zu gehen.

«Pass bloß auf», sagte der Lederjackenmann. «Ich hab schon mal gesehen, dass der einen Typen für weit weniger windelweich geprügelt hat. Der dreht ganz schnell durch.»

Aber Andrew hörte gar nicht zu. Über dem Regal mit den Spirituosen hing ein Spiegel, und er konnte darin sehen, wie die anderen am Tisch miteinander redeten. Plötzlich hörte er das Aufbranden und Abebben des Lärms um ihn herum ganz laut, als wären das Stöhnen, die Flüche und die anfeuernden Rufe der Soundtrack zu dem Gespräch, dem er im Spiegel zuschaute.

«Warum ignorierst du mich, Kumpel?», meldete sich der Lederjackenmann zu Wort.

Andrew achtete nicht auf ihn und zählte sein Geld für die Runde ab.

«Halloooooo», machte der Mann und wedelte mit der Hand vor Andrews Gesicht herum.

Andrew tat so, als wäre er überrascht. «Tut mir leid, ich bin heute nicht ganz bei mir», sagte er, wobei er sich wünschte, nicht so sehr wie ein nervöser Aushilfslehrer zu klingen.

«Das ist aber keine Entschuldigung dafür, so zu tun, als wäre ich Luft», sagte der Mann und piekte ihm mit dem Finger in die Schulter. «Alles eine Frage der Höflichkeit.»

Wann kommt endlich der Barmann zurück?, fragte sich Andrew und warf einen verzweifelten Blick in den Spiegel. Die anderen schienen immer noch ins Gespräch vertieft zu sein.

«Also, was tippst du?», fragte der Mann und zeigte auf den Bildschirm.

«Oh, ich weiß nicht recht.»

«Rate einfach, Mann. Aus Spaß.» Der Mann piekte ihn erneut in die Schulter, diesmal noch härter.

Andrew rückte so unauffällig wie möglich von ihm ab. «Unentschieden?», sagte er.

«Pah. Schwachsinn. Bist du etwa heimlich für West Ham? Hey, Leute, der hier ist ein West-Ham-Fan!»

«Bin ich nicht, ich bin ein Niemand», sagte Andrew mit ganz unnatürlich hoher Stimme. Zum Glück achtete keiner auf ihn, und zu Andrews Erleichterung kam der Barmann endlich zurück und schenkte ihre Getränke ein.

Am Tisch, so schien es ihm, herrschte ein unangenehmes Schweigen. Was konnte er noch sagen, um sie zu überzeugen?

Andrew räusperte sich. «Also, Leute, wir könnten über eine Bezahlung für eure Hilfe sprechen, wisst Ihr, entweder in Geld, oder ihr könnt euch etwas aus meiner Sammlung aussuchen. Ich habe meine O4 Robinson leider neulich kaputtgemacht, aber ich habe ja noch meine anderen Loks und Landschaftselemente, also sagt einf...»

«Sei nicht albern», unterbrach ihn Alex. «Natürlich musst du uns nichts dafür bezahlen. Wir denken nur gerade über die Logistik nach.»

«Oh. Gut», sagte Andrew. «Ich meine, danke! Wunderbar, dass ihr mitmacht.»

«Ja, auf jeden Fall», sagte Alex. «Immerhin sind wir Freunde», fügte sie in einem Ton hinzu, als wäre das Thema damit erledigt. Dabei riss sie die Augen auf und sah Rupert an.

«Oh ja, auf jeden Fall», sagte er, «und du kannst deine Dinnerparty gern bei uns abhalten. Mein Partner ist nächste Woche ohnehin auf Dienstreise, daher passt das ganz gut. Wobei ich leider ein ziemlich lausiger Koch bin.»

Jim verschränkte die Finger und streckte die Arme vor sich aus, wobei seine Fingerknöchel knackten. «Dann überlasst das Kochen mal Jimbo.»

«Siehst du. Alles geregelt», sagte Alex.

Danach sprachen sie noch ein wenig über die Organisation und wendeten sich dann wieder dem Thema Modelleisenbahnen zu. Zum zweiten Mal an diesem Nachmittag musste Andrew sich darauf konzentrieren, das dämliche Lächeln zu unterdrücken, das seine Mundwinkel zucken ließ.

×

Das Fußballspiel war zu Ende – es hatte tatsächlich mit einem Unentschieden geendet –, und die meisten Fans hatten bereits kopfschüttelnd und grummelnd den Pub verlassen. Aber der Lederjackenmann hatte ganz offensichtlich andere Pläne, und Andrew stöhnte innerlich, als er auf sie zukam und einen Stuhl an den Tisch neben ihnen zog.

«Modelleisenbahnen, was?», sagte er, nachdem er Jims T-Shirt gemustert hatte. Er legte die Füße auf die Rückenlehne von Andrews Stuhl. «Verdammt, es gibt echt noch Leute, die diesen Scheiß lieben?»

Alex zog die Augenbrauen hoch. «Kennst du ihn?», formte sie mit den Lippen. Andrew schüttelte den Kopf.

«Tut mir leid, Kumpel», sagte Alex, «wir haben noch einiges zu tun. Würdest du uns wieder allein lassen?»

Der Mann musterte Alex von oben bis unten. «Mann, Mann, Mann, wenn ich zehn Jahre jünger wäre …»

«Dann würde ich dich trotzdem nicht beachten», konterte Alex. «Und jetzt verzieh dich. Sei ein braver Junge.»

Der lüsterne Blick des Mannes verfinsterte sich. Er trat gegen Andrews Rückenlehne. «Sag der Schlampe sofort, sie soll das Maul halten.»

«Okay, das reicht jetzt», sagte Andrew und stand auf. «Lass uns jetzt bitte in Ruhe.» Seine Stimme zitterte.

«Und was passiert, wenn ich das nicht tue?», fragte der Mann und richtete sich zu voller Größe auf.

Das war das Stichwort für Rupert, Jim und Alex, ebenfalls aufzustehen.

«Ach du je, jetzt seht euch mal diesen jämmerlichen Haufen an», höhnte der Mann. «Ein schwächlicher kleiner Scheißer, eine Schlampe, John Cleese und ein verkackter Sherlock Holmes.»

«Das war aber jetzt nicht besonders nett, was?», sagte Rupert und klang bemerkenswert ruhig.

Andrew überlegte noch, ob dieser sarkastische Ton die richtige Herangehensweise war, aber dann sah er, was Rupert längst bemerkt hatte – nämlich dass der Barmann von hinten auf den Lederjackenmann zuging und schon mal die Schultern lockerte. Er wartete ab, bis der Mann einen Schritt auf Andrew zu machte. Dann stürzte er sich auf ihn, packte ihn am Kragen, schleuderte ihn auf den Ausgang zu und schubste ihn aus der Tür, wobei er ihn zum Abschied noch in den Allerwertesten trat. Auf dem Weg zurück zum Tresen klopfte er sich den Schmutz von den Händen – eine Geste, die Andrew bisher nur in Zeichentrickfilmen gesehen hatte.

Andrew, Jim, Alex und Rupert standen regungslos da. Schließlich brach Jim das Schweigen: «Wundert ihr euch auch, dass er wusste, wer John Cleese ist?»

KAPITEL
ZWEIUNDDREISSIG

*P*eggy machte sich Sorgen, weil Andrew wieder arbeiten gehen wollte.

Du solltest dich noch ein wenig länger krankschreiben lassen und erst wiederkommen, wenn du wieder ganz beieinander bist, schrieb sie ihm. *Denk daran, wie hart dieser Job sein kann. Ist ja nicht so, als wärst du Sänger oder Eiscreme-Verkoster.*

Aber Andrew fand es schwierig, zu Hause zu sein, allein und mit seinen Gedanken – die meisten von ihnen waren echte Mistkerle. Seit Peggy Zeit in seiner Wohnung verbracht hatte, hatte er außerdem erkannt, wie heruntergekommen sein Zuhause war. Am Abend nach dem Treffen mit seinen Eisenbahn-Freunden putzte er deshalb alles blitzblank. Nach Stunden auf Händen und Knien war er völlig erschöpft und durchgeschwitzt – und fühlte dennoch beinahe etwas wie Zufriedenheit.

Als er am nächsten Morgen das Haus verließ, erhaschte er einen Blick auf die Tür von der Parfüm-Frau, die sich gerade schloss. Er war so überrascht, einen Beweis für ihre Existenz zu sehen, dass er beinahe nach ihr gerufen hätte.

×

Am Donnerstag des Abendessens hatten Andrew und Peggy ihre erste gemeinsame Nachlassinspektion seit zwei Wochen – Malcolm Fletcher, dreiundsechzig, hatte einen massiven Herzinfarkt auf einem klumpigen Futon erlitten –, und zur Abwechslung brauchten sie nicht mehr als ein paar Minuten, bis sie etwas gefunden hatten.

«Hier ist etwas», rief Peggy aus dem Schlafzimmer. Andrew fand sie im Schneidersitz auf dem Fußboden eines begehbaren Kleiderschranks sitzend, umgeben von perfekt polierten Schuhpaaren. Über ihr hingen nahezu identische Anzugjacketts. Sie streckte Andrew ein edel aussehendes Adressbuch entgegen. Er blätterte darin, aber auf den Seiten von A bis Z stand kein einziger Name.

«Letzte Seite», sagte Peggy und streckte ihm die Hand hin, damit er sie auf die Füße zog.

«Ah», sagte er, als er zu dem «Notizen»-Teil geblättert hatte. *Mum & Dad* und *Kitty* stand in kleiner, krakeliger Schrift ganz oben auf der Seite, daneben waren Telefonnummern notiert. Er zog sein Handy hervor und rief *Mum & Dad* an, aber es meldete sich nur eine Frau mit sehr junger Stimme, die noch nie von jemandem namens Malcolm gehört hatte und auch nicht wusste, wer vorher in ihrer Wohnung gelebt hatte. Mit Kitty hatte Andrew mehr Glück.

«Ach du meine Güte, das ist ... er ist mein Bruder ... der arme Malcolm. Mein Gott. Was für eine schreckliche Nachricht. Wir hatten uns aus den Augen verloren.» Andrew formte die letzten Worte für Peggy mit den Lippen.

×

«Also, wie geht es dir denn?», fragte Andrew, als sie die Wohnung verließen. Er hatte die Frage extra vage gestellt, damit Peggy sich selbst entscheiden konnte, worauf sie antworten wollte.

«Na ja, Steve ist gestern gekommen und hat seine letzten Sachen abgeholt, was eine echte Erleichterung ist. Er hat behauptet, seit zehn Tagen keinen Alkohol mehr getrunken zu haben, stank aber wie eine ganze Schnapsbrennerei. Wenn er also kein schlimmes Pech hatte und jemand nicht zufällig eine Flasche Gin über ihm ausgekippt hat, dann hat er vermutlich gelogen.»

«Das tut mir leid», sagte Andrew.

«Das muss es nicht. Ich hätte das schon lange tun sollen. Manchmal braucht man eben noch einen Extraschubs. Einen Grund, aus dem man die Entscheidung treffen kann.»

Andrew spürte, dass Peggy ihn von der Seite anschaute, aber er wagte es nicht, den Kopf zu drehen. Er wusste, worauf sie abzielte – und er wollte nicht zugeben, dass sie recht hatte.

In diesem Moment kam eine SMS von Jim mit der Speisenfolge des Abends und der Bitte, den Wein dazu zu kaufen. Das Essen klang beruhigend edel – was genau war eigentlich Romanesco? Er schüttelte alle Zweifel ab. Er musste sich darauf konzentrieren, dass heute Abend alles perfekt lief, egal, was Peggy davon hielt.

«Ich muss noch eine Kleinigkeit für heute Abend kaufen», sagte er, ging in den nächsten Sainsburys und dort direkt in den Gang mit den Alkoholika.

«Diese Frau, mit der du heute gesprochen hast – Kitty hieß sie doch?», fragte Peggy, die ihm gefolgt war.

«Hm-hmm», machte Andrew, der gerade das Etikett auf einem Pinot Noir las.

«Sie ist doch bestimmt schon die Hundertste in deiner Karriere gewesen, die den Satz ‹Wir haben uns aus den Augen verloren› gesagt hat, oder?»

«Kann sein», sagte Andrew, griff nach einer Flasche Sekt und gab sie Peggy. «Ist das eine gute?»

«Ähm, eigentlich nicht besonders. Wie wäre denn der hier?» Sie reichte ihm eine Flasche mit einer Art silbernem Netz um den Hals. «Was ich eigentlich sagen will: Es ist natürlich gut, was wir da tun, aber es ist auch gleichzeitig immer irgendwie zu spät. Ich meine, wäre es nicht schön, wenn man mehr Gelegenheiten schaffen könnte, dass einsame Menschen andere Menschen finden, die in einer ähnlichen Situation wie sie selbst sind, statt in dieser ausweglosen Isolation zu verharren?»

«Ja, gute Idee, gute Idee», sagte Andrew, war mit den Gedanken aber woanders. *Knabberzeug. Brauchen wir Knabberzeug? Oder isst man heutzutage kein Knabberzeug mehr?* Bisher war er nicht sonderlich nervös gewesen, aber nun wurde er doch ziemlich kribbelig.

«Ich habe mich gefragt», fuhr Peggy fort, «ob es vielleicht einen ehrenamtlichen Verein gibt, der so etwas tut, oder – ich weiß, dass das verrückt klingt – oder ob wir vielleicht einfach selbst einen gründen sollten. Wenn nicht das, dann sollten wir vielleicht wenigstens einen Weg finden, dass zumindest *irgendwer* außer uns zu den Beerdigungen geht, wenn wir keine Verwandten auftun können.»

«Klingt toll», sagte Andrew. *Warum besitzt Essig eigentlich das Monopol unter den Chips-Geschmacksrichtungen? Verdammt, was, wenn jemand allergisch gegen Essig ist oder gegen eine Zutat, die Jim in seinem Essen verarbeitet? Okay, jetzt beruhige dich. Tiefe Atemzüge. Tiefe. Verdammte. Atemzüge.*

Peggy seufzte. «Und ich würde total gern nackt auf einem Elefanten ins Meer reiten und dabei ‹Bohemian Rhapsody› singen.»

«Hm-hmm, gute Idee. Warte ... *was?*»

Peggy lachte. «Ist nicht so wichtig.» Sie nahm ihm die Flasche aus der Hand und ersetzte sie durch eine andere.

«Also, heute Abend ...», begann sie.

Andrew zwinkerte ihr zu. «Ich habe alles minutiös geplant», sagte er und ging voraus zur Kasse.

Peggy erstarrte und wartete, bis er sich zu ihr umdrehte.

«Andrew, hast du mir da etwa gerade *zugezwinkert*?»

×

Zurück im Büro, machte er sich direkt auf den Weg zu Keiths Schreibtisch.

Keith aß gerade ein Donut und kicherte über etwas auf seinem Bildschirm. Aber als er Andrew sah, ließ er den Donut sinken und sah ihm finster entgegen.

«Hallo, Keith», sagte Andrew. «Hör mal, ich wollte mich für letzte Woche entschuldigen. Die Dinge sind wirklich aus dem Ruder gelaufen, und es tut mir so unendlich leid, dass ich dich geschubst habe. Ich wollte dich auf keinen Fall verletzen. Ich hoffe sehr, du kannst mir verzeihen.»

Er gab ihm den Champagner, den Peggy ausgesucht hatte, und streckte ihm die Hand hin. Zunächst war Keith völlig verblüfft von dieser Charmeoffensive, aber er brauchte nicht lange, um sich wieder zu fangen. «Billigheimer Eigenmarke, was?», murmelte er, beachtete Andrews Hand gar nicht und drehte die Flasche herum, um das Etikett zu lesen. Meredith rannte sofort herbei und stellte sich beschützend neben ihn.

«Na, das macht es jetzt auch nicht wieder gut», sagte sie.

Andrew hob die Hände. «Ich weiß. Das stimmt. Es ist auch nur als kleine Geste gedacht. Ich hoffe wirklich, dass wir uns heute Abend alle bei mir treffen, eine schöne Zeit miteinander verbringen und alles hinter uns lassen können. Was meint ihr? Klingt das wie ein guter Plan?»

Okay, okay. Jetzt nicht so dick auftragen. Versuche, nicht so verzweifelt zu klingen.

«Na ja», sagte Keith und räusperte sich. «Ich glaube, dass ich vielleicht selbst auch ein bisschen neben der Spur war. Und ich nehme an, dass du mich ja nicht absichtlich umhauen wolltest.»

«Nein, nein», antwortete Andrew.

«Natürlich hätte ich dich sofort plattgemacht, wenn du nicht diesen Zufallstreffer gelandet hättest.» Keith verzog keine Miene.

«Auf jeden Fall», sagte Meredith und schaute bewundernd in Keiths feistes Gesicht.

«Aber weil man ja nach vorne blicken soll, will ich mal die Vergangenheit und all die Scheiße ruhen lassen.»

Diesmal schüttelte Keith seine Hand.

Genau in diesem Moment kam Cameron vorbei und drehte sofort um, als er sah, was da gerade passierte. Er hatte dunkle Ringe unter den Augen und wirkte schrecklich ausgezehrt.

«Alles in Ordnung, Leute?», fragte er leicht misstrauisch.

«Ja, absolut», antwortete Andrew. «Wir haben gerade gesagt, wie sehr wir uns auf das Abendessen später freuen.»

Cameron suchte in Andrews Gesicht nach Anzeichen von Ironie. Offenbar zufrieden, keine entdecken zu können, lächelte er, legte die Handflächen zusammen und sagte: «Namasté», um dann deutlich beschwingter zurück in sein Büro zu gehen.

«Was für ein Spinner», bemerkte Keith.

Meredith, die sah, dass das Etikett aus Keiths Hemdkragen schaute, langte herüber und steckte es wieder hinein. Keith schien das ein wenig peinlich zu sein.

«Also, Andrew», sagte Meredith. «Lernen wir heute Abend endlich Diane kennen?»

«Nein, leider nicht. Die Kinder und sie haben Musicalkarten. Das ließ sich leider nicht verlegen.»

Obwohl er diesen Satz mehrmals eingeübt hatte, brauchte er seine ganze Konzentration, um die Worte aufrichtig klingen zu lassen. Als er danach an seinem Schreibtisch saß, mit einem neuen Haufen Papiere in seinem Eingangskorb – einer Menge neuer Tode, die er verwalten musste –, hatte er wieder Peggys vorwurfsvollen Blick vor Augen, und ihre Worte kamen ihm in den Sinn: *Nur du kannst etwas ändern ... es muss von dir ausgehen.*

KAPITEL
DREIUNDDREISSIG

*A*ndrew verließ das Büro mit Tüten voller Getränke, schaute zu beiden Seiten, bevor er die Straße überquerte, und ließ prompt eine Tüte auf den Bürgersteig fallen, wo sie mit einem unheilvollen Knacken landete. «Pech gehabt», rief ihm der Fahrer eines weißen Vans zu, der natürlich genau in diesem Moment an ihm vorbeifahren musste. Andrew biss die Zähne zusammen und schlug den Weg zum nächsten Sainsbury's ein. Warum fühlte man sich eigentlich wie jemand, der an den Tatort eines verpfuschten Mordes zurückkehrt, wenn man mit Tüten voller Einkäufe in den Supermarkt ging?

Er erinnerte sich vage daran, welchen Wein er mit Peggy gekauft hatte, und nahm auf gut Glück noch eine weitere hinzu. Die Frau hinter der Kasse – auf ihrem Namensschild stand Glenda – zog die Flaschen über den Scanner und brummte wohlwollend. «Wichtiger Abend heute, Süßer?»

«So ungefähr», antwortete Andrew.

So unschuldig sie auch gewesen waren – Glendas Worte öffneten die Tore zu Andrews Nervosität. Er spürte, wie sein Herz zu klopfen begann, wie sich Schweiß unter seinen Achseln bildete. Es kam ihm vor, als ob ihm jeder, an dem er vorbeiging, einen beredten Blick zuwarf, und jeder im Vorbeihasten aufgeschnappte Gesprächsfetzen schien ihm geradezu mit Bedeutung aufgeladen. Es erleichterte seinen Zustand keineswegs, dass Ruperts Wegbeschreibung zu seinem Haus völlig sinnlos kompliziert war. Rupert hatte ihnen allen geraten, Google Maps zu ignorieren – «Google führt euch nur zu einem Imbiss namens Quirky's Fried Chicken. Ich habe denen schon mehrere E-Mails geschickt deswegen» – und sich stattdessen lieber an seine Beschreibung zu halten. Als Andrew das Haus endlich fand, war er schweißgebadet und völlig außer Atem. Er drückte die Klingel und hörte ein etwas jämmerliches und ziemlich misstönendes Jaulen, als ob die Klingel kurz davor wäre, den Geist aufzugeben.

Als sich die Tür endlich öffnete, begrüßte ihn eine dichte Rauchwolke, in der sich schließlich Jim materialisierte.

«Komm rein, komm rein», sagte Jim hustend.

«Ist denn alles in Ordnung?», fragte Andrew.

«Ja, ja, nur ein kleines Missgeschick mit etwas Küchenpapier und einer offenen Flamme. Ich mach jetzt schnell mit den Vorspeisen weiter.»

Andrew wollte gerade fragen, ob er einen Rauchmelder in der Küche hätte, als der schon losheulte. Er stand hilflos da, beladen mit seinen Einkäufen, während Jim hektisch mit dem Geschirrtuch in der Luft herumwedelte.

«Stell den Wein schon mal auf die Kücheninsel», wies Jim ihn an und zeigte auf die nagelneue Granitarbeitsplatte, auf der ein Weinregal und die kunstvoll arrangierten Seiten der Sonntagsbeilage lagen. «Ich muss noch darüber nachdenken, welcher dazu passt.»

«Es ist keine Kücheninsel», sagte Rupert von der Tür aus. «Jedenfalls nicht, wenn man unseren Makler fragt. Da die Arbeitsplatte an einer Seite mit der Wand verbunden ist, ist es eigentlich eine Küchen-Halbinsel.» Rupert war ähnlich angezogen wie neulich im Pub, hatte aber einen violetten Morgenmantel übergeworfen, der locker an der Taille zusammengebunden war. Er bemerkte Andrews Blick.

«In meinem Büro ist es manchmal ziemlich kalt, und ich will noch nicht die Heizung andrehen. Aber mach dir keine Sorgen, ich bin nur IT-Berater, nicht Hugh Hefner oder so.»

Jim holte ein paar der Einkäufe aus den Tüten und reihte sie auf dem Küchentresen auf. Dann untersuchte er jede einzelne Verpackung ganz genau.

«Alles in Ordnung?», fragte Andrew.

«Ja, absolut», sagte Jim, verengte die Augen zu schlitzen und tippte sich nachdenklich ans Kinn.

Andrew warf Rupert einen Blick zu, der eine Augenbraue hochzog.

Andrew wollte Jim gerade fragen, ob er auch wirklich wusste, was er da tat, als es erneut klingelte, diesmal noch trauriger und misstönender als zuvor. Rupert steckte die Hände in die Taschen seines Morgenmantels.

«Tja, heute gehört das Haus dir, also gehst du besser.»

Als er die Küche verließ, hörte er, dass Jim Rupert nach einem Hackebeil fragte. Sein Herz schlug sofort noch schneller.

Alex stand vor der Tür. Ihr Haar war platinblond gefärbt, allerdings waren einige Strähnen violett geblieben, vermutlich aus Versehen.

«Ich habe eine Menge Dekozeugs mitgebracht», sagte sie und hielt Andrew zwei Tüten entgegen. «Es soll ja so richtig superlustig werden! Guck mal, Partyknaller!»

Sie schlüpfte an Andrew vorbei und hüpfte den Flur entlang.

«Ähm, Alex, wenn du sagst, ‹so richtig superlustig› – ich möchte natürlich, dass es *lustig* wird, aber nicht zu extrem oder … oder sogar superlustig.»

«Klar, verstanden, mach dir keine Sorgen.»

Andrew folgte ihr ins Esszimmer, wo sie sofort begann, Glitter auf dem Esszimmertisch zu verteilen.

«Verdammt», sagte sie plötzlich und klatschte sich mit der Handfläche gegen die Stirn.

«Was ist los?»

«Mir ist gerade eingefallen, dass ich eine ganze Tüte im Laden vergessen hab. Ich muss noch mal zurück.» Ihre Stirn glitzerte jetzt.

In der Küche hackte Jim wahllos mit einem Beil auf einen Butternut-Kürbis ein, ganz so als müsste er hastig eine Leiche zerteilen.

«Alles in Ordnung?», fragte Andrew nervös.

«Ja, alles gut», antwortete Jim. «Ah, was ich noch fragen wollte: Rupert, hast du so etwas wie einen Servierwagen, um das Essen ins Esszimmer zu bringen?»

«Einen Servierwagen? Können wir es nicht einfach hineintragen?», fragte Andrew.

«Ja, aber es sieht doch noch schicker aus, wenn du die letzten Handgriffe am Hauptgericht direkt am Tisch machst, so wie auf einem Guéridon in einem feinen französischen Restaurant.»

«Guéridon?», wiederholte Rupert. «Hat der nicht mal links außen für Leeds gespielt?»

Die Türklingel jammerte erneut. Andrew fragte sich schon, was Alex jetzt mitbrachte, aber als er die Tür öffnete, stand zu seinem Schrecken Cameron vor der Tür.

«Hallohooo!», sang Cameron und zog das Wort in die Länge, als riefe er in einen Tunnel hinein, um ein Echo zu produzieren. Sein Lächeln sackte sofort wieder in sich zusammen. «Oh, Mensch, ich bin viel zu früh, oder?»

Andrew schaffte es gerade noch, sich zusammenzureißen und Cameron nicht zu schütteln. «Nein, nein, natürlich nicht, komm rein, komm rein.»

«Hier riecht es aber gut», stellte Cameron fest, als er eintrat. «Was kochst du denn?»

«Eine Überraschung», antwortete Andrew.

«Wie aufregend», sagte Cameron mit einem wissenden Lächeln. «Ich habe Vino mitgebracht, rouge, aber vielleicht bleibe ich heute lieber bei Wasser nach meinem – wie soll ich das ausdrücken? – übermäßigen Genuss letztes Mal.»

«Klar», sagte Andrew, nahm ihm die Flasche aus der Hand und führte Cameron ins Esszimmer.

«Als ich neulich Nacht nach Hause gekommen bin, hatten Clara und ich ein Gespräch – wir haben alles auf den Tisch gepackt und sind den Problemen mal so richtig auf den Grund gegangen. Es hilft immer, wenn man über die Dinge redet, nicht wahr?»

«Absolut», bestätigte Andrew und bemerkte mit Sorge, dass Cameron sogar noch blasser wirkte als sonst.

«Also ich mag das Geglitzer», sagte Cameron. «Sehr poppig.»

«Danke», sagte Andrew. «Setz dich doch erst mal, und ich gehe dir dein Wasser holen. Nicht bewegen!», fügte er hinzu und formte mit Daumen und Zeigefinger eine Pistole. Cameron hob in schwacher Kapitulation die Hände.

Andrew rannte in die Küche und schloss die Tür hinter sich. «Okay, also wir haben da ein verdammt riesiges Problem. Einer der Gäste – mein Chef – ist schon da und sitzt im Esszimmer. Also müsst ihr ganz leise sein – und passt auf, dass ihr niemand anders hereinlasst als mich.»

Rupert drehte sich auf einem Stuhl immer im Kreis herum und wirkte völlig unbeeindruckt. «Können wir nicht einfach so tun, als wären wir Personal, das du engagiert hast?»

«Nein», antwortete Andrew. «Das wirkt zu merkwürdig. Dann stellen sie zu viele Fragen. Also, was wollte ich hier noch? Ach ja, Wasser.»

Andrew suchte in den Küchenschränken nach einem Glas.

«Hmm, kleines Problemchen, Andrew», hörte er Rupert sagen.

«Was denn? Und wo sind eigentlich deine Gläser?»

«Oben links. Und das Problemchen ist, dass draußen eine Frau steht und uns durchs Fenster anstarrt.»

Andrew hätte beinahe das Glas fallen lassen, als er herumfuhr, um aus dem Fenster zu schauen. Zum Glück stand da nur Peggy. Als sie seinen Blick auffing, ihn anlächelte und amüsiert die rechte Augenbraue hochzog, wurde Andrew beinahe vom Gefühl des Glücks und der Erleichterung überwältigt – nicht nur weil sie gekommen war, sondern weil er sich in ihrer Nähe immer so fühlte, wie ihm klarwurde.

Er öffnete die bodentiefen Fenstertüren.

«Hallo», sagte Peggy.

«Hallo.»

Peggy riss die Augen auf. «Darf ich denn vielleicht auch reinkommen?»

«Oh ja, klar.» Andrew trat hastig zur Seite. «Hey Leute, das hier ist Peggy.»

«Hallo ... Leute», sagte Peggy. «Ich glaube, eure Klingel ist kaputt.»

Andrew war schon dabei, eine Erklärung für die

«Leute» zu stottern, aber Peggy hob die Hand, um ihn zu stoppen. «Ist schon okay, du musst mir nichts erklären. Ich gehe dann mal zum Tisch, in Ordnung?»

«Gute Idee», sagte Andrew. «Cameron ist übrigens auch schon da.»

«Das sind ja spektakuläre Neuigkeiten. Wo muss ich hin?»

«Auf den Flur und dann die zweite, nein, die dritte Tür zu deiner Rechten.»

Andrew schaute ihr hinterher und stützte sich auf dem Küchentresen ab, um ein paar beruhigende Atemzüge zu nehmen.

«Sie wirkt nett», bemerkte Jim.

Andrew seufzte. «Ist sie auch. Sie ist sogar so nett, dass ich mich höchstwahrscheinlich in sie verliebt habe. Übrigens, wie läuft es mit dem Butternut-Dingsda?»

Jim antwortete nicht, und Andrew schaute sich irritiert um. Peggy war zurück in die Küche gekommen, ohne dass er es bemerkt hatte. Einen Moment lang rührte sich niemand. Dann trat Peggy vor und langte an Andrew vorbei, wobei sie seinem Blick auswich. «Die Gläser sind hier drin, oder? Wunderbar. Ich wollte Cameron nur sein Wasser bringen.»

Sie füllte das Glas am Wasserhahn und schlenderte leise pfeifend wieder hinaus.

«Na toll.» Andrew wollte sich schon eine Hand vor den Kopf schlagen, als es laut an der Haustür klopfte.

«Ich gehe schon», sagte Andrew. Er öffnete die Tür und fand Alex mit panischem Gesichtsausdruck davor, flankiert von einer ziemlich verwirrten Meredith und von Keith.

«Hab noch die Dinge besorgt, um die du gebeten hattest», sagte Alex mechanisch.

«Ah. Gut. Ja», sagte Andrew. «Vielen Dank.»

«Kein Problem ... Nachbar.»

Andrew nahm ihr die Tüte aus der Hand und bat Meredith und Keith in den Flur. Hinter ihrem Rücken machte er Alex ein Zeichen, dass sie um das Haus herumgehen sollte.

«Viel Glück!», formte sie mit den Lippen und reckte beide Daumen hoch.

«Kann ich direkt aufs Klo?», fragte Meredith.

«Ja, klar», sagte Andrew.

«Wo ist das denn?»

«Äh ... gute Frage.»

Meredith und Keith stimmten nicht in Andrews gezwungenes Lachen ein. «Es ist da hinten», sagte er schließlich und zeigte vage den Flur hinunter, um sich dann in einer Art Übersprunghandlung den Hinterkopf zu kratzen. Meredith ging durch eine Tür, und Andrew atmete erleichtert aus, als er hörte, wie der Badezimmerventilator zu brausen begann. Er schob Keith ins Esszimmer und bat ihn, die Tüte mit hineinzunehmen.

«Da sind ein paar lustige Dinge drin. Partyzeugs und so.»

Er tätschelte Keith den Rücken, überlegte kurz, wann genau er eigentlich zum Rückentätschler geworden war, und flitzte zurück in die Küche.

Jim hatte die Hände vors Gesicht gelegt und murmelte etwas vor sich hin.

«Was ist los?», fragte Andrew.

Jim nahm die Hände wieder weg. «Es tut mir leid, Kumpel. Ich weiß auch nicht, was da passiert ist, aber ich glaube, wenn man es rein kochtechnisch betrachtet, habe ich es total versemmelt.»

Andrew nahm einen Löffel und probierte vorsichtig schlürfend.

«Und?», fragte Jim.

Es war schwierig, angemessen in Worte zu fassen, was Andrews Geschmacksknospen gerade zu verarbeiten hatten – es waren einfach zu viele Informationen.

«Na ja, das ist tatsächlich ein wenig intensiv», sagte Andrew, der Jims Gefühle nicht verletzen wollte. Seine Zunge betastete unwillkürlich seine Backenzähne. *Wein*, dachte er. Wein war die Antwort. Wenn sie betrunken genug waren, würde ihnen das Essen völlig egal sein.

Er entkorkte zwei Flaschen Merlot und trat in den Flur. Schon als er vor der Tür des Esszimmers stand, kam es ihm darin so unheilverheißend still vor – es war die Sorte Stille, die nach einem Streit in der Luft hängt. Er drückte die Klinke mit dem Ellenbogen herunter und schritt hinein – in diesem Moment knallte es mehrere Male hintereinander. Erschrocken glitten ihm die beiden Flaschen aus den Händen. Einen unglaublich langen Augenblick schauten seine Gäste und er erstarrt zu, wie sich der rote Wein auf den hellblauen Teppich ergoss und sich die Luftschlangen aus den Partyknallern sanft auf die Pfütze legten. Dann kam wieder Leben in sie, und alle überschlugen sich mit Ratschlägen.

«Abtupfen, du musst es abtupfen. Auf jeden Fall abtupfen», sagte Peggy.

«Aber nur hoch und runter wischen, nicht zur Seite, das macht es nur schlimmer. Das habe ich auf dem Homeshopping-Kanal gesehen», riet Meredith.

«Man nimmt da doch Salz, oder?», mischte sich Keith ein. «Oder Essig? Weißwein?»

«Ich glaube, das ist ein Mythos», bemerkte Andrew

gerade in dem Moment, in dem Cameron vorsprang und dabei eine halbe Flasche Weißwein auf dem Teppich auskippte.

«Der bringt mich um», murmelte Andrew.

«Wer denn?», fragte Meredith laut.

«Niemand. Hört mal, Leute, bitte seid einfach ... bleibt doch einfach hier.»

Andrew flitzte zurück in die Küche. Er erklärte Rupert die Lage, der sein Gefasel ruhig anhörte, ihn bei den Schultern nahm und sagte: «Mach dir keine Sorgen. Das regeln wir später. Du musst deinen Gästen etwas Essbares präsentieren. Und ich glaube, ich habe da eine Lösung.» Er zeigte auf den Küchentresen, auf denen fünf tiefgefrorene Tupperware-Dosen standen. Auf allen klebte ein Schildchen mit der Aufschrift «Cannelloni».

Andrew wandte sich zu Jim um, um sich bei ihm zu entschuldigen.

«Ist schon in Ordnung, macht das ruhig so», sagte Jim. «Sie hätten mein Essen sowieso ein bisschen ... herausfordernd gefunden.»

Sie tauten die Cannelloni tupperdosenweise in der Mikrowelle auf und machten die Küche zumindest oberflächlich sauber. Andrew war inzwischen sogar so entspannt, dass er beinahe einen Lachkrampf bekommen hätte, als Rupert trocken bemerkte, wie absurd es war, was sie da taten, und Alex scherzhaft hinzufügte, dass sie kaum glauben konnte, dass sie sich dazu hatten überreden lassen. Als die anderen in sein Gelächter einstimmten, musste er sie allerdings freundlich bitten, doch bitte etwas leiser zu kichern. Immer wieder ging er ins Esszimmer, um Brotstangen und Oliven aufzutischen. Alex beriet ihn bei seinen Auftritten, gab ihm einen Ofenhandschuh mit oder sagte, er solle sich mit einem feuchten Tuch die Stirn abwischen, um den Eindruck zu erwecken, als schuftete er vor einem heißen Ofen.

Als das Essen endlich servierbereit war, fühlte sich Andrew so entspannt wie noch nie an diesem Abend. Die Cannelloni waren nicht gerade Ehrfurcht einflößend, die Gespräche waren es ebenfalls nicht, aber das war nicht wichtig. Diese leise dahinplätschernde Höflichkeit war genau das, was der Situation angemessen war, und zum Glück teilten offenbar alle dieses Gefühl.

Keith, der stiller war als sonst und nur wenige sarkastische Bemerkungen machte, erzählte stockend die Geschichte von einer Voicemail, die er die Woche zuvor bekommen hatte. Eine Frau hatte im Lokalblatt eine Meldung über ein Armenbegräbnis gelesen und begriffen, dass es die Beerdigung ihres Bruders gewesen war, den sie seit Jahren nicht mehr gesehen hatte. «Sie hat mir erzählt, dass sie sich wegen eines Tisches überworfen hätten. Sie glaubten beide, es handelte sich um eine Antiquität, die schon seit zehn Generationen im Besitz der Familie war. Als ihre Eltern starben, zankten sie sich darum, und schließlich bekam die Frau den Tisch. Erst als sie vom Tod ihres Bruders erfuhr, ließ sie das Ding schätzen, und es stellte sich heraus, dass es gar keine echte Antiquität war, sondern eine billige Kopie. Kaum fünf Pfund wert.» Keith schien die einsetzende Stille unangenehm zu sein. «Jedenfalls», sagte er in heiterem Ton, «da fängt man doch an nachzudenken. Über das, was wirklich wichtig ist.»

«Hört, hört», sagte Cameron.

Danach schwiegen sie. Im Vergleich zu diesen tiefsinnigen Gedanken wollte niemand den Bann mit etwas Trivialem brechen.

Schließlich fasste Peggy sich ein Herz. «Was gibt's denn eigentlich zum Nachtisch, Andrew?»

«Das werdet ihr wohl abwarten müssen», sagte Andrew, der hoffte, dass seine Gäste nicht allmählich genervt von seinen ominösen Andeutungen waren.

In der Küche standen Jim, Rupert und Alex um den Küchentresen herum und verteilten sorgfältig Erdbeeren und gehackte Pinienkerne auf etwas, das wirklich köstlich aussah. Andrew blieb eine Weile in der Tür stehen, um sie nicht zu stören. Sie arbeiteten alle drei völlig konzentriert zusammen, und Andrew spürte, wie seine Augen feucht wurden.

Wie nett diese Menschen doch waren. Was hatte er nur für ein Glück, dass sie ihm beistanden.

Er räusperte sich, und die anderen schauten überrascht auf und lächelten erleichtert, als sie Andrew sahen.

«Ta-dah!», flüsterte Alex und wedelte mit den Händen.

Andrew brachte die Teller ins Esszimmer, und ein «Oh!» und «Ah!» kam ihm entgegen.

«Meine Güte, Andrew», sagte Cameron kurze Zeit später, den Mund voller Eiscreme. «Ich wusste ja gar nicht, dass du so ein Ass in der Küche bist. Ist das ein Rezept von Diane?»

«Nein», begann Andrew. «Sie ist ...» Er suchte nach den richtigen Worten. Es musste locker klingen. Lustig. Normal. Er zermarterte sich das Hirn, und dann kam die Erinnerung, ganz klar und deutlich, wie Diane seine Hand nahm und ihn hinter sich her durch die Haustür hinaus in die verschneite Nacht zog. Unwillkürlich schauderte er.

«Sie ist nicht hier», sagte er schließlich. Er sah Peggy an. Sie schabte mit dem Löffel auf ihrem Tellerchen herum, obwohl es bereits ganz leer war. Ihr Gesichtsausdruck verriet nichts.

Cameron trommelte mit den Fingern auf dem Tisch herum. Er schien es kaum erwarten zu können, dass sie endlich aufaßen. Andrew bemerkte, dass er immer wieder heimlich auf die Uhr sah. Peggy hörte endlich auf, so zu tun, als äße sie noch, und Cameron stand auf.

«Ich muss euch allen etwas sagen», begann er und übersah geflissentlich die nervösen Blicke der Anwesenden. «Ein paar herausfordernde Monate liegen hinter uns. Und ich glaube, dass bei uns allen das Persönliche dem Professionellen hin und wieder im Wege gestanden hat, jedenfalls in gewissem Maße. Was mich angeht, so entschuldige ich mich für alles, was bei euch falsch angekommen ist. Ich weiß zum Beispiel, dass diese Abende nicht nach jedermanns Geschmack sind, aber ich hoffe, dass ihr versteht, dass es nur ein Versuch war, uns als Team zusammenzubringen. Denn wie ihr vermutlich bereits wisst, hatte ich die Hoffnung, dass die da oben ein starkes, geschlossenes Team vom geplanten Personalabbau womöglich verschonen würden. Das war vermutlich naiv von mir. Und ihr müsst mir ebenso verzeihen, dass ich mit euch nicht so offen war, wie ich es hätte sein müssen. Aber ich habe einfach nur getan, was ich für das Beste hielt. Jetzt scheint es aber so, dass die Statistik – und es ist wirklich seltsam, das so sagen zu müssen –, dass die Statistik für uns arbeitet. Die Anzahl der Beerdigungen auf Kosten der öffentlichen Hand ist dieses Jahr drastisch gestiegen, stärker, als wir erwartet hatten. Und ich bin unglaublich stolz darauf, was ihr als Team geleistet habt. Um ganz ehrlich zu sein, habe ich jetzt keine Ahnung, was als Nächstes passiert. Die Entscheidung, ob ein Personalabbau stattfindet oder nicht, ist bis zum Ende des Jahres verschoben worden. Es besteht Hoffnung, dass es gar nicht dazu kommt. Ich kann nur versprechen: Wenn es dazu kommt, werde ich bis zum Letzten für euch kämpfen.» Er sah einen nach dem anderen direkt an. «Tja. Danke schön. Das wär's.»

Sie saßen schweigend da, um die Neuigkeit zu verdauen. Natürlich schwebte die Gefahr noch über ihnen, aber offenbar hatte man ihnen zumindest ein paar Monate Aufschub gewährt.

Schließlich erholte sich die Stimmung langsam, und dann – Andrew konnte es kaum glauben – war es tatsächlich an der Zeit, aufzubrechen. Er holte die Jacken. *Gleich hast du's geschafft*, dachte er. Die anderen machten sich zum Gehen bereit. Eigentlich hatte Andrew eine Welle der Erleichterung erwartet, weil er den Abend überlebt und erfahren hatte, dass seine Stelle zunächst sicher war. Aber stattdessen spürte er keine Erleichterung, sondern bei jeder Verabschiedung Angst, die sich in seinem Körper breitmachte, so als stiege er langsam in eiskaltes Wasser.

Carl kam ihm plötzlich in den Sinn, wie er die nächste SMS schrieb – sein Geld einforderte oder Andrew drohte, seine Welt zum Einstürzen zu bringen.

Der Gedanke an Carl wurde von einem an Diane abgelöst. Seit er Peggy alles gestanden hatte, kamen die Erinnerungen, die er so viele Jahre verdrängt hatte, zurück. Auch an diesem Abend. Es war, als hätte jemand über seinem Kopf eine Falltür geöffnet, aus der Fotos auf ihn herabfielen: ein langer Blick in einem verrauchten Raum. Küsse im Schnee. Die leidenschaftliche Umarmung auf dem Bahnsteig und die Wärme, die er danach mit nach Hause genommen hatte. Das verdorrte Gras im Brockwell

Park. Die Blässe ihrer Haut, erleuchtet von einem Blitz. Ein orangefarbenes Brillengestell neben Dachziegeln.

Peggy umarmte ihn zum Abschied, und sofort war seine Aufmerksamkeit bei ihr.

«Gut gemacht», flüsterte sie ihm ins Ohr.

«Danke», antwortete er mechanisch. Als sie ihn losließ, hatte er das Gefühl, als hätte man ihm den Atem genommen, und ihm war ganz schwindelig. Bevor er nachdenken konnte, griff er nach Peggys Hand. Er war sich bewusst, dass die anderen ihn beobachteten, aber in diesem Moment war es ihm egal. In diesem Moment wollte er nur, dass Peggy spürte, wie wunderbar er sie fand. Und obwohl die Vorstellung erschreckend war, diese Worte laut auszusprechen, bedeutete allein die Tatsache, dass er darüber nachdachte, eine Menge. Es bedeutete, dass er bereit war, loszulassen.

In diesem Moment öffnete Cameron die Haustür. Ein Schwall kalter Luft zog in den Flur und verdrängte die Wärme.

«Wartet!», rief Andrew. «Entschuldigt bitte, Leute, aber könntet ihr vielleicht noch eine Minute dableiben?»

Die anderen gingen widerstrebend zurück ins Esszimmer, wie Schulkinder, die man nach dem Unterricht nicht in den Pausenhof ließ.

«Ähm, Andrew ...?», fragte Peggy.

«Ich bin gleich wieder da», sagte er. Er spürte, wie ihm das Herz bis zum Hals pochte, als er in die Küche rannte, um dort rutschend zum Halten zu kommen. Jim, Alex und Rupert schauten erschrocken zur Tür. Waren sie jetzt doch aufgeflogen? Andrew bat sie, ihm zu folgen, und sie wechselten verwirrte Blicke. Aber Andrew zwang sich zu einem aufmunternden Lächeln.

«Ist schon in Ordnung», sagte er. «Es dauert nicht lang.»
Im Esszimmer stellte er die beiden völlig überraschten Gruppen einander vor.

«Was ist hier los, Andrew?», fragte Cameron, der sich auf Andrews Bitte hin mit den anderen in einem Halbkreis aufgestellt hatte.

«Also», begann Andrew. «Ich möchte euch allen ein paar Dinge sagen.»

KAPITEL
VIERUNDDREISSIG

*A*ndrew hörte das Freizeichen und trank ein halbes Glas lauwarmen Pinot Grigio ex.

«Andrew, was für eine angenehme Überraschung.»

«Hallo, Carl.»

«Lustig, dass du anrufst ... ich habe gerade einen Blick auf mein Konto geworfen. Offenbar ist mein Geld noch nicht angekommen.»

«Es ist gerade erst bei mir angekommen», erwiderte Andrew und versuchte, ganz ruhig zu klingen.

«Na ja», sagte Carl, «du hast ja meine Kontonummer. Solange du es sofort überweist, gibt es keine Probleme.»

«Die Sache ist allerdings, dass ich es wohl nicht überweisen werde.»

«Was?», blaffte Carl.

«Ich sagte, ich werde es wohl nicht überweisen.»

«Doch, das tust du. Das tust du *auf jeden Fall*, denn denk dran, was sonst passiert. Ich muss nur eine Nummer wählen, dann bist du am Arsch.»

«Genau das meine ich», sagte Andrew. «Ich sehe ein, dass ich das Geld wahrscheinlich wirklich nicht verdient habe – dass mein Verhalten womöglich zu Sallys Unglück beigetragen hat, vielleicht sogar mehr. Aber ich habe sie trotzdem geliebt und sie mich auch. Ich weiß, dass sie mit meinen Lügen nicht einverstanden gewesen wäre, aber sie hätte es verstanden. Dass du mich erpresst allerdings – das hätte sie nicht verstanden, da bin ich mir sicher.»

Carl lachte. «Ach *bitte*. Du kapierst es einfach nicht, was? Du *schuldest* mir das Geld. Ich müsste dich gar nicht erpressen, wenn du gleich das Richtige getan hättest. Es ist ganz einfach, also hör gut zu. Wenn das Geld nicht innerhalb von vierundzwanzig Stunden auf meinem Konto ist, ist dein Leben vorbei.»

Er hatte aufgelegt.

Andrew atmete aus und spürte, wie sich seine Schultern entspannten. Er beugte sich vor und schaute zu seinem Handy auf dem Esstisch. Sieben andere lagen im Kreis darum herum und hatten die Aufnahmefunktion aktiviert. Im Zimmer herrschte absolute Stille.

Andrew sah mit brennenden Wangen zu Boden. Aus den Augenwinkeln bemerkte er eine Bewegung, und für den Bruchteil einer Sekunde befürchtete er, Keith oder Cameron würde sich auf ihn stürzen, aber dann fühlte er, wie jemand die Arme um ihn schlang – Peggy.

KAPITEL
FÜNFUNDDREISSIG

*A*ndrew wartete, bis das Taxi in der Sackgasse gewendet hatte, eher er fragte: «Was glaubst du, kündigt er mir jetzt?»

Peggy reichte ihm die Weinflasche, die sie ins Taxi geschmuggelt hatte, und er nahm einen verstohlenen Schluck. «Ehrlich gesagt, ich habe keine Ahnung.»

Keith, Meredith und Cameron hatten ein anderes Taxi genommen. Jim und Alex wollten noch ein wenig bei Rupert bleiben, um sich den Dachboden und die Rocky-Mountains-Modellbaulandschaft anzusehen.

«Ich habe gar nicht richtig mitbekommen, wie die anderen reagiert haben, als ich mit der Wahrheit herausgerückt bin.»

Andrew hatte seinen Gästen die Kurzversion der Geschehnisse erzählt. Auf diese Weise klang sein Betrug nur noch krasser. Er wappnete sich schon für Keiths und Merediths beleidigende Kommentare, aber keiner von beiden sagte auch nur ein Wort. Alle schwiegen, bis er zu dem Teil mit Carl kam. An dieser Stelle wurde Alex richtig wütend und schimpfte, sie würden ihn auf keinen Fall damit durchkommen lassen. Sie forderte Andrew auf, Carl an Ort und Stelle anzurufen, und instruierte ihn genau, was er sagen sollte, damit Carl eindeutig verriet, was er da plante. Die anderen brachte sie dazu, ihre Handys zusammen mit Andrews auf den Tisch zu legen und die Aufnahmefunktion einzuschalten. Als sie später die Aufnahmen anhörten, beschlossen sie, Merediths Version zu wählen, weil sie am klarsten und am besten zu verstehen war.

«Super, jetzt musst du die Aufnahme nur noch an Andrew weiterleiten», sagte Alex zu Meredith.

«Oh ja, genau. Wie mache ich das ...?»

Alex verdrehte die Augen und nahm Meredith das Handy aus der Hand. «Andrew, sag mir mal schnell deine Nummer.» Sie tippte und wischte, dann schaute sie auf und sagte zufrieden: «Gut. Erledigt.»

Später schlug Rupert vor, einen «anständigen» Brandy zu holen, um auf den Plan anzustoßen, der so gut aufging, aber sein Vorschlag wurde nur halbherzig aufgenommen. Besonders Cameron schien es eilig zu haben, nach Hause zu kommen.

«Tja. Das war natürlich ... was für ein komischer Abend», sagte er zu Andrew. «Ich bin die nächsten Tage übrigens nicht im Büro, hatte ich das schon erwähnt? Weiterbildung und so. Aber wir sollten unbedingt sprechen, wenn ich wieder zurück bin. Über das hier alles.»

«Das kann auch bedeuten, dass er nur nachfragen will, ob es dir gutgeht», sagte Peggy in diesem Moment. Der Taxifahrer wechselte die Spur, ohne zu blinken.

Tausend Gedanken wirbelten in Andrews Kopf durcheinander, und er merkte gar nicht, dass Peggy zu ihm herübergerutscht war, bis sie den Kopf auf seine Schulter legte.

«Wie fühlst du dich denn?», fragte sie.

Andrew blies die Backen auf.

«Wie jemand, der endlich einen Splitter aus dem Fuß gezogen hat, der ihn schon seit hundert Jahren nervt.»

Peggy schmiegte ihren Kopf ein wenig enger an seine Schulter.

«Gut.»

Das Funkgerät des Taxifahrers knisterte – seine Zentrale meldete sich, um ihm zu sagen, dass er nach dieser Fahrt nach Hause fahren könnte.

«Oh Gott, ich schlafe schon ein», sagte Peggy. «Weck mich doch bitte, wenn wir in Croydon sind, okay?»

«Ich glaube, du bist der erste Mensch in der Geschichte, der je diesen Wunsch geäußert hat», bemerkte Andrew. Peggy knuffte ihn halbherzig in die Seite.

«Also, als du in die Küche gekommen bist», sagte Andrew, der sich nach den Geschehnissen des Abends ganz ungewöhnlich gelöst fühlte. «Ich weiß nicht recht, ob du gehört hast, was ich gerade gesagt hatte. Dass ich, also, vielleicht verliebt in dich bin. Hast du?»

Einen Augenblick lang glaubte er, dass Peggy über seine Frage nachdachte, aber dann hörte er ihre regelmäßigen Atemzüge. Sie schlief. Er neigte den Kopf sanft auf ihren. Es fühlte sich vollkommen natürlich an, sodass sich sein Herz gleichzeitig weitete und schmerzte.

Er konnte von Glück sagen, wenn er überhaupt eine Minute Schlaf bekommen würde, so viel ging ihm im Kopf herum. Er hatte die Aufnahme schon an Carl geschickt, aber keine Antwort bekommen. Er fragte sich, ob er wohl je eine bekommen würde.

Dann dachte er an Sally – an den Augenblick, in dem sie ihm diese wunderschöne grüne Modelleisenbahn-Lok überreicht, ihm zugezwinkert und über den Kopf gestrichen hatte. Vielleicht hätten sie ihre Beziehung wieder heilen können, wenn sie die Zeit dazu gehabt hätten. Aber dann schüttelte er den Gedanken ab. Er hatte es satt, immer nur in seiner Phantasiewelt zu leben. Das reichte jetzt.

Er trank den Rest des Weines und hob die Flasche, um seiner toten Schwester zuzuprosten.

KAPITEL
SECHSUNDDREISSIG

Zwei Tage später fuhr Andrew aus dem Schlaf hoch. Er hatte von dem Abend bei Rupert geträumt – und ein paar schreckliche Sekunden lang wusste er nicht genau, was wahr war und was sein Unterbewusstes im Traum verdreht hatte. Aber als er einen Blick auf sein Handy warf, war die Nachricht von Carl immer noch da: «Fick dich, Andrew. Genieß dein unrechtmäßiges Geld.»

Andrew wusste, dass er irgendwann über seine Schuldgefühle würde nachdenken müssen – wie er mit ihnen zurechtkommen und was er eigentlich mit dem Geld anstellen wollte –, aber im Moment war er nur heilfroh, dass die Sache mit Carl vorbei war.

Er setzte Wasser auf und spürte dabei eine ganz ungewohnte Steifheit in den Gliedern. Am Abend zuvor hatte er etwas unternommen, was er ehrgeizig unter «einer Joggingrunde» verbuchte. Tatsächlich war er nur einmal um den Block gestolpert. Währenddessen war es eine Qual gewesen, aber als er wieder zu Hause war – geduscht und nach einer Mahlzeit mit etwas Grünem darin –, erlebte er geradezu einen Endorphinrausch (er hatte Endorphine eigentlich für eine mythische Erscheinung gehalten, so ähnlich wie Einhörner), der so stark war, dass er tatsächlich zu verstehen glaubte, warum sich die Leute so etwas antaten.

Er briet Speck und blickte direkt in die Fliesen-Kamera

vor ihm an der Wand. «Ihnen ist sicher aufgefallen, dass diese Speckscheibe ziemlich schwarz geworden ist, aber da ich gleich einen Riesensee braune Soße daraufkippen werde, ist das total egal.»

Er streckte die Arme in die Höhe, reckte sich und gähnte. Er hatte noch das ganze Wochenende vor sich und erstaunlicherweise Pläne, die weder Ella Fitzgerald noch das Modelleisenbahn-Unterforum beinhalteten.

×

Es würde eine lange Reise werden, aber er war gut darauf vorbereitet. Er hatte ein Buch und seinen iPod dabei und seine alte Kamera abgestaubt, sodass er Fotos machen konnte, wenn ihm danach war. Was seinen Proviant anging, so war er bei seiner Zubereitung geradezu verwegen gewesen: Er hatte Sandwiches aus Weißbrot geschmiert und mit neuen Belägen experimentiert. Einer davon war so ausgesprochen gewagt, dass er sich kaum zurückhalten konnte, ihn zu probieren, denn er enthielt Kartoffelchips.

Zu seiner Bestürzung schaffte er es zwar rechtzeitig zu seinem Zug nach Paddington, musste jedoch bald herausfinden, dass sich sein reservierter Platz mitten in einem Junggesellenabschied befand, dessen Mitglieder bereits beim Bier angekommen waren. Es waren noch drei Stunden bis Swansea, was drei weitere Stunden Bier bedeutete. Die Männer trugen T-Shirts mit ihren Namen und dem Aufdruck «Damos Junggesellenabschied» und wirkten schon ziemlich angesäuselt. Erstaunlicherweise stellten sie sich dann doch als recht nett heraus, boten allen Mitreisenden im Waggon Kleinigkeiten zu essen an und halfen ihnen, die Koffer ins Gepäcknetz zu hieven, wobei sie so taten, als wollten sie einander unbedingt übertreffen. Schließlich lösten sie Kreuzworträtsel und beantworteten gegenseitig Quizfragen. Andrew ließ sich so sehr von der allgemeinen Geselligkeit anstecken, dass er seine Brote wie ein ungezogener Schuljunge auf einem Klassenausflug schon weit vor der Mittagessenzeit auspackte und sie allesamt verschlang. Die Weiterreise von Swansea aus war etwas trister, obwohl ihm eine Dame mit fliederfarbenem Haar, die an einer fliederfarbenen Pudelmütze strickte, einen fliederfarbenen Drops aus der Blechbüchse anbot – es war fast wie eine Szene aus einem Werbespot aus lange vergangenen Zeiten.

✲

Der Bahnhof war so klein, dass er nicht einmal einen Bahnsteig besaß – eine dieser Stationen, an denen man schon auf der Straße stand, sobald man ausgestiegen war.

Er suchte auf dem Handy nach dem kürzesten Weg und bog in eine kleine Gasse ein, in der sich die Fassaden der gegenüberliegenden Häuser zu berühren schienen. Zum ersten Mal spürte er die Nervosität deutlich, die seit seinem Aufbruch aus London langsam, aber stetig gewachsen war.

Die Kirche war unprätentiös, ihr Turm so klein, dass zwei bescheidene Eiben ihn verdeckten. Der ganze Kirchhof wirkte verwildert: Moos überzog einen Großteil des Eingangstors, und das Gras auf dem Friedhof hatte schon lange niemand mehr gemäht.

Er hatte sich auf eine schwierige Suche eingestellt. Halb erinnerte er sich daran, wie er das Telefon ans Ohr gedrückt hielt und hörte, wie ihm eine Stimme sagte, wo die Beerdigung stattfinden sollte, dann die Verwirrung und die verletzte Reaktion am anderen Ende der Leitung, weil er stumm blieb. Das Einzige, woran er sich klar erinnerte, war, dass die Kirche in der Nähe des Rugby-Spielfelds lag, wo Gavin angeblich die fliegende Untertasse gesehen hatte.

Am Ende musste er nur an sechs Grabsteinen vorbeigehen, bis er den Namen fand, den er suchte.

Diane Maude Bevan.

Er steckte die Hände in die Taschen, wippte auf den Fußballen vor und zurück, sammelte Mut. Tief atmete er die kühle, klare Luft ein. Endlich bewegte er sich Schritt für Schritt heran, ganz langsam, als balancierte er an einem Abgrund. Nun konnte er den Grabstein berühren. Er hatte nichts mitgebracht – keine Blumen oder Kerzen, es hatte sich einfach nicht richtig angefühlt. Er fiel auf die Knie und fuhr sanft mit den Fingern jeden einzelnen Buchstaben von Dianes Namen nach. «Ich hatte ganz vergessen, wie sehr du deinen zweiten Namen hasst. Erinnerst du dich, wie ich damals einen ganzen Sonntag auf dich einreden musste, bis du ihn mir verraten hast?»

Andrew atmete tief ein und ganz zittrig wieder aus. Dann lehnte er sanft die Stirn gegen den Grabstein.

«Ich möchte, dass du weißt, wie leid es mir tut, dass ich dich nie besucht habe. Und dass ich so viel Angst hatte. Ich konnte es wohl nie richtig akzeptieren, dass du nicht mehr da warst. Nach Dad und Mum ... und dann Sally ... ich konnte dich nicht auch noch verlieren. Und dann hatte ich plötzlich die Gelegenheit, mir diese Welt auszudenken, in der es dich noch immer gibt, und da konnte ich einfach nicht widerstehen. Es sollte ja nicht für lange sein, aber es ist furchtbar schnell außer Kontrolle geraten. Irgendwann habe ich mir sogar die *Streitereien* ausgedacht, die wir hatten. Manchmal waren es bloß Albernheiten – weil du mal wieder an mir und meiner Modelleisenbahn verzweifelt bist –, aber meistens ging es tatsächlich um ernstere Themen: Meinungsverschiedenheiten darüber, wie wir die Kinder erziehen sollen, Angst, dass wir unser Leben nicht voll ausgekostet und nicht genug von der Welt gesehen haben. Aber in Wirklichkeit ist auch das nur die Spitze des Eisbergs, denn ich habe an absolut alles gedacht. Weil es nicht nur das Leben mit dir war, das ich mir vorstellte, sondern eine Million unterschiedliche Leben, die alle ihre Scheidewege und Abzweigungen hatten. Hin und wieder hatte ich das Gefühl, dass du – oder vielmehr die Vorstellung von dir –, dass du mir entgleitest. Ich glaube, dass das deine Art war, mir zu verstehen zu geben, dass ich loslassen soll, doch ich habe dann nur noch mehr geklammert. Und die Sache ist die: Erst als das Spiel letzte Woche endgültig zu Ende war, habe ich es geschafft, meinen dummen, engstirnigen Kopf aus dem Sand zu ziehen und darüber nachzudenken, wie du es eigentlich finden würdest, wenn du wüsstest, was ich da mache. Es tut mir so leid, dass ich vorher keinen Gedanken daran verschwendet habe. Ich hoffe so sehr, dass du mir vergeben kannst, obwohl ich es überhaupt nicht verdient habe.»

Andrew bemerkte im Augenwinkel, dass jemand ein paar Meter weiter an ein anderes Grab herangetreten war, um es zu pflegen. Er senkte die Stimme zu einem Flüstern.

«Ich habe dir einmal einen Brief geschrieben, kurz nachdem wir zusammengekommen waren, aber ich hatte viel zu viel Angst davor, ihn dir zu geben, weil ich dachte, dass du dich dann sofort aus dem Staub machst. Der Anfang war übrigens in Gedichtform, also ist es sicher besser so. Der ganze Brief war so hoffnungslos romantisch, dass du dich vermutlich zurecht kaputtgelacht hättest. Die Essenz dieses Briefes bleibt allerdings wahr. Ich habe damals geschrieben, dass ich schon in dem Moment, in dem ich dich zum ersten Mal im Arm hielt, spürte, dass sich etwas in mir verändert hatte, und zwar für immer. Bis dahin hatte ich nicht gewusst, dass das Leben so unglaublich schön und einfach sein kann. Ich wünschte nur, ich hätte mich daran erinnert, nachdem du fort warst.»

Andrew wischte sich die Tränen mit dem Mantelärmel aus dem Gesicht und strich wieder über den Stein. Für eine Weile saß er ruhig da und spürte einen reinen und merkwürdig wohltuenden Schmerz. Er wusste, er musste ihn akzeptieren, so sehr er auch weh tat, wie den Winter vor dem Frühling. Ein Schmerz, der sein Herz zu Eis erstarren ließ, bevor es endgültig heilen konnte.

×

Der nächste Zug nach Swansea fuhr gerade ein, als Andrew den Bahnhof erreichte, aber er wollte noch nicht wieder aufbrechen. Stattdessen beschloss er, in einem Pub in der Nähe einzukehren. Als er sich der Eingangstür näherte, zögerte er wieder. Aber der Gedanke an Diane, die ihm zuschaute und ihn anfeuerte, trieb ihn hinein. Und obwohl ihn die Stammgäste neugierig anschauten, der Barmann ihm lustlos sein Pint zapfte und ein Paket Salt-&-Vinegar-Chips auf den Tresen schleuderte, kamen sie ihm alle eher freundlich als feindselig vor.

Andrew setzte sich mit seinem Bier und einem Buch in eine Ecke und war seit sehr langer Zeit wieder zufrieden mit sich und der Welt.

KAPITEL
SIEBENUNDDREISSIG

*A*ndrew krempelte die Strumpfhose um und schüttelte ein Bündel Banknoten aufs Bett.

«Bingo», sagte Peggy. «Das reicht ja wohl für die Beerdigung, oder was meinst du?»

«Ich glaube schon», erwiderte Andrew und blätterte das Bündel durch.

«Na, das ist doch mal etwas. Arme alte ...»

«... Josephine.»

«Josephine. Mein Gott, ich bin so schlecht mit Namen. Dabei ist das ein hübscher Name. Klingt wie eine Frau, die zum Erntedankfest immer ganz viel Essen mitbringt.»

«Wahrscheinlich hat sie das auch getan. Steht in ihrem Tagebuch etwas über die Kirche?»

«Sie hat nur einmal über die Lobgesänge hergezogen.»

Josephine Murray hatte Tausende Tagebucheinträge verfasst, und zwar, wie sie selbst schrieb, *in einem alten Notizbuch. Als Unterlage benutze ich ein altes Hackbrett auf dem Schoß, so hat es Samuel Pepys bestimmt auch gemacht.*

Die Themen, um die es im Tagebuch ging, waren zumeist recht alltäglich – kurze, spitze Kommentare zu Fernsehsendungen oder Bemerkungen über die Eigenheiten ihrer Nachbarn. Oft kombinierte sie beides miteinander: *Heute eine fünfundvierzigminütige Werbesendung für Findus Crispy Pancakes geschaut, immer wieder unterbrochen durch eine Dokumentationssendung über antike Aquädukte. Konnte beides kaum verstehen, weil sich die Nachbarn zur Linken die ganze Zeit stritten. Die sollten sich wirklich mal zusammenreißen.*

Hin und wieder schrieb sie allerdings auch etwas Nachdenklicheres:

Heute war ich ein bisschen neben der Spur. Habe die Vögel gefüttert, mir wurde schwindelig. Habe schon überlegt, den Kurpfuscher anzurufen, aber eigentlich wollte ich ihm nicht auf die Nerven gehen. Albern, ich weiß, aber es ist mir einfach peinlich, jemandes Zeit zu beanspruchen, wenn ich vermutlich eigentlich ganz gesund bin. Die Nachbarn zur Rechten haben heute draußen gegrillt. Hat köstlich geduftet. War kurz davor – zum ersten Mal seit wer weiß nicht wie lange –, mit einer Flasche trockenem Wein dort aufzutauchen und mich ein bisschen anzutütern. Habe in den Kühlschrank geschaut, aber da war nichts. Habe dann beschlossen, dass Schwindel und Angetütertsein ohnehin nicht zueinanderpassen. Aber das ist gar nicht der Grund dafür, dass ich so neben der Spur war – als ich schlafen gehen wollte, ist mir nämlich plötzlich eingefallen, dass ich ja heute Geburtstag habe. Und ich schreibe das hier auf, damit ich mich nächstes Jahr rechtzeitig daran erinnere, wenn ich bis dahin nicht längst ins Gras gebissen habe.

Peggy steckte das Tagebuch in ihre Tasche. «Ich schaue mir das im Büro noch einmal genauer an.»

«Gute Idee», sagte Andrew. Er warf einen Blick auf seine Armbanduhr. «Sandwich?»

«Sandwich», bestätigte Peggy.

Sie gingen an einem Café in der Nähe des Büros vorbei. «Wie wäre es dadrin?», fragte Andrew. «Ich bin bestimmt schon tausend Mal daran vorbeigekommen, aber nie hineingegangen.»

Drinnen bekamen sie keinen Platz, doch mit Decken ließ es sich auch draußen noch gut aushalten. Sie mampften ihre Sandwiches, als ein paar Schulkinder in Warnwesten von einer jungen Lehrerin vorbeigeführt wurden, die es kaum schaffte, den Überblick über die kleine Gruppe zu behalten. Sie erklärte gerade der kleinen Daisy, dass Lucas es vielleicht gar nicht schätzte, einfach so gekniffen zu werden.

«Warte mal zehn Jahre ab», bemerkte Peggy. «Ich wette, Lucas wird dann sonst was dafür geben, von ihr gekniffen zu werden.»

«War das früher deine Flirttechnik?»

«So ähnlich. Ein bisschen Kneifen, ein paar Wodkas, dann läuft das schon.»

«Der Klassiker.»

Ein Mann in einem leuchtend blauen Anzug und beigem Trenchcoat marschierte an ihnen vorbei und schrie etwas in völlig unverständlichem Business-Jargon ins Telefon. Er rannte auf die Straße und zuckte nicht einmal zusammen, als ein Fahrradkurier nur Zentimeter von ihm entfernt an ihm vorbeiraste und ihn einen Schwachkopf nannte.

Andrew spürte etwas an seinem Oberschenkel vibrieren.

«Ich glaube, dein Handy klingelt», sagte er und reichte Peggy ihre Tasche.

Sie zog ihr Handy heraus, schaute kurz aufs Display und ließ das Handy wieder in ihrer Tasche verschwinden, wo es weitervibrierte.

«Ich rate einfach ... Steve?», sagte Andrew und zog die Brauen hoch.

«Hm-hmm. Immerhin ist er jetzt auf zwei Anrufe pro Tag runter. Hoffentlich kapiert er es endlich.»

«Wie kommen die Mädchen denn damit zurecht?»

«Ach, na ja, so gut, wie man es eben erwarten kann. Wir haben noch einen langen Weg vor uns. Aber es ist trotzdem die richtige Entscheidung gewesen. Übrigens hat Suze neulich nach dir gefragt.»

«Wirklich? Was hat sie denn gesagt?»

«Sie hat mich gefragt, wann wir ‹diesen lustigen Andrew-Mann› wiedersehen.»

«Ach. Welchen Andrew sie damit wohl gemeint hat?», sagte Andrew mit gespielter Enttäuschung, ohne jedoch ganz verbergen zu können, wie stolz er in Wirklichkeit war.

Peggy lächelte. Sie griff wieder in ihre Tasche, holte Josephines Tagebuch heraus und blätterte darin.

«Sie wirkt wie eine richtig lebhafte Frau.»

«Stimmt», pflichtete Andrew ihr bei. «Wird da irgendwo die Familie erwähnt?»

«Ich kann da nichts finden. Da steht noch viel mehr über die Nachbarn, aber Namen nennt sie nicht, daher weiß ich nicht genau, in welchem Verhältnis sie zueinander standen. Wenn die Nachbarn zu ihrer Linken ständig gestritten haben, hatte sie vermutlich keine Lust, mit ihnen zu reden. Aber die anderen, die, die im Garten gegrillt haben … Vielleicht gehe ich später dorthin und plaudere mit ihnen, wenn ich im Tagebuch nichts finden kann. Ein Teil von mir möchte gern wissen, ob sie nicht doch noch einmal mit einer Flasche Wein bei ihnen aufgetaucht ist.»

Andrew schützte sein Gesicht mit der Hand vor der Sonne, um Peggy in die Augen sehen zu können.

«Ich weiß, ich weiß», sagte sie und hob abwehrend die Hände. «Ich will mich da ja gar nicht einmischen. Es ist nur … das ist jetzt schon wieder jemand, der seine letzten

Tage ganz allein verbracht hat. Dabei war sie ganz eindeutig eine nette, vollkommen normale alte Dame. Und ich wette mit dir, wenn wir doch noch einen Verwandten finden, heißt es wieder nur: ‹Ach du meine Güte, das ist aber schade, wir haben so lange nicht mehr miteinander geredet, der Kontakt ist einfach irgendwie eingeschlafen, blablabla.› Es ist doch schlimm, dass so etwas ständig passiert. Ich meine, können wir diesen Menschen denn wirklich guten Gewissens ins Gesicht sagen: ‹Tut uns leid, Pech gehabt, wir werden uns jedenfalls keine Mühe geben, euch armen einsamen Schweinen zu helfen›? Ohne ihnen zumindest die Gelegenheit zu bieten, Gesellschaft zu finden?»

Andrew überlegte, was er wohl früher getan hätte, wenn jemand ihm seine Gesellschaft angeboten hätte. Leider konnte er sich nur einen Zeugen Jehovas vor seiner Tür vorstellen. Aber das lag vermutlich auch daran, dass er, wenn er ehrlich war, jede Hilfe sofort abgelehnt hätte. Genau das sagte er Peggy.

«Aber so muss es doch nicht sein», wandte sie ein und legte ihm eine Hand auf den Arm. «Ich wollte sowieso mit dir darüber sprechen. Ich meine, ich habe noch nicht alles komplett durchdacht, aber ...»

Sie kramte in ihrer Tasche und förderte eine leere Wasserflasche, einen halb aufgegessenen Apfel, eine halbleere Tüte mit Fred-Ferkel-Fruchtgummis und unzählige Kassenbons zutage. Andrew sah ihr fasziniert dabei zu. Sie fluchte und wühlte und holte wie eine wütende Zauberkünstlerin immer mehr Gegenstände aus ihrer Tasche.

Endlich fand sie, was sie gesucht hatte.

«Also, das ist jetzt nur eine grobe Skizze», sagte sie und strich einen Zettel glatt. «Eine ganz grobe Zusammenfassung für eine Hilfskampagne für einsame Menschen. Im Kern geht es darum, dass sich Menschen freiwillig zur Verfügung stellen, einsame Menschen anzurufen oder sie zu besuchen, wenn diese es möchten. Und dabei ist es völlig egal, ob man jetzt ein altes Dämchen oder ein Karriere-Überflieger von Mitte dreißig ist. Man hat einfach die Möglichkeit, Anschluss zu finden.»

Andrew studierte den Zettel. Er wusste, dass Peggy ihn aufmerksam dabei beobachtete.

«Was?», fragte sie. «Ist das irre?»

«Nein. Es ist absolut nicht irre. Ich finde es toll. Ich wünschte nur, du hättest mir schon früher davon erzählt.»

Peggy sah ihn aus schmalen Augen an.

«Was?», fragte Andrew nun seinerseits.

«Ach, nichts», antwortete Peggy. «Ich musste nur gerade an einen Augenblick im Sainsbury's vor ungefähr einer Woche denken, als ich dir die Idee direkt unter deine dumme Nase gerieben habe.»

«Stimmt», sagte Andrew, schlug sich in Gedanken die Hand vor die Stirn und beschloss, das Thema lieber nicht zu vertiefen.

«Da gibt es noch etwas anderes, was ich dir gern zeigen würde», sagte Peggy, griff erneut in ihr Taschenwunder und zog das Handy hervor. «Es ist natürlich jetzt zu spät, Gesellschaft für die arme alte Josephine zu finden, aber was hältst du davon?» Sie reichte Andrew ihr Handy, der sich die Finger an einer Serviette abwischte, bevor er es entgegennahm. Es war ein Post, den Peggy für Facebook vorbereitet hatte.

«Weißt du was, Peggy?», sagte Andrew, als er ihn gelesen hatte.

«Was?»

«Du bist wirklich brillant.»

Andrew hätte nie gedacht, dass Peggy erröten könnte, aber ihre Wangen wurden jetzt eindeutig ganz rosig.

«Soll ich das also posten?», fragte sie.

«Absolut und auf jeden Fall.» Er gab ihr das Handy zurück und sah ihr dabei zu, wie sie den Post hochlud. In diesem Moment klingelte sein eigenes Handy.

«Ja ... nein, ich verstehe, danke, aber wie ich schon sagte, das ist außerhalb meiner preislichen Vorstellungen, fürchte ich. Ist gut, danke schön, auf Wiederhören.»

«Außerhalb meiner preislichen Vorstellungen, fürchte ich», wiederholte Peggy. «Willst du eine Yacht kaufen?»

«Die steht natürlich auch auf meiner Liste. Aber erst mal möchte ich umziehen.»

«Wow. Wirklich?», sagte Peggy und riss ihre grünen Augen auf.

«Ich glaube, es ist die beste Entscheidung. Zeit, nach vorn zu schauen.»

«Andrew, Andrew ... dann führst du jetzt wohl viele wunderbare Gespräche mit diesen wunderbaren Immobilienmaklern?»

«Genau. Noch nie haben mich so viele Leute in so kurzer Zeit angelogen.»

Peggy lachte. «Du musst noch eine Menge lernen, mein Freund.»

Andrew rieb sich die Augen und gähnte. «Ich will doch nur in einem umgebauten Bahnhof auf einem Berg mit Meeresblick und WLAN und in der Nähe des Stadtzentrums wohnen. Ist das zu viel verlangt?»

«Nimm noch ein Haferplätzchen, während du darauf wartest», sagte Peggy und tätschelte ihm den Kopf.

✗

Obwohl sie kurz davor gewesen waren, den Rest des Nachmittags mit einigen Partien Scrabble im Pub zu verbringen, standen Peggy und Andrew nun doch wieder auf der anderen Straßenseite des Verwaltungsgebäudes, in dem sie arbeiteten.

Andrew hatte Peggy immer noch nicht gefragt, ob sie sein Liebesgeständnis in Ruperts Küche gehört hatte oder nicht. Warum auch immer, schien ihm der Moment, ehe sie die Straße zum Büro überquerten, günstig zu sein, das Thema anzusprechen.

«Übrigens, neulich Abend ...»

Aber er konnte den Satz nicht beenden, weil ihn Peggy plötzlich am Arm packte.

«Guck mal», murmelte sie.

Sie beobachteten, wie Cameron sich die Stufen des Verwaltungsgebäudes hinaufschleppte, als die Fußgängerampel vor ihnen auf Grün sprang. Peggy zog Andrew mit sich.

Cameron war mittlerweile an der Tür angekommen, blieb stehen und durchwühlte seine Manteltaschen. Er fand den Schlüssel erst, als Andrew und Peggy schon neben ihm standen.

«Hallo, Cameron», sagte Peggy etwas außer Atem. «Wir haben dich erst in der nächsten Woche zurückerwartet.»

Cameron fingerte an seinem Handy herum und erwiderte: «Musste früher zurückkommen. Das Seminar wurde einen Tag früher abgebrochen. Offenbar Salmonellen. Ich bin der Einzige, den es nicht erwischt hat. Na ja, hoffentlich.»

Die drei gingen schweigend den Flur entlang. Cameron

hielt Peggy die Tür zum Büro auf, dann wandte er sich Andrew zu und sagte: «Könnten wir kurz etwas in meinem Büro besprechen, wenn du einen Augenblick Zeit hast?»

«Klar», antwortete Andrew. «Darf ich denn schon erfahren, woru...»

«Dann bis gleich», unterbrach ihn Cameron und verschwand in seinem Büro.

Andrew wusste zwar nicht genau, was auf ihn zukam, aber Cameron würde ihn gewiss nicht zum Ritter schlagen, so viel stand fest.

Vor ein paar Wochen hätte eine solche Situation ihn panisch werden lassen. Aber jetzt nicht mehr.

Er war bereit.

Er ließ seine Sachen neben den Schreibtisch fallen und ging direkt in Camerons Büro.

«Andrew!», zischte Peggy ihm zu. Sie hatte die Augen besorgt aufgerissen.

Er lächelte sie an.

«Keine Sorge. Es wird alles gut.»

KAPITEL
ACHTUNDDREISSIG

*U*nd wieder eine Beerdigung.

Heute war der Tag, an dem sich Josephine Murray von der Welt verabschiedete, und Andrew war der Einzige, der ihren Abschiedsgruß erwiderte. Er setzte sich auf die knarrende Kirchenbank und lächelte dem Pfarrer zu. Er hatte einen Moment gebraucht, um in ihm den jungen Mann mit den platten blonden Haaren zu erkennen, an dessen erster Trauerfeier er teilgenommen hatte. Obwohl das vor gar nicht so langer Zeit gewesen war, wirkte der Pfarrer sichtlich gereift. Nicht nur sein Haar saß ordentlicher und hatte einen akkuraten Seitenscheitel, sondern er hielt sich auch gerader und wirkte viel selbstsicherer. Andrew kam sich ein wenig vor wie ein stolzer Vater, der sieht, wie sein Sohn erwachsen geworden ist. Sie hatten vorher kurz telefoniert, und Andrew hatte nach kurzer Rücksprache mit Peggy beschlossen, dem Pfarrer Teile aus dem Tagebuch Josephines zu überlassen, damit er die Trauerfeier ein wenig farbiger und individueller gestalten konnte.

Andrew wandte sich um und schaute zum Kircheneingang. *Wo ist überhaupt Peggy?*

Der Pfarrer trat zu ihm. «Ich kann noch ein, zwei Minuten warten, aber dann muss ich wirklich anfangen.»

«Natürlich, das verstehe ich», erwiderte Andrew.

«Wie viele Trauergäste haben Sie denn erwartet?», fragte der Pfarrer.

Das war ja das Problem. Andrew hatte keine Ahnung. Es hing davon ab, wie Peggy vorangekommen war.

«Dann lassen Sie uns doch einfach beginnen», sagte er. «Ich will Sie auf keinen Fall aufhalten.»

Aber genau in diesem Moment öffnete sich die Tür, und Peggy stand da. Sie wirkte zuerst ein wenig hektisch, aber dann entspannte sie sich sichtlich, als sie sah, dass die Trauerfeier noch nicht begonnen hatte. Sie hielt die Tür hinter sich auf – offenbar war noch mindestens eine andere Person gekommen – und ging den Gang entlang auf Andrew zu.

Andrew beobachtete, wie ihr erst eine, dann zwei und schließlich drei Personen folgten. Und dann strömten zu seinem Erstaunen mindestens dreißig weitere Menschen in die Kirche.

Peggy setzte sich neben ihn. «Tut mir leid, dass wir so spät kommen», flüsterte sie. «Wir hatten ziemlich viele Zusagen auf der Facebook-Seite, und dann haben wir im letzten Augenblick noch ein paar Leute aus Bob's Café gegenüber rekrutiert.» Sie nickte einem Mann in einer blauweiß karierten Schürze zu. «Bob eingeschlossen.»

Der Pfarrer wartete, bis alle Platz genommen hatten, um sich dann in seine Kanzel zu stellen. Nach den Eingangsformalien beschloss er, spontan, wie es Andrew schien, die Kanzel ohne seine Notizen wieder zu verlassen, um der Gemeinde näher sein zu können.

«Zufällig habe ich etwas mit Josephine gemeinsam», begann er. «Meine Großmutter war ihre Namensschwester – ich nannte sie immer Oma Jo –, und sie führte ebenso wie unsere Josephine hier Tagebuch. Wir waren natürlich sehr neugierig auf das Tagebuch unserer Oma, das wir erst lesen durften, als sie schon tot war. Als wir es dann endlich in den Händen hatten, stellten wir fest, dass die meisten Einträge nach dem Genuss mehrerer starker Gin Tonics erfolgt sein mussten, weil wir sie überhaupt nicht entziffern konnten.»

Die Gemeinde lachte freundlich, und Andrew fühlte, wie Peggy seine Hand nahm.

«Aus dem, was ich von den guten Menschen gehört habe, die sich in diesen letzten Tagen um die Angelegenheiten Josephine Murrays gekümmert haben, und aus einigen ihrer Tagebucheinträge schließe ich, dass sie eine geistreiche, kluge und lebensfrohe Person war. Und obwohl sie gern und entschlossen ihre Meinung vertrat, besonders was das Fernsehprogramm oder die Wettermoderatoren anging, spürt man auf jeder Seite ihre Wärme und Charakterstärke.»

Peggy drückte Andrews Hand, und er drückte ihre.

«Josephine hatte vielleicht keine Verwandten oder Freunde um sich, als sie starb», fuhr der Pfarrer fort, «und ihre Beerdigung hätte leicht eine einsame Veranstaltung werden können. Wie wunderbar ist es da, so viele von Ihnen zu sehen, die sich die Zeit genommen haben, hier zu sein. Niemand weiß zu Beginn seines Lebens, wie es enden oder wie die Reise sein wird, aber wenn wir sicher sein könnten, dass wir unsere letzten Momente auf Erden in Gesellschaft solch guter Seelen verbringen, dann wäre das uns allen ein Trost. Ich danke Ihnen. Darf ich Sie einladen aufzustehen und mit mir einen Augenblick lang still Josephine Murrays zu gedenken?»

×

Nach der Trauerfeier wartete der Pfarrer an der Kirchentür und dankte jedem einzelnen Besucher, dass er gekommen war. Andrew hörte sogar, wie er zu Bob sagte, dass er sehr gern später «auf ein Tässchen» bei ihm vorbeikommen, die Muffins aber wohl lieber liegen lassen würde.

«Aber sie sind riesig!», protestierte Bob. «Größere kriegen sie im Umkreis von hundert Kilometern nicht, ehrlich.»

«Ich glaube, der hat heute mindestens zwanzig neue Kunden gewonnen», bemerkte Peggy. «Das hat er ja geschickt eingefädelt, der Fuchs.»

Sie spazierten zu einer Bank. Andrew wischte ein paar herabgefallene Blätter von der Sitzfläche, und sie setzten sich.

«Also, willst du mir vielleicht erzählen, wie es mit Cameron lief?», fragte Peggy.

Andrew lehnte sich zurück und schaute zum Himmel hinauf, wo in weiter Entfernung ein Flugzeug einen zarten Kondensstreifen hinter sich herzog. Es fühlte sich gut an, den Nacken ein wenig dehnen zu können. Das sollte er von nun an öfter tun.

«Andrew?»

Was gab es da noch zu sagen?

Cameron war in dem Gespräch ständig abgeschweift und zu keinem eindeutigen Ergebnis gekommen. Er hatte sich ungeheure Mühe gegeben, Andrew deutlich zu machen, wie sehr er auf seiner Seite stand, dass er, wenn es nur nach ihm ginge, die Ereignisse der Dinnerparty nur zu gern vergessen würde. Aber dann streute er Phrasen wie «moralische Verpflichtung» und «den Vorgaben folgen» ein.

«Verstehst du, was ich dir sagen will?», hatte er schließlich gefragt. «Denn ganz egal, was die Gründe für dein ... Verhalten waren, es ist trotzdem ziemlich ... verstörend.»

«Ich weiß», sagte Andrew. «Glaub mir, ich weiß das.»

«Ich meine, verdammte Kiste noch mal, wenn du an meiner Stelle wärst, Andrew, was würdest du denn machen?»

In diesem Moment war Andrew aufgestanden. «Hör mal, Cameron, ich finde, du musst tun, was du für richtig hältst, und wenn das bedeutet, dass du jemandem von oben darüber Bericht erstatten musst oder du so eine gute Lösung für dein Problem mit dem Personalabbau hast, dann verstehe ich das. Ich nehme dir das nicht übel.»

«Aber ...»

«*Ehrlich.* Es ist mir viel wichtiger, endlich reinen Tisch gemacht zu haben und all die Lügen hinter mir lassen zu können, als diesen Job um jeden Preis zu behalten. Wenn dir diese Sache dabei hilft, deine knifflige Situation zu entschärfen, dann finde ich es völlig in Ordnung.»

Gott, was war das für eine Erleichterung gewesen, endlich so offen sprechen zu können. Sich neuen Möglichkeiten zu öffnen. Er hatte an Peggys Initiative gedacht. Je mehr sie darüber sprachen, desto energiegeladener fühlte er sich.

«Außerdem, Cameron», hatte er hinzugefügt, «ist es endlich an der Zeit, dass ich herausfinde, was ich mit meinem Leben anfangen möchte.»

×

Peggy brachte ihn zurück in die Gegenwart, indem sie seine Hand nahm. «Es ist schon in Ordnung, wir müssen jetzt nicht darüber sprechen.»

Andrew schüttelte den Kopf. «Nein, wir können gern darüber reden. Es sieht so aus, als würde mir gekündigt.»

«Oh mein Gott», sagte Peggy, riss die Augen auf und schlug die Hände vor den Mund.

«*Aber*», sprach Andrew weiter, «Cameron hat mir versprochen, mir eine Stelle in einer anderen Abteilung zu suchen.»

«Und die nimmst du dann an?»

«Ja», antwortete Andrew.

«Gut, also, das ist ... gut», sagte Peggy, aber es klang doch ein wenig enttäuscht.

«Aber nur für kurze Zeit», setzte Andrew hinzu.

«Wirklich?», fragte Peggy schnell nach und sah ihm forschend in die Augen.

Er nickte. «Ich habe ein wenig nachgeforscht. Wie man Fördergelder für wohltätige Zwecke erhält. Und ich habe noch das Geld, das Sally mir hinterlassen hat. Ich habe wirklich keine bessere Idee, wie ich es ausgeben könnte, und ich weiß, dass sie sich sehr freuen würde, wenn ich es für so etwas verwenden würde.»

Peggy sah ihn so verwirrt und gleichzeitig begeistert an, dass Andrew ein Lachen unterdrücken musste.

«Ich rede übrigens von deiner Hilfskampagne für einsame Menschen», erklärte er. «Und ich dachte, dass du mir vielleicht helfen könntest. Na ja. Damit wir die Sache richtig aufziehen und so.»

«Das ist ... Andrew, ich weiß nicht ...»

«Ich sage nicht, dass das garantiert klappt», unterbrach Andrew sie. «Vielleicht scheitern wir schon am ersten Hindernis. Aber wir müssen es wenigstens versuchen.»

Peggy nickte entschlossen. «Das müssen wir, das müssen wir auf jeden Fall», sagte sie. «Wollen wir heute Abend beim Essen darüber reden – wenn dein Angebot noch steht, meine ich?»

«Natürlich steht das noch», sagte Andrew. An diesem Morgen hatte er eine neue Wohnung gefunden – einen Zufallstreffer auf einer der verwirrenden Apps, die er heruntergeladen hatte –, und obwohl das bedeutete, dass er schon in der nächsten Woche würde umziehen müssen, hatte er sich sofort dafür entschieden. Ein Teil von ihm war traurig, dass er seine alte Wohnung verlassen musste, aber wenn Peggy heute Abend dort mit ihm zu Abend aß, konnte er sich wenigstens mit Stil von seinem alten Leben verabschieden.

Er räusperte sich. «Peggy, du magst doch Baked Beans auf Toast, oder?»

«Klar, mein Lieblingsessen», antwortete sie und sah ihn aus zusammengekniffenen Augen an, weil sie nicht recht wusste, ob er es ernst meinte oder nicht. «Wobei ich ja nicht weiß, wie es dir geht – aber ich könnte jetzt einen Riesenmuffin verdrücken.»

Andrew lachte. «Hört sich gut an.»

Sie schauten sich einen Moment lang tief in die Augen. Andrew war davon abgekommen, Peggy zu fragen, ob sie gehört hatte, was er in Ruperts Küche über seine Gefühle zu ihr gesagt hatte. Wichtig war allein, dass sie jetzt bei ihm war, an seiner Seite, und alles von ihm wusste, was es zu wissen gab.

Das, so erkannte er, war mehr als genug.

DANKSAGUNG

Danken möchte ich meiner wundervollen Agentin Laura Williams. Worte können nicht ausdrücken, wie dankbar ich dir für alles bin, was du für mich getan hast.

Dank gebührt auch Clare Hey von Orion und Tara Singh von Putnam. Ich habe großes Glück mit zwei so brillanten Lektorinnen und Verlagen zusammenarbeiten zu dürfen. Danke für alles.

Ich danke dem gesamten Team von Orion, besonders Harriet Bourton, Virginia Woolstencroft, Katie Moss, Oliva Barber, Katie Espiner, Sarah Benton, Jen Wilson, Lynsey Sutherland, Anna Bowen, Tom Noble und Fran Pathak. Außerdem danke ich dem Team von Putnam, besonders Helen Richard, Alexis Welby und Sandra Chiu.

Danken möchte ich der großartigen Alexandra Cliff – diesen Anruf werde ich nie vergessen. Außerdem noch den brillanten Marilia Savvides, Rebecca Wearmouth, Laura Otal, Jonathan Sissons und allen anderen von PFD.

Kate Rizzo und jedem von Greene & Heaton – danke schön!

Besonderer Dank gilt Ben Willis, der meinen Roman in einem frühen Stadium gelesen, mir wertvolle Ratschläge in einem Pub in Camberwell gegeben hat und von Anfang an für mich da war. Aus demselben Grund danke ich Holly Harris (offiziell). Danke für alles, vor allem dafür, dass du mich davon abgehalten hast, in Wahaca völlig durchzudrehen, als ich hörte, dass mein Roman veröffentlicht werden würde. Ich bin glücklich, zwei Freunde wie euch zu haben.

Danke auch an Emily «ein halbes Pint» Griffin und Lucy Dauman. Ihr seid die absolut Besten.

Ich danke Sarah Emsley und Jonathan Taylor – ich könnte mir keine netteren, weiseren und gutmütigeren Mentoren und Freunde wie euch wünschen.

Dem Rest der Truppe von Headline danke ich für die wundervolle Zusammenarbeit und für die vielen begeisterten Glückwünsche, als bekannt wurde, dass mein Roman veröffentlicht wird. Besonderer Dank gebührt Imogen Taylor, Sherise Hobbs, Auriol Bishop und Frances Doyle.

Danke sagen möchte ich auch den folgenden Menschen für ihre Unterstützung, Ermutigungen, Ratschläge und Freundschaft: Elizabeth Masters, Beau Merchant, Emily Kitchin, Sophie Wilson, Ella Bowman, Franke Gray, Chrissy Heleine, Maddy Price, Richard Glynn, Charlotte Mendelson, Gill Hornby, Robert Harris.

Ich danke Katy und Libby, meinen wundervollen, hilfsbereiten Schwestern. Hab euch lieb, Leute. Und dich auch, JJ Moore, bester Schwager überhaupt.

Zum Schluss geht mein Dank an meine Mum, Alison, und an meinen Dad, Jeremy – ohne euch gäbe es dieses Buch nicht.

Richard Roper
Zwei auf einem Weg

Theo lebt im Gartenschuppen seiner Eltern, wo er ein gebrochenes Herz und ein verletztes Ego pflegt, überzeugt, das Leben könne nicht noch schlimmer werden – bis er, ausgerechnet an seinem 30. Geburtstag, zur Zwangsräumung aufgefordert wird. Tiefpunkt. Doch ein Neubeginn steht schon vor der Tür: sein Jugendfreund Joel, der ihn an ein Versprechen erinnert. Eine Wanderung auf dem Themsepfad, 184 Meilen, nur sie beide. Joel scheint das Erwachsenwerden mustergültig gemeistert zu haben. Er schreibt erfolgreich Comedy-Shows und ist noch mit seiner Jugendliebe Amber zusammen. Doch nach einer fatalen Diagnose bricht alles um ihn herum auseinander. Aus dem Bedürfnis nach Wiedergutmachung beschließt Joel, sich mit seinem besten Freund Theo zu versöhnen. Nur dass Theo seit dreizehn Jahren nicht mit ihm gesprochen hat, seit dem furchtbaren Unfall ...

416 Seiten

Weitere Informationen finden Sie unter **rowohlt.de**